Marie von Ebner-Eschenbach
Leseausgabe Band 2

Leseausgabe in vier Bänden
Herausgegeben von Evelyne Polt-Heinzl,
Daniela Strigl und Ulrike Tanzer

Marie von Ebner-Eschenbach

Lotti, die Uhrmacherin
Unsühnbar

Band 2

Herausgegeben und mit einem Vorwort
von Evelyne Polt-Heinzl

Residenz Verlag

Bibliografische Information der Deutschen Nationalbibliothek
Die Deutsche Nationalbibliothek verzeichnet diese Publikation in der
Deutschen Nationalbibliografie; detaillierte bibliografische Daten sind
im Internet über http://dnb.dnb.de abrufbar.

www.residenzverlag.at

© 2014 Residenz Verlag
im Niederösterreichischen Pressehaus
Druck- und Verlagsgesellschaft mbH
St. Pölten – Salzburg – Wien

Typografische Gestaltung, Satz: Ekke Wolf
Lektorat: Jessica Beer
Gesamtherstellung: CPI Moravia Books

ISBN 978-3-7017-1629-6

Inhalt

Zwei Frauenleben – Viele Überraschungen

Evelyne Polt-Heinzl

Auch Autorinnen und Autoren, die in der Literaturge-schichte einen festen Platz einnehmen, bedürfen von Zeit zu Zeit einer Neulektüre. Es gilt, ihr Werk einer jungen Gene-ration mit zeitgemäßen Bezügen zugänglich zu machen. Das ist die Intention dieser vierbändigen Leseausgabe von Marie von Ebner-Eschenbach. Jeder Band stellt einen thematischen Aspekt in den Mittelpunkt und präsentiert dabei ein kano-nisiertes Werk gemeinsam mit einem weniger bekannten. Im ersten Band ging es um Ebner-Eschenbachs Auseinan-dersetzung mit den sozialen Gegensätzen und gesellschaftli-chen Ungerechtigkeiten ihrer Zeit, die sie als geborene Freiin Dubsky mit einer bemerkenswert radikalen Kritik ihrer Her-kunftsklasse verbindet.

Der zweite Band präsentiert nun zwei Frauenschicksale, in denen sich die Widersprüche der Zeit beispielhaft spie-geln. *Lotti, die Uhrmacherin* erzählt vom geglückten Lebens-entwurf einer erfolgreichen weiblichen Berufskarriere, was bei Erscheinen 1880 durchaus ein utopisches Potenzial ent-hielt. Der wenig bekannte Roman *Unsühnbar* zeigt hingegen

das Scheitern einer jungen Frau aus der damaligen Ober-
schicht an den Konventionen bzw. den patriarchalen Strukturen und Moralvorstellungen der Zeit.

I

Der Erzählauftakt von *Lotti, die Uhrmacherin* ist klassisch:
»Fräulein Lotti war soeben erwacht.« (S. 35) Morgendliches
Erwachen kann in der Literatur an allen möglichen Orten
in allen möglichen Gestalten erfolgen; solche Überraschungen sind hier nicht zu befürchten. Unüblich ist allenfalls die
Art des Weckdienstes durch eine ganze Armada von Uhren.
Ähnlich dürften die Tage für Ebner-Eschenbach selbst begonnen haben. »Ich fange an, mir eine kleine Uhrensammlung anzulegen«[1], notiert sie am 21. März 1879, und zwei
Monate später: »Ich verleihe [Fräulein Lotti] alle Uhren, die
ich selbst gern besitzen möchte.«[2] Der Roman ist also sehr
unmittelbar mit Ebner-Eschenbachs persönlicher Leidenschaft für Uhren verbunden, trotzdem fiel er ihr besonders
schwer. Am 15. November 1879 ist »*Lotti* fertig«, das Buch
»sträubte sich gewaltig gegen sein Entstehen«.[3] Und das hat
vielleicht auch mit den Subtexten des Romans zu tun.

Am Ende von Lottis morgendlicher Begutachtung der
Aktivitäten in den Nachbarfenstern steht der eigenwillige
Satz: »Sie wünscht nur, konservativ wie sie einmal ist, daß
[…] sie sich täglich sagen könne, was die Potentaten jährlich
einmal in ihren Thronreden sagen: ›Unsere Beziehungen zu
den Nachbarstaaten sind die freundschaftlichsten.‹« (S. 40)
Diese Formulierung will zur einigermaßen bieder gezeichneten alternden Jungfer nicht wirklich passen. Freilich ist die
35-jährige Lotti seit dem Tod des Vaters auf sich allein gestellt
und kommt damit gut zurecht. Von einem männlichen Vor-
mund ist nirgends die Rede. Berufliche Ausbildung als Vor-
aussetzung für ökonomische Unabhängigkeit und juridische

Handlungsfähigkeit sind zentrale Forderungen der jungen Frauenbewegung, der sich Ebner-Eschenbach allerdings formal nie angeschlossen hat.

Lotti kann gut von ihrer Arbeit leben, ohne große Ansprüche, dafür mit selbstbestimmtem Arbeitsrhythmus, und sie weiß, dass es einen Glücksfall darstellt, in ihrer Beschäftigung zugleich Freude und Unabhängigkeit zu finden. Denn eigentlich bot der Arbeitsmarkt für Frauen um 1880 kaum Perspektiven, Lotti ist durchaus eine Art Karrierefrau, zumindest eine Ausnahmeerscheinung. In der Geschlechterfrage hatte die Entwicklung des Handwerkswesens über die Jahrhunderte deutliche Rückschritte gebracht. Das alte Handwerk, das sich ab dem 13. Jahrhundert allmählich in Zünften zu organisieren begann, kannte keine Verbote für Frauen; Ende des 17. Jahrhunderts waren sie, abgesehen von jenen Branchen, wo Meisterinnen üblich waren, also vor allem in den textilen Gewerben, vom Handwerk ausgeschlossen. Sie konnten allenfalls als Witwen die Werkstatt interimistisch weiter betreiben – bis zur Fertigstellung angefangener Arbeiten, der Aufarbeitung vorhandener Materialien oder bis zur Übernahme durch einen Sohn oder einen neuen Gatten.

Um 1880 arbeiteten 80 Prozent der weiblichen Arbeitskräfte in der Land- und Hauswirtschaft als Dienstboten, Kinderfräulein, Landarbeiterinnen oder waren im Familienbetrieb mithelfende Töchter und Ehefrauen. Wenn Schnitzlers »Fräulein Else« im Handlungsjahr der Novelle 1896 – 16 Jahre nach Lottis Auftreten – mögliche Berufsperspektiven erwägt, fallen ihr, abgesehen von der bürgerlichen Versorgungsehe, als Optionen nur Bonne, Telefonistin oder Mätresse ein. Als Frau ein Traditionshandwerk zu erlernen, liegt völlig außerhalb der gesellschaftlichen Möglichkeiten. Die Sekundärliteratur sieht ein Kitsch-Element in Ebner-Eschenbachs Werk gern darin, »daß die Arbeit sich stets auszahlt«[4]. Doch das hat bei arbeitenden Frauenfiguren wie der Uhrmache-

rin Lotti oder der Großbäuerin in der Novelle *Mašlans Frau*
einen anderen gesellschaftspolitischen Akzent, auch wenn er
in einen scheinbar biederen Rahmen gestellt wird. Bei Literatur von Frauen aus dieser Zeit empfiehlt sich die Frage,
wie Autorinnen versuchen, im Sozial- und Alltagsverhalten
ihrer Figuren den Aktionsradius von Frauen schreibend vorsichtig auszudehnen. Das kann schon beim Titel beginnen.
Lotti, die Uhrmacherin statt *Uli, der Knecht* – wobei Ebner-
Eschenbach Jeremias Gotthelfs Roman 1871 mit großer Begeisterung gelesen hat.

Die unverheiratete Lotti bewegt sich im öffentlichen
Raum sicher und mit großer Selbstverständlichkeit. Sie
geht regelmäßig in das Uhrengeschäft, um ihre Arbeiten
abzuliefern. Dabei begegnet sie auch immer wieder einmal
ihrem Ex-Verlobten Hermann von Halwig. Anfangs sind
beide peinlich berührt, doch als etliche Jahre vergangen
sind, plaudert Lotti unbefangen mit ihm und lässt sich von
ihm heimbegleiten. Das scheint nichts Besonderes, doch die
Frage der Schicklichkeit für die unverheiratete bürgerliche
Frau, sich im öffentlichen Raum alleine zu bewegen und auf
offener Straße mit männlichen Bekannten zu plaudern, war
1880 noch lange nicht ausdiskutiert. Vor einer Verwechslung
mit der moralisch dubiosen Sozialrolle des »süßen Mädels«
schützt Lotti freilich ihr gediegenes, aber dezentes Outfit aus
der Werkstatt ihres Nachbarn, einem Schneidermeister der
sehr alten Schule.

Lotti ist eine tüchtige Handwerksmeisterin. Trotzdem
muss sie Fräulein Lotti heißen, nicht Fräulein Feßler, schon
gar nicht Frau Feßler. Für die Gesellschaft definierend
bleibt bei Frauen der familiäre Status, nicht der berufliche.
Das ändert sich nur ab einer bestimmten Kapitalsumme.
Als Lotti ihre Uhrensammlung verkauft, und zwar um die
runde Summe von 150 000 Gulden, findet die Vertragsun-
terzeichnung »in der Wohnung des Fräuleins Charlotte Feßler« (S. 135) statt, im Beisein des Agenten C. B. Fischer, des

Advokaten W. Schweitzer und des Zeugen G. Feßler. Es ist das einzige Mal im ganzen Roman, dass Lotti mit ihrem vollen Vornamen genannt wird, während die in ihren Funktionen sozial fest verankerten männlichen Akteure hier nur mit den Initialen ihrer Vornamen aufscheinen. Das ist ein subtiler Kommentar zur Durchdringung der sozialen Codes mit kapitalistischer Logik, die sogar die Geschlechterrollen umkehren kann. Ist ausreichend Geld im Spiel, werden Fragen der bürgerlichen Etikette schnell auf den Kopf gestellt. Sonst beharrt Ebner-Eschenbach hartnäckig auf der verniedlichenden Anrede Lotti. Das sind Zugeständnisse an die Leserschaft, um im Gegenzug für den Zeitgeschmack irritierende Inhalte einzuschleusen.

Lottis Ziehbruder Gottfried ist übrigens mit dem Verkauf der Uhren absolut nicht einverstanden, was Lotti aber nicht davon abhält. Auch Ebner-Eschenbach wollte 1891 ihre Uhren, liebevoll beschrieben in dem Text *Meine Uhrensammlung*[5], verkaufen, um ein Armenhaus in Zdislawitz (Zdislavice) zu errichten, doch es kam nicht dazu, in ihren zivilrechtlichen Entscheidungen blieb sie von ihrem Gatten und vom Bruder abhängig. Lotti ist hier um einiges freier, sie ist von Gottfried (ökonomisch) nicht abhängig und tut, was sie tun will. So fährt sie eines Morgens unangekündigt mit dem Frühzug fort, um das Ehepaar Halwig zu besuchen. Dass sie niemand antrifft, ist ihr kein Problem; sie genießt den sonnigen Junitag am Land. Ebner-Eschenbach selbst reiste zu ihren Bade- und Sommerfrische-Aufenthalten zeitlebens nur in (meist männlicher) Begleitung an, es ist selten ihr Mann, meist Bruder Adolph, der die Reisen organisiert, sie vor Ort abliefert und wieder abholt, wofür sie stets dankbar ist.

Lottis Vater pflegte das kleine Laster der Randglossierung. Seine Bücher, die sich – in diesem Haus geht nichts verloren, weder an Wissen noch an Dingen – in Lottis Schrank erhalten haben, sind voll von Anmerkungen zur Geschichte der Uhrmacherkunst, die er historischen Ereignissen parallel setzt. Zum Tode Rudolfs von Habsburg notiert er, dass im selben Jahr die Kirche von Canterbury eine Uhr erhielt. Bei der »Goldenen Bulle«, mit der 1356 die Modalitäten der Kaiserwahl geregelt wurden, steht der Hinweis, dass Bologna die erste öffentliche Uhr aufstellen ließ.

Das führt ins Zentrum der Geschichte der Modernisierung. Mit den Uhren im öffentlichen Raum kündigte sich die bürgerlich-industrielle Zeitmessung an. Im 14. Jahrhundert wurden in einer regelrechten Beschaffungswelle öffentliche Uhren an den neu erbauten Rathäusern und vor allem auf den Kirchtürmen angebracht. Zwar hatten Kirchenglocken schon seit dem 7. Jahrhundert zu den »kanonischen Stunden« geläutet und den Tagesablauf strukturiert, die Verbindung mit dem neuen Instrument zur exakten Zeitmessung aber begründete ein akustisches Machtmonopol über die Zeit. Die Anbindung der modernen Technologie (Uhr) an vertraute Strukturen (Kirchenglocke) hat diese neue Qualität lange nicht sichtbar werden lassen[6]. Wenn in Gedichten Abendglocken ertönen, so sind sie noch bei Rilke, Trakl oder Albert Ehrenstein in der Regel nur akustisches Stimmungselement, die von ihnen verkündete Stunde bleibt irrelevant.

Auch wenn Lottis Uhren morgens schlagen, erfahren wir nur, *wie* sie das tun. So wie Lotti der praktische Aspekt der Zeitmessung nicht interessiert, hält sie auch nichts von den neuen Längenmaßen. Tausend Schritte sind es von ihrer Wohnung bis zum Dom, nicht gut 300 Meter. Ihre Wohnung liegt, wie einst die väterliche, hoch oben, allerdings etwas abseits vom Trubel; das Fenster des Wohn- und Arbeitszimmers schaut auf einen kleinen Platz, den nur vier Häuser bilden. Sie kennt alle Nachbarn, mit einigen, wie dem Schneider, ist sie freundschaftlich verbunden. Auch er verweigert die von seiner Tochter geforderte Orientierung auf neue Modelle und neue Geschäftspraktiken. Es ist eine Zeit des Umbruchs, das wird allenthalben klar, auch wenn Ebner-Eschenbach ihre Lotti scheinbar weitgehend heraushält.

Denn der Roman tut so, als sei das kunstreiche Handwerk, das hier betrieben wird, der Maßstab der zeitgenössischen Uhrenmanufaktur, und nicht die seit 1850 übliche Massenfertigung präziser, für verschiedene Modelle multipel verwendbarer Komponenten. Was im Hause Feßler repariert und nachgebaut wird, sind Sammler- und Liebhaberstücke. Im Wien der Gründerzeit gibt es dafür ausreichend Nachfrage von Adeligen wie Ebner-Eschenbach selbst und (neureichen) Bürgern; davon kann man leben, aber damit ist man nicht auf der Höhe der Uhrenindustrie der Zeit. Wer sich mitten in dieser ökonomischen Umbruchsphase auf die Uhrenliebhaberei einlässt, setzt damit ein Zeichen gegen den Zeitgeist. Das handwerklich-ästhetische Interesse an kunstvollen historischen Geräten der Zeitmessung ist wie ein leise tickender Protest gegen die neue Form des rationalen Umgangs mit der Zeit. Sechs Jahre später wird das Auguste Groner in ihrer Kriminalnovelle *Der seltsame Schatten* durchspielen.

Dabei stand Ebner-Eschenbach bis zuletzt technischen Neuerungen aufgeschlossen und neugierig gegenüber. Sie besucht Technik-Ausstellungen, lässt sich bereits 1871 fotografieren und frequentiert neue populärkulturelle Einrichtungen: 1882 ein Panorama, 1885 eine Laterna magica, 1907 ein Kinematographentheater in Venedig. Am 14. November 1887 notiert sie stolz »Zum 1^t Mal mitte[l]st Lift in den 3^t Stock aufgefahren«[7]. Als ihr Neffe 1907 ein Auto erwirbt, hält sie im Tagebuch immer wieder enthusiastisch Auto-Abenteuer fest und erfindet eigene Wörter wie »abgeautomobilt«[8] für mit dem Auto wegfahren. Die Fortschritte der Aviatik aber reißen noch die 78-Jährige zu Begeisterungsstürmen hin. Sie lässt sich ausführlich von Freunden berichten, die den Zeppelin-Flug sahen, und vermerkt das im Tagebuch ebenso wie am 10. Oktober 1909 Louis Blériots Flugversuche, die »glorreich ausgefallen«[9] sind.

Auch zur neuen Wiener Ringstraße hat Ebner-Eschenbach eine besondere Beziehung: Es war ihr Gatte Moriz, der als Experte für Sprengstoff mit der heiklen Aufgabe betraut wurde, die Befestigungsanlagen im dicht bebauten Gebiet zu sprengen. Die neuen Prachtbauten gefallen ihr durchaus. Nur elf Tage nach Eröffnung am 5. Juni 1869 besucht Ebner-Eschenbach die neue Oper und ist entzückt: »Einmal ein ganz schön gelungenes Werk in unserem neuen Wien. Aber wir müssen darüber schimpfen. [...] So nergelnd, so engherzig!«[10] Auch Lotti betritt im »neuen Stadtteil« eines der Gründerzeitpalais und meint »im stillen, das Neue könne einem doch auch gefallen« (S. 100).

Am sensibelsten reagieren Menschen meist auf Veränderungen in der unmittelbaren Umgebung, im eigenen Grätzel, und so geht es auch Ebner-Eschenbach. »Die neuen Häuser in der Rotenturmstraße ragen in den Himmel, und sie sind nicht bestimmt von Menschen, sondern von Warenballen bewohnt zu werden«[11], schreibt sie 1896 im Tagebuch. Das reflektiert die neue Stufe der Kommerzialisierung, die der Beschleunigung der industriellen Warenproduktion folgt, wie sie auch im Roman thematisiert wird. Vater Feßler ist ein Meister seiner Zunft, der es nicht versteht, seine Arbeit entsprechend zu vermarkten, bzw. bewusst darauf verzichtet. Das ist um 1880 nicht mehr zeitgemäß. Der Gründerzeitboom brachte radikal neue Werbe- und Präsentationstechniken. Wer als Gewerbebetrieb im architektonisch gerade entstehenden urbanen Wiener Stadtraum reüssieren will, muss fortan seine Position mit entsprechenden Vermarktungstechniken absichern. Dafür standen neue Technologien zur Verfügung, vor allem die Perfektionierung und Verbilligung grafischer Drucktechniken. Ab 1860 wurden Produktverpackungen und Firmenschilder immer bunter und fantasievoller, man präsentierte sie in Ausstellungen und zeichnete sie mit Designpreisen aus.

Feßler verweigert sich diesem Trend. Seine Werkstatt ist, wie von alters her üblich, integriert in seine Wohnung, zentral gelegen, aber hoch oben. Von hier aus sieht man zwar das Treiben der Stadt, ist aber in der Vertikale weit entrückt vom Zeitgeist. Außerdem ist die Miete hier günstig; vor Implementierung des Aufzugs befand sich die Beletage stets im ersten Stock, die Armut siedelte oben. Zufällig findet kein Kunde diesen Betrieb, wer hier eintritt, kommt auf Empfehlung. Feßler setzt auf Mundpropaganda, er richtet sich an eine kunstsinnige und wohlhabende Kundschaft, die Einzelanfertigungen und historische Stücke als Prestigeobjekte zu schätzen weiß. Doch die Tage der alten Geschäftspraktiken sind gezählt; im neuen Stadtraum werden die Nischen für das Kleingewerbe alten Typs weniger. Feßler stirbt, kurze Zeit nachdem ihm seine Wohnung gekündigt worden ist, weil das Haus umgebaut werden soll.

Sein Ziehsohn Gottfried reagiert mit der Einrichtung eines Gassenlokals auf die neue Zeit. Es liegt »in der breiten belebten Straße, die zum Domplatze führt«, und hat ein Schaufenster »aus einem Stück tauklaren Glases« (S. 54). Er hat das neue Prinzip der optischen Vermarktung verstanden und verwendet für seinen Laden edle Materialien, die zur Exklusivität der angebotenen Ware passen. Herzstück ist eine Vitrine aus Ebenholz, in der zu Lottis Bestürzung zwei besonders wertvolle Stücke ausgestellt sind. Das Konzept geht auf, noch vor der offiziellen Eröffnung haben sich Interessenten für die beiden Sammlerstücke eingefunden. Ein Fanal dieser Neuorientierung ist das Firmenschild, »auf glänzend schwarzem Grund« steht da »G. & L. Feßler«, vermutlich, wie damals üblich, in goldenen Lettern. Damit macht Gottfried Lotti indirekt einen Heiratsantrag, was Lotti überhört und LeserInnen leicht die Sicht auf die soziologischen Implikationen dieses Firmenschilds verstellt.

Gottfried ist eine Figur des Übergangs, in Marketingfragen nähert er sich der neuen Zeit an, in der Finanzierungspolitik bleibt er konservativ. Einen Kredit aufzunehmen kommt für ihn nicht infrage, er hat das notwendige Startkapital mühsam angespart; das hat in ökonomisch unsicherer Zeit auch Vorteile. Ein Börsenkrach wie 1873 kann einen schuldenfreien, an den Machinationen des Kapitalmarkts unbeteiligten Kleinunternehmer wie Gottfried kaum erschüttern.

Das zweite Berufsfeld, das im Roman thematisiert wird, ist die Literatur. Lottis Ex-Verlobter Halwig produziert Sensationsromane in Serie, die ihm viel Erfolg und Geld einbringen. Lottis Kritik an seinen Machwerken wird meist als Attacke gegen den Naturalismus gelesen[12], doch der war eher ein Kritikererfolg bzw. eine Sache der Medienskandale denn ein Massenphänomen. Halwig wird jedoch als äußerst erfolgreicher Vielschreiber dargestellt. Der »Sklavenhändler« (S. 112), dem er sich gegen Voraushonorar vertraglich zur Lieferung von Fortsetzungsromanen verpflichtet hat, trägt deutlich die Züge der zeittypischen Kolportageverleger, die billige Romanware nach dem Lieferungsprinzip vertrieben. Diese Heftlieferungen starteten oft mit einer Auflage von über zwei Millionen Exemplaren, die dann kontinuierlich sank. War der Roman bei der 150. Lieferung angelangt, galt eine Auflage von 15 000 schon als überdurchschnittlich. LeserInnen, die die Fortsetzungen bis zum Ende der Lieferung abonnierten, erhielten aufwendige Werbegeschenke. 1880, als Ebner-Eschenbachs Roman erschien, war diese Entwicklung auf ihrem Höhepunkt; erst die Änderung der Gewerbeordnung von 1883 verbot das Prämiensystem. Den Zeitgenossen war dieser Bezug noch bewusst. Auch Betty Paoli sieht in ihrer umfangreichen Besprechung vom 24. Juni 1881 Halwig in diesem Sinn als »Typus, der ganz und gar der Gegenwart angehört«[13].

In der Sekundärliteratur gilt Halwig als Vertreter des »charakterschwachen, ästhetisch veranlagten«[14] Männertypus, der seine Kunst verrät und an der Realität scheitert. Doch dass er sich damals, vor 15 Jahren, überhaupt in Lotti verliebt hat, spricht eigentlich für ihn. Lotti ist von ihrem »Mangel an Schönheit« (S. 36) überzeugt, was auch mit ihrer unspektakulären Selbstpräsentation zu tun hat. Halwig scheint das nicht zu kümmern, er interessiert sich von Anfang an mehr für Lottis Intelligenz. Als er das erste Mal die Werkstatt Feßler aufsucht, um eine Uhr schätzen zu lassen, ruft der Vater seine Tochter herbei, um ihre Meinung zu hören. Diese Form von gleichberechtigtem Diskurs zwischen den Generationen und Geschlechtern macht einen so tiefen Eindruck auf Halwig, dass er sich in Lotti verliebt.

Lottis Vater ist eine absolute Ausnahmefigur, ihm fehlt jede Neigung zum Familienpatriarchen, der die Gründerzeit dominiert. Er übt in keiner Situation sein autoritäres Vateramt aus, lässt Lotti und Gottfried dasselbe Wissen und dieselbe Sorgfalt angedeihen, kennt keine Eifersucht im Generationenwechsel und hat daher auch kein Problem, Gottfried wie Lotti um Rat zu fragen. Dass er trotzdem Gottfried und nicht Lotti zur Weiterbildung nach England schickt, was in der Sekundärliteratur kritisch angemerkt wurde[15], hat weniger mit seiner Überzeugung zu tun, denn mit den realen Reise- und Aufenthaltsmöglichkeiten für alleinstehende junge Frauen. Wie es darum sogar im fortschrittlichen England bestellt war, hat Virginia Woolf fast 50 Jahre später in ihrem Essay *Ein Zimmer für sich allein* (1929) beschrieben: In den 1860er-Jahren, als Gottfried seine dreijährige Bildungsreise absolviert, begannen vermögende Damen der Gesellschaft gerade erst damit, sich in Vereinen zu organisieren, um mit Wohltätigkeitsbasaren das Kapital für die ersten Bildungs- und Wohneinrichtungen für alleinstehende Frauen aufzubringen.

Halwigs Liebesprojekt scheitert schließlich an seiner praktischen Unfähigkeit zu jener gleichberechtigten Kommunikation zwischen den Geschlechtern, die ihn zu Beginn der Beziehung so fasziniert hatte. Ist er selbst der Akteur, bevorzugt er doch eine willenlose Unterwerfung, die ihm Lotti verweigert. Kritik aus ihrem Mund kann er nicht ertragen, und Anerkennung kann Lotti seinen zunehmend seichteren Produkten nicht entgegenbringen. Auf die wachsende Entfremdung reagiert Lotti zunächst mit einer Verschiebung des Hochzeitstermins und dann mit der Auflösung des Verlöbnisses. Dass Halwig in der Folge künstlerisch immer tiefer sinkt, liegt auch daran, dass er in seiner Ehe mit Agathe keine intellektuelle Partnerin gefunden hat. Ebner-Eschenbach schreibt in diese Beziehung gewissermaßen auch die negativen Folgen hinein, die das existierende Geschlechterverhältnis für die Männer mit sich bringt, denen mit kindisch bis dümmlich sozialisierten Frauen ein intellektuelles Gegenüber fehlt, um Probleme und Schwierigkeiten zu bewältigen.

Interessant ist, dass eine der inhaltlich tiefer gehenden Veränderungen, die Ebner-Eschenbach zwischen Erstdruck und Buchausgabe vornimmt, jene Szene betrifft, in der Lotti das Verlöbnis auflöst. »*Sie* sprach das Wort der Trennung aus, *sie* schied sich von ihm. Sie that es an einem Tage, an dem […]«[16], heißt es im Erstdruck, zweimal mit Hervorhebung ihrer Initiative. Das wird abgemildert zu: »Sie führte die Entscheidung an einem Tage herbei, an dem […]« (S. 73). Noch eine andere Änderung betrifft ihr Verhältnis zu Halwig. Als sie nach dem Entschluss, die Uhrensammlung zu verkaufen, über dessen Leben reflektiert, fantasiert sie im Erstdruck Halwigs Bitte, rette »eine verlorene Seele […], die du einst geliebt«[17]. In der Buchausgabe wird daraus eine imaginierte Schuldzuweisung Halwigs: »Du warst die Starke, und ich war schwach, du hättest mich nicht verlassen sollen. Aber du suchtest Ruhe, du rangst nach Frieden und gabst mich auf […]. Beweine mich nicht nur – rette mich!« (S. 125)

Auf der Erzähloberfläche endet *Lotti, die Uhrmacherin* leicht trivialitätsverdächtig. Von ihrem Ausflug aufs Land zurückgekehrt, wird Lotti am Bahnhof von Gottfried erwartet. Endlich erklärt er sich ihr offen und die beiden werden ein Paar. Der angefügte Nachspann aber, in dem nach zwei

Jahren prompt ein kleiner Johannes Feßler zur Welt kommt, ist eine Zutat der Buchausgabe und fehlt im Erstdruck völlig. Er hinterlässt den Eindruck, dass damit das Biedermeier tatsächlich gesiegt hat – oder der innere Zensor, der moralisch und gesellschaftspolitisch Anstößiges in ein harmloses Gewand kleidet. Das hat zu dem Urteil geführt, »Geheimnisse kennt die Prosa der Ebner-Eschenbach nicht, alles ist Vordergrund«[18]. Liest man die Debatten im Hintergrund nicht mit, kann tatsächlich der Eindruck von biedermeierlich-glatten Oberflächen entstehen, auch weil Ebner-Eschenbach eben manches noch nachträglich abgeschwächt hat.

Erschienen ist *Lotti, die Uhrmacherin* 1880 in der *Deutschen Rundschau* Julius Rodenbergs, wo auch Theodor Fontane, Conrad Ferdinand Meyer, Gottfried Keller oder Theodor Storm publizierten. Bereits fünf Jahre vorher hatte Rodenberg Ebner-Eschenbach um Texte ersucht. *Božena* lehnt er 1876 ab, *Lotti* aber erscheint 1880 in zwei Fortsetzungen, das Honorar beträgt 870 Mark. Bereits am 26. Juni 1880 kündigt das *Allgemeine Journal der Uhrmacherkunst* in Leipzig den Nachdruck des Romans an, was Ebner-Eschenbach sehr freut, wie jede Ehrung von Seiten der Uhrmacherzunft; noch am 4. Mai 1908 notiert sie im Tagebuch stolz ihre Wahl zur Fahnenmutter der Wiener Uhrmacher.

II

Acht Jahre nach *Lotti*, am 8. Mai 1888, beginnt Ebner-Eschenbach mit der Arbeit an der Erzählung *Unsühnbar*, die eigentlich ein Roman ist und sie 14 Monate lang beschäftigen wird. *Unsühnbar* untersucht das zeittypische Thema des Töchterschachers und fragt nach der Befindlichkeit des weiblichen Parts beim Ehebruch. In Arthur Schnitzlers *Anatol*-Szene *Agonie* wirft Anatol seiner verheirateten Geliebten vor, ihre Affäre unzulässig zu dramatisieren und zur Grande Passion zu stilisieren; es sei die ganz alltägliche Geschichte einer jungen Frau, die geheiratet hat, weil man eben heiraten muss, dann sei ihr langweilig geworden und deshalb habe sie sich einen Liebhaber genommen und das sei zufälligerweise er. Nicht das Eheunglück der jungen Frauen unter dem Diktat des »Weil man halt heiraten muss« als Ergebnis der von Vätern arrangierten Vernunftehen interessiert Schnitzler, sondern das promiske Verhalten, mit dem sich die Frauen späterhin mit ihrem – auch sexuell – unbefriedigenden Leben auszusöhnen versuchen.

Die Sicht der aus Familienraison verheirateten Töchter fasst die verwitwete Gräfin in Ebner-Eschenbachs Erzählung *Bettelbriefe* (1892) unter Berufung auf die vier Säulen des patriarchalen Systems – Kirche, Familie, Staat und kultureller Überbau – so zusammen: »Ich habe nicht einmal gewußt, daß eine Frau einen Willen haben darf. Gehorsam wurde im Kloster gelehrt, Gehorsam forderte mein Onkel als mein vom Gesetz gestellter Gebieter. Gehorsam ist des Weibes Pflicht auf Erden, sagte mein angebeteter Schiller.«[19] Der Eintritt in die Ehe bedeutet einerseits nur den Wechsel von einer patriarchalen Zuständigkeit in eine andere, andererseits aber eine Aufwertung der eigenen Person und neue Freiheitsgrade. Für die Gräfin umfassen sie die Gunst, ihre Briefe ungeöffnet vorzufinden, für Maria in *Unsühnbar* die Möglichkeit, zumindest auf ihrem Gut »einen weiten Spaziergang allein zu unternehmen, und sie empfand ihre kaum erlangte Selbständigkeit als einen großen Genuß« (S. 213 f.).

In der Eröffnungsszene von *Unsühnbar* fährt Maria von Wolfsberg in Begleitung ihrer alten Tante Adolphine/Dolph von der Oper nach Hause. Es hat geschneit, und an einer Kreuzung stellt sich ihnen mit herausfordernder Geste ein Schneeschaufler entgegen. Das spielt den sozialen Gegensatz ein, vor allem aber den finalen Grund für Marias späteres Lebensunglück: die Doppelmoral der Gesellschaft und vor allem ihres Vaters. Denn der junge Mann, der rachsüchtig in die Kutsche starrt, ist ihr Halbbruder Wolfi Forster[20], von dessen Existenz Maria nichts ahnt. Die Tante klärt sie nicht auf, aber Maria sieht den Hass des jungen Mannes, der dann bei ihrem eigenen Ehebruch eine fatale Rolle spielen wird. Um die Schuld ihres Vaters zu sühnen, wird sie dem todkranken Halbbruder auf ihrem Gut Quartier gewähren; der aber arrangiert aus Ärger über Marias Selbstgerechtigkeit das heimliche Tête-à-Tête mit dem Grafen Tessin.

In diesen Felix Tessin ist die junge Maria verliebt, aber für ihren Vater kommt er als Schwiegersohn nicht in Betracht, denn er ist mit seiner eigenen ehemaligen Geliebten Alma Tessin verwandt – diesen Zusammenhang wird Tessin kurz vor der Verführungsszene auch direkt aussprechen. Der Gatte, den ihr Vater für sie auswählt, ist der untadelige Hermann Dornach. Dass sie ihn nicht liebt, scheint dem Vater nebensächlich, für ihn ist »es eine ausgemachte, durch hundert Erfahrungen bestätigte Tatsache, daß jede junge, unschuldige Frau sich in den Mann verliebt, der sie zuerst das Leben kennen lehrt« (S. 197). Auch das ist ein Grund, weshalb die Unberührtheit der Frau für die patriarchale Ehemoral so unabdingbar ist.

Das Verhältnis zwischen Maria und ihrem Vater ist scheinbar warm, sie wird von ihm »geliebt«, aber nicht ernst genommen; von ihren Kunstgeschichtekenntnissen und ihrem musikalischen Talent will er nichts hören, und Maria gibt ihm letztlich recht. Mit derselben Entschlossenheit fügt sie sich in die Eheentscheidung des Vaters und heiratet nicht Tessin, sondern den Majoratsherrn Dornach, eindeutig die beste Partie auf dem Heiratsmarkt, dessen Mechanismen Maria genau kennt: »Es ist ja unglaublich, wie sie es mit ihm treiben. Die Papas und Mamas machen dem jungen Manne den Hof […], wenn sie ihm die Töchter buchstäblich an den Kopf werfen könnten – da sähe man Komtessen fliegen!« (S. 181) Dornach spricht später einmal zu Maria von seinem »unsühnbaren« Verbrechen, sie damals ohne ihre Liebe geküsst zu haben. Was wie eine überzogene Interpretation des Titelworts wirkt, hat einen sehr realen Kern: Unsühnbar ist die lange Kette der aus ökonomischen oder Standesinteressen gegen den Willen der jungen Frauen arrangierten Ehen.

Am Vorabend der Hochzeit belehrt Vater Wolfsberg seine Tochter: »Die Treue […], die der Mann seiner Frau am Altare geschworen, ist eine andere als die, deren Schwur er von ihr empfing. Eine scheinbare Vernachlässigung, eine flüchtige Zerstreuung des Gatten wird von dem Weibe, das sich selbst achtet, übersehen.« (S. 197) Das sagt er aus strategischen Gründen, denn Marias Mutter hat das anders gesehen und ist gemütskrank, also wohl depressiv, geworden. Einen Ratschlag oder auch nur einen Bericht ihrer Erfahrungen kann sie der Tochter nicht mit in die Ehe geben, sie ist seit Jahren tot. Die Lehre des Vaters aber entspricht genau jener Verbitterung, die er selbst empfand, als seine Frau seine Ehebruchs-Kreise störte. »Da erniedrigte sie sich zur Lauscherin an den Türen, da horchte, da erhorchte sie, was ihr den Verstand raubte«; ruhelos wanderte sie seither durchs Haus, was ihm einen »nagenden, nie ruhenden Vorwurf« verursachte, der ihn noch im Rückblick ärgert, wenn er auch nicht mehr »die Empörung von einst« (S. 198) hervorruft. So sieht es das zeittypische Spiel der Geschlechter vor, und das ist das eigentliche Thema des Romans, das in der Rezeption vom ›Fehltritt‹ Marias gänzlich überlagert wurde. Im Übrigen hat Wolfsbergs Frau seinen kurz vor der Hochzeit geborenen illegitimen Sohn Wolfi durchaus anerkannt, wie Maria viel später in den Papieren ihrer Mutter nachlesen wird. Wolfis leibliche Mutter aber dürfte sich umgebracht haben, das lässt sich aus einer Bemerkung der Kammerzofe Lisette an Wolfis Krankenbett schließen.

Maria folgt Dornach also auf sein Gut, ohne Liebe, aber mit rationalem Entschluss. Ihre künstliche Verhaltenheit und die strenge Selbstdisziplin, mit der sie sich Emotionalität und Spontaneität selbst aberzieht, ist auch Teil ihres

Kampfes gegen das Bild der ›hysterischen‹ Mutter. »Das sollte ihr Vater sehen – ihr Vater und noch ein anderer …«, nämlich Tessin, heißt es einmal zu Beginn ihrer Zeit auf Gut Dornach, und das zeigt, wie sehr Maria im Bannkreis dieser beiden Figuren steht. Was ihren Vater betrifft, erfährt sie durch Wolfi und auch durch einige Tagebuchblätter ihrer Mutter allmählich von dessen Affärenreigen – der eben auch Alma Tessin einschloss, die Marias mütterliche Freundin war. Ganz Wien wusste davon, nur die eigene Tochter nicht. »Mit welcher Stirn vermochte sie es früher, mit mir zu verkehren und – es ist unfaßbar – mit hundert Menschen, die alle in Kenntnis waren von ihrer unsühnbaren Schuld« (S. 250), denkt Maria, kurz bevor sie sich mit dem einmaligen Ehebruch selbst in »unsühnbare Schuld« verstrickt. Auch Dornach hat Maria in ihrer Unwissenheit belassen. Er zeigte Alma gegenüber zwar eine kühle Distanz, jedoch ohne seiner jungen Frau eine Aufklärung des Sachverhalts zu gewähren – selbst integre Männer wie Dornach halten sich an den patriarchalen Schweigekonsens den betroffenen Frauen gegenüber. Als der Vater nach der Geburt von Marias erstem Sohn zu Besuch kommt, will sie ihn zur Rede stellen, tut es aber nicht. Man schweigt darüber. Der Vater aber hat sofort erkannt, dass ihre Zuneigung erkaltet ist, und beginnt sie zu umwerben, schließlich gilt es jetzt, sie zurückzuerobern, und das liegt Männern seines Schlages im Blut.

Dann begegnet Maria bei den winterlichen Gesellschaften in Wien Tessin wieder, der kurz davor steht, eine Stellung im fernen Osten anzutreten. Als Liebesroutinier sieht er sofort, dass sie ihm unverändert zugetan ist. So erschleicht er sich unmittelbar vor seiner Abreise mit Wolfis Hilfe ein Stelldichein im Gartenhaus auf Gut Dornach. Maria bleibt mit ihrem schlechten Gewissen und, wie sie bald feststellt, einer ungewollten Schwangerschaft zurück. Dass sie keine Sekunde über die Vaterschaft Tessins im Zweifel ist, lässt sich auch als kleiner Kommentar zur Frequenz ihres ehelichen Sexuallebens lesen. Sie will sich umbringen, Dornach alles gestehen, fliehen – und tut nichts davon. So kommt ihr zweiter Sohn Erich zur Welt; er sieht Tessin ähnlich, was nur Maria zu bemerken scheint. Ihr Mann und sogar dessen gefühlskalte Mutter lieben Erich abgöttisch. Maria schweigt, Dornach verhält sich fürsorglich wie immer, Marias Schuldgefühl ist maßlos, was Ebner-Eschenbach als radikalen Kontrast setzt zum gängigen Verhalten in Ehebruchsfragen von Lebemännern wie Tessin oder Wolfsberg.

Das »Unsühnbar« des Titels hat für Maria unumstößliche Gültigkeit. Auch die katholische Beichte kann keine Befreiung von der Schuld bringen, eine Absolution ist nicht möglich, die Schuld kann in diesem Leben nicht von ihr genommen werden. Einen Ausweg gibt es für sie nicht, allenfalls vorübergehendes Vergessen kann Entlastung bringen. In der Nähe von Gut Dornach haben sich die beiden jung verheirateten Grafen Clemens und Gustav Wonsheim mit ihren Gattinnen angesiedelt, alle vier Vertreter durchaus lockerer Moralvorstellungen. Clemens, so wird betont, hat seine Frau noch nicht betrogen, obwohl sie seit einem ganzen Jahr verheiratet sind. Mit diesen beiden Paaren beginnt nun eine Zeit der ländlichen Bälle, Kostümfeste und Jagden. Maria ist zunächst zurückhaltend, bald aber schon die Wildeste von allen, besonders bei den gemeinsamen Ausritten – eine Reminiszenz an die Pferdeleidenschaft der jungen Marie von Ebner-Eschenbach. Bei einer der Landpartien fällt Marias wagemutiger erstgeborener Sohn Hermann, von Clemens Wonsheim zu noch größerer Kühnheit angestachelt, in den Wildbach, Dornach versucht ihn zu retten, und beide finden den Tod. Maria bleibt mit ihrem illegitimen Sohn Erich allein zurück.

Bei der Testamentseröffnung gesteht Maria, dass Erich als Sohn ihres Fehltritts nicht erbfähig ist. Nicht nur die alte Gräfin Dornach verstößt sie samt ihrem Lieblingsenkel, der sich nun als Kuckucksei entpuppt, auch ihr Vater reagiert wütend. Doch Maria erwidert seinen Blick mit einem stummen Vorwurf, den er auch versteht.

Widerwillig lässt der Vater die beiden auf dem düsteren Stammschloss Wolfsberg wohnen, und auch hier tritt Maria das schwere Erbe ihres Vaters an, der bei seinen Untertanen so verhasst ist, wie seine verstorbene Gattin beliebt war. Ein Gradmesser für den Wert der Gutsherrschaft, also die Lebensberechtigung des Adels, war für Ebner-Eschenbach das Verhältnis zur Dorfbevölkerung. Das Beispiel positiver Gutsverwaltung ist Dornach. »Ohne ihre harte Arbeit keine Ruhe für uns, kein Genuß, nicht Kunst, nicht Wissenschaft« (S. 203), ist seine Überzeugung, und er hat Verständnis für die charakterlichen Prägungen der jahrhundertelang unterdrückten Landbevölkerung, während für Marias Vater »diese« Leute alle »faul, heimtückisch, unverbesserlich« (S. 277) sind. Inwieweit Reformern wie Dornach eine Verbesserung der Lage der Landbevölkerung gelingen kann, bleibt im Roman unbeantwortet.

Maria lebt fortan nur noch für den kleinen Erich und die Armenfürsorge, sie versucht sich gewissermaßen systematisch zu Tode zu arbeiten und zu Tode zu grämen. Ihre Maßlosigkeit in der gelebten Reue ist für die männlichen Akteure unverständlich und ein tendenzielles Ärgernis. Die unverhältnismäßige Vergrößerung ihrer Schuld lässt die gängigen Verkehrsformen der guten Gesellschaft in besonderer Schwärze erscheinen. Marias Verhalten ist eine stumme Kritik an den lockeren Moralvorstellungen der Herren und eine Art Menetekel der vielen potenziellen Opfer, die deren erotische Karrieren zurückgelassen haben. Ihr Vater versteht das genau und denkt seine Tochter immer mehr mit dem Schicksal ihrer Mutter zusammen. Die konsequente Verrechnung der Schuld des Ehebruchs – sei es der eigene wie bei Maria, oder der des Gatten wie bei ihrer Mutter – am eigenen Körper stellt die im männlichen Verständnis nonchalant überspielte Schuldfrage sichtbar in den familiären Lebensraum.

Dunkel ist Gräfin Dolphs Verteidigung Marias: »Was nimmst du ihr im Grunde übel? […] daß dein Blut und das Blut ihrer Mutter in ihren Adern rinnt« (S. 354). Das schreibt Maria die Neigung zum Ehebruch als väterliches Erbteil zu, jene zu überzogener Wertung moralischer Schuld als mütterliches.

Vor ihrem Tod muss Maria noch eine letzte Begegnung mit Tessin überstehen, auch er findet sie »lächerlich […] mit ihrer Sentimentalität und ihrer krankhaften Reue« (S. 367). In der Interpretation des Vorgefallenen ist eine Synchronisierung ihrer beider Erinnerungen nicht möglich: Was für ihn der größte Triumph seines Lebens, die stolze junge Frau, die er so lange vergeblich umworben hat, zumindest einmal besessen zu haben, bleibt für sie die größte Schmach. Nicht nur, weil das Erlebnis das Ende ihrer Karriere als untadelige Gattin bedeutete und sie die Folgen – den illegitimen Sohn Erich – wie immer in solchen Fällen alleine zu tragen hatte. Als entwürdigend empfand sie schon unmittelbar danach, wie Tessin die heimliche Liebesbegegnung mithilfe ihres Halbbruders inszeniert hat.

Maria will Tessin das Versprechen abnehmen, sich nie ihrem Sohn Erich zu nähern, und steht vor der Frage, wie in der Sozialrolle eines Verführungsroutiniers, der gebrochene Schwüre nun einmal immanent sind, gültige Versprechen überhaupt gegeben werden können: »[…] versprechen Sie mir… Aber nicht, wie euresgleichen einer Frau etwas verspricht, einer Frau, der gegenüber Ehrlosigkeit nicht entehrt… Warum? warum? – Vielleicht weil sie euch nicht zur Rechenschaft ziehen kann.« (S. 368) Diese Formulierung spielt indirekt noch einmal das Schicksal ihrer Mutter ein, deren einzige Option es war, sich um den Preis eines frühen Todes zumindest einige Jahre lang als lebendes Mahnmal zu inszenieren. Ob Tessin sein Versprechen halten wird, bleibt offen.

Dieses Ende ist nicht »happy«, aber es steht ebenfalls unter einem gewissen Kitschverdacht: ein einmaliger, fast unschuldig begangener Fehltritt, ein uneheliches Kind und eine lebenslange Buße bis in den frühen Tod durch Auszehrung. Doch die Erzählung reflektiert damit, ohne den Terminus zu erwähnen, auch das Thema weiblicher Hysterie als zeittypische Reaktionsform in aussichtslosen familiären Situationen. Erst sieben Jahre später wird Josef Breuer gemeinsam mit Sigmund Freud seine *Studien über Hysterie* vorlegen.

Die erste Niederschrift von *Unsühnbar* erfolgte von Mai bis Dezember 1888, Publikationsort ist wiederum Julius Rodenbergs *Deutsche Rundschau*. Ihm berichtet Ebner-Eschenbach am 12. März 1889 auch, dass der Erzählung eine reale Begebenheit zugrunde liege: Es habe sie interessiert, was eine angesehene Dame aus den »österreichischen aristokratischen Kreisen« dazu motiviert haben könnte, »um der Wahrheit die Ehre zu geben mit einigen Worten ihren makellosen Ruf«[21] zu vernichten.

Rodenberg war sofort begeistert, nur Gräfin Dolphs frivole Bemerkungen scheinen ihn gestört zu haben. In ihrem Antwortbrief hält Ebner-Eschenbach fest: »Nicht wahr, ich bin nicht verantwortlich für ihr Geschwätz? – Sie hat sich geschult an den Frauen des XVIII Jahrhunderts«[22]. Gendering kann im Übrigen auch in der Gestaltung von Role Models wie jenes der Tante Dolph bestehen. »[S]ehr unabhängigen Sinnes, hatte sie niemals einen Beruf zur Ehe in sich verspürt« (S. 172) und konnte ihr Vermögen bedeutend vermehren – nicht zuletzt auch, weil kein Gatte das Familienvermögen mit Pferde- und Jagdwahnsinn oder Frauengeschichten vergeudet hat. Als unabhängige Frau, die sich weder um Vorurteile noch um Gerede, also auch nicht um ihren guten Ruf kümmert, erfreut sie sich bis ins hohe Alter einer unzensiert scharfen Zunge und bester Gesundheit.

Als das Oktober-Heft 1889 mit dem Abdruck der ersten Fortsetzung eintrifft, versucht Ebner-Eschenbach es aus Angst vor den innerfamiliären Reaktionen zu verstecken, was sich nicht lange durchhalten lässt. Im Nachtrag zum

Tagebuch von Dezember 1889 notiert sie: »Meine Schwester Julie nennt Unsühnbar ein Ehebruchsdrama, es thut ihr leid daß ich einen solchen Stoff gewählt etc. Eine im Philister-schwarm.«[23] Selbst Paul Heyse, dessen Lob sie sonst stets ge-treulich im Tagebuch vermerkt, war »entrüstet«[24]. Die Kritik reagierte gespalten. In der Münchner »Allgemeinen Zeitung« spricht der anonym bleibende Korrespondent aus Wien von Marias »abscheuliche[r] That«, von einem »Haschen mit leichten Mitteln nach wohlfeilen Effecten« und vor allem von einem vorurteilsvollen »Ironisiren, Bespötteln, Bener-geln des österreichischen Adels«[25].

Prinzipielle Einwände betrafen vor allem zwei Aspekte: Marias Ehebruch und ihr spätes Geständnis seien nicht ge-nügend motiviert. Zu einem Teil hat das mit Ebner-Eschen-bachs notwendig zurückhaltender Art zu tun, über erotische Fantasien und Erlebnisse ihrer Frauenfiguren zu sprechen. Schon im Erstdruck aber nimmt Marias Traum im zweiten Kapitel die schicksalhafte Verwicklung Wolfi/Wolfsberg – Tessin – Dornach vorweg. Und dass Maria im ersten Jahr ihrer Ehe nicht explizit an Tessin denkt, ist eigentlich eine durchaus plausible Folge der Verdrängung. Sie unterwirft sich der Ratio des Töchterschachers, muss also die Gefühls-ebene in sich weitgehend abtöten.

Wie häufig nimmt Ebner-Eschenbach vom Zeitschrif-tenabdruck zur ersten Buchausgabe 1890 und deren Neu-auflagen Veränderungen am Text vor, die zum Teil direkte Reaktionen auf Einwände und Vorwürfe sind. Moriz Necker schrieb noch im Festartikel zum 60. Geburtstag der Auto-rin am 13. September 1890, »daß in der Jugendgeschichte Maria's, zumal ihren Beziehungen zu Tessin, Etwas vermißt wird, was für die Erklärung ihres Falles nothwendig wäre. Die Dichterin gedenkt diese Lücken bei einer neuen Aus-gabe von *Unsühnbar* auszufüllen und damit der Kritik, wel-che einen Bruch in der Charakteristik der Heldin zu finden glaubte, jeden Angriffspunkt zu nehmen.«[26] In der dritten überarbeiteten Auflage von 1891 wird Tessins Verführerrolle stärker betont, Maria denkt schon vor der Wiederbegegnung mehrmals an ihn, und das Idyll ihrer Ehe mit Dornach wird etwas abgeschwächt. Abgesehen von einer deutlichen Vermehrung der Beistriche und kleinen stilistischen Korrekturen[27], arbeitet sie vor allem die Verführungsszene in Kapitel 10 und die Testamentszene in Kapitel 19 immer wieder um. Marias Bindung an Tessin wird expliziter ausgesprochen, ihr Widerstand verstärkt, Sprachbilder knüpfen korrespondierende Szenen deutlicher aneinander.

Eine direkte Reaktion auf Einwände scheint es auch zu sein, wenn sie angedeutete Frivolitäten der adeligen Gesellschaft abschwächt. So heißt es etwa in der Zeitschriftenfassung über die gräflichen Brüder Wonsheim, sie suchten nach der Enttäuschung über die Geburt von Töchtern – statt der erhofften Söhne –, Trost »in allerlei unschuldigen und – anderen Zerstreuungen«. Der Bindestrich, hinter dem sich wie in Schnitzlers *Reigen* das erotische Karussell verbirgt, wird getilgt, es bleiben nur: »allerlei Zerstreuungen«[28].

Das Grundproblem der Verführungsszene hat Fritz Mauthner wohl am treffendsten beschrieben: »Der starke Stoff ist nicht rücksichtslos genug angepackt.«[29] Dass Autorinnen erotische Themen aus gesellschaftlichen Vorbehalten nicht »rücksichtslos genug« anpacken konnten, war eines ihrer unauflösbaren Dilemmata. Heute noch nachvollziehbar ist der Einwand Josef Breuers, Hausarzt und Freund Ebner-Eschenbachs, der am idealistischen Bild Hermann Dornachs Anstoß nahm. »So genügsam ist kein Mann«[30], lautete sein Urteil, und Ebner-Eschenbach bedauerte, das nachträglich nicht mehr ändern zu können. Den Kritikern war das freilich nicht aufgefallen, die Weltliteratur ist schließlich voll von idealisierten Männerfiguren.

August Sauers Einschätzung, *Unsühnbar* sei ein Roman, »der das *Gemeindekind* in jeder Beziehung weit«[31] übertreffe, hat sich bis heute nicht durchgesetzt. Auch der Naturalist

Wilhelm Bölsche nennt in seinem Essay zum 70. Geburtstag der Autorin *Unsühnbar* die »stärkste dichterische Leistung der Ebner«, und rechnet diesen Roman »den größten und tiefsten des ganzen Jahrhunderts bedingungslos zu«[32]. In den gängigen Romanführern und Werklexika kommt er – mit Ausnahme eines DDR-Romanführers aus dem Jahr 1972[33] – nicht vor. Dabei ist *Unsühnbar* mit den zeittypischen Themen Ehebruch und Scheinmoral einer von Ebner-Eschenbachs gesellschaftspolitisch riskantesten Texten und nicht nur unter dem Genderaspekt ein wichtiges Korrektiv zum gängigen Bild der Literatur um 1900.

Anmerkungen

1 Marie von Ebner-Eschenbach: Tagebücher III. 1879–1889. Kritisch hrsg. u. komm. von Karl Konrad Polheim und Norbert Gabriel unter Mitwirkung von Markus Jagsch und Claus Pias. Tübingen: Niemeyer 1993 (= MvEE. Kritische Texte und Deutungen), S. 1, Überlieferung Bettelheim [bm].

2 Ebd., S. 2, 26. 5. 1879, [bm].

3 Ebd., S. 3, [bm].

4 Helmut Koopmann: Schloß-Banalitäten. Lebenslehren aus einer halbwegs heilen Welt: Marie von Ebner-Eschenbach. In: Deutschsprachige Schriftstellerinnen des Fin de siècle. Hrsg. v. Karin Tebben. Darmstadt: Wissenschaftliche Buchgesellschaft 1999, S. 162–180, hier: S. 163.

5 Marie von Ebner-Eschenbach: Meine Uhrensammlung. In: Dies.: Letzte Worte. Aus dem Nachlass hrsg. v. Helene Bucher. Wien, Leipzig, München: Rikola 1923, S. 153–234.

6 Vgl. dazu: Evelyne Polt-Heinzl: Verborgene Modernisierungsdebatten bei Marie von Ebner-Eschenbach oder: Wie und warum aus Lotti Fräulein Charlotte Feßler wird. In: Österreich in Geschichte und Literatur mit Geographie. Jg. 52. 2008. Nr. 1, S. 22–31.

7 Ebner-Eschenbach, Tagebücher III, S. 695.

8 Marie von Ebner-Eschenbach: Tagebücher VI. 1906–1916. Kritisch hrsg. u. komm. von Karl Konrad Polheim und Norbert Gabriel. Tübingen: Niemeyer 1997 (= MvEE. Kritische Texte und Deutungen), S. 165, 3. 8. 1909.

9 Ebd., S. 180, 24. 10. 1909.

10 Marie von Ebner-Eschenbach: Tagebücher I. 1862–1869. Kritisch hrsg. u. komm. von Karl Konrad Polheim unter Mitwirkung von Rainer Baasner. Tübingen: Niemeyer 1989 (= MvEE. Kritische Texte und Deutungen), S. 263.

11 Marie von Ebner-Eschenbach: Tagebücher IV. 1890–1897. Kritisch hrsg. u. komm. von Karl Konrad Polheim und Norbert Gabriel unter Mitwirkung von Markus Jagsch. Tübingen: Niemeyer 1995 (= MvEE. Kritische Texte und Deutungen), S. 343, 2. 10. 1896.

12 Izabela Surynt: Lotti Feßler – eine Charakterstudie. Zum Frauenbild im Werk Marie von Ebner-Eschenbachs am Beispiel der Erzählung »Lotti, die Uhrmacherin«. In: Convivium. Germanistisches Jahrbuch. 1994, S. 27–47, hier: S. 44; Christine Anton: Marie von Ebner-Eschenbach und die Realismusdebatte: Schreiben als Auseinandersetzung mit den Kunstansichten ihrer Zeit. In: Modern Austrian Literature. Jg. 33. 2000. Nr. 1, S. 1–15, hier: S. 7.

13 Betty Paoli: Neue Erzählungen von Marie v. Ebner-Eschenbach. In: Betty Paolis Gesammelte Aufsätze. Eingel., hrsg. v. Helene Bettelheim-Gabillon. Wien: Verlag des Literarischen Vereins in Wien 1908, S. 91–111, hier: S. 103.

14 Eldi Grubišić Puišelić: Der ›häusliche Engel‹ im Spiegel der Frauenliteratur am Beispiel von Dragojla Jarnević und Marie von Ebner-Eschenbach. In: Zagreber Germanistische Beiträge. Beiheft 9. 2006, S. 131–142, hier: S. 140.

15 Enno Lohmeyer: Marie von Ebner-Eschenbach als Sozialreformerin. Königstein/Ts.: Helmer 2002, S. 16.

16 Deutsche Rundschau. Jg. 6. H. 6. März 1880, S. 346.

17 Deutsche Rundschau. April–Mai–Juni 1880, S. 25.

18 Koopmann 1999, S. 177.

19 Marie von Ebner-Eschenbach: Bettelbriefe. In: Sämtliche Werke in 12 Bänden. Leipzig: Fikentscher Verlag / H. Schmidt & C. Günther [1928] (= Hafis Ausgabe, Bd. 10), S. 191–209, hier: S. 197.

20 Bei der Erstnennung unkorrigiert in allen Ausgaben: Förster. Auch in: Marie von Ebner-Eschenbach: Unsühnbar. Hrsg. v. Burkhard Bittrich. Bonn: Bouvier 1978 (= MvEE. Kritische Texte und Deutungen. 1), S. 36.

21 Burkhard Bittrich: Text- und Wirkungsgeschichte. Deutung. In: Marie von Ebner-Eschenbach: Unsühnbar. Hrsg. v. Burkhard Bittrich. Bonn: Bouvier 1978 (= MvEE. Kritische Texte und Deutungen. 1), S. 233–350, hier: S. 235.

22 Bittrich 1978, S. 240.

23 Ebner-Eschenbach, Tagebücher III, S. 804, 31. 12. 1889.

24 Ebd.

25 Zit. nach: Bittrich 1978, S. 250f.

26 Zit. nach: Bittrich 1978, S. 260.

27 Vgl. dazu ausführlich: Bittrich 1978, S. 244–247.

28 Vgl.: Bittrich 1978, S. 246.

29 Zit. nach: Bittrich 1978, S. 252f.

30 Ebner-Eschenbach, Tagebücher III, 1993, S. 89.

31 Zit. nach: Bittrich 1978, S. 273.

32 Zit. nach: Bittrich 1978, S. 274.

33 Vgl. die Tabellenübersicht in: Bittrich 1978, S. 296.

Lotti, die Uhrmacherin

Erzählung

1

Fräulein Lotti war soeben erwacht. Die Repetieruhr, die an einem zartgeschweiften Schnörkel am rechten Kopfende des altertümlichen, reich geschnitzten Bettes hing, schlug mit zartem Klange sechsmal an. Gleich darauf begann die deutsche Stockuhr, eine solide Arbeit Meister Anton Schreibelmeyers, von der Kommode am Pfeiler aus, die Morgenstunde zu verkünden. – Auf, auf! befal ihre gebieterische Stimme, an die Arbeit! Der Tag beginnt! – Ihre Glocken hatten kaum ausgezittert, als auch schon die französische Wanduhr, in aller Bescheidenheit, eilig und leise zu melden begann: Sechs! Sechs! Gehorsamst zeig ich's an.

Eine kleine Pause – und am linken Kopfende des Bettes erhob das Seitenstück der Repetier-, eine Spieluhr, ihre Silberstimme und gab ein Schäferliedchen zum besten, so lieblich, als hätten kleine Engel es gesungen.

Mit unendlichem Wohlgefallen lauschte das Fräulein dem Konzerte, das ihre Uhren abhielten, und hätte in den Schlußgesang beinahe mit eingestimmt, so fröhlich war ihr zumute. An dem Lichte, das durch die herabgelassenen Vorhänge in das Zimmer drang, erkannte sie, daß es heute einen schönen Tag gebe – war das nicht genug, um den reichen Quell von Heiterkeit in ihrer Seele zum Überströmen zu bringen?

Sie stand auf und kleidete sich an; sehr sorgfältig zwar, aber ohne dabei mehr, als durchaus nötig war, in den Spiegel zu sehen, denn – sie war sich kein angenehmer Anblick. Die Zeit, in welcher sie ihren Mangel an Schönheit gar schmerzlich und fast wie eine Schmach empfunden, war freilich vorbei. Jetzt, mit fünfunddreißig Jahren als ehrenfeste alte Jungfer, hatte sie längst aufgehört, ihr Äußeres gehässig anzufeinden, aber so ganz erloschen war das letzte Fünkchen Eitelkeit in ihrem Frauenherzen doch nicht, wenn es sich auch nur in dem Gedanken aussprach: Es ist ein Glück, daß ich anderen anders vorkomme als mir selbst, sonst könnte mich niemand leiden.

Nach beendeter Toilette begab sie sich aus dem Schlaf- in das Wohnzimmer. Es war ein trauliches Gemach, dessen Fenster auf einen kleinen Platz sah – einen sehr kleinen, denn er wurde von nur vier Häusern gebildet; doch war er luftig und hell und gewährte den Anblick eines beträchtlichen Stückes Himmel, was gewiß kein geringer Vorzug war. Es will etwas heißen, im Herzen der Zivilisation zu wohnen, im Mittelpunkt der Hauptstadt, tausend Schritte vom Dom, den zu sehen viele Leute tausend Meilen weit hergezogen kommen, und dabei von seinem Fenster aus Wetterbeobachtungen fast wie Knauer und das Studium des Sternenlaufes fast wie ein Chaldäer betreiben zu können, Wolken und Vögel ziehen, und der Sonne und dem Mond ins Gesicht zu sehen.

Dieses Stück Himmel, obwohl – nur aus einem Fenster sichtbar, erhellte dem Fräulein die ganze im übrigen ziemlich finstere Wohnung und ließ ihr das Erklimmen der drei Stockwerke, die zu derselben hinaufführten, als eine höchst anmutige Promenade erscheinen, weniger beschwerlich als eine Bergbesteigung, und *beinahe* ebenso lohnend.

Aber nicht nur der Himmel über dem Platze, auch die Häuser auf dem Platze und die Menschen, die in ihnen wohnten, nahmen das Interesse Fräulein Lottis in Anspruch. Die Fenster des gegenüberliegenden Hauses, das den Platz gegen Osten in einem stumpfen Winkel abschnitt, glänzten schon im Sonnenschein. Bei den reichen Leuten in der Beletage sind die Gardinen noch nicht aufgezogen; dort schläft man in den Tag hinein, sieht den Himmel nie in seinem ersten, sanft umflorten Blau, in seiner duftigsten Schönheit. Im dritten und vierten Stock hingegen gibt's freien Eintritt für Licht und Luft des goldenen Maimorgens.

Auf den Mauervorsprüngen der beiden Häuser nebenan trippeln dicke graue Tauben in großer Aufregung. Sie warten voll Ungeduld auf das Frühstück, das ihnen Lotti auf das Fenstergesimse zu servieren pflegt. Kaum weniger gespannt als sie sehen noch andere Geschöpfe dem anziehenden Schauspiel der Taubenfütterung entgegen. Es sind die nächsten Nachbarn des Fräuleins, und sie gehören zu ihren Bekannten, wenn auch nicht zu ihrem Kreise. Der Nachbar zur Linken erhält ihren ersten Gruß, dann kommen die Nachbarn zur Rechten. Jener, ein gebrechliches Männchen, engbrüstig und kahl, das Urbild eines alten Damenschneiderleins, diese, drei frische Jungen, mit runden, dank der frühen Morgenstunde sauber gewaschenen Gesichtern. Prächtige Burschen, noch zu jung für die Schule und doch beinahe schon der weiblichen Zucht entwachsen; mit Worten wenigstens richtet die Mutter nichts mehr bei ihnen aus, obwohl sie dieselben nicht spart, die brave Frau. Der Mann und Vater hat seine Werkstätte nebenan in den Hof hinaus und plagt sich an der Drehbank vom Morgen bis zum Abend. Er ist Pfeifenschneider, aber im Rohre scheint er nicht zu sitzen und Überfluß hat er nur an Kindersegen. Die drei Erstgeborenen haben angefangen, sich um den besten Platz am Fenster zu balgen, die Mutter tritt unter sie, ein zweijähriges Mädchen auf dem Arme, zieht den Pantoffel vom Fuße und schlägt wacker auf die Buben los. Der Pantoffel fällt, gleich der Hand des Schicksals, ohne Unterschied auf das Haupt des Gerechten wie des Ungerechten, und bald herrschen Ruhe und Frieden. Die neuen Horatier liegen still nebeneinander im

Fenster und beobachten die grauen Tauben, mit innigstem Verständnis für ihre Rauflust und ihren guten Appetit.

Die Aufmerksamkeit des Schneiderleins hingegen ist auf das Fräulein gerichtet. Das braune Mohairkleid, das seine Gönnerin heute zum erstenmal angetan hat, ist seiner Hände selbsteigenes Werk. Der Schnitt hat sich seit wenigstens zehn Jahren als vortrefflich bewährt, und genäht und ausgefertigt ist das Kleidungsstück mit einer Sorgfalt, die ihresgleichen sucht. Alles solid und geschmackvoll. Der Rock so faltenreich, die Taille weder zu lang noch zu kurz, sondern gerade dort angebracht, wo der liebe Gott sie hingesetzt hat. Sie wird von einem breiten Gürtelband umgeben, aus reiner Seide, fein, weich und dauerhaft. Aus demselben Stoffe bestehen auch die Biais, die den Kragen und die enganliegenden Ärmel schmücken. Von den letzteren heben sich die glatten Manschetten, die das Fräulein zu tragen pflegt, gar schön ab, und bilden die schneeweiße Einfassung der zarten schlanken Hände. Ach, diese Hände! Das Schneiderlein vermag sie niemals ohne innere Rührung zu betrachten. Sie waren das erste, was er erblickte in jenem unvergeßlichen Momente, in dem er die Augen aufschlug, die er für immer geschlossen zu haben meinte, freiwillig geschlossen, nach schwerem, entsetzlichem Kampfe. Der Alte besinnt sich nur noch wie eines bösen Traums des hoffnungslosen Elends, das ihn zu einer Tat der Verzweiflung getrieben; er hat die Ursache fast vergessen und begreift ihre Wirkung nicht mehr. »Ich muß wahnsinnig gewesen sein!« sagt er jetzt, wenn er der Stunde gedenkt, in der er sein kleines Töchterchen zu sich gerufen, Tür und Fenster desselben Zimmers, das er heute noch bewohnt, verriegelt, und das Kohlenbecken entzündet hat.

Damals hatte der Zufall Fräulein Lotti zur Retterin des armen Schneidermeisters gemacht, ihre Güte machte sie zu seiner Beschützerin. Nachdem er unter ihrer Pflege gesund und wieder erwerbsfähig geworden, sammelte sie allmählich für ihn einen kleinen Kundenkreis. Der Schneider befand sich jetzt in guten Verhältnissen, war sogar imstande, einen Sparpfennig zurückzulegen. Er hätte das ruhigste Leben gehabt, wenn nur die revolutionären Ideen seiner Tochter nicht gewesen wären. Aber die Leopoldine, ein ehrgeiziges junges Ding, ein Feuerkopf, hatte an den Arbeiten des Vaters immer etwas auszusetzen und schwärmte, zu seinem Grauen und Entsetzen, für die unsinnigsten, lächerlichsten, abscheulichsten Moden, nämlich für die neuesten.

Soeben haben sie wieder einen scharfen Streit gehabt und sitzen jetzt einander gegenüber im Fenster und nähen an einer schwarzen Seidenmantille mit einem Eifer, den ihr nicht ganz ausgebrauster Zorn beflügelt. Die Mantille braucht erst morgen fertig zu werden, wird es aber gewiß heute noch, wenn die Furie anhält, mit der Vater und Tochter die Nadel führen.

Inzwischen hat sich das Dachfenster über der Schneiderwerkstätte geöffnet; eine Frau und eine Katze sind an demselben erschienen, beide wohlgenährt und weißhaarig. Die Katze schleicht zur Morgenpromenade auf das Dach hinaus, bleibt öfters stehen und wirft begehrliche Raubtierblicke nach den Tauben, die von Fräulein Lotti gefüttert werden. – Wer eine von euch erwischen könnte! denkt sie. Saubere Weltordnung, in der wir leben! – Gäb's eine Gerechtigkeit – ich hätte Flügel!

Frau Katze schüttelt den Kopf, schließt die Augen, leckt die fadendünnen Lippen und gähnt wie ein Tiger.

Ihre Gebieterin hakt den Fensterflügel ein, damit die Spaziergängerin bequem eintreten könne, wenn es ihr genehm sein würde heimzukehren. Die Rückkunft ihres Lieblings kann die Bewohnerin der Dachstube nicht abwarten, sie muß an ihren Posten, in den kleinen Laden im Durchhause nebenan, wo sie im Winter altgebackenes Brot, im Sommer auch Obst feilbietet, und zu allen Jahreszeiten Näschereien, die ihre Katze verschmähen würde, die aber an den Schulkindern beharrliche Abnehmer finden.

Fräulein Lotti sandte bereits viele Grüße zu der dicken
Frau empor, die so freundlich aussah wie des Teufels Großmutter, und sich's lange überlegte, bevor sie mit einem kaum
merkbaren Nicken dankte. Aber auch damit ist Lotti zufrieden. An Zuvorkommenheit von Seite der Frau Brotsitzerin
wurde sie nie gewöhnt und hat auch kein besonderes Her-
zensbedürfnis danach. Sie wünscht nur, konservativ wie sie
einmal ist, daß alles beim alten bleibe, und daß sie sich täglich sagen könne, was die Potentaten jährlich einmal in ihren
Thronreden sagen: »Unsere Beziehungen zu den Nachbarstaaten sind die freundschaftlichsten.«

2

Lotti schloß ihren unersättlichen Tauben das Fenster vor
den Schnäbeln zu und zog sich in das Zimmer zurück. Auf
einem Tischchen, in der Nähe des Kamins, hatte Agnes, die
goldene Säule des kleinen Haushalts, schon alle Vorbereitungen zum Tee getroffen. Lotti begann nun, ihn zu bereiten.
Dabei musterte sie ab und zu ihr Stübchen mit wohlgefälli-
gen Blicken.

Je länger sie es bewohnte, desto gemütlicher erschien es
ihr, desto mehr mußte sie selbst die geschickte Benützung
des Raumes bewundern, die es möglich gemacht, so viele
Tische, Schränke und Schränkchen in dem schmalen Zimmer unterzubringen. Sehr frei bewegen konnte man sich
darin freilich nicht, am wenigsten dann, wenn zufällig mehrere Schranktüren zu gleicher Zeit offenstanden. Doch – was
lag daran? Lotti empfing ja keine Gäste, hatte auch für solche nicht vorgesorgt. Außer dem Fauteuil, den sie bei ihren
Mahlzeiten benützte, war nur noch ein Sitzmöbel vorhanden,
ein altdeutscher, geschnitzter Holzsessel, ein wahrer Ausbund von Schwerfälligkeit. Er überragte, kaum beweglicher
als ein Berg, einen Arbeitstisch, auf dem mehrere zerlegte

Uhrwerke unter Glasglocken und alle erdenklichen Uhrma-
cherwerkzeuge lagen. Auf der linken Seite des Fensters, in
der dunklen Ecke, welche das Zimmer dort bildete, befand
sich ein großer, bis an die Decke reichender Schrank. Der
glich einer gotischen Kapelle, war aber ein Schreibtisch, sehr
schön, sehr merkwürdig und sehr unbequem – der Schreibtisch einer Person, die nicht schreibt. Um so zweckmäßiger
war der niedrigere Bücherschrank, der den größten Teil der
Längenwand, dem Eingange zu Agnesens Zimmer gegenüber, einnahm. Schlanke Säulen mit korinthischen Kapitäl-
chen verzierten die Glastüren des Aufsatzes, hinter dessen
blanken Scheiben eine sehr gemischte Gesellschaft friedlich
beisammen wohnte.

Da standen Schillers Werke in einem Bande, im allerdings ziemlich abgenützten Prunkgewand aus rotem Saffian,
neben zwei kleinen dicken Büchlein in schweinsledernen
Schlafröckchen, den *Mémoires du Maréchal de Bassompierre*. Goethes *Benvenuto Cellini* hatte zwei ganz unähnli-
che Nachbarn, Dom Jacques Martins *Histoire des Gaules* und
ein ehrwürdiges Inkunabel: *Unser lieben frawen psalter, ge-
druckt zu Augspurg. Von Luca Zeisselmair. Am mitwoch nach
Jakobi. In dé iar als man zelet 1495*. Gibbons *Geschichte des
Verfalles des römischen Reiches* blickte gnädig auf den Herrn
Quintus Fixlein herab, Krummachers Parabeln lehnten sich
mit naiver Zutraulichkeit an die Annalen des Tacitus. Lessings *Laokoon* war durch ein Versehen mitten hineingeraten
zwischen den *Barometermacher auf der Zauberinsel* und die
Familie von Halden; Prinz von Gotland, der Bramarbas und
Himmelstürmer, hielt sich ruhig neben dem weisen Pascal.
Viele Klassiker der Weltliteratur, alte und neue, fanden sich
durch irgendein Hauptwerk vertreten; vollständig vorhanden jedoch waren alle Lehrbücher der Uhrmacherkunst.
Ihre lange, majestätische Reihe wurde durch Hieronymus
Cardani (1557) eröffnet und schloß mit M. L. Moinets *Traité
général d'Horlogerie*.

Kein einziges von allen diesen Büchern war seiner Eigentümerin ganz fremd, mit manchen stand sie auf dem vertrautesten Fuße, und gerade in diese vertiefte sie sich mit dem größten Vergnügen immer von neuem. Denn, meinte sie, ein schönes Buch nicht wiederlesen, weil man es schon gelesen hat, das ist, als ob man einen teuren Freund nicht wieder besuchen würde, weil man ihn schon kennt.

Übrigens – ein gutes Buch, einen guten Freund, die lernt man nicht aus. Ein weises Buch ist eben so unergründlich wie ein großes Menschenherz.

Viele dieser Werke besaßen außer ihrem eigenen auch noch einen besonderen, für Lotti unschätzbaren Wert. Sie waren mit Randbemerkungen von der Hand eines Mannes versehen, der ihr unter allen Lebenden am höchsten gestanden hatte – ihres Vaters.

Sie meinte ihn sprechen zu hören, wenn sie die kurzen, zierlich geschriebenen Sätze, Früchte reiflicher Überlegung und solider Fachkenntnis, überlas.

Meister Johannes Feßler hatte nicht zu den Leuten gehört, die einen Gedanken deshalb schon für gut halten, weil er in ihrem Kopf entstanden ist. Das Handwerk, das er ein halbes Jahrhundert hindurch getrieben, hatte ihn gelehrt, dreißig »Vielleicht« und »Ich glaube« leichter auszusprechen als ein »So ist's«, oder ein »Das steht fest«.

Ein gewissenhafter Uhrmacher, wie er gewesen war, ein Mann, der so oft erfahren hatte, daß am Ende einer Reihe scheinbar richtiger Schlüsse ein Irrtum lauern kann, der hütet sich wohl, leichtsinnig Behauptungen aufzustellen. Dafür haben die seinen aber auch bei allen Leuten, die es verstehen, einen Ausspruch auf dessen Feingehalt an Wahrheit zu prüfen, ihr gehöriges Gewicht.

Aus den Randglossen des Meisters ließ sich erkennen, wie ernst es ihm war mit seinem Beruf, und welche Liebe er für ihn gehegt. Man sah es wohl, was er auch gelesen hatte, wie sehr ein Buch seine Aufmerksamkeit gefesselt haben mochte, seines Handwerks hatte er dabei nie vergessen. Niemals war ein bemerkenswertes Ereignis in der Geschichte der Menschen zu seiner Kenntnis gekommen, ohne daß er gesucht hätte, es mit einem eben solchen in der Geschichte der Uhren in Verbindung zu bringen. So befand sich zum Beispiel in einem historischen Werke, an einer Stelle, wo die Rede war vom Tode Kaiser Rudolfs von Habsburg, von Feßlers Hand die Anmerkung: In demselben Jahre erhielt die Kirche von Canterbury eine Schlaguhr, für welche dreißig Pfund Sterling bezahlt wurden. Weiter, als der »Goldenen Bulle« Erwähnung geschah, hatte der Meister seinerseits erwähnt: Gleichzeitig ehrte die Stadt Bologna sich selbst, indem sie die erste öffentliche Uhr aufstellen ließ. – Noch weiter: Eduard III. entsagt seinen Ansprüchen auf den französischen Thron – und – fügte Feßler hinzu: erteilt dreien Uhrmachern aus den Niederlanden Schutzbriefe, damit sie nach England kommen können. Anno 1368. In dem selben Geschichtswerke war der Beiname König Karls V., der Weise, nachdrücklich unterstrichen und daneben stand: Muß, wie der gleichnamige große deutsche Kaiser, eine besondere Freude an den Werken der Uhrmacherkunst gehabt, ja vielleicht selbst dabei Hand angelegt haben. Der berühmte Meister Jouvence hätte sich sonst schwerlich erlaubt, eine seiner Uhren mit der Inschrift zu versehen:

> Charles le Quint, Roi de France
> Me fit par Jean Jouvence.

Der nämliche weise König ließ auch (1364) Herrn Heinrich von Wick nach Paris kommen, wo dieser eine Uhr für den Turm des königlichen Schlosses verfertigte. Er erhielt Wohnung in demselben Turm und eine Besoldung von sechs Sous täglich. –

Noch andere Randglossen machten darauf aufmerksam, daß Luther seine Bibelübersetzung zu derselben Zeit geschrieben hat, zu welcher Peter Hele, Andreas Heinlein und Caspar Werner in Nürnberg die ersten Taschenuhren zustande brachten; daß, im Jahre des Unterganges der spanischen Armada, Andreas Landek, Schüler Abraham Habrechts und Verfertiger der ersten Kirchenuhr in Nancy, zu Wertheim in Franken geboren wurde; daß Anno 1690 – glorreichen Andenkens für Deutschland wegen der Gründung der Universität Halle, und für Frankreich wegen der Siege Luxemburgs, Catinats und Tourvilles – in Paris, wo bisher nur kleine Taschenuhren beliebt gewesen, plötzlich sehr große in die Mode kamen ... Und so weiter! Noch viele wichtige und höchst seltsame Zusammenstellungen, die jedem, der ein Herz hat für die Uhrmacherei, gar viel zu denken geben.

Was ihm selbst dabei eingefallen, hatte Meister Johannes niemals verraten, sehr oft aber sein Bedauern darüber ausgesprochen, daß er nur ein ungelehrter Mann war und nicht imstande, eine ausführliche und genaue Geschichte der Entwicklung der Uhrmacherkunst zu schreiben. Das beste Material, das es geben kann – wenigstens zu einem Hauptzweig eines solchen Werkes –, besaß er selbst. Er hatte im Laufe seines langen Lebens eine Sammlung von Taschenuhren zusammengebracht, wie sie vor ihm so vollständig und lückenlos schwerlich ein Privatmann (Herrn Ashton Levers ausgenommen, das versteht sich!) besessen haben dürfte. Lauter seltene und auserlesene Exemplare, jedes der Vertreter einer eigenen Gattung, jedes wertvoll an und für sich und doppelt wertvoll als Teil des Ganzen, zu dem es gehört. Wäre diese Sammlung bekannt, sie wäre gewiß auch berühmt geworden, sie hätte die Bewunderung aller Kenner erwecken müssen. Aber dem Meister Johannes war um Berühmtheit gar nicht zu tun, und was die Bewunderung betrifft, die ihm eigentlich ganz recht gewesen wäre – wer hört nicht gern loben, was er liebt? –, so hat sie doch meistens Neid und Verlangen in ihrem Gefolge, die Feßler um keinen Preis zu erwecken wünschte. Er freute sich im stillen an seinem Schatze, was nicht heißen soll, daß er sich allein daran freute. Es gab zwei

Getreue, die keine anderen Interessen kannten als die seinen, für die sein Wort das Evangelium war, sein Beifall das Ziel aller Wünsche, seine Zufriedenheit das höchste Lebensgut. Die beiden waren seine Tochter Lotti und sein Ziehsohn Gottfried. »Meine Gesellen« nannte er sie in ihrer Kindheit, und später mit Stolz: »Meine Gehilfen.« Endlich schien ihm auch diese Bezeichnung nicht mehr ehrenvoll genug, und er sprach sie niemals aus, ohne sich dabei in Gedanken zu verbessern: »Ich sollte eigentlich sagen: Meine Berufsgenossen … solche noch dazu, die im besten Zuge sind, mich zu überflügeln.«

Daß sie es doch möchten, und recht bald, und recht weit – sein liebster Traum wäre erfüllt. Aber nicht allein dieser, jeder Traum von Erfolg und Glück, den er für seine Kinder im treuen Vaterherzen hegte, schien in Erfüllung gehen zu wollen. Ihr Lebensweg lag so glatt geebnet vor ihnen, sie waren so ganz geschaffen, die Bahn, die das Schicksal ihnen vorgezeichnet, eines auf das andere gestützt, ohne Abirrung, ohne Wanken und Straucheln zu verfolgen. Sie waren beide brav und talentvoll, hatten ein und dasselbe geistige Interesse und dienten ihm mit dem gleichen Eifer. Niemals war ihre Einigkeit getrübt worden. Von dem Augenblick an, in welchem Feßler den kleinen Gottfried, den Sohn eines in der Fremde verstorbenen Verwandten, in sein Haus aufgenommen, hatte sich dieser, so jung er selbst war, zum Beschützer des noch jüngeren Mühmchens aufgeworfen. Gottfried war völlig verwaist, Lotti hatte vor kurzer Zeit ihre Mutter verloren.

Die beiden Kinder wuchsen munter heran. Er wurde ein kräftiger, ernster Jüngling von nachdenklichem, etwas zurückhaltendem Wesen, sie ein hochaufgeschossenes, schlankes Mädchen, verständig, sanft, und dabei immer lustig und guter Dinge. Sie bewunderte und verehrte ihren Vetter und fürchtete seinen Tadel mehr noch als den ihres Vaters. Ihren ersten großen Schmerz erfuhr sie, als Gottfried nach London geschickt wurde, um dort seine Lehrjahre durchzuma-

chen. Er selbst hatte die Stunde der Abreise kaum erwarten
können, aber als sie herankam, war sie so düster und leid-
voll, wie sie aus der Ferne licht und freudig erschienen. Lotti
schluchzte bitterlich. Der frohe Mut, mit dem sie bisher der
Trennung von ihrem Jugendgespielen entgegengesehen, war
plötzlich verschwunden, sie wollte nicht mehr begreifen,
warum er denn fort müsse und wie es sich ohne ihn leben
lassen solle.

Feßler jedoch bestand auf seinem Sinn. Er umschloß seine
beiden Kinder in einer Umarmung, dann trennte er sie sanft:
»Leb wohl, Gottfried«, sagte er, »in drei Jahren bist du wieder
bei uns. Geh, lieber Sohn. Im Vaterlande eines Harrison« –
in seinen feuchten Augen leuchtete es begeistert auf –, »eines
Mudge, eines Arnold müssen unsere künftigen Meister
leben. Wenn du heimkommst, werde ich von dir lernen.«

Allein dieses Wort sollte nicht zur Wahrheit werden. Als
Gottfrieds Lehrzeit um war und er nach Hause zurückkehrte, behauptete er, bei seinen neuen Meistern nichts so
gut gelernt zu haben, als seinen alten Meister und dessen
Kunst zu schätzen. So berühmt jene auch seien, so teuer ihre
Arbeiten bezahlt werden, Feßler dürfe sich mit dem Größten
von ihnen messen. Eines nur verstände auch der Geringste
unter allen besser, nämlich seine Geschicklichkeit geltend
zu machen und zu verwerten. Diesen Vorwurf wies Feßler
lächelnd zurück. Beehrten ihn nicht die vorzüglichsten Uhrmacher mit ihren Bestellungen? Zögerten sie, ihren Namen
in eine Uhr schreiben zu lassen, die aus seinen Händen kam?

Aber Gottfried schüttelte den Kopf und meinte, das sei es
eben, was ihn kränke. – »Ihr Name auf deinem Werk! wo
steht denn der deine? Wer kennt dich? wer weiß etwas von
dir? … Was hast du von deinen unvergleichlich schönen und
genauen Arbeiten?«

»Die Freude, sie zu machen!« war die Antwort Feßlers,
und das Herz schwoll ihm vor Wonne über die Anerkennung, die sein weitgereister Sohn ihm zollte.

Die kleine Familie verlebte damals eine herrliche Zeit. Eine Zeit voll beseligenden Friedens und erfolgreicher Tätigkeit. Feßler war mit der Vollendung eines Chronometers beschäftigt, den er selbst für sein bestes Werk hielt. Gottfried lieferte dazu eine Kompensationsunruhe von so einziger und zarter Ausführung, daß Meister Johannes bei ihrem Anblick laut ausrief: »Unübertrefflich!« – Dieses Lob hatte er noch nie einer Leistung gespendet, die aus seiner Werkstatt hervorgegangen war. Lotti hingegen gelang es, eine höchst merkwürdige und komplizierte Taschenuhr aus dem 16. Jahrhundert in Gang zu bringen. Es bedurfte dazu außerordentlicher Geschicklichkeit, unsäglicher Geduld – aber welche Freude, als sie belohnt wurden und das seltsame kleine Ding seine abenteuerlich geformten Räder in Bewegung zu setzen begann. Feßler und Gottfried lachten, staunten, bewunderten; das Herz des jungen Mädchens pochte vor Entzücken … Ja, es war eine herrliche Zeit! – warum mußte sie so rasch vergehen? Warum mußten ihr, die so erfüllt war von stillem und harmlosem Glück, Tage folgen voll Pein und Qual? Böse Tage, in denen die fleißigen Hände Lottis ruhten, aus ihrer Seele jedoch die Ruhe gewichen war. Tage, in denen alles, was sonst ihr Leben erhellte, ihr gleichgültig geworden, und das Leben selbst – eine Last.

3

Diese schreckliche Zeit war nun längst vorüber; doch hielt Lotti die Erinnerung an sie in ihrer Seele wach. Sie wollte nicht vergessen, daß auch ihr ein gehöriges Maß an Leid und Enttäuschung zugeteilt worden, sie wäre sich sonst im Vergleich mit anderen Menschenkindern ungerecht bevorzugt erschienen. Wie vielen wird es denn so gut, mit ihr sagen zu können:

Ich habe das Leben, das ich brauche!

Ihrer alten Beschäftigung, zu der sie zurückgekehrt war, verdankte sie täglich neue Freude, verdankte ihr Frieden, Frohsinn und Unabhängigkeit. Wäre ihr Vater nur noch dagewesen, um dies alles mit ihr zu genießen! Aber leider, Meister Johannes ruhte schon seit geraumer Zeit in der kühlen Erde.

Er hatte keine Mühseligkeit des Alters kennengelernt; niemals hatten ihm Auge und Hand bei Ausführung der Gedanken seines erfinderischen Kopfes ihre Dienste versagt. Wohl waren seine Haare weiß geworden, hatten seine Wangen sich entfärbt, aber aus seinen klaren Zügen leuchtete der Glanz einer unverwelklichen Jugend. Die Jugend des mit Bewußtsein Werdenden. Unermüdlich strebend und lernend, hatte er sich nicht Zeit genommen, recht zu überlegen, wieviel er schon erstrebt und erlernt – da plötzlich, ohne auch nur einen seiner Vorboten geschickt zu haben, trat der Tod an ihn heran.

Und jetzt, im Angesicht der ewigen Trennung, fiel dem Meister der Gedanke schwer aufs Herz, daß er seine Tochter fast mittellos in der Welt zurücklassen müsse. Er hätte ihr so leicht eine behagliche Wohlhabenheit sichern können! – Vor einem Jahre noch fand sich die beste Gelegenheit dazu, da bot ein reicher Kenner, der sich in die Uhrensammlung Feßlers vernarrt hatte, eine Summe dafür, eine lächerlich hohe Summe, wahrhaftig ein Vermögen. Allein Johannes hatte nicht einmal geschwankt, war ruhig dabei geblieben: »Die Uhren sind mir nicht feil.«

Über diesen Leichtsinn, diese törichte Selbstsucht machte er sich in seiner letzten Stunde bittere Vorwürfe und bat noch sterbend seinen Sohn Gottfried, jenen abgewiesenen Käufer aufzusuchen und ihm zu melden, die Sammlung, nach welcher er so heißes Verlangen trage, stehe ihm nun zur Verfügung. Lotti jedoch erklärte, daß sie ebenso gern ihre Seele verkaufen ließe wie diese Uhren.

So blieben sie denn in ihrem Besitze, wenn auch nicht

ohne manchen harten Kampf. Die Sammlung Meister Feßlers war allmählich doch in einem Kreise von Kennern und
Liebhabern zu dem ihr gebührenden Rufe gelangt. Es fehlte
nicht an zudringlichen Leuten, die trotz der standhaften Zu-
rückweisungen, die sie erfuhren, immer wieder erschienen,
immer neue Bewerbungen anstellten, immer glänzendere
Anerbietungen machten. Das war denn oft herzlich langweilig, trug aber nur dazu bei, die Liebe, welche Lotti für ihre
Uhren empfand, noch zu erhöhen. Sie hörte niemals auf,
ihnen ihre Sorgfalt angedeihen zu lassen, und wenn es noch
soviel zu tun gab und wenn die Zeit noch so sehr drängte,
ging sie nicht an ihr Tagewerk, ohne ihren Uhren einen Besuch abgestattet zu haben. Hätte sie das jemals unterlassen
müssen, die rechte Begeisterung, die rechte Lust zur Arbeit
hätte ihr gefehlt.

Auch heute war sie an das Schränklein getreten, das in
der Ecke stand neben der Schlafzimmertür, dem großen
Schreibtisch gegenüber. Eben fiel ein Sonnenstrahl schräg
durch das Fenster auf das Kästchen, auf Lottis Hände, und
als sie die erste Lade öffnete, schlüpfte er sogleich hinein.
Prächtig war's, wie er die kleinen ehrwürdigen Meisterwerke
beleuchtete, welche darin auf einem Bettlein von purpur-
rotem Samt lagen.

Die glatten Gehäuse aus Messing, Kristall, Silber und Gold
und die reich verzierten und die durchbrochenen, und in
dieser die sorgfältig geputzten, polierten und wieder zusam-
mengesetzten Werke erglänzten und gaben dem leuchtenden
Strahl des Lichtes, der sie in ihrer Verborgenheit und Ruhe
besuchen kam, seinen Gruß zurück. Das war Lade Nummer
eins!

Sie enthielt drei sogenannte »lebendige Nürnberger Eier«
und drei »Halsvrln«. Kein einziges Stück jünger als dreihundert Jahre, manches noch älter und gerade die ältesten von
der künstlichsten Beschaffenheit. Was wollten sie nicht alles
können, diese kleinen Maschinen, was trauten sie sich nicht

zu? Sie begnügten sich keineswegs damit, die bürgerlichen Stunden anzuzeigen und zu schlagen und den Schläfer zu wecken, wann immer es ihm beliebte, auch den Wochen- und Monatstag verzeichneten sie, kontrollierten die Aspekte und Phasen des Mondes und behaupteten, den Stand der Sonne nachweisen zu können. Sie wandten den Himmels- zeichen ihre Aufmerksamkeit zu, wußten Auskunft zu geben über die Sternzeit und nahmen Notiz vom türkischen Kalen- der …

Wahrhaftig, die braven Männer, denen sie ihre Entste- hung verdankten, hatten sich Schweres vorgesetzt – und mit wie geringen Mitteln gedachten sie es zu erreichen! Mit Spin- delechappements – mit Löffelunruhen, deren kläglich hum- pelnder Gang von einer Schweinsborste reguliert wurde! Sie verfertigten alle Räder aus Eisen, und von einer Schnecke war ihnen nicht einmal die Ahnung aufgekommen.

Aber so ärmlich ihre Kunst, so reich war ihr Vertrauen. Sie wußten – das heißt, sie glaubten, und weil sie glaubten, wußten sie –, daß Schwäche zur Stärke erwachsen kann, wenn nur der rechte Segen auf ihr ruht. Kühn und demütig zugleich riefen sie die Hilfe desjenigen herbei, dem nichts unmöglich ist, und stellten die Werke ihres Fleißes unter sei- nen allmächtigen Schutz, empfahlen sie auch wohl der Für- sprache der Mutter Gottes oder eines vornehmen Heiligen. Einer der alten Meister hatte in den Boden des Federhauses, das die Kraft umschließt, von der alle Bewegung ausgeht, die das ganze Getriebe gleichsam beseelt, den Namen Jesu eingegraben. Von einem andern war aus dem feingeschnit- tenen, prächtig ornamentierten Monogramm der heiligen Jungfrau Maria der Schutzdeckel des Zifferblattes gebildet worden. Auf der Innenseite des Gehäuses standen die Worte eingraviert:

> *Kasper Werner hat mich gemacht*
> *Vnd der heiligen Jvngfrav dargebracht*
> *Da · man · zelt : 1541.*

50

Immer reichere Schätze gelangten zum Vorschein, als Lotti Lädchen um Lädchen öffnete und schloß. Taschenuhren in den verschiedensten Formen, achteckig, rund, oval, elliptisch, sternförmig, in Gehäusen aus Gold und Silber, aus Smaragd, Rauchtopas, Bergkristall. Unter andern gab es eine Uhr in Kreuzform, mit dem Augsburger »Stadtphyr«, »Wardein- und Wichszeichen« versehen. Das Gehäuse, das Zifferblatt und der innere Deckel waren mit Darstellungen des Leidens Christi bedeckt, die dem besten Künstler zur Ehre gereicht hätten. Leider fehlte das Meisterzeichen. Aber mit Blindheit hätte man geschlagen sein müssen, um nicht sogleich zu erkennen, daß die prächtige deutsche Arbeit aus der Zeit Kaiser Rudolfs II. stammte und vermutlich von Hans Schlotheim hergestellt worden war.

Über den Ursprung ihrer nächsten Nachbarin, gleichfalls kreuzförmig, mit Gehäuse aus einem Stück Rauchtopas, konnte kein Zweifel obwalten. Ihr Schöpfer hatte sie nicht namenlos in die Welt geschickt, sondern neben dem Stellungsrade brav und deutlich sein »Conrad Kreizer« eingeschrieben.

Eine ganze Schar anmutiger Französinnen folgte. Köstliche Ührchen, geschmückt mit Emailmalereien von den Brüdern Huaut oder mit erhaben geschnittenen Blumen, mit buntem Blattwerk, mit durchbrochenen Arabesken aus vielfarbigem Golde. Die Sammlung enthielt nicht minder merkwürdige Arbeiten von Tompion in England, Albrecht Erb in Wien, Gerard Mut in Frankfurt, Matthäus Degen, Christoph Strebell. Kurz, es fehlten wenig große Namen, und wer die vorhandenen mit recht scharfen Augen betrachtete, der sah mehr, als nur Namen in eine Metallplatte eingeritzt, der sah das Wesen des Meisters sich deutlich in seinem Werke spiegeln.

Nach all den köstlich verzierten Stücken erschienen die einfachen Taschenuhren von Pierre le Roy, Berthoud, Breguet, eine Emmery... Ach, *die* weckt traurige Erinnerungen, mahnt an die große Enttäuschung in Lottis Leben. Mit einer solchen Uhr in der Hand trat dereinst … Hinweg! – Schlafe du nur ruhig weiter. Hinweg von dir zu dem unerhörtesten Kuriosum der Sammlung – zu der Seetaschenuhr von Mudge dem Ersten.

Die Geschichte will wissen, daß dieser berühmte und unsterbliche Mann in seinem Leben nur drei Seeuhren verfertigt hat, und zwar die erste im Jahre 1774, und die beiden andern, der *blaue* und der *grüne* Zeithalter genannt, im Jahre 1777. Nun, die Geschichte hat einmal wieder geirrt. Hier war sie auf die gründlichste Art der Welt widerlegt, durch eine Tatsache – hier war eine vierte Mudge. Zwillingsschwester der älteren, der von Maskelyn in Greenwich geprüften, und sicherlich in demselben Jahre mit dieser entstanden, wie denn auch die beiden jüngeren in einem Jahre gemacht worden waren.

Die weltbekannten Beschreibungen, die wir von der ersten Seeuhr Mudges besitzen, paßten genau auf die, welche sich in Lottis Händen befand.

Die Uhr war echt, ihr edler Ursprung über jeden Zweifel erhaben, es war eine ganze Mudge – die Leistungsfähigkeit ausgenommen. Die durfte man freilich nicht mehr von ihr verlangen, der über hundert Jahre alten Greisin.

Die letzte Lade, die von Lotti geöffnet wurde, enthielt schöne Arbeiten von Arnold, Richard, Recorder, Robert, Courvoisier, Ruderas von hölzernen Unruhen Simon Henningers und Lorenz Freys und eine vollständig erhaltene hölzerne Taschenuhr von Andreas Dilger aus Gütenbach.

Ein Familienerbe! – Als Bräutigam hatte sie der Urgroßvater Lottis ihrer Urgroßmutter zugleich mit seinem Herzen dargebracht. Gottfried nannte sie die Majoratsuhr. Sie war nie getragen worden, hatte als Schaustück im Glasschranke der Urgroßmutter geruht. Nur an hohen Festtagen wurde sie hervorgeholt und zur Freude des Enkelchens Lotti aufgezogen. Dann setzte sie sich aber auch stracks in Bewegung und vollführte einen so akkuraten und energischen Gang und bimmelte so fleißig fort, als ob sie noch in der Blüte ihrer Jahre stände und als ob sie all die Zeit einholen wollte, die sie in unfreiwilliger Muße versäumt.

Wie war sie nett! Wie waren ihre hölzernen Räder, Platten, Kloben so bewunderungswürdig ausgearbeitet. Wie sauber ausgestochen der Unruhkloben und die Stellungsflügel, und wie schön verziert die beiden und die Klobenplatte. Man sah der kleinen Dilger gar deutlich die Liebe an, mit welcher sie ausgeführt, und auch die, mit welcher sie zeitlebens gehegt und gepflegt worden war. Ihr gehörte Lottis letzter und zärtlicher Blick, bevor sie die Lade zuschob und dabei dachte: Ja, meine Uhren – die machen mir noch das Sterben schwer!

In diesem Augenblick wurde die Zimmertür geöffnet.

»Guten Morgen«, sprach eine tiefe und wohlklingende Stimme.

Lotti wandte sich rasch: »Du, Gottfried? Ist es denn schon acht Uhr?«

»Noch nicht«, war die Antwort, »ich bin heute unpünktlich.«

»Zeichen und Wunder«, rief Lotti, »was ist geschehen? Was gibt's?«

Gottfried war an den Arbeitstisch getreten. Er hob die kleinen Glasglocken von den Uhren, welche darunter lagen, und nahm jedes einzelne Werk auf das allergenaueste in Augenschein.

»Du bist ja fertig«, sagte er nach einer Weile.

»Beinahe – aber antworte mir doch – was gibt's?«

Er richtete sich empor, sah Lotti mit geheimnisvoller Miene, halb freudig, halb zweifelnd, an und sagte: »Eine Überraschung.«

4

»Eine Überraschung?« wiederholte Lotti mit einem An-
fluge von Sorge, »wenn ich Überraschungen nur zu schätzen
wüßte.«

»Diese wird dir gefallen«, entgegnete Gottfried. »Ich habe
einen Laden gemietet und bereits eingerichtet.«

Lotti schlug die Hände zusammen und konnte vor Staunen nur die Worte herausbringen: »Aber nein!… Aber wo?«

Nun, nirgends anders als gleich nebenan in der breiten
belebten Straße, die zum Domplatze führt. Ein allerliebster
kleiner Laden, an dessen Ausschmückung seit acht Tagen
eifrigst gearbeitet wurde, der ein schönes Fenster bekommen
hatte aus einem Stück tauklaren Glases und eine geschmack-
volle Vitrine mit feiner Einfassung aus Ebenholz. In dieser
lagen seit gestern eine Kalenderuhr von Audemars und ein
Chronometer von Dent inmitten anderer Uhren aus den
vornehmsten Häusern.

Lotti war bewundernd vor ihnen stehengeblieben, aber
heute erfüllte deren Kostbarkeit sie mit Schrecken. »Ein solcher Wert!« meinte sie, »ein so großes Kapital!« Es schien ihr
fast zu kühn, daß Gottfried die Bürgschaft dafür übernommen hatte.

Er jedoch war durchdrungen von Ruhe und Zuversicht.

Seit langer Zeit hatte er seine Vorbereitungen getroffen. Der
Meister, der ihn beschäftigte, die Freunde, die er sich noch
während seiner Lehrzeit erworben, unterstützten und förder-
ten ihn dabei auf das kräftigste. Als ob es sich an ihm erpro-
ben sollte, daß nicht bloß diejenigen Vertrauen erringen, die
es nicht wert sind, sondern manchmal doch auch einer, der
es verdient, fand er allenthalben bereitwilliges Entgegenkommen. Es wurden ihm so billige und günstige Bedingungen
gemacht, daß er, um in seinem Geschäfte zu bestehen, keineswegs auf ein besonderes Glück zu rechnen, sondern nur auf
das Ausbleiben eines raffinierten Unglücks zu hoffen brauchte.

Das setzte er Lotti auseinander, die ihm aufmerksam und immer freudiger zuhörte und endlich meinte, in der ganzen Geschichte gäbe es zwei verwunderliche Dinge; erstens, daß er sich zu dem jetzt gefaßten Entschluß solange *nicht* gebracht, und zweitens, daß er sich *doch* dazu gebracht. Was sie von der Sache halte, wisse er; hatte sie ihn nicht schon vor Jahren beschworen, sich auf eigene Füße zu stellen?

Gottfried erwiderte, seine Pedanterie sei schuld, daß es nicht früher geschehen. Er hatte sich's einmal vorgesetzt, sein Geschäft nicht anzufangen, wenn er dazu auch nur einen Heller fremden Geldes brauchen würde. Um jedoch alles aus Eigenem bestreiten zu können, dazu habe es eben viel Zeit gebraucht.

»Und gut angewandte, das weiß Gott«, meinte Lotti. »Heil dir, daß du gleich so stattlich ausrücken kannst an der Spitze von Dents und Audemars.«

»Die beide schon halb und halb verkauft sind«, fiel er ihr ins Wort.

»Gottfried, du machst mich übermütig! Einen Wunsch hast du mir erfüllt, der schon vor Altersschwäche erloschen war – jetzt wird ein zweiter, dem es ähnlich ergangen, lebendig. Du mußt heiraten, Gottfried.«

Er richtete seine kleinen, glänzend braunen Augen fest auf sie und sprach ganz unternehmend: »Warum nicht?«

»Das sag ich ja«, rief Lotti, »warum nicht? Warum solltest du die brave Frau nicht finden, die du verdienst? Nur suchen heißt es, nur sich ein wenig bemühen, nur nicht, wie du es bisher getan hast, jeder Gelegenheit aus dem Wege gehen, mit einem jungen Mädchen zusammenzukommen, das vielleicht denken könnte: Dieser Gottfried Feßler wäre kein übler Mann für mich.«

Er lachte. »Ein *junges* Mädchen denkt das nicht.«

»Ich meine auch kein sechzehnjähriges.«

Lotti hatte sich an den Arbeitstisch begeben und begann die reparierten Uhrwerke in ihre Gehäuse einzusetzen.

Gottfried stand am Fenster und sah ihr zu. »Wann wird die Bestellung abgeliefert werden?« fragte er nach einer kleinen Weile.

»Kann morgen geschehen.«

»Tu es selbst, ich bitte dich, und nimm zugleich Abschied von dem Meister. Du darfst für ihn nicht mehr arbeiten.«

Lotti blickte ein wenig betroffen empor. »Abschied nehmen – das wäre schon gut, aber – so plötzlich, so ohne weiteres? Ich bin ihm Dank schuldig, er hat immer Rücksicht auf mich genommen, mich nie ohne Arbeit gelassen, immer gut und rasch bezahlt.«

»Rasch ja, gut – nein. Mache dir keine Sorgen. Ich habe den Herrn bereits darauf vorbereitet, daß er jetzt seine beste Arbeiterin verliert. Wie leid ihm ist, mag Gott wissen, aber begreiflich muß er's finden, daß du dich von nun an für niemanden mehr plagen wirst als für mich, was soviel heißt als für dich selbst, denn – nicht wahr? …« Er war plötzlich in heiße Verlegenheit geraten und stockte. »Oh«, nahm er bald wieder das Wort, »da hätte ich beinahe vergessen! Der Herr bittet dich nur noch um einen letzten Freundschaftsdienst. Du möchtest so gut sein, diese Uhr anzusehen. Ist sehr fein, sagte er, hat dein Lieblingsechappement.«

»Duplex also.«

»Jawohl. Er weiß gerade keinen Arbeiter, dem er sich getraut, sie in die Hand zu geben. Überdies hat's Eile. Morgen abend möchte er sie wieder haben.«

Lotti wandte einem hölzernen, mit Messing eingelegten Kästchen, das Gottfried vor sie hingestellt hatte, den Blick eines teilnehmenden Arztes für einen Patienten zu und fragte:

»Was fehlt denn?«

»Weiß nicht«, erwiderte Gottfried, »aber ich glaube, nicht viel. Der Herr hat mir eine lange Geschichte erzählt, er hat die Uhr von einem, der sie aus Leichtsinn oder aus Not losschlug, um ein Spottgeld. Will sie jetzt sehr teuer verkaufen, deshalb sollst du die Herstellung besorgen. Er schwatzte ein langes und breites, ich habe nicht zugehört. Es wäre auch überflüssig gewesen, nachdem ich wußte, was mich dabei anging.«

Lotti, die das Kästchen nicht mehr aus den Augen gelassen, hatte es geöffnet und dann auch – mit seltsamer Spannung und Hast – die Uhr, welche darin gelegen. Unverwandt starrte sie den Namen F. Alexi & Sandoz frères auf der Küvette und die Zahl an, die darunterstand.

»Verkauft – wie sagtest du? – aus Leichtsinn oder aus Not«, sprach sie gepreßten Tones.

»Freilich, freilich«, versetzte er, lehnte sich tiefer in das Fenster zurück, sah auf den Boden nieder und schien ernstlich und scharf nachzudenken. »Du wirst mich doch heute im Geschäft besuchen!« rief er plötzlich aus.

Lotti nickte bejahend; sie hatte bereits begonnen, die Uhr zu zerlegen.

»Das Schild ist noch nicht aufgemacht«, fuhr Gottfried langsam und zögernd fort, »aber fertig ist es schon. Es wird nicht aufgemacht, bevor du die Erlaubnis dazu gibst.« Er hielt inne, er wartete, aber vergeblich. Lotti schwieg, und so hub er denn nach abermaliger Pause von neuem an: »Denk nur, welche Freiheit ich mir genommen – denk nur – ich habe auf das Schild schreiben lassen … wie gesagt, oder nicht gesagt, auf jeden Fall, wie selbstverständlich … es kann geändert werden, wenn du es wünschest …«

Jetzt erst wagte er es wieder, sie anzusehen. Sie war ganz versunken in ihre Arbeit – eine unbegreiflich schwere Arbeit für sie, die Meisterin! Ihre sonst so sichere Hand zitterte, ihr Gesicht war hochgerötet, eine mühsam unterdrückte Erregung gab sich in ihrem ganzen Wesen kund.

Was ist ihr denn? dachte Gottfried. – Ahnt sie, was er ihr zu sagen hat, und versetzt sie das in eine Befangenheit, die aussieht wie Bestürzung? Wär's doch so! dann nimmt sie wenigstens die Sache ernst, und er braucht nicht zu fürchten, mit einem Scherze heimgeschickt zu werden, das Ärgste, das ihm geschehen könnte, dem alten Menschen. Ihre sichtbare Unruhe befreit ihn von dieser Sorge und zugleich von aller Ängstlichkeit. Er atmet auf und spricht mit einem gewissen unbeholfenen Humor, dabei aber höchst bedeutsam und nachdrücklich: »Es wäre schade, wenn an dem Schilde etwas geändert werden müßte; es ist sehr hübsch ausgefallen ... Macht sich wirklich gut, auf glänzend schwarzem Grund, das G. & L. Feßler ... G. und L. ... Gottfried und Lotti ...«

Ihre Stirn glühte, ihre Wangen brannten, sie beugte sich tiefer über ihre Arbeit und wiederholte mechanisch und ausdruckslos: »Gottfried und Lotti?«

Nein! Ihre Gedanken waren nicht bei ihm. In der Weise hätte sie ebensogut fremde Namen ausgesprochen. Die Worte, die sie vernommen, waren an ihr Ohr gedrungen, die schüchterne, inständig bittende Frage, die in ihnen lag, nicht an ihr Herz ...

Jetzt trat von allen Pausen, die während dieses Gespräches gemacht wurden, die längste ein. Still war's im Zimmer, nichts hörbar als das Ticken der vielen Uhren und endlich ein tiefer, tiefer Seufzer aus Gottfrieds Brust.

Lotti erhob den Blick und sah trotz des feuchten Schleiers, der sich vor ihre Augen gelegt hatte, den Ausdruck leidvoller Enttäuschung in seinen Zügen.

»Was ist dir, Gottfried?« sprach sie.

»Du hörst mich nicht an«, entgegnete er unmutig.

Sie nahm sich mit Gewalt zusammen: »Doch, ich habe alles gehört.«

»Hast du? Wirklich? und hast nichts einzuwenden? ... Es ist dir recht ... du weißt ...«

»Es ist mir recht, gewiß. Aber wenn du, Lieber, auf dein Schild auch nur G. Feßler hättest schreiben lassen, für uns hätte es dennoch und immer ›Geschwister Feßler‹ bedeutet.«

»Geschwister ... so? ... ja, Geschwister«, murmelte er und zögerte, die Hand anzunehmen, die Lotti ihm reichte. Allein er ergriff sie doch und drückte sie fest und treuherzig, als Lotti sagte:

»Es versteht sich ja von selbst, daß wir zwei nach wie vor treu zusammenhalten.«

»– Das Schild wird also aufgemacht«, sprach er, mit einem herzhaften Versuch, vergnügt zu scheinen. »Komm es bewundern, komm bald!«

Er nahm seinen Hut und verließ das Zimmer.

Lotti war wieder allein und setzte ihre einen Augenblick unterbrochene Beschäftigung emsig fort. Sie hatte an der Uhr, die Gottfried mitgebracht, alle Brücken abgeschraubt, alle Räder ausgehoben, bis auf das Minutenrad. Das haftete noch, festgehalten vom Viertelrohr. Aber auch dieses muß nun weichen, das letzte Rad liegt bei seinen Kameraden, und Lotti hat gefunden, was sie suchte, was sie zu finden gewiß war. Ihren eigenen Namenszug und das Datum des 12. Mai, mit fast unsichtbar kleiner Schrift in die Bodenplatte eingeritzt und verborgen durch die Zähne des Rohres.

Am 12. Mai, an dem Tage, der sich heute zum fünfzehnten Male jährte, hatte sie diese Zeichen da hineingeschrieben und diese Uhr ihrem Verlobten geschenkt und dabei gesagt:

»Sie kann uns gute, sie kann uns traurige Stunden anzeigen, aber keine, in der unsere Treue gewankt hätte.«

So vermessene Behauptungen wagt die Jugend aufzustellen, solche Schwüre schwört die kindische Liebe, die, kaum erwacht, auch schon die Kraft in sich fühlt, ewig zu leben. Torheit ohne Gleichen! Ebensogut könnte die Rose schwören, daß sie niemals welken wird, denkt Lotti, und halb erloschene Erinnerungen tauchen in ihrer Seele auf. Bleiche Schatten ringen sich los aus der Nacht der Vergessenheit und gewinnen allmählich Farbe und Gestalt. Sie ziehen langsam vorüber, mächtig genug, um noch eine leise Wehmut, nicht mehr mächtig, einen Schmerz zu erwecken. Sie gleichen dem Gedanken an einen dunklen, peinvollen Traum, aus dem der Schläfer zum Licht und zum Frieden erwacht.

5

Vor fünfzehn Jahren, an einem Winternachmittage, war ein
junger Mann in der Werkstätte Feßlers erschienen und hatte
ihm eine alte Uhr gebracht, mit der Bitte, sie zu schätzen.
Während Feßler die Uhr betrachtete, betrachtete der junge
Mann *ihn* so aufmerksam, wie ein Maler tut, der sich das
Bild eines Menschen, den er aus dem Gedächtnis malen soll,
einzuprägen sucht.

»Dies ist«, sprach Feßler, nachdem er seine lange und
sorgfältige Untersuchung beendet hatte, »ein kostbares
Stück.« Er rief seine Tochter herbei, um auch ihre Meinung
zu hören.

»Wie?« sprach der Fremde ein wenig spöttisch und sehr
erstaunt, »sind Sie Kennerin, mein Fräulein?«

Lotti fühlte den Blick auf sich ruhen, mit dem fast alle
jungen Männer, denen sie zum ersten Male begegnete, sie
ansahen; den Blick, der deutlich fragt: Was willst du in der
Welt? und an den ein nicht hübsches Mädchen sich gewöhnen muß.

Sie nahm die Uhr aus der Hand ihres Vaters und erkannte
in dem kleinen Kunsthandwerk sogleich ein Taschenchrono-
meter von Emmery mit Mudgescher Hemmung.

Der Fremde lachte herzlich auf, als sie das sagte.

»Ist's richtig, Herr Feßler?«

»Ganz richtig«, erwiderte der, unangenehm berührt von
dem über Gebühr zutraulichen Wesen des jungen Mannes,
der, an die Seite Lottis tretend, in seinem früheren Tone fortfuhr:

»Sie können mir vielleicht auch sagen, was diese Uhr wert
ist?«

Lotti schüttelte den Kopf. »Was sie jetzt wert ist, kann ich
nicht sagen; als sie neu war, sind gewiß nicht weniger als
150 Guineen für sie bezahlt worden.«

»Als sie neu war? Und wann mag das gewesen sein?«

»Vor siebzig Jahren etwa.«

»Ich bewundere Sie!« rief der junge Mann äußerst belustigt; »das alles erkennen Sie so auf den ersten Blick? … Jetzt aber die letzte, wichtigste Frage: Wieviel ist sie heute, wieviel ist sie *Ihnen* wert?« fügte er zu Feßler gewendet hinzu.

»Sie wäre mir sehr viel wert, wenn ich nicht schon eine ganz ähnliche besäße.«

»Ah! in Ihrer Sammlung? … Wenn Sie doch wüßten, Herr Feßler, wieviel Gutes und Schönes ich schon von ihr gehört habe, von dieser Sammlung, und wie glücklich ich wäre, sie kennenzulernen … Wenn Sie das wüßten – Sie würden mir den elenden Vorwand verzeihen, den ich gebraucht habe, um mich bei Ihnen einzuschleichen.«

Er legte eine gründliche Beichte ab.

Er hieß Hermann von Halwig, war ein kleiner Beamter und nebenbei ein ganz kleiner Poet und arbeitete eben an einer Novelle, in welcher eine alte Uhr eine große Rolle zu spielen hatte. Die mußte geschildert werden, und um das zu können, brauchte er ein Modell, brauchte er vor allem einige fachmännische Kenntnis.

»Nehmen Sie mich ein wenig in die Lehre, bester Meister«, schloß er, »würdigen Sie mich eines Einblicks in Ihre Sammlung – Ihr Heiligtum, wie ich höre. – Daß ich ein ausgezeichneter Schüler sein werde, das verspreche ich nicht, aber ein dankbarer bin ich gewiß!«

Feßler sah den hübschen blonden Gesellen ein Weilchen nachdenklich an. Ihm gefielen seine fröhlichen blauen Augen und die sorglose Sicherheit, das muntere Selbstvertrauen, mit denen er sich auf die Reise durchs Leben zu begeben schien. Schweigend holte der alte Mann einige schöne Exemplare aus der Sammlung herbei und begann ihre Eigentümlichkeiten und Vorzüge mit der Wärme eines Liebhabers auseinanderzusetzen.

Halwig unterbrach ihn anfangs sehr oft; er konnte die Scherze nicht unterdrücken, die ihm alle Augenblicke auf die Lippen traten. Allmählich jedoch wurde er still. Das herablassende und oberflächliche Interesse, das er für einige »Favoritinnen aus dem Uhrenharem« gezeigt hatte, verwandelte sich in ein gespanntes. Den Kopf in die Hand gestützt, sah er bald die Uhren auf dem Tische, bald den Meister, zuletzt nur noch diesen an, und dabei erhellte der Ausdruck einer so innigen Freude und Verehrung seine Züge, daß Feßler dachte: Dem Burschen könnt ich gut sein – trotz des Leichtsinns, mit dem er vorgab, eine Emmery verkaufen zu wollen.

Der Bursche aber richtete sich plötzlich auf. »Was für Augen haben Sie!« rief er, »was Ihnen ein Rädchen, eine Spindel, ein Ornament, ein Stückchen Email nicht alles erzählen! … Was für Augen und was für ein Herz … Sie sind ein Künstler! …«

Er deutete nach dem Schranke, dem Feßler die Uhren entnommen. »Das Kästchen dort ist für Sie, was für einen Poeten ein Schrein voll der köstlichsten Werke großer Dichter, die vor ihm gelebt haben. Eine schweigende, tote Welt, die ein Blick zum Dasein erweckt, zu einem mächtigern, schönern Dasein als das sogenannte wirkliche … Ein Blick – ein sehender, der Blick des Verständnisses muß es sein … Nicht wahr, lieber Meister? – Verständnis ist *alles* – Weisheit, Liebe, Poesie … Nach dem allein haben wir zu ringen, die wir uns einbilden, Dichter zu sein … An Stoffen fehlt's, höre ich die Leute sagen. – Begreife das Begreifbare und aus allem, was dich umgibt, dringt die Fülle bildsamen Stoffes auf dich ein, und wenn es dir an etwas fehlt, so ist's an Kraft, die wogenden Quellen zu fassen und sie zu leiten an ein gewolltes Ziel!«

Er sprang auf, ergriff die Hand Feßlers, nannte ihn einen edlen, einen seltenen, einen herrlichen Mann und verabschiedete sich mit der Bitte, recht bald wiederkommen zu dürfen. Und er kam wieder, kam täglich, ganze Wochen hindurch, und wenn er ja einmal ausblieb, bedauerte dies niemand mehr als Feßler. Lotti sprach überhaupt nicht von ihm, vermied es sogar, seinen Namen zu nennen, und was Gottfried betraf, der meinte, es sei nicht übel, zwölf Stunden lang Ruhe zu haben in der Werkstatt. Er leugnete nicht, daß Halwig eine große Unterhaltungsgabe besitze, allein für seinen Geschmack machte »der Poet« einen gar zu häufigen Gebrauch von ihr.

»Wenn ich am Sonntag Unterhaltung habe, ist mir's genug, täglich Unterhaltung ist mir zu viel«, sagte er und bewies es, indem er begann, das Haus zu den Stunden zu verlassen, in denen Halwig es zu besuchen pflegte. Dieser zeigte sich darüber gekränkt. Er war nicht gewöhnt, gemieden zu werden; er tat sich etwas zugute auf die Macht, die ihm über die Gemüter der Menschen gegeben war. Keiner, um dessen Neigung er sich beworben, hatte ihm widerstanden, er hatte immer gehört und geglaubt, daß man ihn liebhaben *müsse*, wenn er es darauf anlege. Bitter beklagte er sich bei Lotti über die Steifheit und Kälte ihres Vetters, versicherte, trotzig wie ein verwöhntes Kind, er werfe seine Freundschaft niemandem an den Kopf, und wenn Gottfried ihn nicht möge, so zahle er ihn mit gleicher Münze. Sobald sich jener aber blicken ließ, kam er ihm wieder mit der alten und – darüber konnte kein Zweifel sein – aufrichtigen Wärme entgegen. Er bemühte sich, sein Interesse zu erwecken, ihm Teilnahme einzuflößen, er warb förmlich um ihn. Alle liebenswürdigen Eigenschaften seines beweglichen, frischen, herzgewinnenden Wesens kamen dabei zum Vorschein, rührten aber denjenigen nicht, dem zu Ehren sie sich in ihrem vollsten Glanze zeigten.

Eines Tages war Gottfried, mit einer dringenden Arbeit beschäftigt, von früh bis abends daheim geblieben und hatte im Eifer seines Fleißes die Stunde versäumt, zu welcher er jetzt regelmäßig seinen Rückzug vor dem »Luxusartikel«, wie er Halwig nannte, anzutreten pflegte.

Zum Bewußtsein der Zeit wurde er durch Lotti gebracht, die eine Lampe auf den Tisch stellte und ihn mahnte, Feierabend zu machen.

»Ist es denn so spät?« fragte er.

»Spät und nicht mehr hell, du verdirbst dir die Augen.«

»Was liegt daran? – Was liegt an mir?« sprach er halblaut vor sich hin, wie einer, der, plötzlich geweckt, aus dem Schlaf redet. Er stöhnte schmerzlich auf und preßte beide Hände gegen die Stirn.

Lotti wurde feuerrot; schweigend, mit einer Gebärde der Mißbilligung wandte sie sich ab. Der Vater hatte seine allabendliche Zimmerpromenade unterbrochen, war vor Gottfried stehen geblieben und fragte, was ihm fehle.

»Nichts«, erhielt er zur Antwort, »nur die Augen sind mir ein wenig müde geworden.«

»Gönn dir Ruhe«, sagte Feßler, »mach es mir nach, ich spaziere schon lange müßig auf und ab und hätte ganz gut noch eine Weile schaffen können – die Tage wachsen, der Frühling kommt heran … Ja, der kommt, man darf auf ihn zählen, der kommt. Wer aber ausbleibt«, schloß der alte Mann seine Betrachtungen, »das ist unser Hofpoet … In drei Tagen hat er sich nicht blicken lassen, und auch heute – seine Stunde ist vorbei – er kommt nicht mehr.«

»Um so besser!« rief Gottfried, »ich wollte, wir wären für immer von ihm befreit.«

»Befreit! – Ist das dein Ernst? …«

»Leider ja«, versetzte Lotti, und ein tiefer Groll sprach aus ihrer erregten Stimme.

Gottfried erhob den Kopf: »Was sagst du?«

»Daß du ungerecht bist, zum ersten Mal in deinem Leben; ungerecht und grausam gegen einen edlen und guten Menschen … Es ist herzlos und tut ihm weh – gerade von dir – denn du bist es ja …« Ihre Lippen zitterten, der Ausdruck von schmerzlicher Bitterkeit zuckte über ihr Gesicht – »der ihm der Liebste ist von uns allen …«

Sie hielt tief atmend inne, Gottfried murmelte ein zorniges Wort, und der Vater stand in stummer Betroffenheit vor seinen beiden Kindern. In seiner bisher ahnungslosen Seele dämmerte das Bewußtsein zerstörter Hoffnungen, eines nahenden Unglücks auf. Eh er sich's versah, bevor ihm zu einer Befürchtung Zeit geblieben, war der Friede aus seinem stillen Hause entwichen und aus den Herzen seiner Kinder ...

In dem Augenblicke wurde an der Hausglocke gestürmt, bald darauf durcheilten leichte Schritte das Vorgemach.

»Da ist er doch«, sagte Feßler.

Halwig erschien auf der Schwelle, er schwenkte seinen Hut und sah so glücklich aus, als ob er eben eine Welt erobert hätte!

6

»Vater Feßler«, rief er, »da ist es, da haben Sie's, mein Büchlein, mein erstgebornes! ... Sieht es nicht nett aus in seinem purpurroten, mit Gold geputzten Kleidchen? ... Lesen Sie, was hier steht, auf der ersten Seite: Johannes Feßler, meinem Lehrer, meinem Vorbild, meinem Freund ... Es ist Ihnen gewidmet, Ihr Eigentum, ich bringe, was aus meinem Herzen floß und Ihnen gehört, und lege es Ihnen zu Füßen.«

Er machte Miene, das Büchlein wirklich auf den Boden vor Feßler hinzulegen; der aber hinderte ihn daran. »Geben Sie es mir in die Hand, das ist Ehre genug«, sprach er und lächelte seinem Liebling zu, bei dessen Erscheinen der trübe Ernst verschwunden war, der eben noch die Stirn des alten Mannes umdüstert hatte. Er ließ sich erzählen, wie der Poet seit drei Tagen in verzehrender Erwartung seines Werkes gelebt, wie er jede freie Minute auf dem Postbüro zugebracht und durch die Ausbrüche seiner Ungeduld den Ärger eines Expeditors und das Mitleid zweier Briefträger erregt habe. Jetzt aber sei alles gut, meinte er und flehte, die Familie möge ihm diesen Abend schenken und sich den Vortrag seiner Dichtung gefallen lassen. Er stellte die Lampe auf den Tisch inmitten der Werkstätte und trug vier Sessel herbei.

Lotti sollte ihm gegenübersitzen, Feßler und Gottfried neben ihm.

»Auf diese Stunde«, sagte er, als alle Platz genommen hatten, »habe ich mich gefreut von dem Momente an, in dem mir der erste Gedanke meines Gedichts aufgegangen, bis zu dem, in welchem ich am letzten Verse gefeilt… Wie jetzt in der Wirklichkeit, umgaben Sie mich immerwährend im Geist, Sie geliebten drei!«

Seine Augen ruhten vor Innigkeit und Wärme leuchtend auf seinem kleinen Auditorium, dann öffnete er das Buch und begann zu lesen.

Was er las, war nur eine einfache Herzensgeschichte – ähnliche sind wohl tausendmal berichtet, millionenmal erlebt worden. »Abgedroschen!« wollte Gottfried schon ausrufen, aber er unterdrückte das Wort. Offenbar hatte der Dichter nicht durch das Interesse an seiner Fabel zu wirken gesucht; was da fesselte und bezwang, das war der Schönheitszauber, der in dem schlichten Bilde webte, das war die Wahrheit und die Leidenschaft, die es atmete, und wen man darin am liebsten gewann, das war der Dichter selbst. Absichtslos, ja wider seinen Willen hob seine Gestalt sich verklärt aus seinem Werke und erschien so liebenswürdig wie die verkörperte Jugend. Er war von Begeisterung durchglüht, von Talent getragen; eine Unendlichkeit wogte in seiner Seele. Für Ernst und Scherz, für Zorn und Wehmut, Haß und Liebe, für jede Stimmung und Empfindung der menschlichen Brust lag das Verständnis in seinem Herzen und der Ausdruck auf seinen Lippen. Kein Zweifel an sich selbst hemmte seinen Schwung, kein Mißtrauen in seine Kraft lähmte ihn, er hatte sie, er wußte es, er war ihrer Wirkung gewiß und baute auf sie mit der unerschütterlichen Zuversicht, die dem Erfolg vorangeht, die ihn oft erzwingt.

Und so fragte er denn auch, als er geendet, voll freudiger Unbefangenheit: »Was sagen Sie… Ist es mir nicht gelungen?«

»Vollkommen«, erwiderte Feßler, »es klopft ein Herz darin.«

»Nicht wahr? … Und Sie, Gottfried – Ihre Meinung?«

Gottfried war die ganze Zeit hindurch dagesessen, den Ellbogen auf den Tisch und die Stirn in die Hand gestützt. Jetzt lehnte er sich in seinem Sessel zurück und sprach, ohne Halwig anzusehen: »Es ist schön, ganz schön.«

»Ich danke, Freund! Ein solches Lob von Ihnen, das tut wohl … Aber Sie … Fräulein Lotti … Sie schweigen … Sie sagen mir nichts …«

In glühender Verwirrung blickte Lotti zu ihm auf.

»Ich kann nicht – Sie sehen …« stammelte sie, ein schmerzliches, vergeblich unterdrücktes Schluchzen erstickte ihre Stimme.

»Lotti! … Ist es mir gelungen, Sie zu rühren, zu ergreifen? … Soll mein schönster Traum mir heute ganz in Erfüllung gehen?« Er sprang auf und eilte jubelnd auf sie zu.

Lotti streckte abwehrend die Hände aus; sie weinte, nicht sanft befreiende Tränen – Tränen qualvoller Beschämung und Empörung über sich selbst.

Halwig trat bestürzt zurück. Einen Augenblick stand er zweifelnd vor ihr, plötzlich aber leuchtete das Bewußtsein des Sieges, den er über diese Seele errungen hatte, mit süßem Triumphe aus seinen Augen, und er rief in einem Tone, aus dem Rührung, Entzücken und ein letztes Zagen zugleich herausklangen: »Sie zürnen mir? soll ich dafür büßen, daß mein Gedicht Sie bewegte?«

»Zürnen? Wie können Sie glauben? … Eine neue Welt hat sich vor mir aufgetan … Ich weiß nicht, ich kann nicht sagen, was ich am meisten bewundere – ich sehe nur, wie groß, wie herrlich, und wie fern …«

Ihre Stimme brach, sie erhob einen raschen, hilflosen Blick zu ihm, den er einsog wie himmlischen Tau.

»Nicht fern«, rief er, »o nein! Ihnen ist sie es nicht, sie lebt von Ihrem Leben, ist von Ihrem Atem durchhaucht … Schöpferin meiner Welt, haben Sie sich in ihr nicht erkannt?«

Und schon lag er vor Lotti auf den Knien, bedeckte ihre

Hände mit seinen Küssen, nannte sie seinen Engel, seine Geliebte, seine Braut. Er pries die Stunde, in der sie ihm zum ersten Male begegnet war, und die noch schönere, ewig gebenedeite, in welcher er's zum erstenmal empfunden hatte, daß sie ihn liebe. Das war nicht heute, war nicht vor kurzem, das war sehr bald gewesen, nachdem sie einander kennenlernten – er wollte gar nicht gestehen, wie bald ... um nicht allzu vermessen zu scheinen, so vermessen wie man eben wird, wenn man sich geliebt weiß von dem edelsten und reinsten Herzen.

»Jetzt aber sprich!« bestürmte er sie, »bestätige mir mein Glück vor diesen teuren Zeugen ... deinem Vater, deinem Bruder, den meinen von nun an ... ein Wort, Geliebteste!«

»Was soll ich sagen – du weißt alles«, war ihre Antwort, und jauchzend faßte er sie in seine Arme.

Seine Seligkeit war laut und beredt; unwiderstehlich brauste der Feuerstrom der Worte, die er ihr lieh, dahin, und vermochte die Einwendungen Feßlers zu übertäuben, und vermochte Gottfried, sich ein Wort der Fürsprache für den abzuringen, dem Lotti ihr Herz geschenkt. Freimütig erzählte Halwig die Geschichte seines Lebens, sprach von dem Leichtsinn, mit dem er das Erbe seiner Eltern zersplittert, gestand, daß er im Begriffe gewesen, auf schlechte Wege zu geraten, als sein schützender Stern ihn in das Haus Feßlers geführt hatte. Von dem Augenblick an war er ein anderer Mensch geworden. Er beschwor Feßler und Gottfried, Erkundigungen über ihn einzuholen. Seine Vorgesetzten im Amte, seine Freunde und Bekannten sollten entscheiden, ob er verdiene, hoffnungslos verworfen zu werden.

»Davon ist nicht die Rede«, sagte Feßler und Halwig rief:

»So lasset denn die Geliebte das Erlösungswerk vollenden, das sie an mir begonnen hat.«

Sie wurde seine Braut; und der Mann, der ihr wie ein höheres Wesen erschien, machte sie zur Herrin seines Schicksals. Er unterordnete sich ihr, er wollte ihr alles danken, was er besaß, er wollte alles, was er war, nur durch sie geworden sein. Sein junges Haupt, das schon von der Morgenröte des Ruhmes umglänzt wurde, beugte sich vor ihr, schmiegte sich demütig an ihre Knie.

»Das heißt verwöhnen«, sagte Vater Feßler, aber Gottfrieds Meinung war: »Bete sie nur an, sie verdient's.«

Einige Monate vergingen, da fiel der erste Schatten auf die bisher ungetrübte Seligkeit der Verlobten. Halwig hatte plötzlich den Staatsdienst aufgegeben, um sich ganz und gar seinem dichterischen Berufe widmen zu können, der ihm täglich neue Erfolge brachte. Ein zweites Büchlein war dem ersten gefolgt. Es erfüllte reichlich die schönen Erwartungen, die jenes erregt hatte. Die kleine Gemeinde von Bewunderern, die sich um den Dichter zu sammeln begann, wußte seines Lobes kein Ende und begrüßte auch sein drittes Werk mit unbegrenztem Entzücken. Und gerade dieses, das er, um eine übernommene Verpflichtung zu erfüllen, in fieberhafter Hast begonnen und beendet, war ihm vor allen andern ans Herz gewachsen. Er hatte daran erprobt, daß er zu jeder Zeit Herr seiner Stimmung, seiner Phantasie, aller seiner Gaben war, daß sein Talent ihm leiste und gewähre, was immer er von ihm verlangte. Er wußte jetzt, daß sein Wollen unumschränkt über sein Können gebot. Ganz erfüllt von dem Gefühl eines so vollkommenen Gelingens, erschien er bei seiner Braut, und Lotti schwelgte im Anblick seiner stolzen Glückseligkeit. Als es jedoch hieß, ihre Meinung über die Arbeit auszusprechen, welche Hermann seine beste und reifste nannte, zagte sie und antwortete mit Befangenheit nach langem Zögern:

»Alles, was du schreibst, gefällt mir.«

»Dieses«, rief er, »müßte dir auch gefallen, wenn ein anderer es ersonnen hätte.«

»Vielleicht – gewiß …«, erwiderte Lotti, erschrocken über den Ausdruck von Enttäuschung, der sich in seinen Zügen malte.

Er fuhr erregt fort: »Du mußt lernen, ganz von mir abzusehen bei der Beurteilung meiner Arbeiten. Daß Schönes geschaffen werde, daran liegt alles; ob ich es geschaffen, ob Hinz oder Kunz, daran liegt nichts … Der Standpunkt ist der einzig richtige – der soll der deine sein. – Deine Liebe zu mir darf sich nicht durch blinde Bewunderung äußern. Du mußt wissen, warum du bewunderst – mußt Gründe haben für dein Lob. Aufrichtigkeit verlange ich von dir und will hoffen, daß du mich ihrer würdig hältst.«

»Hermann – wie könnt ich anders?« fragte sie mit einem ängstlichen Lächeln. »Ich sage dir, was ich denke, aber das hat ja keinen Wert … Mein Urteil zu begründen, muß ich erst lernen … jetzt bin ich noch nicht imstande, dir zu sagen, warum ich dir dieses Mal nicht so leicht – nicht mit so voller – wie soll ich's nennen? – so voller Hingerissenheit folgen konnte wie früher, wie besonders bei deinem ersten, aller-schönsten Gedicht …«

Nun brauste er auf. Er fragte, ob sie denn immer auf seine Anfänge zurückkommen wollte, ob ihr das unbedeutendste am nächsten liege.

»Wenn du bei dem Punkte stehen bleibst, von dem ich ausging, indes ich vorwärtsjage, werden wir bald auseinan-dergekommen sein!« rief er, war nicht zu beschwichtigen und verließ sie im Zorne.

Freilich war er am nächsten Tage wieder da, demütigte sich vor ihr und weinte vor Reue, als sie ihn, womöglich noch liebreicher als sonst, empfing und ihm versicherte, nicht zu wissen, was sie ihm verzeihen solle. Er war so beschämt und in seiner Beschämung so ausbündig und unwiderstehlich liebenswürdig, daß Lotti ihn bat, sich nur recht bald wieder einzubilden, er habe ihr weh getan.

Diese Bitte wurde erfüllt, aber in anderem Sinne, als sie gestellt war. Hermann ließ es an Gelegenheit nicht fehlen, ein gegen sie begangenes Unrecht gutmachen zu sollen, aber diese Gelegenheit zu benützen, verstand er bald nicht mehr.

Ein leiser Zweifel, eine Frage vermochten alle Dämonen in seiner Brust zu entfesseln, und Lotti erkannte mit Entsetzen, daß es Augenblicke gab, in denen er sie haßte. Da legte er den Ausbrüchen seines Zornes keinen Zügel an. Er litt und fand es natürlich und gerecht, daß sie, die ihn liebte, mit ihm leide. Wenn er sich von ihr mißverstanden oder im stillen getadelt glaubte, warf er ihr ihre untergeordnete Tätigkeit, ihren beschränkten Wirkungskreis vor.

»Von dem, was ich anstrebe, steht freilich nichts im ›Le Paute‹!« rief er eines Tages, und Gottfried, der bisher männlich an sich gehalten, fuhr empor: »Noch ein solches Wort, und ich schlage dir den Schädel ein!«

Dem heftigen Auftritt zwischen den beiden Männern, der darauf folgte, wurde mühsam genug von Feßler ein Ende gemacht; aber von nun an begann Gottfried sein passives Benehmen dem Brautpaar gegenüber aufzugeben.

»Du bist ein ungebärdiges Kind«, sagte er zu Halwig, »du wärst imstande, das Liebste, das du hast, in einem Anfall übler Laune zu zerstören; ich will strenge Wache über dich halten.«

Halwig drückte ihm die Hand, er begab sich gern unter den Schutz seines besten Freundes.

»Verschwören wir uns gegen alle meine Fehler!« rief er, ganz beseelt von den edelsten Vorsätzen, »wenn du mir treulich hilfst, will ich ihrer schon Herr werden!«

Lotti war mit diesem Bündnisse nicht zufrieden, sie wußte, daß Hermann die Selbstbeherrschung, die es ihm auferlegte, ebensowenig zu bewahren vermochte, wie er die Aufrichtigkeit vertrug, nach welcher er immer verlangte. Seine ganze Natur empörte sich gegen den Zwang, die leiseste Mißbilligung fraß ihm am Herzen, erbitterte ihn, machte ihn unglücklich und überzeugte ihn nie. Was ihn stählte, was alle seine Kräfte entfaltete, das war der Kampf gegen Haß und Verfolgung und der Genuß überschwenglichen Lobes und verhimmelnder Liebe.

»Ich kann nur im Lichte gedeihen, und ihr lebt im Halbdunkel«, rief er einmal nach einer langen Kontroverse mit

Gottfried und verließ das Zimmer ohne Abschiedsgruß. Lotti erhob sich lautlos und ging ihm nach. Eine Weile darauf hörte man aus dem Vorgemache sein zorniges Sprechen herübertönen, manchmal unterbrochen durch ihr sanft beschwichtigendes Flehen. Dann wurde die Haustür zugeschlagen, und eine lange Zeit verfloß, bevor Lotti, noch bleich und zitternd, in die Werkstatt zurückkehrte.

Am Abend sprach Feßler zu Gottfried:

»Was ich dir sagen wollte: Gib dein Erziehungswerk auf. Den Halwig änderst du nicht. Laß ihn. Ihr ist er ja recht, wie er ist.«

»Aber Vater, er mißhandelt sie.«

Feßler seufzte und zog bedauernd die Achseln in die Höhe. »Seine Mißhandlungen sind ihr lieber als die Liebkosungen eines andern. Das ist so Weiberart.«

Gottfried schwieg und ließ fortan die Dinge gehen, wie sie gingen.

Die Besuche Halwigs wurden immer seltener, und wenn er kam, war er entweder düster und verschlossen oder von einer aufgeregten und erzwungenen Lustigkeit, die unter allen seinen wechselnden Stimmungen Lotti am peinlichsten berührte. In eine solche geriet er einmal, als Feßler über einige Vorbereitungen zur nahenden Hochzeitsfeier sprach, und plötzlich erklärte Lotti ihrem Vater, die Vermählung müsse hinausgeschoben werden.

»Hat er den Vorschlag gemacht?« rief Gottfried.

»Ich wünsche es!« entgegnete sie rasch.

»Warum … Mißtraust du ihm?«

»Vielleicht nur mir«, war ihre Antwort. Scheinbar völlig ruhig begab sie sich an die Arbeit.

Kurze Zeit, nachdem Lotti diesen Entschluß gefaßt, schien Hermann ganz zu ihr zurückzukehren. Er hatte eine große Enttäuschung erlitten, er fand Trost bei ihr, die seinen Schmerz tiefer empfand als er selbst. Sein gesunkener Mut wurde indessen bald wieder durch neue Erfolge gehoben, und die unausbleiblichen Früchte derselben stellten sich ein. Die Huldigungen, die ihm dargebracht wurden, wollten bezahlt werden, sie forderten ihren Lohn, machten Ansprüche auf die Persönlichkeit, auf die Zeit des Dichters. Verwandte, die sich vor Jahren von ihm losgesagt hatten, erinnerten sich plötzlich, und erinnerten ihn, daß er zu ihnen gehöre. Wenn er von seiner Verlobung mit der Tochter eines Uhrmachers sprach, hörten sie ihn mit der überlegenen Nachsicht an, die gescheite Leute für Künstlerlaunen besitzen. Halwig begann sich einzubilden, daß er seine Braut nur um den Preis schwerer Opfer, harter Kämpfe werde heimführen können. Er ersparte und verschwieg ihr nichts; kein noch so herbes Urteil, das Menschen über sie fällten, die sie nie gesehen, kein Bedenken derer, denen er früher aus dem Wege gegangen war, und die er jetzt »die Seinen« nannte. Er schrieb diese grausame Offenheit dem unbegrenzten Vertrauen zu, das er für Lotti empfand, und die bestärkte ihn darin. Sie wußte, daß sie seine Liebe verloren hatte, aber den Schatten derselben, dieses Vertrauen, das ihr sein Herz öffnete, sie seine geheimsten Gedanken kennen ließ, an dem hielt sie fest, das hütete sie wie das heilige Feuer, wie ihr Lebenslicht. Als ob ihre Liebe in dem Maße wüchse, in dem die seine abnahm; als ob er sie durch Qual fester an sich ketten würde, wachte sie über dem kleinen Reste seiner Neigung in übermenschlicher Treue und Geduld. Ein Aufflackern seiner erlöschenden Empfindung war ihr, was der Mutter ein Lächeln ihres sterbenden Kindes ist.

Endlich kam die Stunde, in welcher sie ihre Kraft erlahmen fühlte, in welcher ihr glühender Entsagungsmut sie verließ. Nach jahrelangem Ringen erwachte in ihr die unwiderstehliche Sehnsucht nach Frieden. Aber sie wollte diesen nicht mit einem Selbstvorwurf in der Seele dessen erkaufen, den sie so sehr geliebt hatte. Sie führte die Entscheidung an einem Tage herbei, an dem er sich einmal wieder ihr gegenüber so herzlich, so warm, so voll Hingebung und Innigkeit gezeigt wie in der Frühlingszeit ihrer Liebe.

Er war länger verweilt, als er beabsichtigte, und sprang erschrocken auf, als einige Uhren zugleich die fünfte Nachmittagsstunde schlugen.

»Ich sollte längst fort sein!« rief er, »aber gleichwie… Bei dir versäume ich nichts, ich gehe immer reicher, besser, als ich gekommen bin… Ich bin ein Narr, so selten zu kommen.«

Sie traten beide an das geöffnete Fenster, durch das die sanft bewegte Luft des lauen Herbstabends hereinflutete. Die Sonne hatte sich hinter einer schweren Wolke verborgen, aber ihr Widerschein säumte den Horizont mit Purpurstreifen. Breite, goldige Lichter lagen auf den Dächern der Häuser und behaupteten sich noch siegreich gegen die grauen Dünste, die von den Bergen herzogen und den östlichen Teil der Stadt schon in ihre wallenden Schleier gehüllt hatten. Drüben am Kai jagte Wagen an Wagen vorbei, drängte und tummelte sich das Menschengewühl, indes der Strom lautlos und träge seine trüben Wellen rollte.

»Die Aussicht hab ich lieb«, sprach Halwig, »ich sehe gern das Treiben der großen Stadt so tief unter mir… Dein Vater hat recht, seine hohe, alte Warte nicht zu verlassen, wenn es ihm auch manchmal schwerfallen mag, sie zu erklimmen… Leb wohl – das heißt auf Wiedersehen!«

»Nein, nein«, sagte Lotti hastig, »es heißt Leb wohl…« Eine brennende Röte bedeckte ihre Wangen, und sie umspannte mit beiden Händen die Hand, die er ihr gereicht. »Wir wollen scheiden, wir müssen… als gute Freunde, aber für immer. Gib mir mein Wort zurück, wie ich dir das deine zurückgebe, Hermann…«

»Was ficht dich an?« fragte er.

Sein Ton klang vorwurfsvoll, allein ein Blitz feuriger Überraschung, kaum sichtbar für ein anderes Auge als das ihre, hatte während ihrer vorhergehenden Rede in seinem Angesicht aufgeleuchtet.

»Ich kann deine Frau nicht werden«, fuhr sie fort, rascher jetzt und mit fliegendem Atem: »Schon lange wollte ich dir das sagen … Ich ringe schon lange mit mir … Ich kann mich von meinem Vater nicht trennen, kann auch die Lebensweise nicht aufgeben, an die ich gewöhnt bin, von Kindheit an … die mir sehr lieb ist …«

»Ich meinte dir noch viel lieber zu sein!« rief er, und setzte in unaussprechlicher Verwunderung hinzu:

»Du gibst mich auf?! … Du – mich?!«

»Du wirst dich darein fügen – nicht wahr? … Sage nicht, daß es dir unmöglich ist!«

Sie richtete die Augen fest auf ihn, und die seinen senkten sich.

Es flog ihm durch den Sinn, daß sie ihm untreu geworden, daß sie einen anderen liebe, aber sogleich mußte er lächeln über diesen Verdacht. Er fragte sich, ob sie ihn auf die Probe stellen wollte, fragte sich auch, ob sie nicht vielleicht seinem Glück, seiner Zukunft ein ungeheures Opfer bringe? Die ruhige Haltung, in der sie vor ihm stand, machte ihn aber auch an dieser Vermutung irre.

Er fuhr aus seinem Brüten auf und sagte mit dem Ausdruck eines echten Schmerzes:

»Und wir sollen uns niemals wiedersehen?«

»Doch … wenn wir ganz vernünftig geworden sind.«

»Du bist es schon jetzt!« entgegnete er voll Bitterkeit.

»Und du wirst es werden – wirst mir danken … Laß mir deine Hand! wende dich nicht ab … Du hast keinen Grund, mir zu grollen. Ich befreie dich von einer traurigen Braut, bei der keine Freude zu holen ist –« sagte sie mit einem schwachen Versuch zu lächeln.

Er unterbrach sie, er wollte nicht weiter hören; er erklärte, daß er ein einmal gegebenes Wort nie wieder zurücknehme, und wenn es sein Unglück wäre …

»Wenn es aber auch das meine ist?« fragte sie, und er rief halb zornig, halb verlegen:

75

»Wie du mich mißverstehst!... Wie du nur glauben, es nur für möglich halten kannst, daß ich dich aufgeben werde, ohne Grund... Weißt du denn einen?... Daß ich mich von dir trennen werde – so plötzlich...«

Sie erhob das Haupt. »Wir sind längst getrennt«, sprach sie. »Es ist aus. Frage dich selbst, ob du recht hättest, mich mitzuschleppen durchs ganze Leben, weil du einmal geglaubt hast, mich zu lieben.«

»Geglaubt?... Ich habe dich unaussprechlich geliebt – meine Liebe zu dir war...«

»Sie war!« fiel ihm Lotti mit einem schneidenden Schmerzenston ins Wort, der die Qual ihres Innern verriet. »Täusche dich nicht... Wir wollen die Kraft haben einzugestehen, daß eine Empfindung, die wir für ewig hielten – erloschen ist. Und wir wollen nicht unsere Zukunft auf die erloschene bauen, nicht erwarten, daß ein Glück aus ihr erblühen könne ...«

Er starrte sie an und schwieg. Sein Verstand gab ihr recht, sein Herz stimmte ihr bei. Was sich in ihm regte und sträubte, das war ein leiser Gewissensvorwurf. Allein auch den vermochte Lotti zu beschwichtigen, indem sie sagte:

»Nur die Geliebte scheidet sich von dir – die Freundin bleibt. Die wirst du immer finden. Komm zu ihr, wenn du ein Leid zu klagen hast, wenn du verdrossen bist und schlimmen Mutes. Bedrückte Seelen warten – das verstehe ich, das ist die Kunst, die ich ausübe, das ist meine Virtuosität ...«

»Lotti!« rief er überwältigt und zog sie an seine Brust. Plötzlich jedoch ließ er sie aus seinen Armen, warf sich in einen Sessel nieder und brach in heftiges Schluchzen aus. Sie trat zu ihm, beugte sich, ihre Lippen ruhten lange auf seiner Stirn ... regungslos, mit geschlossenen Augen, empfing er ihren schwesterlichen Kuß, und ihm war, als senke sich aus seinem innigen Berühren Frieden und Versöhnung in seine kämpfende Seele. Als er aufblickte, fand er sich allein; Lotti war in ihr Zimmer geeilt, und er hörte sie den Riegel vorschieben. Er sprang auf, rannte zur Tür und pochte und rüttelte daran wie ein Verzweifelter. Kein Laut antwortete seinem Drohen und Flehen.

Endlich mußte er sich ergeben – mußte sich fassen.

»Ich komme wieder, hörst du mich? Ich komme wieder!« sprach er und schritt nach einem letzten Zögern, einem letzten, vergeblichen Erwarten, langsam aus dem Gemach.

7

Allein sooft er wiederkam, so ungestüm er nach ihr fragte – Lotti ließ sich nicht sehen. Er schrieb an sie, er bat sie um eine Unterredung, und sie entgegnete, sie wolle dieselbe gern gewähren, wenn er zuvor verspreche, ihres früheren Verhältnisses mit keinem Worte zu erwähnen. Auf diese Bedingung konnte er nicht eingehen, das erklärte er offen in einem zweiten Briefe, der unbeantwortet blieb.

Damit war zwischen ihnen alles zu Ende.

Als sie einander nach langer Zeit zufällig auf der Straße trafen, senkte Lotti die Augen, und Halwig wandte die seinen ab. Später vermieden sie es nicht mehr, einen raschen Blick zu wechseln. Hast du mir nichts zu sagen? fragte der ihre und wurde durch ein kaltes Lächeln, eine Miene spöttischer Gleichgültigkeit erwidert. Nach solchen flüchtigen Begegnungen kehrte Lotti heim mit fliegenden Pulsen und brennender Stirn, und am nächsten Morgen erzählten ihre müden und geröteten Augen von einer durchweinten Nacht.

Aber auch diese letzte, törichte Schwäche ward überwunden. Lotti gewöhnte sich, an dem einst Geliebten vorbeizugehen wie an einem Fremden; sie errötete nicht mehr, wenn sein Name in ihrer Gegenwart ausgesprochen wurde; sie las auch seine Bücher nicht mehr. Sie wurde von ihnen allzu peinlich berührt. Es gab sich darin ein Haschen nach dem Absonderlichen und Unerhörten kund, ein Streben, gemeine Neugier zu wecken, eine Vorliebe, das Krasse, oft sogar das

Widerliche zu schildern, die Lotti entsetzten und ihr wie Lästerungen an dem Gotte erschienen, den Halwig selbst sie verehren gelehrt hatte: am Gotte des Schönen.

Jahre vergingen. Feßler starb – kurze Zeit nachdem ihm angekündigt worden, daß er seine »hohe Warte« verlassen müsse, weil das Haus zum Umbau bestimmt sei. Lotti bezog ihre jetzige Wohnung. Gottfried mietete sich bei dem Uhrmacher ein, für den er seit dem Tode seines Pflegevaters arbeitete. Des erlittenen Verlustes immer eingedenk, führten beide still ihr Leben fort; Lotti war von ihrer ersten und einzigen Liebe so vollkommen geheilt, daß sie die Nachricht von Halwigs Verheiratung, die Gottfried eines Tages brachte, mit unbefangener Heiterkeit aufnahm.

Vor drei Jahren hatte sich das ereignet, und Lotti besann sich heute noch des verstörten Gesichts, mit dem Gottfried damals bei ihr erschienen war, der Verlegenheit, der unnötigen Schonung, mit denen er, nach langem Hin- und Herreden seine Neuigkeit plötzlich hervorgestoßen und dabei so beschämt und elend ausgesehen, als ob er eben eine schändliche Handlung begangen hätte.

»Ich muß es dir sagen«, entschuldigte er sich, »du hättest es vielleicht auf eine unangenehme Art erfahren können … unvorbereitet vielleicht …«

Lotti sah ihn freundlich an und sagte:

»Nun – was hätte das gemacht?«

»Wenn du ihnen aber begegnet wärest wie ich – ganz unerwartet – beim Biegen um eine Ecke … Arm in Arm.«

»So hätte es mich gefreut«, sagte Lotti.

»Hätte es? …« Sein Gesicht hatte sich verklärt, er geriet in Begeisterung, und jetzt kam es heraus, daß er schon seit einigen Tagen von der Verheiratung Halwigs unterrichtet war, daß er auch gehört hatte, die junge Frau sei arm, vornehm und schön.

»Das Letztere kann ich bezeugen«, sprach Gottfried mit gedämpfter Stimme, als ob er ein Geheimnis anzuvertrauen hätte, »du und ich, wir haben nie etwas Schöneres gesehen. Sie ist groß – um ein Haar vielleicht größer als du, und so zart, so ätherisch, als wäre sie aus Mondesstrahlen gewoben … aber nein, das Bild paßt nicht; die Strahlen des Mondes sind kalt, und sie sieht aus wie das junge, rosige Leben … Ein Kind, sag ich dir, und hat doch schon etwas in den Augen … Ich war eilig und ging in Gedanken so hin, wäre beinahe an sie angerannt … Er rief: ›Holla!‹ und sie blickte mich mit diesen prächtigen, sonderbaren Augen unaussprechlich verwundert an, als ob sie sagen würde: Geben Sie doch acht! Ich bin es ja! … So, daß ich außerordentlich erschrocken stehen blieb und den Hut rückte. Da bemerkte ich erst, daß er den seinen abgenommen hatte. Gesprochen wurde nichts, wir haben beide nur getrachtet, so bald als möglich fortzukommen.«

Gottfried nahm seinen gewohnten Platz in der Fensterecke, dem Arbeitstisch Lottis gegenüber, ein, und sie begann von anderen Dingen zu sprechen. Sie erzählte mit einer Art Entrüstung, daß der Uhrenliebhaber, der einst für ihre Sammlung jenes hohe Angebot gemacht, das Feßler bereute von der Hand gewiesen zu haben, sich wieder melde. Von Amerika aus, wo er lebte – er war ein Deutscher, der dort Glück gemacht –, erneuerte er seinen Antrag in einem Briefe, den sein Agent Lotti überbrachte. Sie sann jetzt über ihre Antwort nach, konnte nicht Worte finden, scharf und bestimmt genug, um ihren unerschütterlichen Vorsatz, sich nie von ihrer Sammlung zu trennen, auszudrücken. Sie hatte Lust, dem »Amerikaner« mitzuteilen, was bisher niemand außer Gottfried wußte, daß der Hausschatz nämlich im Testamente Lottis dem Museum ihrer Vaterstadt vererbt sei, wo er unter dem Namen »Feßlersche Sammlung« auf die Nachwelt übergehen sollte zum Nutzen und zur Freude künftiger Generationen.

Gottfried gab ihr, etwas zerstreut, in allem recht, sprang aber plötzlich von dem Gegenstand ihres Gespräches ab und sagte: »Findest du es nicht verwegen von ihm, ja sehr verwegen, in seinen doch schon reifen Jahren ein Mädchen zu heiraten, wie gesagt, fast noch ein Kind und so wunderschön?«

»Von – ihm?… Du sprichst von Halwig –« erwiderte sie mit einem verweisenden Blick. – Die sanfte Lotti war gegen Gottfried ausnahmsweise immer ein wenig streng. »Das muß man wissen… Reife Jahre? Ach was! Künstler bleiben immer jung, nur wir altern, wir Arbeitsleute.«

So hatte sie vor drei Jahren die Kunde von Hermanns Verheiratung aufgenommen und seitdem nichts mehr von ihm gehört.

Und jetzt, nachdem sie alles verschmerzt, vieles vergessen, kam ein Bote aus der lang entschwundenen Zeit und weckte sie aus ihrer tiefen Ruhe. Sie staunte selbst über die Gewalt des Eindrucks, den sie plötzlich empfangen hatte, über die Pein, welche er verursachte. Doch versuchte sie nicht, sich ihr zu entziehen, dazu kannte sie sich zu gut. Ihre Leiden wollten völlig durchlebt sein, bevor sie sterben konnten. Da half kein Wegschieben, keine Überredungskunst, sie forderten ihr ganzes Recht und wichen erst, nachdem es ihnen geworden.

Sie nahm ihre Arbeit vor. Gleichförmig wie immer spann ihr Tagewerk sich ab. Nachmittags besuchte sie Gottfried in seinem Laden. Allein, was sie auch tat und sprach, unablässig summten ihr die Worte: »Aus Leichtsinn oder Not« im Ohr, und der Gedanke an Halwig verließ sie nicht eine Sekunde. Sie durchwachte eine böse Nacht.

Am nächsten Morgen kam Gottfried und mahnte sie noch einmal, die bei ihr bestellten Arbeiten dem früheren Meister heute selbst zu überbringen.

Sie versprach es, lehnte aber Gottfrieds Antrag, sie zu begleiten, auffallend hastig ab.

»Wie du willst«, sagte er und verabschiedete sich ohne eine Spur von Empfindlichkeit.

Sie blickte ihm eine Weile nach. »Der beste Mensch!« murmelte sie leise vor sich hin und begann ganz gegen ihre Gewohnheit müßig, mit gekreuzten Händen, im Zimmer auf und ab zu gehen.

Ihre alte Dienerin trat ein und wunderte sich über die Maßen, ihre Herrin unbeschäftigt zu finden. Aber sie freute sich noch mehr, als sie sich wunderte. Der Himmel selbst, meinte sie, beschere ihr eine Gelegenheit, sich so recht nach Herzenslust über die interessanten Neuigkeiten auszulassen, die sie vom Markte mitgebracht hatte. Leider fand sie nur geringe Teilnahme und wurde plötzlich durch die Worte unterbrochen:

»Agnes – ich gehe jetzt aus.«

Das war freilich leichter gesagt als getan. Ausgehen? Jetzt? – Die Alte entsetzte sich über »diese Idee«. Vor dem Essen war das Fräulein nie ausgegangen, warum denn heut!

Die Frage und die seltsam forschende Miene, mit der sie gestellt wurde, machten Lotti erröten; sie wandte das Gesicht verlegen ab und sagte: »Warum? – ja – – ich könnte eigentlich auch später – wenn du dich beeilen wolltest …«

Agnes entfernte sich, erschien jedoch bald wieder. Sie überbrachte die Visitenkarte eines fremden Herrn, der das Fräulein dringend zu sprechen wünschte.

Der Agent des »Amerikaners« kam einmal wieder, die Anerbietungen seines Chefs in bezug auf die Uhrensammlung zu erneuern.

Er wurde selbstverständlich abgewiesen. Allein statt sich damit zu bescheiden und sich – zufrieden oder nicht – zu empfehlen, nahm er auf das breiteste Platz in dem Fauteuil und ließ alle fünf Minuten einige wegwerfende Worte über alte Uhren fallen. Nach einer tödlich langen Stunde erhob er sich endlich mit der Versicherung, er wolle vor seiner Abreise noch einmal vorsprechen. Lotti erlaubte sich zu bemerken, das sei ganz überflüssig, worauf er verbindlich erwiderte, er danke und werde sich gewiß einfinden.

Dieser Besuch schien Lotti den Appetit verdorben zu haben, denn sie ließ ihr Mittagsmahl, das von Agnes endlich aufgetragen wurde, unberührt.

Sie kleidete sich rasch und hastig zum Ausgehen an und blieb dann zögernd an der Tür stehen ... sie eilte die Treppe hinab und schritt langsam durch die Straßen ... immer langsamer, je näher sie ihrem Ziele kam.

Sie wollte sich Gewißheit über die Umstände verschaffen, unter denen ihr einstiges Geschenk verkauft worden war. Sie wollte es. Und doch erhoben sich Einwendungen in ihr gegen den unwiderruflichen Entschluß. – Was soll die Gewißheit, nach der du strebst, dir bringen? fragte sie. – Was hast du zu erwarten? Du wirst von einem Leichtsinn hören, den du nicht heilen kannst, oder von einer Not, der abzuhelfen du nicht vermagst. Laß ab! Was quälst du dich? ... Zu wessen Frommen? Du bist längst vergessen – vergiß auch du!

Lotti horchte den leisen, abratenden Stimmen und – mit Bewußtsein handelte sie ihnen entgegen.

Jetzt stand sie an der Tür des Uhrmacherladens, jetzt drückte sie die Klinke.

Der Laden war leer, aber aus dem anstoßenden offenen, mit Gaslicht hell erleuchteten Raume schallte ihr ein lauter Wortwechsel entgegen.

»Ich weiß ja, daß ich eine Gefälligkeit von Ihnen verlange!« rief eine Stimme, deren Ton Lotti seit fünfzehn Jahren nicht mehr gehört hatte und die sie dennoch augenblicklich erkannte.

»Ich aber bin nicht in der Lage, Gefälligkeiten zu erweisen. – Entschuldigen Sie, da ist jemand ...« sagte der Uhrmacher, der den Eingang zum Gewölbe nicht aus dem Auge gelassen hatte: »Ah – Fräulein! Eben recht ...« Er eilte auf Lotti zu, indem er fortfuhr zu sprechen: »Vierundzwanzig Stunden bin ich im Wort gestanden; jetzt sind drei Tage vorüber; und mit dem besten Willen – wenn ich noch so gern möchte – ich könnte die Uhr nicht beschaffen, denn sie ist«, er warf Lotti einen Blick des Einverständnisses zu, »bereits in anderen Händen. Diese Dame kann es bestätigen.«

Derjenige, dem diese Rede galt, hatte sie mit Äußerungen des Unglaubens begleitet. Als Lottis Zeugnis angerufen wurde, richtete er plötzlich die Augen auf sie, verstummte und starrte sie so vernichtet, so völlig überwunden und ratlos an, wie ein Kind, das auf einer schlimmen Tat ertappt wird.

»Mein Gott – Sie? …« stammelte er, »was werden Sie von mir denken?«

Lotti hatte sich rascher gefaßt als er; sie erwiderte:

»Nichts anderes, als daß es schön von Ihnen ist, sich so herzlich nach Ihrer alten Uhr zurückzusehnen.«

Beide schwiegen und sahen einander an. Sie ihn mit leiser, etwas peinlicher Überraschung; er sie halb wehmütig, halb freudig. Seine Verlegenheit war wie durch Zauber verschwunden, und ihm wurde leicht und wohl ums Herz. Ihm schien es, als träte ihm die Erinnerung an die beste Zeit seines Lebens verkörpert entgegen … nicht die glänzendste, oh, bei weitem nicht! Aber die beste gewiß.

»Fräulein Lotti – Fräulein Lotti«, wiederholte er mehrmals, ohne den Blick von ihr zu wenden.

Er fand in ihrem Gesicht den Ausdruck, den er einst geliebt hatte, wieder. Hübsch war sie nie gewesen, doch konnte sie schön sein, wenn ihre Seele sich in ihren Zügen spiegelte, wenn der Abglanz ihrer reinen Gedanken auf ihrer Stirn sichtbar wurde, wenn eine Gemütsbewegung ihre Wangen rötete – so wie jetzt … Was lag daran, ob leichte Falten diese Stirn furchten, ob diese Wangen schmaler geworden? Die Augen blickten so gütig, wie je; die rosige Farbe der Lippen hatten die Jahre verwischt, den Zug von Sanftmut und stiller Heiterkeit, der sie umspielte, jedoch nur tiefer eingeprägt … Ja, sie war es, war dieselbe noch! Und – sie hat sich wenig verändert, dachte er.

Lotti hingegen dachte: Er hat sich sehr verändert. Worin aber? fragte sie sich. Die Zeit ist ja doch schonend an ihm vorübergezogen. Seine Gestalt hatte sich jugendlich schlank erhalten. Die Haare und das Gesicht hatten eine dunklere Färbung angenommen, der Bart war leicht ergraut. Die Augen lagen tiefer, und schon begannen Halbkreise sich unter ihnen zu bilden, doch funkelten sie noch feurig wie sonst; Halwig war noch immer ein Bild männlicher Schönheit, sein Wesen noch immer anziehend und gewinnend. Allein der Charakter seiner Erscheinung hatte eine gewaltige Änderung erfahren. Keine Spur des Künstlers war mehr an ihm. Er sah wie ein vollendeter Weltmann, sogar ein wenig stutzerhaft aus. Das Haar war kurz gehalten, der Backenbart nach englischer Mode zugeschnitten, und die nämliche allerneueste Mode hatte auch die Form des langen lichten Oberrocks, den er trug, bestimmt, hatte bei der Wahl des glänzenden Zylinders, der sportsmäßigen Krawatte, der Handschuhe aus Hundsleder, den Ausschlag gegeben. Wenn Kleider Leute machen würden, hätte man ihn für ein Mitglied des Jockey-Clubs halten müssen. Er hatte jedoch nur die äußere Hülle eines Engländers, nicht dessen Art und Weise angenommen – vielleicht nicht anzunehmen vermocht. Es war nichts von steifer Gleichgültigkeit in dem Tone, in dem er sich an Lotti wendete und sie versicherte, er freue sich des Wiedersehens, trotz der ihn beschämenden Umstände, unter denen es stattfand. Er bat sie, ihn anzuhören, bat, ihr seine törichte und leichtsinnige Handlung, die allerdings unverzeihlich sei, wenigstens erklären zu dürfen.

Lotti unterbrach ihn und meinte, daß sich wohl mehr werde tun lassen. Sie wandte sich an den Kaufmann, und ihrer eindringlichen Fürsprache gelang es nach einiger Bemühung, den übereilten Handel rückgängig zu machen. Sodann verabschiedete sie sich von dem alten Geschäftsfreunde und verließ das Gewölbe zu gleicher Zeit mit Halwig.

»Ihre Uhr ist bei mir«, sagte sie zu ihm, »in drei Tagen schicke ich sie hierher, da kann sie abgeholt werden.«

Er wollte in Worte des Dankes ausbrechen, sie aber grüßte so deutlich verabschiedend, daß ihm nichts übrig blieb, als diesem Winke zu gehorchen. Er verneigte sich, trat zurück, und sie schlug den Weg nach ihrer Wohnung ein.

Sie war schon eine ziemlich große Strecke gewandert, als sie durch rasch hinter ihr her eilende Schritte eingeholt wurde, und Halwig an ihrer Seite erschien.

»Verzeihen Sie mir«, sagte er, »verzeihen Sie, Fräulein Lotti … eine große Bitte …«

»Nun?«

»Erlauben Sie mir, meine Uhr selbst bei Ihnen abholen zu dürfen?«

»Das steht Ihnen frei!« antwortete sie.

»In drei Tagen also! … Um diese Zeit, nicht wahr? Ich komme, ich danke Ihnen … das ist eine Freude!«

»Die hätten Sie sich längst machen können.«

»Können? …« wiederholte er fragend, »haben Sie mir nicht dereinst gesagt, nur wenn ich ein Leid zu klagen hätte, mög ich kommen? Nun, Fräulein Lotti, ich hatte keines zu klagen außer dem, das Sie selbst mir damals angetan haben … und das ich allein tragen und überwinden mußte … In allem übrigen bin ich glücklich gewesen …«

»Und davon sollte ich nichts wissen?« unterbrach sie ihn.

»Davon *wollten* Sie nichts wissen …«

»O wie kindisch! Ist es möglich, Halwig, so kindisch sind Sie geblieben?«

Er fiel sogleich in den heitern Ton ein, den Lotti angestimmt hatte. Erst die Frage, die sie an ihn stellte, wie es denn komme, daß sie ihm seit Jahren nicht einmal mehr auf der Straße begegnet sei, stimmte ihn ernster.

»Ach«, sagte er mit einem Seufzer, »ich bin ja wie der Vogel der Minerva. In der Dämmerung beginne ich meinen Flug. Tagsüber schmiedet mich die Arbeit an meine Stube fest … freilich keine unnütze Arbeit – eine lohnende und erfolgreiche …« Er warf den Kopf stolz zurück. »Überdies«, setzte er, als Lotti schwieg, mit veränderter Stimme hinzu, »habe ich diesen Winter und den vorigen in England zugebracht, die Gesundheit meiner kleinen Frau machte einen längeren Aufenthalt in der kräftigenden Seeluft notwendig.«

»Ist Ihre Frau leidend?«

»Nichts von Bedeutung. Gott sei Dank, nichts, das mir den geringsten Grund zu Besorgnissen gäbe.«

»Sie müssen mir von Ihrer Frau erzählen, Halwig.«

»Ich will sie Ihnen bringen!« rief er, hielt aber sogleich inne, wie jemand, der ein übereiltes Wort gesprochen hat, und setzte zögernd hinzu: »Das heißt, wenn meine Frau – ich wollte sagen, wenn Sie es mir erlauben.«

»Erlauben – wie denn? – ich bitte Sie darum.«

Sie waren bei dem Hause Lottis angelangt, und diese blieb stehen. »Hier wohne ich«, sprach sie, »hoch oben im dritten Stock.«

»Hier also – gut – hier suche ich Sie auf, in drei Tagen … Wie glücklich wäre ich, unser kaum begonnenes Gespräch jetzt schon fortsetzen zu können – aber ich bin ein Sklave … ein freiwilliger natürlich – einer, der vernarrt ist in seine Sklaverei … Auf Wiedersehen denn!« Er ergriff ihre Hand und drückte sie mit Wärme: »Fräulein Lotti – so haben wir uns doch endlich wiedergefunden!«

»Und wie mir scheint«, antwortete sie, »als ganz gute Freunde.«

8

Am dritten Tag, zur bestimmten Stunde, fand Halwig sich ein.

»Agnes, kennen Sie mich noch?« sprach er, ins Vorgemach tretend, dessen Tür die Alte ihm geöffnet hatte.

Agnes erwiderte ausweichend: »Das Fräulein hat mir schon gesagt, daß Sie kommen werden.« Der harte Blick, mit dem sie ihn empfangen hatte, wurde allmählich milder. »Aber ich hätte Sie auch so erkannt; Sie sehen ja prächtig aus.«

»Sie noch besser, Agnes, Sie noch viel besser!«

Die Alte schmunzelte und dachte: »Jetzt geht es mir wieder mit ihm, wie es mir immer gegangen ist.«

Im Grunde ihres Herzens hatte sie von jeher eine tiefe Abneigung gegen ihn gehegt. Sie war eifersüchtig auf die Geltung, die er im Handumdrehen im Hause erlangt, sie verabscheute seine Tätigkeit. »Was tut er?« meinte sie, »er schreibt: Er kritzelt? Saubere Arbeit für einen Mann – nähen wäre ebenso gut. Ich möchte einen Schreiber gerade so wenig wie einen Schneider.« Da sie niemals Gelegenheit gehabt, diese Behauptung zu beweisen, war es ihr freigestellt, ihren Haß maßlos zu überschätzen. Trotzdem blieben Halwigs Bewerbungen um ihr Wohlwollen nie ohne Erfolg. Wenn er sie freundlich gegrüßt, wenn er fünf Minuten lang mit ihr geplaudert hatte, gestand sie es regelmäßig zu: »Er ist halt doch ein lieber Mensch.«

»Darf ich eintreten«, fragte er, »oder wollen Sie so gütig sein, mich anzumelden?«

»Nicht notwendig, das Fräulein erwartet Sie, und Herr Feßler auch.«

»Gottfried auch?«

»Ja, ja«, bestätigte Lotti, die auf der Schwelle des Zimmers erschien, »zwei alte Freunde heißen Sie willkommen.«

Gottfried stimmte nicht sehr laut in ihre Worte ein, zeigte sich anfangs ein wenig abweisend, aber das dauerte nicht lange. Bald empfand auch er jenes eigentümlich freudige, Herz und Zunge lösende Gefühl, das in reifen Jahren durch das Wiedersehen mit einem Genossen der Jugendzeit erweckt wird.

»Und wie lebst du jetzt?« fragte er, nachdem sie genugsam in Erinnerungen geschwelgt hatten.

Halwig lehnte sich in den altertümlichen Sessel zurück, der ihm eingeräumt worden war, und kreuzte die ausgestreckten Beine. »Freund«, lautete seine langsam gesprochene Antwort, »ich lebe nicht – ich schreibe.«

Lotti sah ihn befremdet an, und ein tiefes Mißbehagen schien sich seiner unter diesem Blicke zu bemächtigen; die Stimme erhebend fuhr er fort: »Ich schreibe vom Morgen bis zum Abend oder – zur Abwechslung – vom Abend bis zum Morgen... Es gibt einmal nichts so Unpoetisches, wie das Dasein eines Poeten im neunzehnten Jahrhundert... Aber was ist zu tun, wenn man einen Haushalt mit der Feder bestreiten muß?«

»Das kann dir nicht schwer werden«, meinte Gottfried, »ein gefeierter Dichter wie du...«

»Heuchle nicht, Gottfried! Was weißt du davon, ob ich ein gefeierter Dichter bin?«

»Nun – man nimmt doch auch manchmal eine Zeitung zur Hand.«

»Daher schöpfst du deine Nachrichten? Gehst zum Fasse statt zum Quell... Und Sie, Fräulein Lotti, verschmähen Sie es gleichfalls, sich selbst zu überzeugen, ob ich den Ruf verdiene, den man mir macht?«

»Verschmähen?« wiederholte sie, »nein. Aber, lieber Halwig, ich altmodische Person lese schon seit langer Zeit nichts Neues mehr.«

»Sie tun vielleicht sehr gut daran«, sprach er nicht ohne leisen, etwas ironischen Verdruß.

Er erhob sich, trat an den Bücherschrank und las halblaut die Titel einiger darin aufgestellter Werke. »Da sind noch alle, die alten Bekannten... Ja, ja, Ihre Umgebung hat sich ebenso wenig verändert wie Sie selbst. Der Raum ist kleiner geworden«, sprach er und blickte sich in der Stube um, »die Gegenstände sind dieselben geblieben. Aber – wo ist denn die Sammlung, der Schatz des Hauses?«

Lotti deutete nach der Ecke des Zimmers. »Dort steht sie.«

»Unvermindert? In ihrer ganzen Herrlichkeit?«

»Jawohl, in ihrer ganzen, unvergleichlichen Herrlichkeit.«

»Wirklich?«

»Wie können Sie daran zweifeln? Ein Geizhals würde sich leichter von Hab und Gut trennen, als ich mich von einer meiner Uhren.«

»Nicht einmal eine wäre Ihnen feil? – Um gar keinen Preis? Nicht um Wohlhabenheit, nicht um Reichtum?«

»Welche Fragen!« erwiderte Lotti beinahe verletzt.

Halwig nahm seinen früheren Platz wieder ein; er stützte die Arme auf seine Knie und sah eine Weile nachdenklich vor sich hin. Da plötzlich erhob er die Augen zu Lotti:

»Idealistin! Sie wohnen in einer Nußschale unter dem Dach, plagen sich ums tägliche Brot, verzichten auf alle Annehmlichkeiten des Lebens, um nichts zu schmälern von einem eingebildeten Wert… Sie haben recht!… Bewahren Sie sich, was Ihnen unschätzbar ist!« schloß er wehmütig, schlug jedoch gleich darauf mit einem der unvermittelten Übergänge, die ihm immer eigen gewesen waren, einen heiteren Ton an. Er nannte sich einen glücklichen Menschen und pries sein Schicksal, das ihn endlich wieder mit seinen alten Freunden zusammenführte. Der Verkehr mit ihnen sei das einzige gewesen, wonach er eine Sehnsucht empfunden, die sich oft bis zum Schmerze gesteigert. Jetzt war auch diese erfüllt. Ihm fehlte nichts mehr. Er begann von seiner Frau zu erzählen, und wie er sie im Sturm gewonnen, trotz des Widerstandes, den ihre Eltern, ihre Geschwister, »die ganze hochadelige Sippe« gegen ihre Verbindung mit ihm aufgeboten habe. Anfänglich wurde sein Haus von den Verwandten seiner Frau gemieden – nur anfänglich…

»Seitdem sie sich überzeugt haben, daß meine Kunst keine brotlose ist«, sprach er lachend, »bin ich merkwürdig in ihrer Achtung gestiegen, und das freut mich, obwohl ich keinen Grund habe, viel Gewicht auf ihre Meinung zu legen. Es sind sehr ehrenwerte Leute, aber durchaus keine überlegenen Geister. Ein wirkliches Band besteht nicht zwischen uns…«

»Einfluß nehmen sie aber doch auf dich«, versetzte Gott-fried. »Dein Äußeres hat sich völlig dem der Weltmenschen anbequemt. Der Tausend! Was bist du nobel geworden … ich bewundere dich schon die ganze Zeit im stillen.«

»Spotte nur«, sagte Halwig. »Übrigens, lieber Alter, die Zeiten sind vorbei, in welchen man den Dichter am wallen-den Lockenhaar und am abgeschabten Flausrock erkannte. Den Wunsch, genial auszusehen, habe ich allerdings aufge-geben. Aber nicht infolge äußerer Einflüsse, sondern dank meines verbesserten Geschmacks.«

Gottfried blinzelte ihn freundlich an. »Sehr gescheit«, sprach er; »deine Leute können mit deiner stattlichen Er-scheinung zufrieden sein. Und deine Bücher, sage mir, finden die bei ihnen gehörige Anerkennung? Gefallen sie ihnen, wie du selbst ihnen gefallen mußt?«

»Meinen Leuten – Bücher? … Meinen Leuten? – Freund, ich frage mich manchmal, ob sie lesen können«, entgegnete Halwig, und fuhr nach einem Blick voll Verwunderung, den Lotti auf ihn geworfen hatte, rasch fort: »Das gilt nur von den Männern! Die Frauen lesen, die – ja. Und zwar die alten fran-zösische, und die jungen englische Romane. Welche Früchte diese Lektüre den ersten trägt, weiß ich nicht; die zweiten holen sich aus der ihrigen Begeisterung für englische Sitten und Gebräuche und für alle Arten von Sport. Sie verstehen sich auf Pferde trotz eines Maquignons, reden wie die Jok-keys, und – sind reizend. – Ja, ich muß gestehen, daß ich sie reizend finde, obwohl ich mich nicht im geringsten täusche über ihre stupende Oberflächlichkeit … Aber – was geht die mich an? Mich unterhalten, mir gefallen diese Amazonen in Schleppkleidern; meinetwegen dürfen sie bleiben, wie sie sind … Die Klagen über die Fehler der Aristokraten, über ihre Frivolität, Genußsucht und Unwissenheit hört man bis zum Ekel wiederholen; allein, wer hat jemals freundschaft-lich mit ihnen verkehrt und sich dabei nicht wohl gefühlt? – Man hat überhaupt keinen Sinn für das Anmutige und

Schöne, wenn man keinen hat für die Anmut und Schönheit ihrer Umgangsformen … Freilich, eine Ahnung von Talent zu dergleichen Dingen muß man mitbringen, um sie als Vorzüge gelten lassen zu können … Diese Ahnung fehlt – nicht dem großen Publikum, das unsere ist vortrefflich, keine Nation der Welt vermag ein besseres zu bilden – es fehlt den Wortführern des Publikums, meinen Herren Kollegen und lieben getreuen, immer dienstbeflissenen Feinden.«

»Deine Kollegen und Feinde?« fragte Gottfried betroffen über diesen plötzlichen Ausfall.

»Nun ja! – Ich habe zu viel Glück und habe stets zu viel Glück gehabt, um ohne Neider zu sein. Sie tun, was sie können, um mir meine Erfolge zu verkümmern, allein die Mühe ist verloren. Noch befinde ich mich im Vollbesitze meiner Kraft und hoffe, nicht so bald zu erlahmen – geschähe das – erwachte ich eines Tages und wäre kein Dichter mehr – wie man behauptet, daß es geschehen könne, anderen schon geschehen sei – versiegte plötzlich der Quell, aus dem ich gewöhnt bin, ohne Maß zu schöpfen – ja dann …« Er griff sich mit beiden Händen an den Kopf, »dann wäre ich verloren … denn alles, was ich bin und habe, steht und fällt mit meinem Talent. Mein Haus ist darauf gegründet, die Zukunft meiner Frau … Geistige Verarmung hätte für mich so viel zu bedeuten wie materielle Not – und das hieße sie betrogen haben, die mir in unbegrenztem Vertrauen gefolgt ist … Närrische Gedanken –« unterbrach er sich mit einem gequälten Lachen, »ich kenne mich und fürchte nichts. Aber die Phantasie, die uns beseligt, will auch peinigen. Nur zu … In der Einbildung müssen wir das Furchtbare durchmachen, das uns die Wirklichkeit erspart – das ist der Tribut, den der Glückliche dem allgemeinen Menschenelend bezahlt … Und, daß er reichlich bezahle, dafür sorgen die eigenen, in dem Geschäft, das ich betreibe, bis zum Zerreißen gespannten Nerven, und die Bemerkungen der süßen Neider, oder die Ratschläge der weisen Freunde. Auf dem Wege hierher bin ich dem weisesten von allen begegnet ... Was der nicht alles wußte, nicht alles kommen sah! Wie der so eindringlich bat, als hänge sein eigenes Heil davon ab: Gönne dir Ruhe! Sündige nicht auf dein Talent – du brauchst Sammlung, Erholung ... Wohl brauch ich sie, aber sie mir gönnen heißt abtreten, anderen Platz machen ... O nein, ich weiche nicht, ich bleibe und fühle Nerv und Stärke genug in mir, der ganzen heranwachsenden Epigonen-Generation stand zu halten ... Ich traue mir's zu, sie alle zu überdauern, diese altklugen Kinder mit ihrem riesigen Wollen und ihrem zwerghaften Können ... Aber ich ermüde Sie mit diesen literarischen Miseren ... Lassen Sie uns von angenehmeren Dingen reden ...«

Er gab dem Gespräch eine andere Wendung, er bemühte sich, die frühere Heiterkeit wiederzugewinnen. Es war vergeblich. Endlich erhob er sich und nahm Abschied. Sehr bald, so bald, als es ihm nur irgend möglich sei, wollte er mit seiner Frau wiederkehren, die er im voraus der Freundschaft und Güte Lottis empfahl.

»Wie kommt er dir vor?« sprach Gottfried zu Lotti, als sie wieder allein waren.

Sie sah an ihm vorüber durch das Fenster und antwortete zögernd: »Wie dir.«

»Schad um ihn.«

»Ja, traurig.«

Wenige Tage darauf schrieb Frau von Halwig an Lotti einen zierlichen kleinen Brief. Sie war im höchsten Grade ungeduldig, Fräulein Feßler kennenzulernen. Sie forderte ihren Anteil an der Freude, die ihrem Manne durch das Wiederfinden seiner Jugendfreunde beschert worden war. Es machte sie wirklich trostlos, nicht dem Zug ihres Herzens folgen, und statt dieser in Eile hingeworfenen und schlecht geschriebenen Zeilen selbst bei Fräulein Feßler erscheinen zu können; aber ein Unwohlsein und die Unerbittlichkeit des Arztes machten das unmöglich. Ja, wenn Fräulein Feßler großmütig sein, und eine arme, an das Zimmer gefesselte

Kranke mit ihrem Besuche beehren wollte, wie glücklich würde diese sein … Auf ein solches unverdientes Entgegenkommen wage freilich diejenige nicht zu hoffen, die sich mit herzlichster und wärmster Verehrung nannte: Lottis ergebenste Agathe Halwig.

Die Empfängerin dieses Schreibens las und las es wieder, und ein Gefühl von entzückter Beschämung bemächtigte sich ihrer. Es stieg ihr heiß in die Wangen, sie meinte plötzlich tief in der Schuld der jungen Frau zu stehen, deren sie bisher entweder gar nicht, oder wenn – ohne das geringste Wohlwollen gedacht, und die ihr jetzt so liebenswürdig nahte, mit solcher Bescheidenheit, ja man konnte sagen, mit kindlicher Ehrfurcht … Sie wollte sofort schriftlich antworten, besann sich aber eines andern. Nein, mit ihrer schwerfälligen und altmodischen Schrift dürfte sie nicht ausrücken, der Besitzerin der schönsten *grande anglaise* gegenüber, die Lotti jemals gesehen hatte. So beschloß sie denn, eine mündliche Antwort zu geben, und trat in das Vorzimmer, um dieselbe dem wartenden Boten aufzutragen.

An der offenen Tür der Küche lehnte nachlässig, mit gekreuzten Armen und Beinen, ein Mittelding zwischen Groom und Lakai, ein untersetztes, glotzäugiges Bürschchen im grünen Leibrock mit gelben Wappenknöpfchen, eine blanke, goldbetreßte Tellerkappe zwischen den Fingern. Von der Höhe seines herrlichen Selbstbewußtseins herab beobachtete er das Walten Agnesens in ihrem kleinen Bereiche. Er veränderte seine lümmelhafte Haltung nur wenig, als Lotti rasch und in großer, freudiger Erregung auf ihn zukam und ihn bat, seiner Gebieterin zu melden, sie gedenke heute noch bei ihr vorzusprechen.

»Heute nicht«, versetzte das Bürschchen und lächelte mit dem ganzen impertinenten Gesicht. »Morgen lassen die Frau Baronin bitten, morgen um ein Uhr.«

»Morgen? – Gut denn, morgen.«

Es schien Lotti ein wenig befremdlich, daß die junge

Frau, die nicht den Mut hatte, sie um ihren Besuch zu bitten, doch mit Sicherheit auf ihn gerechnet haben sollte; aber sie machte sich nicht lange darüber Gedanken. Sie kehrte wieder zu ihrem lieben, Auge und Herz gewinnenden Brief zurück. Da lag er, sorgfältig gefaltet in seinem schimmernden Kuvert, und duftete köstlich nach Ylang-Ylang. Von neuem erquickte sich Lotti an seinem Anblick. Nein, es gab nichts Gutes und Schönes, das man ihr nicht zutrauen müßte, die ihn geschrieben. Lotti drückte ihn an ihre Wange, hielt ihn zärtlich in ihren flachen Händen und legte ihn endlich in das Kästlein, in welchem sie ihre teuersten Erinnerungen bewahrte: das Miniaturbild ihrer Mutter, Andenken an den Vater, Briefe, die Gottfried aus der Fremde gesandt, die Eheringe ihrer Eltern, ihren eigenen Verlobungsring.

Aber aus diesem Reliquienschreine zog sie ihn am nächsten Morgen wieder hervor, um ihn Gottfried mitzuteilen.

»Lies!« rief sie, als er erschien, und hielt ihm das Blatt entgegen. Er gehorchte, nachdem er zuerst nach der Unterschrift gesehen und ein verwundertes »Oho!« ausgestoßen hatte. Seine Miene blieb ganz gleichgültig.

»Hast geantwortet?« fragte er, nachdem er zu Ende gekommen.

»Natürlich! Ich gehe zu ihr.«

»Das ist beschlossen?« Gottfrieds Ton klang mißbilligend, und er warf das Schreiben mit einer Gebärde voll Geringschätzung auf den Tisch.

»Es ist beschlossen«, entgegnete Lotti ärgerlich.

Er murmelte einige unverständliche Worte.

»Was sagst du?«

»Nichts. – Wenn es schon beschlossen ist, nichts.«

»Und der Brief gefällt dir nicht? Freut dich nicht?«

»Mich freut nur die Freiherrnkrone auf dem Papier. Seit wann ist der Halwig baronisiert worden?«

»Gottfried!« rief Lotti, »es ist deiner ganz unwürdig, so kleinlich zu sein.«

»Ist das kleinlich?« sagte er, nicht ohne einige Beschämung.

»Ungeheuer! So ungeheuer, als etwas Kleines nur irgend sein kann.«

Er lachte und war wieder der gute, liebe Gottfried, der »beste Mensch«. Er konnte übrigens nur einige Augenblicke verweilen, es gab sehr viel zu tun. Das neu errichtete Geschäft ließ sich vortrefflich an, und doch wollte er nicht so ganz Kaufmann werden, daß er am Ende seine Uhrmacherei darüber vernachlässigte. Fortschritte meinte er freilich unter den jetzigen Umständen nicht mehr machen zu können, aber verlernen wollte er nichts, und schon das forderte ein ganz knappes Wirtschaften mit der Zeit.

Lotti hatte seiner raschen Auseinandersetzung herzlich zugestimmt. »Du bist recht zufrieden?« fragte sie plötzlich.

»Recht zufrieden«, wiederholte er, vermied aber dabei, dem freundlich forschenden Blick zu begegnen, den sie auf ihn heftete.

Gottfried hatte das Zimmer kaum verlassen, als Agnes mit der Meldung erschien, Herr von Halwig sei da und wünsche das Fräulein zu sprechen.

»Es muß ihm etwas sein«, flüsterte die Alte, und ihr vertrocknetes Gesicht geriet in das blitzende Zucken, das bis zum Äußersten gespannte Neugier darauf hervorzurufen pflegte. »Was ihm wohl sein mag?«

»Laß ihn doch kommen!« rief Lotti, und nach einem leichten Pochen an der Tür trat Halwig so eilig ein, wie die alte Agnes sich langsam und zögernd entfernte.

»Entschuldigen Sie die frühe Stunde, ich werde Sie nicht lange stören«, sprach er, »ich bin nur da, um Ihnen für Ihre Güte gegen meine Frau zu danken und um Ihnen zu sagen, wie sehr leid es mir tut, bei Ihrer ersten Begegnung mit Agathe nicht gegenwärtig sein zu können … Nein, nein!« fügte er ablehnend hinzu, da ihm Lotti einen Sessel anwies, »ich setze mich nicht, ich bleibe, mit Ihrer Erlaubnis, hier an dem Platze Gottfrieds stehen, Ihnen gegenüber, Fräulein Lotti …«

Er sprach hastig und abgebrochen, mit sichtbarer Mühe die raschen Atemzüge zu verbergen, die seine Brust ängstlich beklemmend hoben.

»Was fehlt Ihnen, Halwig?« fragte Lotti und trat an seine Seite, »Sie sehen schrecklich aufgeregt und übermüdet aus.«

»Die natürliche und völlig unschädliche Folge einiger am Schreibtisch durchwachten Nächte … Das geht vorüber … Sehen Sie mich nur recht an – nur recht tief, nur recht lang, mit Ihren milden, frommen, friedlichen Augen – es tut mir wohl und beruhigt mich, und ich brauche Ruhe zu dem schweren Gang, den ich heute zu machen habe …« Er hielt inne, und Lotti sagte nach kurzem Schweigen sanft und eindringlich:

»Fahren Sie fort, schenken Sie mir Ihr ganzes Vertrauen … Sie wissen, Sie müssen sich noch erinnern, wie großen Wert ich auf Ihr Vertrauen lege. Darin, lieber Freund, habe ich mich nicht verändert.«

»Ja, ja! Fordern Sie Vertrauen von mir, lehren Sie mich wieder Vertrauen haben«, rief er, »ich habe das inmitten der Mißgunst, die mich umgibt, verlernt.«

»Halwig, diese Mißgunst – besteht sie nicht vielleicht einzig und allein in Ihren selbstquälerischen Einbildungen? … Ich frage nur –«, beeilte sie sich entschuldigend einzuwerfen, als er im Begriffe schien, heftig aufzufahren. »Weisen Sie mich zurecht, wenn ich irre … Halwig – Sie haben neulich von jemand gesprochen, der Ihnen riet, sich Ruhe zu gönnen – dem stimm ich bei, sein Rat war gut.«

»Er wäre gut, wenn sich ein Zeichen des Überreizes, des Verfalls in meinen letzten Arbeiten finden ließe … Das läßt sich darin *nicht* finden! … Mit jedem Werke, das ich in die Welt schicke, wächst meine Popularität, es gibt keine Zeitschrift, kein Journal, das nicht um meine Mitarbeiterschaft buhlt; wenig Autoren dürfen sich rühmen, so viel gelesen zu werden wie ich. – In faden Harmlosigkeiten freilich darf ich mich dabei nicht ergehen, auf einige Verblüffung läuft es immer hinaus – dem Geschmack der Zeit muß man Konzessionen machen … man *muß* … Welcher Künstler ist groß geworden und hat das nicht getan? … Lesen Sie, lesen Sie doch einmal eines meiner Bücher und sagen Sie dann, ob ich mich, wie der schöne Ausdruck lautet, ›ausgeschrieben‹ habe? Ob ich verwässere und verflache?«

Er stieß ein kurzes Gelächter aus und versank in Gedanken, aus denen ihn Lotti mit den Worten weckte:

»Sie sprachen von einem unangenehmen Gang, den Sie zu machen haben …«

»Unangenehm ist ein milder Ausdruck. Abscheulich, gräßlich soll es heißen … Ich will Ihnen sagen, was ich zu tun habe: einem Menschen gute Worte geben, dem ich am liebsten einen Fußtritt gäbe … aber ich stehe in seiner Schuld, und mir bleibt nichts übrig, als« – die Augen funkelten ihm vor Zorn, und er warf die Lippen verächtlich auf –, »als mich vor ihm zu demütigen.«

»Eine – eine Geldschuld?« fragte Lotti zaghaft.

»Nein – ja – wie man will … Ich habe mich herbeigelassen, eine Vorauszahlung von ihm anzunehmen auf einen Roman, der im Feuilleton seiner Zeitschrift erscheinen soll … und kann dieser Verpflichtung nicht nachkommen … Es ist mir unmöglich, trotz all meiner Arbeitskraft, all meines Fleißes. Heute sollte ich meinen ersten Band abliefern, und heute muß ich das Geständnis ablegen, daß er noch nicht begonnen ist – muß um Zeit bitten, um Geduld – –«

»Wär's nicht besser, den peinlichen Vertrag ganz zu lösen, Halwig?« sprach Lotti.

»Das kann ich nicht –«

»Wenn Sie ihm die erhaltene Summe zurückerstatten würden …«

»Das kann ich nicht!« wiederholte er übereilt und verbesserte sich sogleich: »Darauf ginge er nicht ein – der Seelenverkäufer läßt mich gewiß nicht los … Aber – darf ich's denn verantworten, daß ich Sie zu langweilen komme mit dem Berichte dieser Jämmerlichkeiten, die Ihrem Gesichtskreise so fern liegen, so tief unter Ihnen stehen?«

»Diese Frage, Halwig, die können Sie allerdings nicht verantworten«, sprach Lotti. »Mir liegt nichts fern, was Ihnen Unruhe und Pein zu verschaffen vermag. Vergessen Sie das nie und nimmermehr.«

Er fuhr mit der Hand über seine Stirn. »Ich habe es nicht vergessen … Sie sehen ja … Von jeher waren Sie bestimmt, mir Trost und Segen zu sein … Von jeher war ich bestimmt, Sie zu quälen … Das Schicksal erfüllte sich … Leben Sie wohl! …« rief er, wandte sich plötzlich und schritt dem Ausgange zu. Mit einem Male blieb er jedoch stehen. Seine Augen hatten sich fest und starr auf ein kleines Bild gerichtet, das an der Wand über dem Arbeitstische hing. Das wohlgetroffene Bild Meister Feßlers.

»Ihr Vater … Ihr Vater, das war ein Mann! Er hatte alles vom Künstler, nur nicht die Selbstsucht, nur nicht den Ehrgeiz. Er kannte die Affenliebe für seine Produkte nicht, und nicht die blinde Freude an dem Geschaffenen, sondern nur die große Freude an seinem Schaffen … Er trieb sein Handwerk wie eine Kunst. Wir – treiben unsere Kunst wie ein Handwerk«, sprach er dumpf und schmerzlich und verließ das Zimmer.

9

»Wohin geht denn unser Fräulein in solchem Staat?« sprach das Schneiderlein im vierten Stock des Nachbarhauses.

»Macht gewiß Visiten«, meinte Leopoldine und beugte sich recht weit aus dem Fenster, um Lotti nachzublicken, die soeben über den Platz schritt.

Der Alte folgte dem Beispiel seiner Tochter und rief in

Begeisterung: »Schau, schau! Es gibt doch nichts Schöneres als ein schwarzes Seidenkleid … Aber Falten muß es haben, muß sich so gewiß ausbreiten – *das* ist anständig, *das* ist elegant!«

»Nein, elegant ist es just nicht!« erwiderte Leopoldine, ihr kleines, breites Näschen rümpfend.

»Nicht? Kannst du dir das Fräulein denken in so einer modernen Ofenröhre, wie du da hast?« rief der Schneider, indem er verächtlich auf das enge Kleid deutete, das seine Tochter trug.

»Sie nicht – sie freilich nicht –«

»Freilich nicht!« spottete der Vater ihr nach, »und hätte doch eher als tausend Jüngere die Gestalt dazu, ist ja gewachsen wie eine Tanne.«

»Nein, nein, sie soll nur bei ihren alten Moden bleiben, ihr steht's, ein anderes dürft's nicht tragen.«

»Und warum nicht? Weil es praktisch ist? Weil es geschmackvoll ist?« polterte der Alte, und der Zank zwischen den beiden entbrannte.

»Sagt, was Ihr wollt!« platzte das Mädchen plötzlich heraus, »wenn Ihr einmal tot seid, halte ich mir doch ein französisches Modejournal!«

»Dann kannst du's tun«, schrie der Vater gereizt, aber nicht gekränkt durch diese brutale Äußerung.

Seine Tochter biß sich auf die Lippen, aus ihren dunklen Augen schoß ein Strahl innigster Liebe: »Deswegen braucht Ihr noch nicht zu sterben«, sprach sie.

»Fällt mir auch gar nicht ein.«

Und sie gingen an die Beendigung eines höchst unmodern gestreiften Sommerkleides.

Im gegenüberstehenden Hause hatten die Horatier im Fenster gelegen und Lotti, als sie vorüberkam, mit lautem Jubelgeschrei begrüßt. Auch die weiße Katze hatte ihr vom Dache herunter nachgeschaut, und dabei ein so gescheites Gesicht geschnitten, als ob sie allerlei interessante Dinge wüßte, von denen andere sterbliche Wesen niemals etwas erfahren.

Lotti aber schritt dahin, erfüllt von den verschiedenartigsten und dennoch so gleich mächtigen Empfindungen, daß sie nicht vermocht hätte zu sagen, welche die vorherrschende sei. Vielleicht war es ein geheimer Tatendrang – der Wunsch, Einfluß auf die Frau Halwigs zu gewinnen, und die Hoffnung, wenn das gelang, durch sie dem Selbstzerstörungswerk Einhalt zu tun, in dem der Dichter begriffen war. Sollte seine Frau aber nichts wissen von seinen schweren Seelenkämpfen? Sollte sie, wenn er auch schweigt – nichts davon erraten haben? Ist es nicht offenbarer Unverstand, sich einzubilden, daß eine Fremde kommen müsse, um der Gattin die Augen zu öffnen? Und dennoch – dennoch – trotz aller Einwendungen ihres Verstandes blieb Lotti von einer Ahnung durchdrungen, für die ihr jeder Grund, jeder Anhaltspunkt fehlte, der Ahnung: Die Frau, die er liebt, weiß nichts von seinem inneren Leben.

Lotti war im neuen Stadtteil vor dem neuen Hause angekommen, das Halwig bewohnte. Nett wie ein Schächtelchen stand es da. Alles darin frisch und blank und fast blendend vor Glanz und Farbenpracht, alles geschmackvoll und schön: die Malereien an den Wänden und am kuppelartigen Gewölbe des Stiegenhauses, die vergoldete Rampe, die schneeweißen Treppenstufen. Die einfache Lotti, die Freundin des Alten, sah sich um in all der bunten, jungen Herrlichkeit und meinte im stillen, das Neue könne einem doch auch gefallen.

Sie bemühte sich, den Außendingen recht viel Aufmerksamkeit zu schenken, sie hoffte sich dadurch von der seltsamen Beklemmung zu befreien, die sich ihrer bemächtigt hatte. Doch half es wenig, und Lottis Herz pochte fast laut, als sie das erste Geschoß erreicht hatte und den Drücker neben einer hohen, hübsch stilisierten Tür berührte, die sich nach wenig Augenblicken vor ihr erschloß. Derselbe Diener, der gestern das Billett Frau von Halwigs überbracht, starrte

Lotti mit derselben dummdreisten Miene an, forderte sie jedoch auf, einzutreten.

Er schritt ihr voran durch ein getäfeltes Speisezimmer. Majoliken und Zinnschüsseln, Bierkrüge, Becher und Kelche auf dem Büfett, geschnitzte Stühle, schwerfällige Tische und Schränke: altdeutsch. Durch einen kleinen Salon mit hellgelben Figuren und blumenreichen Tapeten, Pagoden, Vasen, Lüster, Armleuchtern aus Porzellan, zahllosen Kästchen aus vieux laque: chinesisch. An der dritten Tür blieb der Bediente stehen, öffnete sie und rief laut: »Fräulein von Feßler«, und gab der von ihm unversehens Geadelten einen feierlichen Wink.

Lotti trat in ein großes, freundliches Gemach, in dessen Mitte auf einer mit lichtblauem Atlas überzogenen Chaiselongue eine junge Dame lag.

»Wie schön von Ihnen«, sprach diese und richtete sich, wie es schien nicht ohne Anstrengung, mit dem Oberkörper auf. Eine kleine hilflose Kinderhand streckte sich aus der Flut von Spitzen, welche die Ärmel des weißen Schlafrocks umgaben, der Besucherin entgegen.

»Wie schön von Ihnen, daß Sie kommen … Aber ich hab's gewußt, ich habe wirklich auf die Erfüllung meiner Bitte gezählt …«

»Sie sehen, wie recht Sie gehabt …«

»Wenn sie so ist, wie ich glaube, dacht ich mir, als ich meinen Brief fortschickte, kommt sie sogleich – und Sie wollten ja auch sogleich kommen?«

»Gewiß.«

»Gestern konnt ich Sie aber nicht sehen – ich war zu leidend –«

»Das hörte ich mit Bedauern«, erwiderte Lotti teilnehmend, aber auch erstaunt. Leidend, dieses schöne, blühende Geschöpf mit den rosig angehauchten Wangen, den frischen, schwellenden Lippen?

»Und – was fehlt Ihnen?«

»Ich bin sehr, sehr nervenkrank. Hermann weiß nichts davon, man darf es ihm auch nicht sagen; aber mein Arzt ist um mich besorgt«, versicherte Agathe mit einschmeichelnder, klagender, um Mitleid bittender Stimme.

Sie verschönerte sich noch im Sprechen, ihren Mund umspielte dabei ein so lieblicher Zug, ein so kluger und unschuldiger Ausdruck, daß Lotti dachte: Dich müßte ein mit Taubheit Geschlagener beredsam finden!

Die Gesichtsbildung der jungen Frau erinnerte an die der Cäcilie von Albano, deren Bild Kestner seinen römischen Studien vorangestellt hat. Ihre reichen, dunklen Haare waren zurückgekämmt und in einem schweren Knoten am Hinterhaupte zusammengehalten. Sie schien groß; die edlen Formen ihrer vollen und schlanken Gestalt zeichneten sich deutlich unter dem weichen, anschmiegenden Stoff des langen, weit über die Füße reichenden Gewandes, in das sie sich, wie frierend, hüllte.

Lotti stand vor ihr und staunte sie mit jener reinen, fast demütigen Bewunderung an, die gute und warmherzige Menschen gerade den Vorzügen gegenüber, die ihnen selbst versagt geblieben sind, am lebhaftesten empfinden.

Diese Frau, wie war sie schön! und wie malerisch, und wie eigentümlich war ihre ganze Umgebung! Das Gemach glich einem Wintergarten, von Blütenduft und Sonnenschein durchtränkt.

In den Vertiefungen der vier hohen, im rechten Winkel zueinander stehenden Fenster prangten dichte, üppige Gruppen der seltensten Blumen. In einer Ecke breitete eine riesige Fächerpalme ihre zackigen Blätter aus, in der anderen wiegten sich in den Ringen ihrer vergoldeten Käfige ein Arras mit kühnem Schopf und ein blauer Papagei. Eine zierliche Volière beherbergte ein Dutzend brasilianischer Vögelchen mit schimmerndem Gefieder. In einem Aquarium schwammen Gold- und Silberfische, hockten langweilige Schildkröten, und aus den Spalten des kleinen künstlichen Felsens, der sich in der Mitte desselben erhob, guckten grüne Eidechsen und gelb gefleckte Salamander mit scheuer Neugier hervor. Zu Füßen der Herrin lag ein weißes Hündchen, dessen Stirnhaare höchst kokett mit einer blauen Schleife zusammengebunden waren. Einige Schritte von ihm befand sich seine Villa, ein Zelt aus demselben blauen Seidenstoff, aus dem die Tür- und Fenstervorhänge bestanden. Mit diesen stimmte nur das Ruhebett überein. Alle übrigen Möbel schienen je ein Muster von ganz verschiedenen Gattungen. Persische, indische, türkische Stoffe und Stickereien schmückten reich geschnitzte oder eingelegte Gestelle, prangten auf den Kissen, waren über die Tische gebreitet. Das Zimmer war überfüllt, drei Dinge jedoch hätte man darin vergeblich gesucht: ein Gemälde, ein Buch und – eine weibliche Handarbeit. Dagegen waren mehrere Etagèren vorhanden, ganz bedeckt mit Rauch- und Reitrequisiten. Zigarettenvorräte hoch aufgespeichert, abenteuerlich geformte Pfeifchen, kleine Tschibuks mit kostbaren, edelsteingeschmückten Mundstücken, Reitpeitschen und Reitstöcke, köstlich damaszierte Pistolen, mit Schaft aus Elfenbein, daneben in einem Futteral ein goldener Sporn.

Die Besitzerin all dieser Herrlichkeiten sah voll Vergnügen das Interesse, das Lotti denselben schenkte.

»Es gefällt dir bei mir!« sagten ihre großen langbewimperten Augen, dunkelbraun wie der Flügel des Trauermantels, und mit denselben schwimmenden spielenden Lichtern …

»Nehmen Sie doch einen Fauteuil – nicht den, der ist unbequem, den andern – dort! So ist's recht. Und jetzt setzen Sie sich hierher – mir gegenüber, und lassen Sie uns schwatzen, liebes Fräulein.«

Sie neigte den Kopf ein wenig zur Seite und sah vor sich nieder.

»Ich muß Ihnen sagen – ich war gestern nicht nur ungewöhnlich leidend – leg dich, Gipsy«, unterbrach sie sich, um zu ihrem Hündchen zu sprechen, das sich auf den Hinterpfoten aufgerichtet hatte und die herabhängende Hand seiner Herrin mit ungestümer Zärtlichkeit leckte. Gipsy gehorchte.

»Ich muß Ihnen sagen«, begann Agathe wieder, »ich war nicht nur leidend, sondern auch…«, sie zögerte ein Weilchen, »sondern auch sehr bekümmert.«

»Um Ihren Mann?« fragte Lotti hastig.

»Ach – nein…« lautete die Antwort, in der eine unaussprechliche Verwunderung lag, »ach nein, mein Mann macht mir keinen Kummer, der macht mir nur Freude und Ehre.«

»Sie sind also stolz auf ihn – auf seinen Ruf, auf seinen Namen?«

»Seinen Namen?… Nun – die Halwigs sind gut, viel besser, als man in meiner Familie zugeben will… Aber gerade stolz brauche ich…«

»Ich meine seinen Namen als Schriftsteller«, fiel Lotti ein. Sie lächelte über dieses seltsame Mißverstehen und dachte: Ein Kind – das ist ja ein Kind.

»Freilich, natürlich, auf den bin ich stolz«, entgegnete Agathe, »man sagt«, fügte sie halb nachlässig, halb altklug hinzu, »daß ich Ursache dazu habe, und ich glaube es… Wenn Sie wüßten, wie seine Schriften honoriert werden, mit welchen Summen, Sie würden staunen!«

»So?« sprach Lotti; und nach einer Pause noch einmal: »So?« – und dann stellte sie, mit viel weniger Zuversicht, eine zweite Frage. Sie erkundigte sich nach dem Anteil, den die Frau des Poeten an seiner künstlerischen Tätigkeit nehme, und war im voraus von der Wärme und Größe desselben überzeugt.

Darin hatte sie auch vollkommen recht. Agathe wußte alles, was in der Schreibstube ihres Mannes vorging; sie kannte zum Beispiel den Namen des Buches, das er eben unter der Feder hatte. Sie freute sich schon jetzt auf den begeisterten Brief, den der Verleger darüber schreiben werde. Sie würde »alle die Sachen« auch recht gern lesen, allein – der Doktor, dieser Tyrann – erlaubt es *durchaus* nicht, untersagt ihr *durchaus* jede Anstrengung ihrer Augen. Und sie fühlt leider, daß er weise daran tut, denn ihre Augen werden mit jedem Tage schwächer. Das kommt vom Aufenthalt in der staubigen Stadt. Agathe müßte aufs Land, und bald, sonst würde sie einmal blind wie ihre Großmutter, die auch im zweiundzwanzigsten Jahre …

»Perro! Perro! Perroquet!« rief sie plötzlich dem Papagei zu, der sich von Anfang an in das Gespräch gemischt hatte, und dessen Geschrei immer gellender wurde. »Der Vogel ist unerträglich!« Sie wand sich auf ihrem Ruhebett und preßte den Kopf in die Kissen. »O Fräulein, erbarmen Sie sich, haben Sie doch die Güte, den Schal dort, sehen Sie – den dort – über den Käfig dieses Untiers zu werfen.«

»Danke, danke!« sprach sie, nachdem Lotti ihrem Wunsche nachgekommen war, und Perroquet, plötzlich in Dunkelheit versetzt, still geworden. »Und jetzt kommen Sie, geben Sie mir Ihre Hand. Aber ohne Handschuh.«

Rasch und geschickt streifte sie selbst den Handschuh herab und hielt die unwillkürlich widerstrebenden Finger Lottis mit einer Kraft fest, die man ihr niemals zugetraut hätte.

»Diese Hand hat mein Hermann oft geküßt«, sprach sie, »ich weiß es … bin aber nicht eifersüchtig – da haben Sie den Beweis …«

Sie hatte sich vorgebeugt und drückte nun ihre Lippen auf Lottis Hand. Sie tat es mit einer gewissen trotzigen Innigkeit, mit einer Gewalt, der sich Lotti nicht zu entziehen vermochte, so gern sie es getan hätte. Diese Huldigung war ihr qualvoll, sie meinte sich noch nie im Leben so beschämt gefühlt zu haben.

»Ich habe Sie lieb!« sagte die junge Frau und warf mit der anmutigsten Bewegung den Kopf in den Nacken, »und wünsche, daß auch Sie mich lieb gewinnen, und daß auch Sie es mir beweisen.«

»Und wie könnte ich das?«

»Wenn ich es Ihnen sage, wollen Sie es dann tun … Wollen Sie es tun?« wiederholte sie und stieß, nachdem sie eine bejahende Versicherung erhalten hatte, einen leisen Schrei des Jubels aus. Wenn Lotti ihr half, dann war geholfen.

Und jetzt setzte sie dasjenige, um das es sich handelte, klar, deutlich, ohne die geringsten Umschweife auseinander.

Sie hatte einen liebenswürdigen, großmütigen, herrlichen Vater; allein – das war sein Unglück – leichtsinnig wie ein Leutnant, dieser arme Papa! Und die Mama, die ein Engel ist, und die beiden jungen Brüder, die Kadetten sind bei der Kavallerie, die haben auch alles andere eher erfunden als die Sparsamkeit. Kein Wunder, wenn es Verlegenheiten ohne Ende gibt. Aus den größten hat bisher regelmäßig der ältere Bruder Papas geholfen, der vor fünfzehn Jahren eine unermeßlich reiche Fabrikantentochter aus Liverpool geheiratet und England seitdem nicht mehr verlassen hat. Die Ehe ist kinderlos geblieben, und seit langer Zeit bestehen der Onkel und die englische Tante darauf, daß Agathens Eltern, womöglich auch deren Söhne, zu ihnen kommen, sich ganz bei ihnen etablieren, nur eine Familie mit ihnen bilden möchten. Das soll auch geschehen, der Entschluß ist gefaßt, der Tag der Abreise schon festgesetzt. Allein, der sonst so vernünftige Onkel will nicht begreifen, daß Papa nicht fort kann, ohne einige Zahlungen beglichen zu haben, die wirklich dringend sind! … Ehrenschulden an Leute, denen man nicht sagen mag: Warten Sie … Die höchstens denken dürften, man habe nur augenblicklich die Kleinigkeit vergessen … Ein Mann wie Papa! – Oh, wenn Lotti ihn kennen würde! … Und, mit einem Wort, es steht so: Papa besitzt ein kleines Gut, sechs Stunden von der Stadt, in der reizendsten Gegend. Unvergleichlicher Reitboden! Es war immer Agathens Lieblingsaufenthalt. Das müßte verkauft werden – gleich, gleich – ohne Verzug und nicht unter seinem Wert. Der Erlös würde alle Differenzen decken. Leichten Herzens verlassen Papa und Mama die Heimat, und erhobenen Hauptes treten sie vor die fremde Schwägerin. Ihnen ist die Demütigung erspart, die gräßliche, mit einer Bitte auf den Lippen in dem Hause zu erscheinen, das sich ihnen gastfreundlich erschließt … Genug, das Gütchen muß verkauft werden, und der Käufer muß – Hermann sein, und Lotti, die er so unaussprechlich verehrt, deren Meinung ihm von höchster Wichtigkeit ist, muß ihn dazu bewegen … Will sie es tun? Sie will, sie hat es versprochen, sie darf jetzt nicht nein sagen. Sie wird ihren Einfluß geltend machen …

»Sie wollen, Sie werden, Fräulein – nicht wahr? Und bald – und heute noch?«

Agathens Blicke hingen an den Lippen der Schweigenden: »Antworten Sie mir – reden Sie!«

»Was soll ich sagen?« sprach Lotti in peinlicher Verwirrung. »Ich weiß nicht, ob man das von ihm verlangen darf – ob ihm die Mittel zu Gebote stehen …« Sie stockte, sie sah Halwig vor sich, wie er am nämlichen Morgen zu ihr gekommen war, alle Zeichen verzweiflungsvoller Pein und tiefster Erschöpfung in seinen Zügen.

»Die Mittel?« rief die junge Frau – »Er ist so reich, als er sein will. Die Summe, die er braucht, um meinen allerhöchsten und innigsten Wunsch zu erfüllen und um meine Eltern aus der unangenehmsten Lage zu befreien – die Summe bietet sein Verleger ihm an … Er braucht nur einen Kontrakt zu unterschreiben, in dem er sich verpflichtet … ich kann nicht sagen, wie viele Bände zu liefern in einer bestimmten Zeit … und denken Sie! Statt freudig auf den Vorschlag einzugehen, zögert er – kann zu keinem Entschluß kommen, ich –« eine plötzlich aufsteigende Röte, wie eine beschämende Erinnerung sie erweckt, bedeckt ihr Angesicht, »ich habe ihn vergeblich darum gebeten.«

»Wie können Sie glauben«, sagte Lotti, »daß er mir etwas zugestehen wird, das er Ihnen abschlug?«

»Er wird! Er hält soviel auf Sie! Verehrt Sie so grenzenlos … Er wird Sie nicht der Parteilichkeit anklagen, wie er es mir tut in seiner Eifersucht auf die Meinen …« erwiderte

Agathe melancholisch und fügte mit einem tiefen Seufzer hinzu: »Ach, diese Eifersucht ist schrecklich bei ihm, ist schon eine fixe Idee ... und so schwer ich mich von meinen armen Eltern trenne – ich wünschte wahrlich, sie wären drüben über dem Meere, und ich sähe sie nicht mehr, und er hätte nie wieder Gelegenheit, mir vorzuwerfen, daß sie mir lieber sind als er ... als er – um den ich sie verlassen habe!«

Was war das für eine kindische und gewiß ungerechte Klage, und dennoch, welches Mitleid erregte sie in ihr, der sie mit so weicher bezaubernder Stimme und mit Tränen in den Augen vorgebracht wurde.

Und jetzt falteten sich die Hände der schönen Frau: »O Fräulein Lotti ...«

Da pochte es an der Tür, der Diener erschien und meldete: »Herr von Schweitzer.«

Agathe schnellte empor.

»Soll warten, ich lasse bitten. Er kommt zwar sehr ungelegen, der gute Schweitzer«, fuhr sie fort, nachdem der Diener sich entfernt hatte, »aber dennoch darf man ihn nicht wegschicken. Auch der könnte helfen! ... Einen Augenblick, liebstes Fräulein!« Sie stand schon auf ihren Füßen – »In so tiefem Negligé will ich mich vor einem Herrenbesuche nicht sehen lassen. Empfangen Sie ihn an meiner Stelle; der gute Schweitzer, unser Advokat, ein Jugendfreund meines Mannes, bleibt nie lange. Sie aber müssen lange bleiben ... Gehen Sie, ich komme Ihnen gleich nach. Ich bitte Sie! Ich bitte! ... Keine Einwendungen! ... Sie dürfen nicht fort – wir behalten Sie zu Tische, das steht in den Sternen geschrieben, dagegen vermögen Sie nichts.«

Sie sprach das alles rasch mit ihrer weichsten Stimme, und dabei mit einer Bestimmtheit, die nicht einmal den Versuch eines Widerstandes aufkommen ließ.

»Sei es denn!« sagte Lotti und fügte in Gedanken hinzu: »So laßt uns in einem fremden Haus einen fremden Besuch im Namen einer fremden Frau empfangen.«

Mitten in dem chinesischen Boudoir, in das sie eintrat, stand ein Mann von etwa vierzig Jahren. Eine gedrungene, untersetzte Gestalt, dunkel, etwas nachlässig gekleidet. Ein mächtiger Kopf, mit dichten, schon ins Graue spielenden, bürstenartig zugestutzten Haaren und einem ebenfalls grauen Vollbart, der bis auf die Brust reichte, saß auf kurzem Halse, von athletisch geformten Schultern stolz getragen. An dem ganzen Menschen sprach alles, die Haltung, die Miene, die breite wie in Erz gegossene Stirn, die kräftige gerade Nase mit den scharf gezeichneten Nasenflügeln, der streng geschlossene Mund, es sprachen die energisch blickenden und tief liegenden Augen von Festigkeit und unbeugsamem Willen.

Das Befremden, das ihn ergriff, als er statt der erwarteten Hausfrau eine Unbekannte ins Zimmer kommen sah, gab sich in seinen Zügen deutlich und mit einem Mißfallen kund, das Lotti in Verlegenheit setzte. Sie fand nicht gleich ein erklärendes Wort, und so standen sie ein Weilchen in höchster Unbehaglichkeit vor einander.

Da öffnete sich ein klein wenig die Tür von Agathens Gemach. Schlank, weiß und schmiegsam, preßte sich die junge Frau, die sich in ihrem Morgenkleide vor einem Herrenbesuche nicht sehen lassen konnte, in den schmalen Zwischenraum.

»Lieber Freund«, sprach sie, »das ist Fräulein Feßler! Mehr brauche ich Ihnen nicht zu sagen.«

Sie war verschwunden.

Er aber, an den sich die Worte gerichtet hatten, starrte die wieder geschlossene Tür mit einem so eigentümlich verlangenden und zugleich wütenden Blicke an, er hatte, als Agathe sich unerwartet in derselben zeigte, auf ihre Lichterscheinung einen so heißen Blick geworfen, einen Blick, so sprühend von Leidenschaft und Groll, daß Lotti, die unerfahrene, weltunkundige Lotti, mit plötzlichem und bangem Begreifen zusammenschrak. Sie dachte:

Was ist das? Hilf Himmel – der haßt oder – der liebt sie.

10

»Fräulein Feßler?« sprach er, sah sie durchdringend an und verbeugte sich rasch. »Meine Verehrung. Erlauben Sie, daß ich mich Ihnen vorstelle. Ich heiße Schweitzer und bin ein Tiroler.« Er lachte, und dabei kamen zwei Reihen Zähne zum Vorschein, so weiß und dicht, daß es eine Freude war.

Lotti und er wechselten einige hergebrachte Redensarten.

»Ja, ich habe viel von Ihnen gehört«, sagte Schweitzer plötzlich mit verändertem Tone, »am meisten vor acht Tagen. Da traf ich Halwig auf dem Wege zu Ihnen. Ein erster Besuch – nach vielen Jahren ...«

»Das waren Sie?« versetzte Lotti. »Sie haben ihm damals einen sehr guten Rat gegeben.«

»Hat er mich verklagt? ... Ja, ja; mein Rat war gut, zu gut, um befolgt zu werden.«

Lotti schwieg, und er fragte:

»Haben Sie sein letztes Buch gelesen?«

»Nein!«

»Lesen Sie es nie! ... Oder doch – lesen Sie es, und sagen Sie mir dann, ob ich recht habe, ihm zuzurufen: Halt ein!«

»Sie haben recht; ich brauche, um davon überzeugt zu sein, das Buch nicht zu lesen.«

»Ihnen graut! Sie wissen, was Sie zu erwarten hätten. Gut denn, lesen Sie nicht, aber helfen Sie mir. Wirken Sie in meinem Sinne auf ihn ein. Ihr Einfluß ist groß. Ich bin dessen inne geworden, als er neulich nach jener Unterredung mit Ihnen heimkehrte, so ruhig und vernünftig, wie er seit langem nicht mehr gewesen ist.«

»Was soll ich tun?«

»Ihn vermögen, der Schriftstellerei für eine Zeitlang Valet zu sagen und eine andere, freilich minder einträgliche Beschäftigung, die ich für ihn im Auge habe, zu ergreifen.« Er unterbrach sich: »Aber darüber sprechen wir noch ... Jetzt sagen Sie mir, warum sehen Sie mich so an?«

»Ich wundere mich –« erwiderte Lotti, ein wenig außer Fassung gebracht durch diese Frage.

Er ließ sie nicht weiter sprechen.

»Warum?« fiel er ihr ins Wort. »Weil Sie mir glauben? Nun, das geschieht, weil zwischen zwei absolut redlichen Menschen eine Freimaurerei besteht.«

»Vielleicht – aber seltsam scheint es mir, daß auch Sie meinen Einfluß …«

Abermals unterbrach er sie:

»Auch ich? … Ganz recht. Ihr Einfluß ist hier bereits angerufen worden – freilich im entgegengesetzten Sinne … von einem schönen Vampyr …«

Er hielt inne. Die Tür hatte sich geöffnet, und Agathe erschien auf der Schwelle.

Sie mußte die letzten Worte gehört haben, es war nicht anders möglich; doch suchte sie offenbar kein Arg in ihnen, denn sie begrüßte den Advokaten mit liebenswürdiger, sogar etwas koketter Freundlichkeit.

Sie hatte sich Zeit zur Toilette gelassen; diese war aber trotzdem nicht ganz beendet. Die Ohrringe fehlten noch und auch das Medaillon, und die Bandschleife am Halse, an welche es befestigt werden sollte. Sie hielt das alles in ihren Händen.

»Nun, lieber Rechtsfreund?« fragte sie, trat an den Pfeilerspiegel und begann eines ihrer zarten rosigen Ohrläppchen zu quälen, um ihm den Schmuck einer erbsengroßen Perle vom schönsten Orient aufzunötigen. »Wie steht unsere Angelegenheit? – Sie bringen eine gute Nachricht, das sehe ich Ihnen an.«

»Sie sehen schlecht, gnädige Frau«, sagte Schweitzer trocken und blickte streng in den Spiegel, aus dem ihr zur Seite geneigtes Gesicht ihn anlächelte.

»Ist der Brief, den wir erwarten, angekommen?«

»Er ist nicht angekommen!«

»Und der Zweck Ihres Besuches, wenn man fragen darf?« Sie wandte sich um und sah spöttisch fragend zu ihm nieder, der sich bei ihrem Eintreten erhoben, jetzt aber seinen früheren Platz auf einem Fauteuil, Lotti gegenüber, wieder eingenommen hatte. »Sie werden mir doch nicht weis machen wollen, daß nichts anderes Sie hierher führt als die Sehnsucht nach meinem Anblick?«

»Oder der Wunsch, Ihnen Langeweile ins Haus zu tragen? – Nein, ich komme aus einem andern Grunde.«

»Bitte ihn auseinanderzusetzen. In Gegenwart dieser teuren Zeugin da … Ach, Fräulein Feßler, seien Sie doch so gütig …«

Sie reichte Lotti die beiden Enden des Bandes, das sie durch den Ring des Medaillons gezogen hatte, und kniete plötzlich nieder. Lotti beeilte sich, die Schleife über dem schlanken Nacken festzuknüpfen, der sich ihr entgegenbeugte, während Schweitzer dieser ganzen Prozedur mit stillem Grimm zuzusehen schien.

Agathe erhob sich von ihren Knien, um auf ein kleines Kanapee zu gleiten, in dessen Kissen sie sich zurücklehnte.

»Ihren Grund, mein Freund. Reden Sie doch. Sie spannen meine Neugier auf die Folter«, sagte sie, und ein maskiertes Gähnen hob ihre Nasenflügel.

»Ich höre von einem Kontrakt mit einem Buchhändler, den Halwig unterschreiben soll«, begann Schweitzer in ruhigem, nachdrücklichem Tone.

»Daß Sie auch alles hören müssen!« warf Agathe dazwischen.

»Und will ihn daran hindern«, fuhr Schweitzer fort. »Ich habe den Kontrakt nicht gesehen, aber ich weiß, wer ihn ausgestellt hat, und das ist mir genug. Es kann auch Ihnen genug sein. Glauben Sie mir, gnädige Frau, Sie sind eine so zärtliche Gattin, raten Sie Ihrem Mann, sich doch lieber an einen Sklavenhändler zu verkaufen, er kommt dabei weniger zu Schaden.«

»Sie sind einzig, lieber Freund! Also, nicht gelesen – den Kontrakt? Da komme ich doch einmal im Leben in die Gele-

genheit, Sie zu belehren. Der Verleger, den Sie verabscheuen
– der Arme! – fordert zehn Jahre hindurch alljährlich drei
Bände … Ich erinnere mich jetzt«, schaltete sie ein, zu Lotti
gewendet – »Ist das zu viel? … Für Hermann, sage ich Ihnen,
ist das nichts …«

»Drei Bände!« rief Schweitzer, »und sie brauchen nicht
einmal sehr dick zu sein, wenn sie nur recht viel Skandal
enthalten, nur einige Seiten, auf denen das Unsagbare gesagt
wird – nur ein einziges Kapitel, das von Dingen handelt …
Dingen – die man in Gegenwart verehrter Frauen –« er sah
Lotti fest an und neigte den Kopf, »nicht nennt.«

»Da haben Sie den ganzen Schweitzer!« versetzte Agathe
mit ihrem hellsten Lachen und mit der siegreichen Über-
legenheit des Gleichmuts über den aufbrausenden Zorn.
»Sehen Sie, Fräulein Feßler, wie er mich mißhandelt, mein
Freund, mein strenger, grausamer, aber alleraufrichtigster
Freund.«

Und dabei neigte sie sich vor und blickte ihm von unten
hinauf ins Gesicht, lockend, herausfordernd, als wollte sie
ihn ganz einhüllen in Bezauberung, sie, die junge, schöne,
glänzende Frau, den alternden, schlichten Mann, dessen
Züge etwas Steinernes annahmen und der in hartem Tone
sprach:

»An wem ist Ihnen mehr gelegen? An diesem aufrichtigen
Freund, oder an Ihrem blauen Papagei?«

»Keine Gewissensfragen! Kommen Sie mir jetzt nicht mit
Gewissensfragen! Bleiben wir bei der Stange. Aufrichtig!
wenn ich bitten darf.« Sie wurde ernst und sprach in kaltem und geschäftsmäßigem Tone: »Sie sind gegen die Unterschrift, weil Sie nicht zweifeln, daß uns bald auf andere
Art aus der Verlegenheit geholfen wird … Leugnen Sie doch
nicht! – Unser Prozeß steht gut – er kann nur gut stehen, sagt
Hermann, der gewiß kein Sanguiniker ist …«

»Sagt Hermann, daß es mit dem Prozeß gut steht? – Das
sagt er Ihnen? Warum nicht lieber mir, den es trösten würde?

Denn ich sehe schwarz in der Sache, ich halte sie für verloren, und Hermann wäre meiner Meinung, wenn er den Gang der Angelegenheiten verfolgt hätte. Aber dazu hat er keine Zeit. Er hört mich gar nicht an, wenn ich relationieren komme.«

»Sie müssen wissen«, fuhr Schweitzer, zu Lotti gewendet, fort, »daß Halwig eine sehr gerechte Forderung an die Enkel eines Gutsbesitzers in Mecklenburg stellt, dem sein Großvater dereinst ein ansehnliches Darlehn gemacht. Die Summe war auf dem Gute intabuliert, es scheinen Interessen davon gezahlt worden zu sein, allein im Testamente des alten Herrn von Halwig blieb sie unerwähnt. Sein Sohn machte wohl sein Recht geltend, jedoch mit wenig Nachdruck, schläfrig und halb, wie er alles zu tun pflegte. Der Mecklenburger war inzwischen in zerrütteten Vermögensverhältnissen gestorben. Seine Kinder legten nicht besonderen Eifer an den Tag, sich der Schulden zu entledigen, die ihr Vater ihnen hinterließ … und so vererbten sich Verpflichtung und Forderung auf die Kinder dieser Kinder, und auf den Sohn jenes Sohnes. Ich erspare Ihnen eine juridische Auseinandersetzung, ich sage nur, daß Halwigs Recht so klar ist wie der Tag, und daß ich überzeugt war, es zur Geltung bringen zu können, als ich selbst ihn bestimmte, die schon aufgegebene Sache wieder aufzunehmen und mir ihre Führung getrost zu überlassen … Nun – ich habe vergeblich gerungen. Ich werde dem Rechte nicht zum Sieg verhelfen. Ich erkläre das meinem Klienten, sooft ich ihn sehe. Aber machen Sie einem Menschen etwas begreiflich, das er nicht begreifen will – entwurzeln Sie eine Hoffnung, welche durch die Furcht vor Verzweiflung eingepflanzt worden ist …«

Agathe horchte seinen Worten mit verhaltenem Atem.

»Sie selbst«, sagte sie jetzt, »haben die Hoffnung, die Sie ihm nehmen wollen, noch nicht verloren. Jener Brief von Ihrem Abgesandten, den Sie erwarten, kann günstige Nachrichten bringen … Jenen Brief«, sie blickte ihn forschend an, »erwarteten Sie, wenn ich nicht irre, schon gestern …

Lieber Freund, wenn der Brief fortfährt, auszubleiben – oder wenn er eintrifft, mit schlechten Nachrichten beladen – dann, liebes Fräulein Feßler –« Sie ergriff Lottis Hand und hielt sie angstvoll mit ihren Fingern umklammert – »dann muß Hermann den Kontrakt unterschreiben. – Meinen Eltern muß geholfen werden. Sehen Sie das nicht ein, Sie beide! … Haben Sie nicht auch Eltern gehabt, die Sie liebten? … Denken Sie an Ihren Vater, Fräulein Feßler, Hermann hat mir soviel von ihm erzählt, daß ich meine, ihn gekannt zu haben. – Denken Sie an Ihre Mutter, Schweitzer, der Sie so viele Opfer gebracht … Fragen Sie sich, hätten Sie nicht Ihre Seele für Vater und Mutter verkauft?«

Lotti wollte sprechen, aber Schweitzer schnitt ihr das Wort ab:

»*Meine* Seele vielleicht – die eines *Andern*? – Nein!«

»So spricht ein Junggesell. Mann und Weib sind eins, und ich erkläre denn … aber wie lächerlich, wie lächerlich sind wir mit unserem Seelenverkauf! Als ob sich's darum handelte! … Hören Sie meinen unwiderruflichen Entschluß: Wenn der Prozeß günstig für uns entschieden wird, dann zerreiße ich den Kontrakt mit meinen eigenen Händen – die Sie dann küssen werden, Schweitzer! – Wir kaufen sofort das Gut meiner Eltern, ziehen uns dahin zurück und sind glücklich, wie wir es schon einmal waren – in England auf dem Lande … Mein Herr Gemahl wird mir zu Ehren noch ein Sportsmann. Man sieht ihn niemals anders als im roten Frack oder im Jagdrock mit grünen Aufschlägen … und nirgends anders als bei mir … und immer zu Pferd, zu Wagen oder auf der Pirsch – immer nur bemüht, mich zu bezaubern … Das gelingt ihm – hingerissen falle ich meinem Helden, meinem Ritter in die Arme. Unter einem Holunderbusch und vielen Wonnetränen schwören wir uns täglich ewige Liebe!«

Sie sagte das schalkhaft, übermütig, und dabei lag doch in ihren Augen eine geheimnisvolle Wehmut, eine sehnsüchtige Zärtlichkeit, die zu all den Scherzen nicht paßten.

Schweitzer saß aufrecht und steif vor ihr wie die Statue eines Pharaonen und starrte sie selbstvergessen an.

Sie fuhr fort: »Wir könnten selig sein. Selig, einander endlich anzugehören, endlich füreinander zu leben. Das geschieht hier nicht, in der widerwärtigen Stadt. Auf dem Lande, und wenn Hermann noch so viel zu tun hätte, bliebe ihm mehr Zeit für mich. Hier vergehen Tage, an denen ich ihn nicht sehe, das halbe Stündchen ausgenommen, das wir bei Tische zubringen. Und wovon spricht er da? Von Büchern, Zeitungen, Rezensionen ... Ich frage mich oft: Habe ich einen Mann geheiratet oder eine Schreibmaschine?«

»Das fühlen Sie?« rief Schweitzer, »und könnten sich doch entschließen, dieser ohnehin überbürdeten Maschine, deren Motor ein Menschengeist ist, neue Lasten aufzudrängen?«

»Ich tu es nicht, Freund! Ich nicht! – Die Notwendigkeit tut es. Was mich betrifft, ich hasse die Schreiberei. Hinge es von mir ab – – Hermann brauchte nie wieder eine Feder anzurühren ... Da kommen Leute zu ihm – Literaten, die sagen, schriftstellern sei unweiblich. Ich möchte immer erwidern: Nein, meine Herren – unmännlich ist's! Männlich ist Löwen und Tiger jagen, auf einem Seil über den Niagara wegschreiten, Schlachten gewinnen, Städte bauen ... aber weißes Papier schwarz machen ... bah! ... O lieber, lieber Freund! Wenn Sie nur recht wollten, Sie könnten uns aus aller Not und Drangsal erretten – man sagt, Sie hätten noch nie einen Prozeß verloren ...«

Wieder beugte sie sich zu ihm, sah ihm schmeichelnd ins Gesicht und legte ihre Fingerspitzen auf seinen Arm.

Er erhob sich rasch: »Daß doch alle Weiber ... verzeihen Sie, alle – Frauen gleich sind! Daß doch jede meint, den Advokaten gewinnen, hieße den Prozeß gewinnen ... Ich blieb zu lange – kann Hermann leider nicht erwarten – so gern ich auch ...«

Er hatte seine Taschenuhr hervorgezogen, und Lotti sah, obwohl sie wahrlich in dem Augenblick nicht an Uhren dachte, daß es nur eine silberne Remontoir von einfachster Arbeit war.

Agathe stand auf und holte seinen breitkrempigen Hut herbei, den sie ihm mit einer feierlichen Gebärde reichte.

»Leben Sie wohl, Gebieter über unsere Schicksale!« sagte sie, »und nochmals! wenn Sie wiederkehren, bringen Sie uns das Glück in Gestalt eines Briefes aus Mecklenburg in der Tasche Ihres wunderschönen Überziehers mit.«

Er verbeugte sich, trat vor Lotti hin und sprach:

»Vergessen Sie nicht, daß wir Bundesgenossen sind.«

Damit verließ er das Gemach.

11

»Seine Bundesgenossin wären Sie?« fragte Agathe, »indes ich mein Vertrauen in Sie setze? … Nein, nein, das wäre Verrat, dessen Sie nicht fähig sind … Sie halten mir Wort, und wenn Hermann kommt … Aber«, unterbrach sie sich mit einem Mal äußerst beunruhigt, »warum ist er nicht da – nicht längst da – er pflegt sonst nie des Morgens auszugehen, und heute, als ich erwachte, und nach ihm fragte, hieß es, er sei fort … in aller Frühe fortgegangen … unbegreiflich … unbegreiflich –« wiederholte sie, eilte an das Fenster, öffnete es und blickte in gespannter Erwartung auf die Straße hinunter.

Plötzlich überdeckte sich ihr Antlitz mit Purpurglut. »Er kommt!« rief sie jubelnd und schwang ihr Taschentuch in der Luft.

»Sie entschuldigen mich doch, Fräulein, wenn ich ihm entgegengehe? … Ich muß die Freude haben, ihm anzukündigen, daß er Sie hier findet.«

Ohne eine Antwort abzuwarten, war sie verschwunden.

Mit seltsam gemischten Empfindungen blickte Lotti ihr nach und dachte: Sie liebt ihn – das ist ja viel … für ihn wohl alles …

Eine Weile danach erschien Halwig – ein anderer als der, den Lotti am selben Morgen bei sich gesehen. Freudig und sorgenlos begrüßte er sie, sprach viel, war der liebenswürdigste und aufmerksamste Wirt. Beim Dessert gab er eine lustige Geschichte zum besten, die ihm Papa, dem er unterwegs begegnet war, erzählt hatte.

Seine Heiterkeit schien natürlich und ungezwungen, und dennoch, ohne sich erklären zu können, warum, vermochte Lotti nicht recht froh zu werden.

Das Mittagessen war vorüber, und man begab sich zum schwarzen Kaffee nach dem Zimmer des Hausherrn. Es hatte einen eigenen Eingang durch das Vorgemach.

Als Lotti dieses an Hermanns Arme betrat, erhob sich plötzlich ein kleines Männchen von einer der Bänke an der Wand und nahte mit höflicher Begrüßung.

Bei seinem Anblick fuhr Halwig leicht zusammen:

»Sie selbst … Sie warten? …«

»Oh, nicht lange. Die Herrschaften hatten schon beinahe abgespeist, als ich kam, und ich beschwor den Diener, Sie nicht zu stören.«

»Treten Sie doch jetzt ein! … Kommen Sie –« sprach Halwig, und Lotti fühlte seinen Arm zucken unter ihrer Hand.

»Wenn Sie erlauben, Herr Baron, allein ich habe Eile … und nur weil der Zufall mich eben hier vorbeigeführt, und um Ihnen die Mühe des Schickens zu ersparen – bin ich da, um das Versprochene abzuholen.«

»Kommen Sie denn! – Kommen Sie! …«

»Oh, ich bitte! … Erst die Damen –«

Er stellte sich mit einem langen Schleifschritt seiner schiefen Beine neben die Tür, die Halwig aufgestoßen hatte, und machte ein einladendes Zeichen. Seine vorquellenden Augen leuchteten vor zynischer Bewunderung, als Agathe an ihm vorüberschritt.

»Die Frau Gemahlin?« flüsterte er Halwig vertraulich zu – »ganz superb – ich gratuliere!«

»Einen Augenblick, Fräulein Feßler! – Einen Augenblick, Agathe«, sprach Hermann gepreßt und scharf, und winkte den beiden, an dem Tische Platz zu nehmen, auf welchem der Kaffee serviert war.

Er selbst trat an den Schreibtisch, zog die unterste Lade heraus, nahm ein versiegeltes Paket und reichte es seinem Besucher.

Der ergriff oder vielmehr riß es mit einer hastigen Bewegung an sich.

»Es ist doch das rechte? – Sie verzeihen – ich breche die Siegel… Eine Irrung ist so leicht geschehen.«

»Überzeugen Sie sich«, sagte Halwig in einem Tone, den mühsam bezwungener Ingrimm beben machte.

Der Kleine hatte sich an die Fenstervertiefung begeben und begann dort den Inhalt des Pakets zu untersuchen.

»Alles in Ordnung. Hingegen da – auch alles in Ordnung.« Er überreichte Halwig einen zusammengefalteten Bogen, den dieser auf den Schreibtisch warf. »Nicht so, Herr Baron, bitte sich gleichfalls zu überzeugen. Bitte um pedantische Genauigkeit in Geschäften. Bitte um Vorsicht, bitte sogar um Mißtrauen.«

Er stieß ein leises, widerwärtiges Gekicher aus und blinzelte Halwig halb höhnisch, halb mitleidig an, während der das Schriftstück durchflog.

»Sie sind mit mir zufrieden, hoffe ich. Haben auch alle Ursache. Für Sie ist gesorgt. Wie ich dabei wegkomme, das ist eine andere Frage. Allein für Sie… was täte ich nicht für Sie, Herr Baron?«

Er empfahl sich, von Hermann bis an die Tür begleitet.

Agathe lachte ihm herzlich nach: »Was war denn das für ein Ungeheuer? Oh, Fräulein Feßler, haben Sie seine Füße gesehen und seinen Gang bemerkt?… Mir scheint nein. Warten Sie, ich will das herrliche Schauspiel vor Ihnen erneuern. Sie müssen sich noch einmal daran erquicken. Einwärts! Noch einwärtser! so – nicht wahr?«

Sie begann im Zimmer umher zu humpeln, ihrem Manne entgegen, und ließ sich, mit Absicht ausgleitend, in seine Arme fallen. Er umschlang sie und drückte einen langen leidenschaftlichen Kuß auf ihre Lippen.

»Meine Agathe! Mein Herz, mein Glück, mein Leben!«

Mit schwerer Selbstüberwindung entzog er sich ihrer Umarmung und trat an ihrer Seite vor Lotti hin.

Diese fragte: »Halwig, war das der Mann, der Ihnen einen Vertrag anbietet, in welchem …«

Er fiel ihr ins Wort: »In welchem ich zehn Jahre meines Lebens verschreibe? Nein. *Dem* nicht einen Tag. Aber wer hat Ihnen gesagt – du?« wandte er sich an seine Frau, die bejahend nickte und dann sprach:

»War's nicht recht?«

»Ganz recht. Wir haben kein Geheimnis vor Fräulein Lotti.«

»Das meinte ich auch und setzte ihr die ganze Angelegenheit auseinander. Sie wird dir ihre Gedanken darüber sagen.«

Halwig hatte ihr zerstreut zugehört: »Ich vergesse, ich habe eine Botschaft von Papa an dich.«

»Der arme Papa, du vergißt ihn immer.«

Die Stirn Hermanns verfinsterte sich einen Augenblick, aber er fuhr fort, ohne etwas auf den Vorwurf zu erwidern: »Deine Eltern sehen heute einige Bekannte beim Tee. Sie zählen auf dich. Sie werden den Wagen schicken, um dich abzuholen. Ich habe in deinem Namen zugesagt. Du wirst meinem Wort doch Ehre machen?«

»Ungern, du weißt, wie lästig mir diese Soireen sind«, entgegnete sie und lehnte die Wange an seine Schulter. »Laß mich bei dir bleiben, Hermann.«

»Was fällt dir ein? Du darfst nicht bleiben. Nicht einmal stören darfst du mich, um mir Lebewohl zu sagen.«

»Nicht einmal Lebewohl? … Fräulein Feßler, ist das nicht hart, nicht unerträglich? … Und diesen Zustand zu verewigen, soll ich noch beitragen, oh, wenn ich das bedenke …«

»Agathe«, rief er heftig und gequält, »du weißt doch …

mein Gott, was willst du denn? Geh, liebes Kind«, setzte er bittend hinzu, »du mußt ruhen, ein wenig schlummern, wenn du abends in Gesellschaft sollst. Geh.«

Sie sah ihn traurig und gekränkt an und sprach nach kurzem Schweigen zu Lotti:

»Er ist ein Tyrann, und ich gehorche. Liebstes Fräulein, schenken Sie ihm eine Tasse Kaffee ein und ein Gläschen Chartreuse, und bleiben Sie noch ein wenig bei ihm.«

Sie drückte Lottis Hände, bat sie, recht bald, unendlich bald, spätestens morgen wieder zu kommen, und schritt dem Ausgang zu. Aber an der Tür blieb sie stehen, wandte sich, preßte die Finger an ihren Mund und warf mit einer Gebärde voll Innigkeit Hermann einen Kuß zu.

Er erwiderte ihren liebevollen Gruß, und als sie das Zimmer verlassen hatte, starrte er ihr nach, schien wie unwiderstehlich angezogen, ihr folgen zu wollen … aber nach kurzem Kampfe trat er zurück, warf sich in einen Sessel und versank in dumpfes Hinbrüten.

»Sie haben mir noch nichts von dem Erfolg Ihrer heutigen Unterredung gesagt«, begann Lotti zögernd, »und ich wünschte doch sehr …«

»Was Sie soeben gesehen haben – das war der Erfolg«, rief Halwig aus. »Der Ehrenmann, über den Agathe so herzlich gelacht hat, ist derselbe, zu dem ich sagen mußte: Ich kann Ihnen nicht Wort halten, Herr …«

»Und was hat er …«

»Gleichviel … ich habe mich losgekauft. Ich bin frei … Frei«, wiederholte er mit einer Beklommenheit, die zu jedem anderen Worte besser gepaßt hätte.

»Halwig – Halwig – womit haben Sie sich losgekauft?«

»Beruhigen Sie sich, beste Freundin! – Auf die einfachste Art. Ich habe ihm ein Manuskript ausgeliefert, das schon vor Jahren in seinen Händen war, und das ihm damals abgerungen wurde – durch den tugendhaften Schweitzer, dem ich nebenbei ganz gern ein Zeichen von Unabhängigkeit gebe.«

»Warum hat der es ihm abgerungen? ... Antworten Sie nicht! Ich tu's für Sie – und mit mehr Wahrhaftigkeit, als Sie es täten: weil es Ihrer unwürdig ist, unwürdig eines Dichters, eines Priesters, wie der Dichter sein soll, dem ein heiliges Amt hier auf Erden anvertraut ist.«

Eine ungewohnte Strenge sprach aus ihrer Stimme und aus ihren flammenden Zügen. »Oh, glauben Sie nicht, eine verschämte alte Jungfer zu hören, die sich einbildet, ein Mann, ein Schriftsteller, der seine Zeit schildern will, werde die Feder immer nur in Blütenduft und Morgentau tauchen. Ihr habt Furchtbares zu zeichnen, zeichnet es denn mit furchtbarer Kraft und Deutlichkeit, aber auch mit dem tiefinnerlichen Schauder, den Euer Schüler, Euer Leser bebend mitempfinden soll. Nur nicht mit dem eklen, im Häßlichen wühlenden Behagen, das sich vielleicht auch auf jenen überträgt ... Mit dem Behagen, Halwig, das mich – verzeihen Sie mir, es muß ausgesprochen werden – das mich anwiderte aus dem ersten Buch, das Sie nach unserer Trennung geschrieben haben.«

»Aus dem –« rief er, kämpfend zwischen Bestürzung und Hohn.

»Sie begreifen das nicht«, fuhr Lotti unerbittlich fort, »jenes Buch ist von Ihnen seither so vielfach überboten worden, es ist ein Buch für Kinder im Vergleich zu denen, die ihm folgten. Ich weiß das!« kam sie dem Einwurf zuvor, den er machen wollte, »aus Anzeigen Ihrer Buchhändler, aus meist lobpreisenden Kritiken, die ich hie und da, so wenig ich danach suchte, in Zeitungen las ... Ich weiß es, können Sie es leugnen?«

Er schwieg und starrte sie mit einem schwachen Lächeln an. Plötzlich warf er sich in seinen Sessel zurück und sagte: »Wissen Sie, was Sie tun? Sie sprechen zu mir wie mein eigenes künstlerisches Gewissen. Aber ich darf die Stimmen nicht hören, nicht die Ihre, nicht die seine. Ich habe einmal den Pegasus vor den Pflug gespannt, und er muß pflügen, muß erwerben. Kann ich dafür, daß die Menschen von jeher

die Giftmischer besser zahlten als die Ärzte? … Wär's umgekehrt, ich reichte ihnen Arznei.«

»Halwig!« schrie Lotti in schmerzlichem Entsetzen auf.

Er richtete sich empor, ein unterdrücktes Schluchzen hob
seine Brust. Lotti sah sein Herz pochen gegen sein Gewand.
»Beste Freundin, ich bin verloren, machen Sie das Kreuz
über mich … Sie schütteln den Kopf, Sie verstehen mich
nicht. Der Luxus, der uns umgibt, täuscht Sie, der Luxus lügt,
wir leben eigentlich von der Hand in den Mund, ich verdiene
viel, aber wir brauchen noch mehr, und ich stehe manchmal
ratlos vor kleinen Verlegenheiten. – Ist's nötig, Ihnen das zu
beichten? … Sie haben ja den sichtbaren Beweis davon erhalten. Das muß anders werden«, setzte er nach einer Pause
peinlichen Nachsinnens hinzu. »Morgen verschreib ich mich
dem Teufel. Ich tu es nur deshalb heute noch nicht, weil eine
kindische Hoffnung auf ein Wunder sich in mir festgenistet
hat.«

»Vielleicht braucht's kein Wunder«, unterbrach ihn Lotti
und erhob sich mit einer seltsamen Hast. »Leben Sie wohl.«

»Wie gern möchte ich Sie zurückhalten, aber da«, er deutete auf die Schriften, die seinen Schreibtisch bedeckten, »da
ist Gesellschaft, die jede andere verdrängt.«

Sie hörte ihn kaum, sie war mit einem Gedanken beschäftigt … Der Gedanke, der war das Wunder – ein anderes gab
es nicht.

Eine Möglichkeit war ihr erschienen – eine Möglichkeit …
Alles, was man unfaßbar und widersinnig nennt, wäre Lotti
noch vor einer Stunde als selbstverständlich erschienen, im
Vergleich zu dieser Möglichkeit.

12

Lotti ging heim, und als der Friede ihres stillen Hauses sie
wieder umfing, atmete sie befreit auf. Sie trat rasch in ihr

kühles, von einer Hängelampe freundlich erleuchtetes Stübchen und geraden Weges auf die Uhrensammlung zu. Eine Weile stand sie sinnend davor und wiederholte mehrmals im leisen Selbstgespräch: »Nein, nein, das könnt ich doch nicht, das nicht.«

Agnes trug das Abendessen auf und erzählte, daß Gottfried dagewesen sei und sich über das lange Ausbleiben des Fräuleins sehr gewundert habe. Er hatte etwas mitgebracht, ein Buch, ein neues, noch unaufgeschnittenes Buch – Halwigs letztes Werk.

Mit einer Empfindung des Mißmuts nahm es Lotti in Empfang.

Sie hätte sich jetzt gar zu gern des Gedankens an Halwig und an alles, was sich auf ihn bezog, entschlagen. Warum mußte sie von neuem an ihn gemahnt werden? Warum mußte sogar die liebevollste Hand sie in einen Bereich der Sorge und Peinlichkeit zurückleiten, aus dem sie sich eben erst, mühsam genug, losgemacht hatte?

Sie legte das Buch auf einen Schrank am Ende des Zimmers; doch holte sie es von dort wieder, aus Rücksicht auf Gottfried. Sie wollte ihm wenigstens sagen können, daß sie versucht, darin zu lesen. Sie tat es mit widerstrebendem Gefühl, aber mit stets wachsender Spannung. Sie war gefesselt, umstrickt, aber mit beengenden, mit unlauteren Banden. Ihr Blut erstarrte bei manchen Schilderungen.

Da war dem Tier im Menschen jede Regung abgelauscht und mit schamloser Genauigkeit auseinandergesetzt. Da war eine erzwungene, erlogene Sinnlichkeit, aus der die offenbare Ohnmacht mit bleicher Fratze hervorgrinste. Da war die Fülle niederer Wirklichkeit aus dem seichten Strom des gemeinen Lebens geschöpft, da fehlte alle höchste Wahrheit, die der Poesie. Da war endlich der Notbehelf, der armselige, einer lahmen Phantasie: das mit photographischer Treue und Verzerrung gezeichnete Portrait; Persönlichkeiten, aus dem Schutz des Hauses gerissen und an den Pranger gestellt, zur Augenweide eines Publikums, demjenigen verwandt, das sich zu den Hinrichtungen drängt.

Im großen ganzen – die klägliche Mißgeburt des schreiblustigen Jahrhunderts: der Sensationsroman.

Und dennoch! durch diese unreine Atmosphäre, diese matte, erschlaffende Luft, durch dieses fahle Farbenspiel der Fäulnis, brach es manchmal herein wie ein zitternder Strahl sonnigen Lichtes. Das mißbrauchte, zugrunde gerichtete Talent besann sich einen Augenblick auf sich selbst. Du armes Talent! dachte Lotti, wie hat sich an dir versündigt, der zu deinem Hüter bestellt worden war!

Der Morgen begann zu grauen, und sie wachte noch über ihrem Buche. Ihre Stirn, ihre Augen brannten, und ihre Hände bebten vor Frost.

Die Lampe knisterte und flackerte; vom verkohlten Docht stiegen Funken im angerußten Zylinder empor. Lotti löschte das sterbende Licht und suchte ihr Lager auf. Wie wohltätig wäre ein wenig Schlaf gewesen. Sie schloß die Augen und bemühte sich, regungslos zu liegen; da begannen alle ihre Pulse zu pochen, eine fürchterliche Beängstigung beklemmte ihr den Atem. Ihr war, als riefe eine flehende Stimme um Rettung zu ihr, die klagte, die sprach: Du hast mich gekannt in meiner Reinheit, rette eine verlorene Seele! Verloren, weil du dich von mir gewendet hast. Du warst die Starke, und ich war schwach, du hättest mich nicht verlassen sollen. Aber du suchtest Ruhe, du rangst nach Frieden und gabst mich auf, und ich sank und sinke immer tiefer ohne dich. Beweine mich nicht nur – rette mich!

Eine lange Zeit verfloß – eine *wie* lange? … Die Uhren schwiegen alle, standen alle still. Lotti hatte vergessen, sie aufzuziehen – zum ersten Male, seitdem es ihr überhaupt oblag, für Uhren Sorge zu tragen, ihrer vergessen. Wie spät war es denn? Wollte der Tag heute gar nicht kommen? Wollte eben heute die sonst so rührige Agnes nicht erwachen? Ja, wenn man die Zeit an Pulsschlägen abzählen könnte, wie die Alten

taten. Oder wenn Lotti die Sanduhr besäße, welche sich dereinst das Fräulein in Schlesien verfertigt hatte, das Fräulein,
das seine Lebenszeit abmaß an der verrinnenden Asche des
verstorbenen Verlobten … an diese Sanduhr erinnerte Lotti
sich jetzt, und wie paßte der Einfall in das Gewirre von ganz
anders wichtigen Gedanken in ihrem fiebernden Hirn? …

Endlich wird die bange Stille im Hause unterbrochen.
Agnes ist auf den Beinen und schaltet mit gewohnter Energie
in ihrem Küchenbereiche.

Lotti erhebt sich, zieht die Vorhänge hinauf, ruft die Alte
ins Zimmer und fragt nach der Zeit. Es ist noch sehr früh am
Morgen, noch unmöglich, die Dienerin auszusenden, um die
Wohnung des Advokaten Schweitzer zu erfragen, den Lotti
besuchen will.

»Eines Advokaten!?« – Agnes fällt fast um vor Schrecken
– das ist ja einer vom Gericht, was hat ihr Fräulein mit dem
Gericht zu tun?

Und zwei Stunden später, nachdem Agnes die gewünschte
Adresse richtig zustande gebracht und Lotti schweigend und
eilends das Haus verlassen hatte, wurde die Magd von solchen Qualen der Neugier erfaßt, daß sie – sie konnte sich
nicht anders helfen – in Tränen ausbrach.

Der Weg, den Lotti zurückzulegen hatte, war kein weiter,
bald schellte sie an Schweitzers Tür. Eine ältliche Dame öffnete und erklärte mit höflichem Bedauern, daß ihr Bruder
jetzt nicht zu sprechen sei.

Allein nachdem Lotti sich genannt, und auf ihre dringende
Bitte, entschloß die Dame sich dennoch nachzufragen, und
wenige Sekunden später erschien Schweitzer selbst.

»Fräulein Feßler!« rief er, »Sie kommen wie ein Schutz-
geist.«

Er führte sie durch ein einfach eingerichtetes Wohn-
zimmer in eine große Stube mit tiefem, dunklem Alkoven.
In der Mitte des weitläufigen Gemaches stand ein großer
Schreibtisch, und neben dem ein riesiger geöffneter Geld-

schrank. In hohen Stößen waren darin Wertpapiere aufgehäuft, hinter eisernen Gittern Geldsäcke und Rollen geschichtet. Er schien gewaltige Reichtümer zu bergen und glich mit seinen schweren Angeln und seinen kunstvollen Schlössern einem Ungeheuer, das Schätze hütet und sie, trotz seines lockend aufgesperrten Rachens, zu verteidigen sehr gesonnen ist.

Schweitzer bot Lotti seinen eigenen Lehnstuhl an, und sie nahm am Schreibtische Platz, während der Advokat, dessen ganzes Wesen die äußerste Aufregung verriet, vor ihr stehen blieb.

»Ich hätte mir Ihren Besuch nicht träumen lassen«, sprach er, »aber weil Sie nun da sind, weiß ich auch, was Sie hierher führt … Es ist die Sorge um Halwig.«

Er beantwortete ihr bestätigendes »Ja« mit dem Ausrufe: »Und sie hat guten Grund!«

Der erwartete Brief war eingetroffen, Halwigs gerechter Anspruch abgewiesen.

»Es ist die schmählichste Niederlage meines Lebens!« rief Schweitzer. »Ich habe diesen Ausgang für unmöglich gehalten und deshalb gestern noch – Sie waren Zeuge – nicht jede Hoffnung auf eine günstige Lösung der Sache vernichtet, der Sache, für die ich mich aus eigenem Antrieb begeistert habe. Ich, der vorsichtige, peinliche Geschäftsmann … Halwig hätte an die alte, vergessene Geschichte nie gedacht.«

Er stieß unzusammenhängende Worte hervor, er verwünschte sich als den Urheber der Enttäuschung, die seinem Freunde bevorstand.

»Wissen Sie denn, was diese Enttäuschung bedeutet?« rief er. »Ich will es Ihnen sagen …«

»Ich weiß es«, unterbrach ihn Lotti beschwichtigend. »Halwig ist nur noch auf sein Talent angewiesen, und dieses ist erschöpft … Sprechen wir ruhig, ich bitte … Nehmen wir an, Herr Doktor, der Prozeß wäre günstig für ihn entschieden worden. Die Summe, deren er bedarf, um das Gut seiner Schwiegereltern zu erwerben, läge da in diesem Schranke, was dann?«

»Was dann?«

»Würden Sie sagen: Schließe den Kauf, ziehe dich auf das Land zurück mit deiner jungen verwöhnten Frau? – Ich kenne sie nicht, aber ich glaube, sie wird die Freuden der Geselligkeit, der Stadt, nicht missen können.«

Schweitzer lachte auf.

»Nein, Sie kennen sie nicht. Die Stadt hat ihr nichts zu bieten; sie tanzt nicht… Theater, Konzerte, Kunstsammlungen, was bedeuten ihr die? Sie ist ja blind, sie ist ja taub, sie hat vor allem andern keine Seele und kein Herz, außer für ihren Mann, für Papa und Mama, und für die sauberen Brüder, den Kiki und den Koko, oder wie man sie nennt… Sie hat ja nichts als die ganz tierische, ganz unmündige und gedankenlose Zärtlichkeit für das Nest, aus dem sie hervorgegangen ist… für eine Familie – welche Familie: mehr noch als jede andere eine Brutstätte des Vorurteils, das Grab der Nächstenliebe, denn was nicht zu ihr zählt, zählt überhaupt nicht… Oh, was gäbe ich, um Halwig aus dieser Familie zu lösen!… Ein Opfer wäre seinen Peinigern entrissen, das ihnen überantwortet ist für die Dauer des ganzen Lebens. – Fort nach England mit Papa und Mama, und auf das Land mit der Tochter und mit den seidenen Vorhängen, und mit der Menagerie, und mit den Reitpferden, und mit den Zigaretten… Fort«, brach er plötzlich aus, »wenn ich wieder frei atmen soll, fort – aus meiner Nähe!«

Er beugte sich zurück und drückte die geballten Fäuste an seine Augen.

Eine Pause tiefen Schweigens trat ein.

»Was wird geschehen?« sprach Lotti endlich.

»Er wird den Kontrakt unterschreiben, ihn nicht einhalten können, das Gut wird unter den Hammer kommen, und Halwig und die schöne Frau… nun, er kann immerhin noch taglöhnern gehen bei irgend einem publizistischen Unternehmen, und sie wird sich an das Nadelgeld einer Taglöhnersfrau gewöhnen oder zu Papa und Mama nach England reisen müssen, wenn sie es nicht vorzieht, das Nächstliegende zu ergreifen und die teuflische Macht, die ihr innewohnt, auszuüben. – Oh! Führe uns nicht in Versuchung! Das heißt, bringe uns nie in Gelegenheit, all das Schlechte, dessen wir im Fall der Not fähig wären – zu tun… Eine nichtswürdige Empfindung in der Brust eines braven Menschen – Sie ahnen nicht, was die gebiert – Sie ahnen nicht einmal, daß es die geben kann. Gräßlich!« stöhnte er, nahm sich zusammen und fügte in scharfem Tone hinzu:

»Sehen Sie, Fräulein, in diesem Schranke liegen Schätze. Wirklich, Respekt einflößende Schätze. Und doch sind sie nur Bruchteile des Besitzes ihrer Eigentümer. Diese Eigentümer haben unbedingtes Vertrauen zu mir, sie haben mir noch niemals nachgerechnet… Wenn ich einmal irrte, in einem Ausweis, beim Addieren, und das Unwahrscheinlichste geschähe, gerade der fehlerhafte Ausweis würde eingesehen, je nun! Da würde es heißen: der gute Schweitzer hat eben einmal seinen Kopf nicht beisammen gehabt. Sind die Papiere nicht bei ihm? Überhaupt nicht aufzutreiben?… Je nun, der gute Schweitzer hat sie aus Versehen in den Ofen oder in den Kehricht geworfen, aber gestohlen, daß er sie *gestohlen* hat, würden seine Klienten nicht glauben. Und wenn er selbst es ihnen erzählte, würden sie denken, daß er ein Narr, aber nicht, daß er ein Dieb geworden ist. Wenn ich mich denn irrte… wenn ich mich genau um die Summe irrte, um die es sich handelt, was hätte ich dann getan?… Etwas, das mich vielleicht zum Wahnsinn oder zum Selbstmord treiben würde, ein Verbrechen, das größte, das ich begehen kann, denn es wäre ein Verbrechen gegen meine eigenste, angeborene Natur, und doch nichts im Vergleiche zu dem Elend, das über den unglücklichen Halwig hereinbricht, wenn ich ihn seinem Schicksale überlasse.«

»Was denken Sie?« fragte Lotti, »sagen Sie es mir offenherzig, Herr Doktor …«

»Offenherzig?« rief er. »Ich könnte das Geld stehlen, das er braucht, und als Sie an meiner Tür schellten«, seine Stimme sank zu einem fast unhörbaren Flüstern herab, »war ich halb und halb entschlossen, es zu tun.«

»Lieber Doktor«, sprach Lotti, merkwürdig wenig erschüttert durch diese furchtbare Selbstanklage, »machen Sie sich nichts weis. Den Vorsatz hätten Sie nicht ausgeführt. Es muß auf andere Art geholfen werden …«

Sie seufzte tief auf: »Und jetzt sagen Sie mir, wieviel kostet das Gut?«

Schweitzer nannte den Preis, fügte aber hinzu: »Der Wert dürfte sich bald verdoppeln. Wollen Sie es kaufen?« rief er plötzlich aus, »ich höre, daß Sie im Besitz eines Nibelungenhortes sind, einer Uhrensammlung«, er lächelte gutmütig, aber doch auch sehr spöttisch, »ein totes Kapital, das ist heutzutage fast eine Sünde. Fräulein Feßler, verkaufen Sie Ihre Uhren und kaufen Sie das Gut! Es wäre nicht völlige Hilfe, aber es wäre viel, die Eltern würden wir dadurch los … und dann ließe sich weiter denken. Kaufen Sie das Gut! Für die Administration will ich sorgen. Kaufen Sie das Gut! Vom alleinigen Standpunkte des Nutzens aus, ohne jeden Nebengedanken, kann ich Ihnen nicht genug dazu raten.«

Der praktische Geschäftsmann in ihm kam mit einem Male zum Vorschein und führte eine Zeitlang ausschließlich das Wort. Die offenbaren, auf der Hand liegenden Vorteile jedoch, für die er sich bereit erklärte gutzustehen, schienen Lotti kein Interesse abzugewinnen. Sie wollte etwas ganz anderes wissen. Sie fragte:

»Wenn Sie jetzt zu Halwig gingen und ihm ankündigten, daß sein Prozeß gewonnen ist, würde er nicht erfahren wollen, wie das zugegangen, den Brief nicht sehen wollen, der die Nachricht brachte?«

Schweitzer starrte sie mit aufgerissenen Augen an:

»Was soll das?«

»Antworten Sie mir! Ist er ein solches Kind in Geschäftssachen, daß man ihn glauben machen könnte …«

»Den?« unterbrach sie Schweitzer, »alles kann man dem aufbinden. Geschäftssachen! Noch ganz andere Leute sind Kinder in Geschäftssachen … aber um Gottes willen … Sie haben einen Rettungsplan, ich seh's. Sie werden helfen, Sie! …« Er faltete die Hände, er vermochte nicht weiter zu sprechen.

»Ich schaffe Ihnen in einigen Tagen das nötige Geld«, sagte Lotti, »Ihre Sache ist es dann, Halwig damit zu betrügen. Aber – nicht einmal der Tod hebt das Versprechen auf, das ich von Ihnen fordere: Sie schweigen, Sie bewahren mir für immer das Geheimnis.«

Sie erhob sich und streckte ihm die Hand entgegen, die er feierlich ergriff.

»Ich frage Sie nicht«, sprach er, »welches Opfer bringen Sie? Auf welche Lebensfreude leisten Sie Verzicht, um das möglich zu machen? Ich frage: Vermögen Sie die Wohltat zu ermessen, die Sie erweisen?«

Lotti schüttelte den Kopf: »Vielleicht nicht. Ich tue nur, was ich nicht lassen kann: ich gebe ein im Grunde doch entbehrliches Gut hin, um die Seele eines Menschen zu retten, der mir einst teuer war.«

Damit nahm sie Abschied.

Sie begab sich nach dem Laden Gottfrieds, fragte dort vergeblich nach ihm – er war nicht zugegen, war schon vor geraumer Zeit fortgegangen. Als sie nach Hause kam, fand sie ihn, ihrer in sehnsüchtiger Ungeduld wartend.

»Was geht vor?« fragte er und stellte sich eilends in seine Fensterecke. »Ein merkwürdiges Leben führst du seit einigen Tagen.«

Er verfolgte mit den Augen jede ihrer Bewegungen.

Sie hatte den Hut abgenommen und beschäftigte sich mit dem Zusammenlegen ihres Tuches. Jetzt kam sie langsam auf den Tisch zugeschritten und ließ einen zerstreuten Blick über die ihrer harrende Arbeit gleiten. Gottfried hatte diese so appetitlich hergerichtet, daß ein echtes Uhrmacherherz dabei aufgehen mußte; allein dasjenige Lottis verleugnete sich in dem Momente gänzlich.

Sie nahm Platz, schob die kleinen Glasglocken samt ihrem zarten Inhalt beiseite und stützte den Ellbogen auf den Tisch. Mit trüben, etwas geröteten Augen betrachtete sie lange, wehmütig und wie fragend das Bild ihres Vaters. Endlich wandte sie sich zu Gottfried. Aber nicht, wie um gewöhnlich Auskunft zu erhalten über den Gang einer Pendeluhr, über die Leistung eines Echappements und ähnliche angenehme Dinge, sondern mit einer Erkundigung nach dem ihr unangenehmsten Menschen – dem Agenten des Amerikaners.

Der war noch da und behelligte Gottfried nur zu oft mit seinen Besuchen. Er kam unter allerlei Vorwänden, hatte jedoch nur einen Zweck, den unerreichbaren. Gottfried lächelte mitleidig.

»Die Uhrensammlung möcht er an sich bringen.«

»Er soll sie haben. Ich verkaufe die Uhren.«

Gottfried stieß einen Schrei des Erstaunens aus. Das war nicht im Scherz, war auch nicht obenhin wie die Andeutung einer Möglichkeit gesagt, das war ein ernster, wohlüberlegter Entschluß, den Gottfried mit innerster Empörung vernahm.

»Das tust du für Halwig!« brach er plötzlich los, und Lotti senkte bejahend das Haupt.

»Ich kann nicht anders. Ich werde dir alles erklären, aber nicht jetzt. Jetzt möchte ich nur den Abschied von meinen armen Uhren schon überstanden haben. Du wirst – ich bitte dich – mit dem Agenten sprechen. Es bleibt bei dem Preis, den der Amerikaner damals dem Vater angeboten. Weißt du, ob er den noch bezahlen will?«

»Das will er gewiß.«

»Bestelle ihn also … und gleich, wenn du mir eine Wohltat erweisen willst.«

Er blickte in ihr schmerzlich verzogenes Gesicht. »Ich werde dir die Wohltat erweisen, ihn nicht zu bestellen.«

»Gottfried! …«

»Lotti, Lotti! … Wie kannst du – und für *den*? … Warum denn alles für *den*?«

Sein ganzes Inneres war im Aufruhr, und Lotti verlor fast das Gefühl ihres eigenen Leids über der Teilnahme mit der bitteren Qual, mit der er rang und die auszusprechen ihm nicht gegeben war.

»Ich muß, siehst du!« sagte sie, »ich darf nicht anders.«

»Überleg's. Mir zuliebe … versuch einmal, etwas mir zuliebe zu tun, überleg's! … Es wird dich gereuen.«

»Es ist nicht mehr Zeit zu überlegen, ich habe mein Wort verpfändet – und gereuen? Ich glaube, daß es mich nie gereuen wird.«

»Auch dann nicht, wenn du erfahren wirst, daß du es umsonst getan hast? – Und das wirst du erfahren!«

Lotti widersprach ihm nicht, und Gottfried fuhr eifrig fort:

»Ein solches Opfer … o wahrhaftig, der ein solches Opfer annimmt, der ist's nicht wert!«

»Er würde es nicht annehmen, wenn er davon wüßte. Geh jetzt und komm bald wieder, mit dem – Käufer.«

Sie wollte sich erheben, aber die Knie versagten ihr den Dienst, und sie lehnte sich erschöpft in den Sessel zurück.

Gottfried trat näher. »Du kannst nicht helfen, glaube mir, es ist hier nicht zu helfen.«

»Aber eine Frist zu gewinnen, und in dieser Frist die Gelegenheit …«

»Zu einem Wunder?« fiel Gottfried ein.

»Vielleicht.«

Er wandte sich unwillig ab, und Lotti sagte entschlossenen Tons: »Darf der Arzt, selbst wenn er einen Kranken aufgegeben hat, ein Mittel, ihn zu retten, unversucht lassen? Er darf es nicht – wegen seines eigenen Seelenfriedens, wegen dieses furchtbaren ›Vielleicht‹, das dich böse gemacht hat.«

»Mich böse?!« rief Gottfried. Mit unbeholfener Zärtlichkeit erfaßte er ihre Hand, und wie ein Erstickender flüsterte er: »Was würde der Vater sagen? … Lotti, denk an ihn.«

»Ich habe zuerst an ihn gedacht und sage dir: er hätte es auch getan.«

Sie suchte ihm ihre Hand zu entziehen, er hielt sie fest und rief:

»Mag sein … aber der Vater hätte dabei auch ein Wort für mich gehabt … Mißverstehe mich nicht! … Ich hab ja gar kein Recht – ich meine nur, er hätte zu mir gesprochen: Das geschieht für einen andern – deshalb brauchst du nicht zu denken, daß mir der andere lieber ist als du.«

Er stockte, wie erschrocken über seine eigene Kühnheit, und gab die Hand Lottis plötzlich frei. Sie sah ihn an, bestürzt und angstvoll, mit Schamröte übergossen. Der Schmerzensschrei des schweigsamen Mannes erweckte in ihrer Brust einen Sturm von Selbstanklagen. Ihre Verwirrung vergrößerte noch die seine.

»Verzeih«, stotterte er, »ich gehe«, und wandte sich zur Flucht mit einer so ratlosen und hastigen Eile, daß Lotti – es schien ihr selbst unglaublich – über ihn lachen mußte. Er blieb stehen, halb empört, halb erfreut:

»Du lachst?«

»Ich lache –« sie brach in Tränen aus: »Wir sind zwei alte, erbärmliche Weichlinge.«

»Weichlinge …« wiederholte er und näherte sich ihr schüchtern – »Lotti –«

»Gottfried –«

Und die »Geschwister Feßler« umarmten einander.

13

Am Nachmittage fand in der Wohnung des Fräuleins Charlotte Feßler eine feierliche Handlung statt. Das Fräulein übergab Herrn C. B. Fischer, Agenten des Hauses F. O. Wagner-Schmid in New York, in Gegenwart der Herren G. Feßler, Uhrmachermeister, und W. Schweitzer, Advokat, eine Sammlung, bestehend aus dreihundert altertümlichen Taschenuhren. Durchschnittspreis per Stück fünfhundert Gulden. Summe des Kaufpreises: Einmalhundert und fünfzigtausend Gulden.

Herr C. B. Fischer, ungewöhnlich lang, ungewöhnlich breit, ungewöhnlich wohlgenährt, mit dem rundesten Bulldoggesicht und dem feuerfarbigsten Backenbart in ganz Amerika gesegnet, und dieser Vorzüge sich sehr bewußt, hielt den Katalog in seiner Rechten. Eine gewaltige Rechte, die mit Leichtigkeit einen Suppenteller umspannt hätte. Er verifizierte jedes Stück, das Lotti aus dem Schränkchen nahm, sorgsam verpackte und in eine Kassette legte, die Herr Fischer mitgebracht hatte.

»Fünfhundert? … auch die? … auch die fünfhundert? … Mir wäre das Ding nicht dreißig wert«, sagte der Agent von Zeit zu Zeit; unter andern gerade bei der Mudge und bei der Majoratsuhr. Oder er rief: »Dieser Kauf! – Eine Millionärsmarotte. Finden Sie nicht, Herr Doktor? – Was?«

Schweitzer verzog keine Miene. Gottfried war ruhig wie einer, der standhaft den ersten Grad der Folter aushält, und sprach alle zehn Minuten einmal: »Vorwärts, wenn ich bitten darf.«

Lotti würdigte Herrn Fischer kaum eines Wortes, kaum eines Blickes. Der Mann erweckte in ihr soviel Sympathie, wie eine Sabinermutter für einen töchterraubenden Römer empfunden haben mochte.

Nach fünf tödlich langen Stunden empfahlen sich die drei Herren. Der Agent trug die Kassette mit solcher Leichtigkeit unter dem Arm, als ob es ein Claquehut gewesen wäre, und bald hörte Lotti den Wagen, der ihre Uhren entführte, über den Platz rollen. Sie sah ihm nicht nach. Sie saß neben ihrem leeren Schränkchen, hatte seine Laden geschlossen und die kleinen Flügeltüren gesperrt.

Jetzt könnt ich mir einbilden, dachte sie, daß alles noch beim alten ist. Was braucht man denn, um Liebes, das man einst besaß, immer zu behalten? – Ein gutes Gedächtnis und einige Phantasie. Das wollte sie Gottfried zum Trost sagen, dem Getreuen, für den es von jeher keinen Schmerz, keine Enttäuschung, keinen Verlust zu geben schien als diejenigen, die *sie* erfahren hatte. Zum ersten Male, seitdem sie ihn kannte, das heißt, solange sie lebte, hatte sie heut eine eigensüchtige Regung bei ihm wahrgenommen. Allein wie rasch war auch diese erloschen, wie war er bestürzt gewesen über den unwillkürlichen Ausdruck eines Gefühls, das ihm bisher fremd gewesen wie die Sünde. Sie kannte ihn und wußte – jetzt quält er sich und kann sich's nicht verzeihen, daß er ihr eine schwere Stunde noch schwerer gemacht und in dem Augenblick, in dem sie ihr Teuerstes hingab, unedel ausgerufen:

»Und ich?« …

Und er! … war's nicht ganz recht, daß er sie einmal gemahnt, er zähle mit in der Reihe der Wesen, die einen Anspruch an sie stellen durften? – Bisher hatte er keinen geltend gemacht. Er war gut und treu; daß er sich so zeigte, verstand sich von selbst, und wer denkt erst lang über selbstverständliche Dinge nach? – Manchmal wohl war es in der Seele Lottis aufgedämmert: Da ist einer, dem verdankst du mehr, als du vergiltst. Da ist einer, dem hast du öfter weh als wohl getan. Aber die Fragen: Warum? Womit? scheute sie sich zu beantworten.

Es geht gar seltsam zu in der Wunderwelt der Seele. Empfindungen schlummern in ihr, die nie erwachen, wenn man sie nicht nennt, einmal genannt jedoch, nie wieder schlafen können. Lotti fürchtete sie und ihre unbekannte und unberechenbare Macht. – Wozu auch grübeln? – Über ein Verhältnis zwischen Bruder und Schwester, zwei braven Leuten, die in Frieden miteinander alt geworden sind und also sterben wollen. Zugleich – geb's der Himmel! Denn ein Leben, in dem Gottfried fehlen würde und seine nie ermüdende treue Sorgfalt, das wäre keine Freude mehr.

Allmählich war die Dunkelheit hereingebrochen. Lotti lehnte sich zurück und schloß die Augen. In leisen Halbschlaf versunken, hörte sie Agnes nach Hause kommen und draußen Zurüstungen zur Abendmahlzeit treffen. Die Alte kehrte von einem Besuch bei ihrer Schwester zurück, zu dem Lotti sie veranlaßt hatte. Mitten in der Woche und ohne jeden vernünftigen Grund war sie aufgefordert worden, die Vergnügungsreise in die Vorstadt zu unternehmen. Gewöhnlich kam sie von derselben in bester Laune heim; heute war sie gestimmt wie ein hungriger Wolf.

Schweigend zündete sie die Lampe an und beantwortete die Frage Lottis nach dem Befinden der Schwester mit einem undeutlichen Gemurmel. Die ganze Agnes war eitel Zurückhaltung, jede ihrer Mienen und Bewegungen sprach: Hast du deine Geheimnisse, hab ich die meinen.

Ihre mit großer Ausdauer zur Schau getragene Gekränktheit begann ihre Wirkung auf die Herrin auszuüben. Diese war hellmunter geworden. Es konnte auch nicht anders sein, denn schweigend verhielt sich Agnes, aber nicht still. Sie vollführte vielmehr mit einigen Tellern und einem Bestecke ein Gerassel, das in Anbetracht der geringen Mittel, mit denen es verursacht wurde, ganz merkwürdig zu nennen war.

»Liebe Agnes«, begann Lotti sehr sanft und noch keineswegs im reinen über die Fortsetzung, welche diese Anrede erhalten sollte. Da erschallte die Hausglocke, und Agnes stürzte, abermals Unverständliches murmelnd, aus dem Zimmer.

»Das Fräulein zu Hause?« ließ eine laute Stimme sich im Vorgemache vernehmen, und im nächsten Augenblick trat Halwig ein.

Er war bleich und erregt: »Erlöst!« stieß er, kaum fähig zu sprechen, hervor. »Nehmen Sie teil an meinem Glück.« Er preßte beide Hände gegen seine Brust. – »Ich bin erlöst – ich bin ein freier Mann!«

Lotti wagte nicht ihn anzusehen… Absichtlich täuschen – es bleibt doch immer etwas Furchtbares. In äußerster Verlegenheit sprach sie: »Sie haben Ihren Prozeß…«

»Gewonnen! Ja, ja, meine Hoffnung, die kühne, die ich nie aufgegeben, ist erfüllt… Fräulein Lotti – freuen Sie sich doch mit mir.«

»Ich freue mich von ganzem Herzen, lieber Freund.«

»Sehen Sie hierher! Erkennen Sie das?« Er zog ein Heft aus seiner Tasche. – »Es ist dem Edlen, dem ich es gestern vor Ihren Augen übergab, zum zweiten Male abgerungen worden und soll vor Ihren Augen in Rauch aufgehen.«

Er hielt einige Blätter des Manuskriptes über die Lampe, sie entzündeten sich; er schwang die Schrift hoch in der Luft, um sie in hellen Brand zu setzen, und warf, nachdem dies geschehen, die lodernde in den Kamin. Mit wildem Behagen schürte er die Flamme, die sein Geisteskind verzehrte, und rief:

»Was nie hätte geboren werden sollen, sterbe! Könnt ich alles so vernichten, was geschrieben zu haben mich reut! Ein Trost bleibt mir übrigens«, fügte er mit bitterem Lachen hinzu, indem er sich am Arbeitstische Lottis niederließ: »Lange werden meine Werke den Unwillen der Freunde des Schönen nicht erregen. Mit dem Tage geht unter, was dem Tage gedient. O Fräulein Lotti! Ich hatte anderes von mir erwartet. Erinnern Sie sich noch? Wissen Sie noch, was ich geträumt und angestrebt? Wissen Sie noch, wie fest entschlossen ich war, diese Erde, die mich getragen, nicht zu verlassen, ohne ihr die Spur meines Schrittes eingeprägt zu haben?«

Lotti senkte den Blick vor seinen fragend auf sie gerichteten Augen:

»Jawohl, – was haben Sie, was habe ich Ihnen zugetraut?«

»Vorbei!« er erhob von neuem sein gequältes Lachen.
»Sie haben noch nie einen Menschen gesehen, mit dem es so
völlig vorbei gewesen ist wie mit mir …«

»Es wird schon wieder anfangen«, sagte Lotti.

»Sie wissen nicht, wie es in mir aussieht.«

»Kommen Sie nur erst zur Ruhe.«

»Die ist's ja, die ich fürchte! … Mit ihr kommt die Besinnung. In der rastlosen Tätigkeit, in der ich lebte, hatte ich
wenigstens nicht Zeit zur Besinnung. Glauben Sie nicht, daß
mir die Wohltat der Selbsttäuschung zuteil geworden ist …
Immer wieder, trotz allem, was ich tat, um ihn zu verscheu-
chen, immer wieder tauchte der Gedanke in mir auf: Was
du treibst, ist Seelenmord … Ich habe Stunden des Rausches,
des Triumphes gehabt, aber glücklich, liebe Freundin, war
ich nicht mehr, seitdem ich mein Talent zwang, im Dienste
irdischer Zwecke zu fronen.«

Lotti suchte nach Worten der Beschwichtigung, aber alle,
die sie fand, erschienen ihr schwach und kühl und nicht besser als Gemeinplätze. Zu trösten vermochte sie nicht, so bemühte sie sich den Gedanken Halwigs eine andere Richtung
zu geben. Sie verwies ihn auf den segensreichen Einfluß, den
das Landleben auf ihn ausüben werde, und da rief er plötzlich beistimmend:

»O ja, darauf zähl auch ich. Wonne und Wohltat wird
mir die Stille des Landlebens sein. Vor allem andern wird es
mich erquicken, meine kindische Frau am Ziel ihrer Wünsche zu sehen. Sie haßt die Stadt, diese kindische Frau …
Sie müssen sie draußen im Freien sehen … Im Jagdgewand,
den Stutzen in ihren kleinen Händen – ich sage Ihnen, sie
schießt wie Wilhelm Tell. Oder man muß sie sehen, ein wildes Pferd bändigend, mit Weisheit und Geduld – oder den
Wald durchstreifend, kühn wie ein Jäger und hold wie eine
Fee. Das war mein Gram von Anfang an, daß ich sie aus ihrer

grünen Heimstätte, in der sie aufgewachsen ist und aufge-
blüht, wo sie sich gesund gefühlt hat, hierher bringen mußte
in dieses steinerne Grab, in dem sie das Dasein einer Lerche
im Käfig führt.«

Sein Gesicht hatte sich verklärt, während er von seiner
Frau sprach.

»Ich liebe sie«, fügte er hinzu und wiederholte: »Ich liebe
sie. Wie kann das sein? denken Sie vielleicht, sie teilt ja deine
geistigen Interessen nicht. Ein Kind, Teuerste, tut das auch
nicht, und man liebt es doch. Sie ist das meine. Ein anderes wünsch ich nie zu haben, denn dieses würde gewiß lesen
lernen wollen, und das – Sie begreifen – dürfte ich ihm nicht
gestatten…«

Er unterbrach sich: »Immer mahnt es wieder!« rief er heftig aus und versank in Schweigen.

»Haben Sie Schweitzer gesprochen?« fragte Lotti nach
einiger Zeit.

»Nein. Er schrieb nur einen Zettel mit der großen Nachricht, bat mich aber, ihn heute weder zu erwarten noch
zu besuchen. Einer seiner Klienten schießt einen Teil der
Summe vor, die ich erhalten werde – wann? ist wohl noch
nicht bestimmt. Morgen soll der Kaufkontrakt unterschrie-
ben werden, in acht Tagen reisen meine Schwiegereltern
ab… Ein Schmerz für Agathe – ich möchte die Tränen nicht
sehen müssen, die sie bei dem Abschied vergießen wird.
Ist der aber vorüber, dann habe ich sie erst ganz gewonnen, dann wird sie erst mein alleiniges Eigentum. Lachen
Sie mich nicht aus, Fräulein Lotti – wenn auch noch soviel
Grund dazu vorhanden ist. Die Liebe ist einmal partieller
Wahnsinn, und der meine scheint mir unheilbar, denn er
verschlimmert sich von Tag zu Tag.«

»Um so besser, lieber Freund; Sie haben mir da eine
Menge Dinge gesagt, die mir wunderbare Beruhigung verschaffen. Bisher konnt ich eine leise Sorge nicht unterdrük-
ken, daß Ihre Frau, noch so jung, so außerordentlich schön

und gefeiert, wo immer sie erscheint, sich vielleicht doch auf die Dauer mit einem ganz stillen und einförmigen Leben nicht begnügen würde.«

»Die Sorge war unbegründet!« rief er zuversichtlich aus. »Besuchen Sie uns, kommen Sie und bleiben Sie lange bei uns. Überzeugen Sie sich, ob ich recht habe zu sagen: Auf dem Lande ist Agathe in ihrem wahren Element. Etwas viel Sport werden Sie finden – sich vielleicht wundern, daß eine junge Dame so leidenschaftliches Interesse an Dingen nimmt, die freilich nicht eben von idealer Natur … Allein, Beste, das werden Sie zugestehen, die Freuden, die ihr die höchsten sind, sind sehr unschuldige. Man spielt dabei manchmal um sein Leben, aber nie um mehr. Ich wollt, ich hätte keine andere Begabung jemals in mir verspürt als die, die man braucht, um ein tüchtiger Reiter oder Jäger zu werden. Bei Gott, das wollt ich …«

Er biß die Zähne zusammen und starrte vor sich hin in die Luft. »So ist es«, murmelte er, erhob sich und trat auf Lotti zu.

»Leben Sie wohl. Kommen Sie bald zu uns.«

Sie ergriff die Hand, die er ihr reichte: »Leben Sie wohl, Halwig, und werden Sie gesund.«

»Gesund?«

»Jawohl. Jetzt sind Sie's nicht.«

Sie blickte mit der besorgten Teilnahme einer Mutter in sein Gesicht. »Eines sagen Sie mir noch: Wie gedenken Sie Ihr Leben einzurichten?«

»Sehr einfach. Ich will bei meinem Pächter Landwirtschaft studieren. Ich will mit Aufmerksamkeit die Fortschritte der Dorfjugend in der Schule verfolgen. Ich will mit einem Worte allerlei nützliche Dinge betreiben. Da ich nie mehr etwas Schönes hervorbringen werde, will ich wenigstens versuchen, etwas Vernünftiges zu tun.«

»Und warum sollten Sie nichts Schönes mehr hervorbringen?«

»Weil ich das Gefühl dafür verloren habe, dünkt mich … Das läßt sich nicht wieder gewinnen.«

Er riß sich gewaltsam aus den trüben Gedanken, die ihn von neuem zu umweben begannen: »Auf Wiedersehen!«

»Auf Wiedersehen, lieber Halwig. Noch etwas muß ich Ihnen sagen … Denken Sie sich, es wären Monate vergangen – Sie haben ausgeruht, haben einmal wieder tief und gewaltig empfunden, daß die Welt schön und das Leben etwas wert ist – und plötzlich beginnt es in Ihrer Seele zu tönen wie einst. Sie lauschen den Klängen, Sie wollen nichts, als sich umspinnen lassen von den lieblichen Harmonien und festhalten, was die Ihnen vorgesungen. Und ohne Ihr Zutun, fast ohne Ihr Bewußtsein, strömt ein harmloses Lied von Ihren Lippen, eines von denen, wie die Nachtigallen und die Dichter sie singen, und die Welt heute nicht mehr anhören mag, und die Verleger nicht mehr veröffentlichen. Ein solches, ein so ganz unpraktisches, muß es sein. Die Stunde, Freund, in welcher *dieses* Lied Ihnen gelingt, ist die Stunde Ihrer Wiedergeburt. Sie wird kommen. Ich will einmal Kassandra sein und prophezeien, aber lauter Gutes. Und jetzt gehen Sie. Auch ich bin erstaunlich müde und ruhebedürftig.«

Er beugte sich über ihre Hände und küßte sie. –

»Sie haben doch nicht ganz vergessen«, sagte er leise und innig, »daß Sie einst die Braut eines Poeten waren – aber ich bin keiner mehr.«

Er ging, und Lotti rief bald darauf die alte Agnes herein und wünschte ihr mit besonderer Freundlichkeit eine gute Nacht. Der Wunsch blieb von der zürnenden Dienerin unerwidert, und dennoch schlief Lotti bis zum Morgen in einem Zuge. Sie hatte von ihren Uhren geträumt, sich wieder in deren Besitz gesehen, und ihr wurde nichts weniger als froh zumute, als sie am folgenden Tage beim Frühstück saß, dem leeren Schranke gegenüber.

Gottfried kam, sah verlegen aus, machte im Gespräch noch längere Pausen als gewöhnlich, hatte eine Welt auf dem

Herzen und war nicht imstande, ein befreiendes Wort zu sprechen.

»Was fehlt dir?« fragte Lotti.

»Brave Gesellen«, antwortete er mit verstörten Blicken. »Es ist nichts an den Leuten. Kein Ernst, kein Geschick, keine Liebe zum Handwerk. Sie können nichts und wollen nichts lernen. Wenn das der Nachwuchs ist, wohin gelangen wir? In fünfzehn Jahren gibt es in der ganzen Stadt keinen tüchtigen Uhrmacher mehr.«

Das war nun freilich sehr traurig, aber daß ihm die Sache so völlig seine Seelenruhe raubte, wie es nach und nach immer mehr den Anschein gewann, nahm Lotti doch Wunder. Sie hatte noch sehr oft Gelegenheit zu fragen: »Was fehlt dir?« erhielt aber nie einen ordentlichen Bescheid. Seit dem Tage, an dem sie ihre Uhren verkauft hatte, war Gottfrieds gleichmäßig heitere Laune dahin. Wie von jeher widmete er Lotti seine ganze Sorgfalt, suchte ihr alles Unangenehme fern zu halten, blieb immer der getreueste und aufmerksamste Freund, aber bei alledem äußerte sich doch manchmal, und gewiß ganz gegen seinen Willen, etwas wie ein stiller Vorwurf in seinem Wesen. Lotti hatte ihn wohl schon in früheren Zeiten so gesehen und bei solcher Gelegenheit eine gewisse Ungeduld niemals unterdrücken können. Jetzt empfand sie nur Rührung und Bedauern und staunte im stillen über die Veränderung, die mit ihr vorgegangen war.

14

Die Tage vergingen einförmig. Lotti führte ihr stilles Leben fort. Die einzige Veränderung darin brachten die Besuche des Advokaten Schweitzer hervor. Er kam sehr oft, zu Gottfrieds großer Befriedigung. Dieser hatte für ihn eine Liebe gefaßt, kaum minder plötzlich wie die Romeos zu Julien, und äußerte sie in seiner beredten Weise:

»Der ja! – Ja der – das ist einer!«

Der Doktor brachte Nachrichten von Halwigs. Das junge Paar befand sich auf dem Gute; die Schwiegereltern waren nach England abgesegelt. Schweitzer beschäftigte sich mit dem Ordnen ihrer Angelegenheiten. Sobald er damit fertig geworden, wollte er eine Reise nach dem Norden unternehmen, die heißen Sommermonate in Norwegen oder gar in Island zubringen. Er sagte, seine Nerven bedürften der Stärkung.

»Ich bin nervenkrank wie alle Leute: Sie allein ausgenommen und Gottfried, und vielleicht Ihre alte Agnes.«

»Nun, ich weiß nicht«, meinte Lotti und ließ ihre Augen von ihm auf Gottfried hinübergleiten.

Mit dessen Nerven, dachte sie, stände es auch nicht zum besten. Er war so eigen, schien oft selbst nicht zu wissen, was er wollte. Mehrmals schon hatte ihm Lotti Briefe von Halwig und Agathe vorgelegt, in denen Fräulein Feßler beschworen wurde, zu ihnen zu kommen und einige Tage bei ihnen zuzubringen.

Gottfried hatte nie etwas anderes dazu gesagt als:

»Ja, sie sind sehr höflich«, und: »Wann gehst du?« Aber dies geschah in so gepreßtem Tone, daß Lotti immer wieder statt: »Morgen«, wie sie gewollt, »Ich weiß es noch nicht«, antwortete.

Endlich kam ein so herzliches und warmes Einladungsschreiben, von den beiden Gatten unterzeichnet, daß Lotti, entschlossen, sich nicht länger bitten zu lassen, noch am selben Abend zu ihrer Dienerin sprach:

»Agnes, morgen fahre ich um 8 Uhr mit dem Frühzuge fort. Wenn Gottfried vormittags nach mir frägt, sagst du ihm, ich sei bei Halwigs und käme um sechs Uhr abends zurück. Wenn er mich auf dem Bahnhof erwarten will, so wird mich das sehr freuen.«

Agnes war überaus zufrieden mit diesem Auftrage. In ihrer Einbildung schwelgte sie schon im Genusse des Erstaunens, mit dem Gottfried ihre Botschaft vernehmen, und der Fragen, die er an sie stellen werde. Sie bereitete sich sogleich auf die Künste vor, mit denen sie seine Spannung noch erhöhen wollte, und schlief mit dem heißen Wunsche ein, daß ihr nur das Wetter keinen Strich durch die Rechnung machen möge.

Dieser Wunsch erfüllte sich vollständig. Der schönste Tag, den der junge Sommer dieses Jahres noch gespendet, brach am nächsten, einem Sonntagmorgen, an. Die herrlichste Junisonne glänzte, der reinste Himmel blaute über dem schnaubenden, dampfenden Eisenbahnzuge, der Lotti aus der Stadt entführte.

Nach zweistündiger Fahrt war sie an der kleinen Station angelangt, in deren Nähe das Gut Halwigs sich befand. Dahin, wie Lotti durch Schweitzer wußte, führte ein bequemer Feldweg, und sie hatte sich vorgenommen, die kurze Strecke zu Fuße zurückzulegen. Irre zu gehen war unmöglich. Die Villa lag in dem grünen Wiesenland weithin sichtbar, wie eine Perle im offenen Schreine.

Munter begab sich Lotti auf die Wanderung. Sie fühlte sich erquickt durch die rasche Bewegung und auch ein wenig berauscht von der ungewohnten kräftigen Luft. Sie war allmählich in die gehobene Stimmung geraten, die beinahe jedes Stadtkind erfaßt, wenn es plötzlich aus seiner ummauerten in die unbegrenzte Welt versetzt wird. Die atmet Frische und Freudigkeit und teilt einem empfänglichen Gemüt etwas davon mit. Alles so freundlich und üppig bewachsen oder bewaldet, die Weiden, die Auen und der Gürtel von wellenförmigen Hügeln, der die liebliche Gegend umschloß. Das Schönste aber, das war die gewaltige Bergkette im fernen Hintergrund. Kaum zu unterscheiden von den Wolkengebilden am Horizont lag sie in silberner Dämmerung wie ein Wunder da, und wie ein Wunder schien von ihr ein Sehnsucht weckender Zauber auszugehen. Lotti näherte sich der Villa. Zwei Fahnen wehten von ihren schlanken Türmchen und verkündeten, daß Herr und Frau vom Hause anwesend seien. Der Weg führte an der Umzäunung des Gartens, einem feinen Drahtgitter auf niederem Mauersockel, vorbei. Ihm entlang schritt Lotti und kam bei dem geöffneten Tor zugleich mit einem Reiter an, der sich vom Hause her genähert hatte. Dieser, ein kleines, dürres Männchen, hielt seinen langhalsigen Braunen, der schnob, als ob er Feuer geschluckt hätte, ein wenig an, um Lotti eintreten zu lassen. Ohne die Kappe zu rücken, aber mit gutmütigem Schmunzeln beantwortete er die Fragen der Fremden. Die »Herrschaften« wären ins nächste Dorf zur Kirche gegangen und dürften in einer Stunde zurückkehren. Länger bleiben sie schwerlich fort, denn um zwölf Uhr wird gefrühstückt.

Eine Stunde warten also! – das ist im Grunde so schlimm nicht. Man kann die Zeit benützen, um den Garten anzusehen, und nebenbei um ein wenig auszuruhen.

Von dem breiten Kieswege der Avenue lenkte Lotti in einen schmaleren ein. Kein Mensch war sichtbar, soweit sie blickte, rings umher herrschte die echte, ländliche Sonntagseinsamkeit. Lotti kam an einem herrlichen Tulpenbaum vorüber und betrat einen Fichtenhain, dessen kühler Schatten sie lockte. Unter den Bäumen stand eine eiserne Bank, auf diese ließ sie sich nieder.

Es ist doch ein gutes Ding, das Land! dachte sie und atmete tief und sah sich mit Entzücken in ihrer stillen Raststätte um. Die Fichten waren der unteren Äste schon beraubt, aber junger Nachwuchs bildete von außen einen Halbkreis um den Hain, exotische Topfpflanzen füllten die kahlen Stellen zwischen den Stämmen der alten Bäume. Zarte, südländische Palmen, Ficus, Daphnen, Begonien ließen sich's wohl sein im Schutze der nordischen Riesen. Die Königin der Araucarien, die Excelsia, breitete ihre farrenkrautähnlichen Zweige in majestätischer Anmut aus. Harzgeruch erfüllte die Luft, die Vögel sangen, im Grase schwirrte und summte es. Mit reichgefülltem Gurt kehrten emsige Bienen vom Besuche der blühenden Sommerlinden heim. Alles eifrig, alles beschäftigt, alles, was da schwebte, flog und kroch, sich selber so wichtig und so kühn in seiner Schwäche, so unverdrossen in der Ausübung seiner kleinen Kräfte.

Lotti schaute und lauschte und gab sich völlig dem Gefühl der süßesten Ruhe hin. Still genoß sie die köstliche Stunde, dieses bewegte, rastlose und doch so friedvolle Leben und Weben um sie her … halb unbewußt, gedankenlos … da plötzlich erklang aus der Ferne das Geläute eines Glöckleins.

Zwölf Uhr. – In zwei Stunden muß sie fort, Gottfried erwartet sie, und das darf nicht umsonst geschehen. Er hat eine herbe Enttäuschung gehabt, als er kam und sie nicht zu Hause traf. Er wird die Zeit sehr lang finden und sich gewiß mit der Vorstellung quälen, daß sie nicht kommt. Aber sie wird kommen! und wenn sie scheiden müßte, ohne die gesehen zu haben, denen zuliebe sie eine Art von Flucht unternommen hat. Diese sind übrigens vielleicht schon längst von ihrem Kirchgang zurück, warum bildet Lotti sich denn ein, daß sie gerade hier vorüber kommen müssen? Sie erhob sich, um den Hain zu verlassen, und im selben Augenblick vernahm sie das Gleiten langsamer Schritte über den Kies und sah ein weißes Kleid durch die Zweige der kleinen Bäume schimmern.

Halwig und Agathe näherten sich, schon waren ihre Stimmen deutlich zu unterscheiden. Lotti eilte ihnen entgegen, war aber noch nicht auf dem Wege angelangt, als sie zögernd stehen blieb.

Die beiden Menschen, die da einherwandelten, boten den seltensten Anblick, der auf Erden zu finden ist: den des vollkommenen Glückes. Sie hielten einander umschlungen. Sein Kopf war leicht geneigt, der ihre leicht erhoben, sie sahen einander in die Augen und flüsterten sich lächelnd und leise einzelne Worte zu. Sie schienen sich in Ausdrücken der Zärtlichkeit überbieten zu wollen, allein ihr Wetteifer hatte nichts

Unruhiges, nichts Stürmisches. In diesem Kampf zu siegen oder zu unterliegen mußte gleich süß sein. Da war kein Ringen, kein Sehnen, kein banger Zweifel, da war Erfüllung mit ihrem himmlischen Frieden.

Sie kamen näher, ganz nah. Lotti meinte, von ihnen bemerkt worden zu sein ... doch irrte sie. Hermann und Agathe gingen vorbei, jedes blind für alles, was nicht das andere war, jedes dem andern eine ganze Welt. Nun waren sie am Ende des Weges angelangt, schritten über den Vorplan – verschwanden im Hause.

Lotti folgte ihnen nicht.

Was soll ich bei euch, dachte sie, ihr braucht keinen Dritten.

Einige Zeit verweilte sie noch, sinnend und träumend, unter den Fichten, die ihr zuerst eine traute Gastfreundschaft und später, ohne daß sie es gewollt und gesucht, ein sicheres Versteck geboten hatten, dann trat sie ruhig den Rückweg an.

Die Hitze war drückend geworden. Lotti schlich mehr, als sie ging, sie hatte ja keine Eile; kam immer noch zu dem ausbündigen Vergnügen zurecht, eine gute Weile lang vor dem Stationshäuschen auf und ab zu wandeln. Weit und breit kein Schatten, nur Wiesen und Felder. Nichts, als schon in ziemlicher Nähe der Station, neben dem Grenzpfahl des Halwigschen Besitzes, ein steinernes Kreuz, von vier jungen Pappeln umgeben. Dort ließ sich ebenfalls ein wenig rasten, aber nicht im Schatten: davon war nicht die Rede, die Sonne stand ja noch im Scheitel. Gleichviel. Eine Landstreicherin, wie Lotti nachgerade eine geworden, dankt Gott auch für die Wohltat, auf steinerne Stufen gelagert, die Zeit, deren sie zuviel hat, an sich vorüberziehen zu lassen.

Sie trat an das Kreuz heran und bemerkte bald, daß sie keinen besseren Punkt hätte finden können, um Villa Halwig noch einmal recht nach Herzenslust zu betrachten. Das tat sie lange, und das innigste Gebet für die Erhaltung fremden

Glückes, das einer Menschenbrust entsteigen kann, wurde zu Füßen des steinernen Kreuzes gesprochen.

Sodann setzte Lotti ihren Weg fort.

Sie begann ihre ganze Ausfahrt höchst drollig zu finden. Die Einladungen Halwigs und Agathens hatten sie mit dem Gefühl einer Verpflichtung belastet, der zu entsprechen ihr geboten schien. So hatte sie sich denn aufgemacht, war gekommen und hatte, statt der sehnsüchtig ihrer wartenden Freunde, ein Liebespärchen gefunden, das verspätete Honigwochen beging und dem man keinen größeren Gefallen erzeigen konnte, als es allein zu lassen.

Sie kam sich ein wenig lächerlich vor, die gute Lotti, aber was schadet das einer so anspruchslosen Persönlichkeit wie ihr? – Nicht das geringste; und sie lachte im stillen und fühlte sich seelenvergnügt, obwohl von einem gewissen Unbehagen ergriffen, das – ein klägliches Ende ihrer poetischen Pilgerfahrt – durch ganz prosaischen Hunger hervorgerufen wurde.

Sie beschleunigte ihre Schritte. Ihre Absicht war, an der Tür des Stationshäuschens zu pochen und von seinen Einwohnern für Geld und gute Worte eine kleine Stärkung zu erlangen.

Das Pochen blieb ihr erspart. Die Frau des Bahnwächters, ein stämmiges, dunkeläugiges Weib, stand am Zaun ihres kleinen Gartens und nahm hier das Ersuchen der Fremden entgegen. Ihr Benehmen war anfangs nicht sehr ermutigend für den hergelaufenen Gast, wurde aber bald so zutraulich, daß Lotti sich fragte, ob dieses leutselige Wesen etwa der Freimaurerei, die nach Schweitzers Meinung zwischen ehrlichen Leuten besteht, zuzuschreiben sei.

Eine Stunde später saß sie so gemütlich, als ob sie zur Familie gehörte, in der Bahnwächterstube. Der Mann rauchte ihr gegenüber seinen schlechten Tabak aus einer hölzernen Pfeife, das Weib, an einer groben Jacke flickend, hatte neben ihr Platz genommen auf der Bank, und der pausbäckige Sprößling des Ehepaares sich's auf Lottis Schoße bequem gemacht. Sie fand, er habe Ähnlichkeit mit einem ihrer Horatier, und das hatte sie sofort für ihn gewonnen.

Die Frau war bereits mit der Erzählung ihrer ganzen Lebensgeschichte fertiggeworden und schien nicht übel Lust zu haben, wieder von vorn anzufangen. Einleitende Betrachtungen wurden schon vorausgeschickt.

Ja, sie stand in ihrem zweiundvierzigsten Jahre, und ihr Bub hatte kürzlich erst sein drittes erreicht.

»Arme Leut kommen halt spät zum Heiraten. Auch darin, auch in so einer Sach haben's die Reichen besser.«

Da erhob sich der Mann, der Schnellzug mußte bald auf die Strecke kommen, in einigen Minuten wurde es Zeit, den Signalflügel aufzuziehen.

Nachdem er die Stube verlassen hatte – er war ein alter Mensch und sah recht mürrisch aus – begann seine Gattin, ihn zu loben. »Er« war brav. »Er« war allgemein geachtet. Wunder wie viele Unglücksfälle hatte »Er« durch seine Wachsamkeit verhütet. Sein Bub gerät ihm nach, ist wirklich schon jetzt der ganze Vater. Sie zog den Jungen an sich, gab ihm einen schallenden Kuß und fuhr mit allen fünf Fingern durch seinen zerzausten Schopf. Ein rührender Ausdruck von Zärtlichkeit milderte und verschönerte die harten Züge ihres sonnverbrannten Gesichts, während sie ihrem Kinde diese derben Liebkosungen erteilte.

»Heute ist ein rechter Sonntag«, sagte Lotti zu ihr, »heute habe ich zwei glückliche Ehepaare gesehen.«

Die Frau blickte sie befremdet an.

»Und Sie? … Sind doch auch glücklich?«

»Ich bin auch glücklich.«

»So? und –« sie neigte den Kopf mit neugieriger Vertraulichkeit, »und was ist denn Ihr Herr?«

»Ich habe keinen; ich bin eine alte Jungfer.«

»So? eine alte Jungfer«, wiederholte die Frau, sichtlich erkaltet und enttäuscht. Und als der Mann nun ans Fenster klopfte, um der Reisenden zu bedeuten, daß es Zeit war aufzubrechen, stach der gleichgültige Abschied, den die Wirtin von ihrem Gaste nahm, von deren früherer Freundlichkeit merklich ab. Sie hätte sich nicht anders benehmen können, wenn sie mit einem Male von Reue ergriffen worden wäre über ein übel angebrachtes Vertrauen.

Lächelnd über den Mißkredit, in welchen sie plötzlich bei ihrer neuen Freundin geraten, stieg Lotti in den Waggon.

Es war darin nur noch ein Platz frei, und sie nahm ihn ein, zum offenbaren Verdruß einer geschlossenen Gesellschaft, die das Coupé besetzt hatte. Diese, ein übermütiges Völkchen, ließ sich, nachdem ihr erster Unwillen über den Eindringling verraucht war, in ihrer Unterhaltung nicht stören. Lotti verbrachte zwei unangenehme Stunden in dem lauten und lustigen Kreise. Ein Gefühl der Vereinsamung ergriff sie, das wegzuspotten sie sich vergeblich bemühte.

Endlich brauste die Lokomotive in den Bahnhof, und das erste, was Lotti erblickte, war Gottfrieds lange Gestalt. Er stand an die Mauer gelehnt – ein Bild der Hoffnungslosigkeit – starrte die Leute an, die dem Zuge entstiegen, und: »Sie kommt nicht! Sie kommt nicht!« klagte es in seinem Herzen.

Aber nun fuhr er zusammen. Sie war da – ihre Hand lag auf seinem Arme.

»Das hätt ich nicht gedacht ... daß sie dich fortlassen ... daß du ihnen widerstehen kannst.«

Wie ein Verzückter blickte er sie an. »Ich hab einen Wagen.«

Nein, für den dankte sie; sie war froh, dem Waggon entronnen zu sein, wollte zu Fuß mit Gottfried nach Hause gehen und ihm unterwegs ihre Erlebnisse erzählen.

Also geschah es. Er hörte ihr mit äußerster Spannung zu und ging schweigend neben ihr her. Erst als sie von der Empfindung der Überflüssigkeit sprach, von der sie beim Anblick Halwigs und seiner Frau überkommen worden, bot er ihr plötzlich seinen Arm und drückte den ihren fest an sich.

»Hier bedarf man deiner«, sagte er. »Du warst dir dort zu viel, ich – war mir hier zu wenig.«

Die letzten Worte sollten in scherzhaftem Tone gesprochen sein, kamen aber sehr wehmütig heraus.

»Und was hast du getan den ganzen langen Tag?« fragte Lotti.

Gottfried räusperte sich: »Hm – gewartet.«

»Sonst nichts?«

»Oh, es war genug! Ich weiß keine schwerere Arbeit.«

Er ergriff ihre Hand, und sie wurde ihm nicht entzogen; darüber geriet er in eine Begeisterung, die zu schildern keine noch so hinreißende Beredsamkeit imstande gewesen wäre. Die seine beschränkte sich auf den leisen Ausruf: »Liebe Lotti!«

Der Druck seiner Hand wurde erwidert, und »Guter Gottfried!« sprach sie, die er im Herzen trug von seiner Jugend und von ihrer Kindheit an.

Ein Schauer der Wonne durchrieselte ihn. Wär's denkbar? Wär's möglich? … Sollte er am Ende doch noch das Ziel und den Inbegriff aller seiner Wünsche erreichen? …

Ja, ja, antworteten die milden Augen, in die er fragend blickte, und der Mund, den er liebte, sprach: »Guter Gottfried, nicht erst seit heute weiß ich, daß du mir das Liebste auf der Welt bist.«

Da hätte er beinahe laut aufgejauchzt. Es war ein Glück, daß sie vor Lottis Hause angelangt waren. Getreulich und jahrelang hatte er das Geheimnis seiner tiefsten Sehnsucht in sich verschlossen, der Jubel wollte ihm die Brust zersprengen. Ein seliger Mann, faßte er seine Braut in seine Arme, und sie mußte abwehren, sonst hätte er sie wahrhaftig die Treppe hinaufgetragen. Oben angelangt, stürmte er derart an der Glocke, daß Agnes in voller Empörung herbeieilte:

»Wie kann man so anreißen?« rief die Alte.

»Ihretwegen, Agnes!« antwortete er, »ich kann es nicht erwarten, Ihnen zu sagen – Sie sind die Erste, die's erfährt … Sehen Sie uns an! Wir sind Brautleute!«

———————

In aller Stille wurde einige Wochen später der Bund geschlossen, der Gottfried und Lotti für immer vereinigte. Mitten im lärmenden Treiben der Stadt spann sich ihr Dasein in seligem Frieden ab. Eine kaum noch erhoffte Erhöhung ihres Glückes wurde ihnen zuteil, als nach zwei Jahren, an einem Spätsommerabend, ein kleiner Johannes Feßler gerade in dem Augenblick das Licht der Welt begrüßte, in dem draußen die Sonne wunderbar schön unterging und im Zimmer die goldene Spieluhr, zum siebenzehnten Male an dem Tage, ihr Schäferliedchen anstimmte.

Seltsam ergriff es die Eheleute, als sie später erfuhren, daß es auch derselbe Tag gewesen, an dem Villa Halwig neuerdings ihren Besitzer gewechselt. Das Reich Hermanns hatte kurze Dauer gehabt. Er und Agathe waren bald aus dem süßen Hindämmern erwacht, in das die Befreiung von ihren Sorgen sie versetzt hatte. Sie, auf dem Lande an das rege Treiben ihres großen Familienkreises gewöhnt, begann sich zu langweilen allein mit ihrem Manne. Und auch ihm verlangte, und vielleicht noch heißer, nach Zerstreuung. Er wollte die Sehnsucht betäuben, die ihn in seiner Ruhe, seinem Behagen störte, die ihn bis in die Arme des geliebten Weibes verfolgte, die Sehnsucht nach den Qualen und Wonnen seiner Lohnschreibernächte, nach dem Fieber, das ihn durchraste, wenn er seine Romanfiguren schuf, sie leiden, sündigen, in Blut und in Schlamm waten ließ, und den Zauber erfuhr, mit dem sie ihn umstrickten. Dazu die hastende Eile, in der ihr Schicksal gewoben und ihr Verhängnis erfüllt werden mußte; die Angst vor dem Mißlingen, und dann wieder die Glückseligkeit, wenn das Unerwartete geschah, wenn die Gestalten, die ihm unter der Hand lebendig geworden, zuletzt durch eigene Kraft einen Abschluß herbeiführten, kühner als er ihn geahnt hatte. Halwig erfuhr, daß, wer solche Aufregungen kennengelernt, sie nicht mehr missen kann und nach ihnen zurückverlangt, und wär's aus dem Himmel. So sandte er dem schwindenden, mit Hilfe Agathens und ihrer Brüder rasch aufgezehrten Wohlstand kaum einen Gedanken des Bedauerns nach. Zur Zeit, in welcher das Gut verkauft werden mußte, machte die Gesundheit Agathens einen Aufenthalt an der See notwendig. Hermann ließ sie allein zu ihren Eltern ziehen und kehrte zu den seligen Bitternissen seiner Schriftstellerei zurück. Die Früchte, die sie lieferte, wurden noch immer in gewissen Leserkreisen verschlungen, dem Advokaten Schweitzer jedoch sagten sie nicht zu, und er sprach einmal zu Lotti:

»Ich mache mir Vorwürfe. Das Opfer, zu dem ich Sie verleitet habe, war umsonst gebracht.«

Aber Lotti erwiderte: »*Nicht* umsonst.«

Ihr Mann blickte sie lächelnd an: »Ohne meine Entrüstung über dieses Opfer«, sagte er, »wüßte sie vielleicht heute noch nicht, daß der Gottfried auch einmal etwas für sich wollen konnte.«

Kommentar zu »Lotti, die Uhrmacherin«*

S. 35   **Repetieruhr:** Taschenuhr mit Schlagwerk, das auf Knopfdruck die letzte volle Stunde und die seitdem abgelaufenen Viertelstunden anzeigt.

S. 35   **Stockuhr:** auch Stutzuhr, federgetriebene Uhr mit kurzem Pendel in einem Holzgehäuse, oft mit verglasten Seitenwänden

S. 35   **Meister Anton Schreibelmeyers:** Georg Anton Schreibelmayer (1748–1819), Wiener Uhrmachermeister

S. 36   **Knauer:** Mauritius Knauer (1613?–1664), initiierte als Abt des Zisterzienserklosters Langheim die Erarbeitung des sogenannten »Hundertjährigen Kalenders«.

S. 36   **Chaldäer:** Volk in Südmesopotamien im 1. Jahrtausend v. Chr., berühmt für seine hochentwickelte Berechnung der Planetenbahnen; in Mesopotamien auch Bezeichnung für sternkundige Berater.

S. 37   **Beletage:** von frz. »bel étage«, das schöne Geschoß; meist das erste Obergeschoß, das vom feuchten Keller und der Straße entfernt und über ein Treppenhaus leicht zugänglich ist.

S. 37   **im Rohre scheint er nicht zu sitzen:** Anspielung auf das Sprichwort »Wer im Rohr sitzt, hat gut Pfeifen schneiden«.

S. 37   **Horatier:** eine der ältesten Patrizierfamilien Roms; um 660 v. Chr. sollen horatische Drillinge für Rom

---

*   Eine gemeinsame Exkursion ins Wiener Uhrenmuseum mit einer Gruppe von Salzburger StudentInnen des Konversatoriums »Marie von Ebner-Eschenbach« (Leitung: Ulrike Tanzer), kundig und zuvorkommend betreut von Maria Goiser, hat wesentlich zur Erstellung dieses Kommentars beigetragen.

und Drillinge der Curiatier für Alba Longa um die Vorherrschaft gekämpft haben.

S. 38 **Mohairkleid:** Mohair: Gewebe aus den feinen Haaren der Angoraziege

S. 38 **Biais:** frz., Ausweg, Schräge, Umweg; hier: Schrägschnitt, nicht fadengerade Verarbeitung des Stoffs, Schrägbesatz

S. 39 **Seidenmantille:** Mantille: Umhang

S. 41 **Saffian:** feines Leder aus Ziegenfell, wird gerne für Bucheinbände verwendet

S. 41 **Mémoires du Maréchal de Bassompierre:** François de Bassompierre (1579–1646): Mémoires du Maréchal de Bassompierre contenant l'histoire de sa vie, 2 Bände, 1665

S. 41 **Goethes Benvenuto Cellini:** Goethes Bearbeitung der Memoiren des florentinischen Goldschmieds und Bildhauers Benvenuto Cellini (1500–1571) erschien 1798 als »Leben des Benvenuto Cellini«.

S. 41 **Dom Jacques Martins Histoire des Gaules:** »Histoire des Gaules et des conquêtes des Gaulois«, 1730

S. 41 **Luca Zeisselmair:** auch Lucas Zaissenmeyer, Buchdrucker, von 1494/95 bis 1502 in Augsburg, von 1503 bis mindestens 1505 in der Benediktinerabtei Wessobrunn

S. 41 **Gibbons Geschichte des Verfalles des römischen Reiches:** Die Originalausgabe von Edward Gibbons »The History of the Decline and the Fall of the Roman Empire« erschien in 6 Bänden 1781 bis 1788.

S. 41 **Quintus Fixlein:** Jean Pauls »Leben des Quintus Fixlein« erschien 1796.

S. 41 **Krummachers Parabeln:** die populären Parabeln des evangelischen Theologen Friedrich Adolf Krummacher (1767–1845) erschienen in drei Bänden 1805 bis 1817.

S. 41 **Annalen des Tacitus:** das zweite große Geschichts-
werk (neben den »Historien«) des römischen
Historikers; der handschriftlich überlieferte Titel
lautet »Ab excessu divi Augusti« (»Ab dem Tod des
göttlichen Augustus«), veröffentlicht zwischen 110
und 120 n. Chr.

S. 41 **Lessings Laokoon:** In »Laokoon oder Über die
Grenzen der Mahlerey und Poesie« (1766) be-
schreibt Gotthold Ephraim Lessing die grundlegen-
den Unterschiede zwischen bildender Kunst und
Literatur.

S. 41 **Barometermacher auf der Zauberinsel:** »Der Baro-
metermacher auf der Zauberinsel. Zauberposse mit
Gesang und Tanz in zwei Aufzügen« ist Ferdinand
Raimunds erstes Theaterstück, uraufgeführt 1823 im
Wiener Theater in der Leopoldstadt.

S. 41 **Die Familie von Halden:** August Heinrich Julius
Lafontaine: »Die Familie von Halden«, 1797

S. 41 **Prinz von Gotland:** »Herzog Theodor von Goth-
land«, Schicksalsdrama von Christian Dietrich
Grabbe (1822), erst 1892 in Wien uraufgeführt.

S. 41 **Bramarbas:** »Bramarbas oder der großspreche-
rische Offizier« ist der Titel der Komödie »Jakob
von Tyboet« (1724) des dänischen Autors Ludvig
Holberg, in der Übersetzung von Johann Christoph
Gottsched, der auch den Begriff »bramarbasieren«
für angeben, großtun, erstmals 1751 in seinen »Briefen vom Geschmack« verwendet.

S. 41 **Pascal:** Blaise Pascal (1623–1662), französischer
Mathematiker, Physiker, Philosoph; seine »Pensées
sur la religion et sur quelques autres sujets« (»Gedanken über die Religion und über einige andere
Themen«) erschienen posthum 1670.

S. 41 **Hieronymus Cardani:** 1501–1576, Arzt, Philosoph,
Mathematiker der Renaissance

S. 41 **M. L. Moinets Traité général d'Horlogerie:** Das zweibändige Buch von Louis Moinet (1768–1853) erschien 1848 und blieb das Standardwerk des 19. Jahrhunderts.

S. 43 **»Goldenen Bulle«:** Die Goldene Bulle regelte 1356 bis 1806 Wahl und Krönung der römisch-deutschen Könige durch die Kurfürsten. Die Bezeichnung kommt vom goldenen Siegel der Urkunde und wurde erst im 15. Jahrhundert gebräuchlich.

S. 43 **Jean Jouvence:** Karl V. ließ 1380 auf seinem Schloss in Montargis eine Schlaguhr aufstellen, die zitierte Inschrift der Uhr nannte den Künstler und die Jahreszahl, wie Guillaume Morin in seiner »Histoire du Gastinois« (1630) berichtet.

S. 43 **Heinrich von Wick:** deutscher Uhrmachermeister

S. 43 **Peter Hele, Andreas Heinlein:** beide Namen finden sich für Peter Heinlein (1480–1542). Er stellte als einer der Ersten um 1510 in Nürnberg Uhren in Dosenform her, von denen sich keine erhalten haben dürfte. Die Eiform, bekannt als Nürnberger Ei, kam erst nach seinem Tod auf.

S. 43 **Caspar Werner:** Uhrmachermeister in Nürnberg, die älteste erhaltene und datierte deutsche Halsuhr, signiert mit »CW 1548«, wird ihm zugeschrieben.

S. 44 **im Jahre des Unterganges der spanischen Armada:** 1588 wird die »Große Armada« der Spanier von der englischen Flotte geschlagen.

S. 44 **Andreas Landek:** 1589–1663, ab 1636 Stadtuhrmacher in Nürnberg; das Geburtsjahr Lande(c)ks differiert um ein Jahr vom parallel gesetzten historischen Ereignis »Untergang der spanischen Armada«.

S. 44 **Abraham Habrechts:** Uhrmachermeister Ende des 16. Jahrhunderts in Straßburg, vermutlich am Bau der zweiten Straßburger Münsteruhr beteiligt

S. 50 **Spindelechappements – mit Löffelunruhen:** vor allem bei Sack- und Halsuhren des 16. Jahrhunderts in Verwendung. Sie bestanden aus einem kleinen, sich hin- und her bewegenden zweiarmigen Hebel; an seinen Enden waren löffelartige Knöpfchen, in deren Mittelpunkt die Spindel befestigt war.

S. 50 **Schnecke:** Um einen möglichst gleichmäßigen Antrieb federgetriebener Uhren zu erreichen, wurde seit dem 15. Jahrhundert die sogenannte Schnecke angefügt. In England blieb sie bis in das 20. Jahrhundert gebräuchlich.

S. 50 **Kasper Werner:** s. Caspar Werner, Anm. zu S. 43

S. 51 **Augsburger »Stadtphyr«:** Die Zirbelnuss oder P(h)yr war als aufrechter Zapfen der Zirbelkiefer Feldzeichen jener römischen Legion, deren Lager Augusta Vindelicorum als Keimzelle der Stadt Augsburg gilt, und findet sich auch im Wappen der Stadt.

S. 51 **Wardein- und Wichszeichen:** Der Wardein, auch Guardein (von lat. »guardianus«, Wächter, Hüter), untersuchte Erze und Münzen auf ihren Gehalt und versah sie mit einem Prüfzeichen, oft dem Stempel der Stadt.

S. 51 **Hans Schlotheim:** 1545?–1625, deutscher Uhrmacher, berühmt für seine Automaten und Automatenuhren.

S. 51 **Conrad Kreizer:** Augsburger Uhrmachermeister, lebte um 1575 bis 1600 in Straßburg. Im Kunsthistorischen Museum Wien ist eine von ihm gefertigte Taschenuhr mit einem kreuzförmigen Gehäuse aus Bergkristall erhalten.

S. 51 **Brüdern Huaut:** Die Genfer Emailmaler Jean Pierre und Ami Huaud, auch Huaut, zeichneten ihre Arbeiten mit »Les (deux) Frères Huaut«. 1686 wurden sie an den preußischen Hof berufen und kehrten 1700 nach Genf zurück.

S. 51 **Tompion:** Thomas Tompion (1637–1713), gilt als Vater der englischen Uhrmacherkunst. Er fertigte 650 Bodenstand- und Stutzuhren (Bracket Clocks) sowie rund 6000 Taschenuhren.

S. 51 **Albrecht Erb:** 1628–1714, österreichischer Uhrmacher

S. 51 **Gerard Mut:** Uhrmachermeister in Frankfurt am Main im 17. Jahrhundert. Er fertigte eiförmige Taschenuhren mit glattem Silbergehäuse, einige sind im Kunsthistorischen Museum Wien und im Mathematisch-Physikalischen Salon in Dresden erhalten.

S. 51 **Matthäus Degen:** 1609?–1650, Uhrmachermeister in Augsburg

S. 51 **Pierre le Roy:** 1717–1785, französischer Uhrmacher, fertigte vor allem Seechronometer.

S. 51 **Berthoud:** Ferdinand Berthoud (1727–1807), Schweizer Uhrmacher, der zahlreiche Schriften zur Uhrmacherei veröffentlichte und besonders robuste Marinechronometer entwickelte.

S. 51 **Breguet:** Abraham-Louis Bréguet (1747–1823), Schweizer Uhrmachermeister, gründete 1775 die Uhrenmanufaktur Montres Bréguet, 1999 von der Schweizer Swatch Group übernommen.

S. 51 **Emmery:** Josiah Em(m)ery (1725–1781), englischer Uhrmacher Schweizer Herkunft, gilt als einer der Pioniere der Ankerhemmung. Die wenigen erhaltenen Stücke sind hervorragend verarbeitet.

S. 52 **Maskelyn:** Nevil Maskelyn(e) (1732–1811), Mathematiker und Astronom in Greenwich

S. 52 **Arnold, Richard, Recorder, Robert, Courvoisier:** Schweizer Uhrmachermeister

S. 52 **Ruderas:** von lat. »rudus«, pl.: »rudera«: Schutt; veraltet für Überreste, Bruchstücke

S. 71   ›Le Paute‹: Jean Andre Lepaute (1720–1789), Hof-
        Uhrmacher in Paris, seine »Abhandlung über
        Uhrmacherei« (»Traite d'horlogerie«, 1755) war ein
        Standardwerk der Zeit.

S. 85   **Vogel der Minerva:** Minerva, die römische Göttin
        des Handwerks und der Weisheit, wird von einer
        Eule begleitet.

S. 90   **Flausrock:** Herrenjacke aus Flaus oder Flausch:
        Schurwolle, die wie Filz zusammenhängt.

S. 90   **Maquignons:** frz., Pferdehändler

S. 93   **grande anglaise:** englische Schreibschrift, schwung-
        voll und schnörkelreich, die Buchstaben sind in
        ovaler Form gehalten, mit dünnen Auf- und beton-
        ten Abstrichen.

S. 93   **Groom:** Pferdeknecht, Stallbursche, auch Stall-
        meister

S. 94   **Ylang-Ylang:** immergrüner Baum von bis zu
        25 Metern Höhe mit intensiv duftenden Blüten;
        stammt von den Philippinen bzw. aus Indonesien
        und wird zur Gewinnung von Duftöl kultiviert.

S. 101 **Majoliken:** Töpferwaren mit Zinnglasur

S. 101 **Pagoden:** kleine ostasiatische Götterbilder

S. 101 **vieux laque:** (chinesische) Lacktafel

S. 101 **Chaiselongue:** gepolstertes Sitz- und Liegemöbel für
        eine Person

S. 102 **Cäcilie … Kestner seinen römischen Studien:** August
        Kestners »Römische Studien« erschienen 1850,
        die Titelkupfer zeigt allerdings nicht Cäcilie von
        Albano, sondern »Vittoria, die schöne Winzerin
        von Albano«. Kestner ist der Sohn von Charlotte
        Buff, der Lotte aus Goethes »Werther«.

S. 102 **Silberfisch:** auch Silberkarpfen (Hypophthalmich-
        thys molitrix), geselliger Freiwasserfisch aus der
        Familie der Karpfenfische

S. 136 **Claquehut:** Klappzylinder, von frz. »(chapeau) claque«, Klaps, mit dem der Faltzylinder zusammengeklappt werden kann.

S. 139 **fronen:** von Fron: die von den Bauern für ihren Grundherrn zu leistende Arbeit; nicht im eigenen Interesse arbeiten.

S. 139 **Stutzen:** Jagdgewehr mit kurzem Lauf

S. 142 **Kassandra:** In der griechischen Mythologie verfügt Kassandra über seherische Gaben, ihren zumeist tragischen Weissagungen wird jedoch kein Glauben geschenkt.

S. 146 **Ficus:** Birkenfeige (Ficus benjamina), immergrüner Strauch oder Baum aus der Familie der Maulbeergewächse (Moraceae)

S. 146 **Daphnen:** Seidelbastgewächse, die Gattung umfasst an die 100 Arten, manche werden als Ziersträucher für naturnahe Gärten und Parks verwendet.

S. 146 **Begonien:** aus der Familie der Schiefblattgewächse (Begoniaceae) mit 1400 bis 1500 Arten, viele davon werden wegen ihrer farbenprächtigen Blüten als Zierpflanzen gepflegt.

S. 146 **Araucarien:** immergrüne Bäume, die zu den Koniferen gehören und vor allem auf der Südhalbkugel beheimatet sind.

S. 146 **Excelsia:** Gemeine Esche (Fraxinus excelsior), gehört mit einer Wuchshöhe von etwa 40 Metern zu den höchsten Laubbäumen Europas, zählt wegen ihrer hohen Holzqualität zu den Edellaubhölzern.

S. 146 **Mit reichgefülltem Gurt:** Die Honigbiene transportiert den gesammelten Blütenpollen in kleinen Körbchen am Unterschenkel der Hinterbeine zum Stock.

S. 149 **Honigwochen:** Flitterwochen

Unsühnbar

Erzählung

Fidelio → Beethoven.
Thema: Frau opfert sich
für ihre Mann

1

Die Vorstellung des »Fidelio« war zu Ende; das Publikum
strömte aus dem Opernhause und zerstreute sich rasch nach
allen Richtungen. Seit vierundzwanzig Stunden fiel Schnee,
emsig, unablässig, in großen Flocken; er lag schwer auf den
Dächern, verschleierte die Lichter in den Lampen, machte
die Mühe der Wege ausschaufelnden Arbeiter fast vergeblich. Geräuschlos rollten die Equipagen vor; in Pelze gehüllte
Männer und Frauen stiegen in weich gepolsterte Wagen.
Ein paar Ladendiener hoben ihre sommerlich gekleideten
Schönen in einen Komfortable mit zerbrochenen Fenstern.
Wie der Wind sauste ein Fiaker nach dem andern davon.
Den Hut auf dem Ohr, den Schnurrbart gewichst, saßen
die Eigentümer des »feschen Zeugels« etwas vorgebeugt auf
ihrem Bock, in jeder Hand einen Zügel; und die Pferde griffen aus und gaben her an Lebenskraft, was sie geben konnten,
um grüne Majoratsherrchen, hochgeborene Reiteroffiziere
und Sportsleute so geschwind als möglich zum Spiel in den
Jockey-Club zu bringen. An den Rand der Straße gedrängt,
rumpelten dicht besetzte Gesellschaftswagen, von abgejag-
ten Mähren geschleppt, von schlaftrunkenen Kutschern regiert, den Vororten zu. Solide Bürgersfamilien gingen wohl-
verwahrt, mit geschärftem Appetit – man wird so hungrig

im Theater – nach Hause, wo ein kräftiges Abendessen sie erwartete, oder begaben sich in ein Restaurant.

Gemächlich, trotz des bösen Wetters, schlenderten einige Infanterieoffiziere dem nächsten Kaffeehause zu. Ein kleines Fähnlein, aber tatendurstig und eroberungssicher. Sie sprachen von den eleganten Damen in den Logen und von den Tänzerinnen und den Pferden anderer. Ein »Einjährig-Freiwilliger«, der Sohn eines geadelten Bankiers, der sich ihnen angeschlossen hatte, sagte mit Vorliebe: »Wir Kavaliere« und »Wir vom Turf«. Daß sein Sessel im väterlichen Kontor das einzige Rößlein war, auf dessen Rücken er es je zu einem Gefühl der Sicherheit gebracht, verschwieg er.

Die Herren wurden von einer jungen Lehrerin überholt, die eiligen Schrittes die Wanderung nach ihrer Wohnung angetreten hatte. Ihr Mantel war fadenscheinig, aber sie fror nicht; ihr Weg war weit und einsam, doch ihr bangte nicht. Sie schwelgte im Nachgenuß der Wonne, die ihrem kunstverständigen Sinn eben geboten worden. Es gab doch auch in ihrem schweren, harten Dasein Stunden der herrlichsten Erhebung. Die Kraft, die sie aus ihnen geschöpft, sollte lange vorhalten. Wer das Manna für die Seele auf Kosten des täglichen Brotes erwerben muß, kann sich dieser holden Labung nicht oft erfreuen.

In der Opernstraße war eine Arbeiterabteilung mit dem Aufrichten einer Schneepyramide beschäftigt, als ein Brougham, mit Rassepferden bespannt, im feierlichen Trabe vorbeikam. Die Flammen eines Gaskandelabers erleuchteten einen Augenblick das Innere des Wagens. Zwei Damen saßen darin, die eine alt und von kränklichem Aussehen, in dunklem Capuchon und Überwurfe, die andere sehr jung, sehr schön, barhäuptig, mit klassischem Profil, ihre Gefährtin um Kopfeshöhe überragend.

»Ho!« rief der dicke Pferdelenker in lässig warnendem Tone den Straßenkehrern zu, und alle zogen sich zurück – nur einer nicht. Der sprang vor, sah mit spöttischer Vertraulichkeit zu dem Kutscher hinauf und zwang ihn auszuweichen, was dieser tat, ohne den Kopf zu wenden, während der Diener neben ihm murmelte:

»Wieder zurück aus Amerika und – Gassenkehrer? Gibt's denn dort keine solche Anstellung?«

»Gibt's gewiß«, lautete die Antwort, »damit is ihm aber nit gedient. Will uns hier aufpassen und Skandal machen, der Lump.« –

Diese Bezeichnung galt einem schlank- und hochgewachsenen Burschen mit blassem Gesicht, eingefallenen Wangen und großen, dunkelbraunen Augen. Er trug zerlumpte Kleider; ein kleiner, durchlöcherter Hut, den er ins Genick zurückgeschoben hatte, ließ die Stirn und die, trotz der Verkommenheit, die sie ausdrückten, noch hübschen Züge frei. Mit frechem Behagen pflanzte er sich im Lampenscheine auf, und die junge Dame, die den Kopf ans Wagenfenster neigte, unverschämt anstarrend, präsentierte er vor ihr den Besen wie ein Gewehr.

Die Equipage fuhr davon, die Arbeiter lachten: »Schaut's den Wolfi an!« Und Wolfi, den Zornigen spielend, rief: »Dumme Bagage, was lacht's? – Was hab ich getan? … Militärische Ehren erwiesen Wem? – der Gräfin Maria Wolfsberg, meiner – meiner lieben Verwandten.«

Die so Bezeichnete hatte bei der Gebärde des Tagelöhners keine Miene verzogen, doch verfärbte sie sich ein wenig und sagte mit beklommener Stimme zu ihrer Begleiterin: »Tante Dolph, hast du den Menschen gesehen? Im zerrissenen Sommerrock, mit geplatzten Schuhen bei dieser Kälte …«

»Oh, meine Liebe, der hat seinen Schnaps im Leibe, dem ist wärmer als mir«, erwiderte die Tante fröstelnd.

»Hast du auch gesehen, was er getan hat?«

»Ja, ja – ein Spaßvogel.«

»Das ist kein Spaßvogel – das ist ein Feind, der uns haßt.«

Die Gräfin unterbrach sie: »Hör auf. Du bist nervös. Dazu hat man in deinem Alter noch kein Recht. Ein Betrunkener erlaubt sich einen Scherz – was weiter. Man sieht es, wenn es einen unterhält, sieht es nicht, wenn es einen verdrießt – darüber nachdenken ist krankhaft.«

Maria schwieg. Sie ließ sich nicht gern in einen Streit mit ihrer Tante ein, weil sie regelmäßig den kürzeren zog. Die Tante war klug und schlagfertig; ihr Bruder, Graf Wolfsberg, nannte sie sogar weise und verehrte in der um viele Jahre älteren Schwester seine Vertraute, Ratgeberin und Freundin. Sie hingegen liebte auf Erden nichts als ihn. Kränklich von Jugend an und sehr unabhängigen Sinnes, hatte sie niemals einen Beruf zur Ehe in sich verspürt und die zahlreichen Bewerber um ihre unscheinbare Persönlichkeit und um ihr glänzendes Vermögen einen nach dem andern ohne Seelenkampf abgewiesen. Gräfin Adolphine oder Dolph, wie sie in der Familie genannt wurde, lebte lange Zeit auf ihrem Gute der Pflege ihrer Rheumatismen und ihres Vermögens, das sie, bedeutend vermehrt, ihrem Bruder zu hinterlassen gedachte. Als dieser Witwer wurde, brachte sie ihm, seiner Bitte nachgebend, ein großes Opfer. Sie verzichtete auf ihre Selbständigkeit im eigenen Haushalte und machte sich zur Leiterin des seinen. Da die Zeit kam, Maria in die Welt zu führen, tat sie noch mehr: Sie entsagte der ihr notwendigen Bequemlichkeit und Ruhe und durchwachte manche Nacht auf dem Balle, den schmerzenden Kopf mit Diamanten bedeckt und so unvorteilhaft aussehend im großen Staat, daß nicht einmal ihre Kammerfrau es wagte, sie zu bewundern. Dabei langweilte sie sich grausam, langweilte sich sogar, wenn sie die andern durch ihren scharfen und sprudelnden Witz vortrefflich unterhielt. »Glücklicher Bertrand de Born«, sagte sie, »dem doch die Hälfte seines Geistes nötig war. Ich wäre froh, wenn ich nur für ein Zehntel des meinen Abnehmer fände!«

Zu Hause angelangt, zog sich die Gräfin in ihre Gemächer zurück, während Maria in den Salon ihrer Wohnung trat. Jeden Abend erwartete sie hier einen verehrten Gast –

ihren Vater. Es geschah fast nie umsonst. So wenig Zeit das hohe Staatsamt, das er bekleidete, und die Genußsucht, der nachzugeben er selbstverständlich fand, ihm übrig ließen: die Stunde, mit der Maria ihren Tag beschloß, wußte er für sie frei zu halten.

Sie ließ sich jetzt den Theatermantel von ihrer Kammerzofe abnehmen und begann sogleich den Tee zu bereiten, zu dem alle Anstalten auf einem Tischchen neben dem Etablissement getroffen waren.

Maria widmete ihrer Beschäftigung die größte Sorgfalt. Mit dem Vorsetzen einer Tasse Tees hatte sie alle kindlichen Pflichten erfüllt, die ihr Vater ihr auferlegte. Es wäre ihr heißer Wunsch gewesen, etwas für ihn tun, ihm etwas sein zu können; aber sie fühlte wohl, daß die Ahnung eines solchen Ehrgeizes im Herzen seiner Tochter ihn lachen gemacht hätte. Er wollte sie heiter und glücklich sehen, und wenn sie seine Fragen: »Hast du dich unterhalten? – Freut dich dies? – Freut dich jenes?« mit ja beantwortet hatte, dann wich der strenge Ernst, der gewöhnlich auf seinem Antlitz lag. Dank seiner Großmut hatte sie ihre Wohnung in ein kleines Museum verwandeln können; fiel es ihr aber ein, bei der Betrachtung eines Bildes, einer Bronze etwas von ihren neu erworbenen Kenntnissen in der Kunstgeschichte durchblicken zu lassen, dann wurde seine Miene so spöttisch, daß Maria verwirrt schwieg und sich beschämend albern vorkam. Und der kostbare Blüthner, mit dem er sie jüngst überrascht, und der dort in der Ecke stand, eingehüllt in weiche, indische Gewebe, noch hatte sie seinem Spender nichts anderes darauf vorspielen dürfen als Operettenarien und Tanzmusik. Sie war nicht leicht abzuschrecken gewesen, hatte immer einen Übergang gefunden aus dem Trivialen ins Schöne, aus dem Zerstreuenden ins Erhebende – aber nach den ersten Takten schon wurde das gefürchtete »Gute Nacht, Maria« gesprochen, und der Graf war aus dem Zimmer verschwunden. In solchen Fällen pflegte sie sich nicht zu unterbrechen; es hätte ihn, der sich in seinem Hause gegen Rücksichtnahme wehrte wie ein anderer gegen Rücksichtslosigkeit, sehr verdrossen. Nun blieb Maria in seiner Gegenwart bei dem Vortrage von Arietten und Walzern. Die Musik, die ihrem Geschmack entsprach, übte sie aus vor dem Bilde ihrer Mutter, das lebensgroß an der Wand über dem Piano hing. Du hättest deine Freude an mir gehabt, sprach sie in Gedanken zu ihr. »Du hättest gewußt, daß ich nur zu wollen brauche, um eine Künstlerin zu werden. Aber ich werde nicht wollen, ich darf nicht. Unsereins darf so etwas nicht. Hättest du das auch gefunden?«

Ihr Blick haftete voll inniger Begeisterung auf dem edlen Angesicht, dem das ihre so ähnlich sah. Es war dasselbe reine Oval, dieselbe von kleinen Locken der reichen, aschblonden Haare beschattete Stirn. Sie bildete zwei kaum sichtbare Hügel über den feinen Brauen, den etwas tiefliegenden blaugrauen Augen. Es war derselbe Schnitt der schlanken Nase, der leicht geschwellten Lippen und dieselbe wahrhaft königliche Gestalt. Aber ein anderer Geist offenbarte sich in jedem der beiden schönen Wesen. Marias ganze Erscheinung bekundete Entschlossenheit, Seelenstärke, Klarheit. Die Verstorbene hingegen hatte einen Ausdruck von eigentümlicher Schwermut und hilfloser Schüchternheit. Das Bild, aus dem sie unvergänglich jung und lieblich herabsah, war in ihrem achtzehnten Jahr, dem ersten Jahre ihrer Ehe, gemalt worden. Es stellte sie dar in einem weißen Spitzenkleide, mit bloßem Halse, mit nachlässig herabhängenden Armen, eine weiße, kaum aufgeblühte Rose in der Hand. Den Kopf leicht vorgeneigt, schien sie traumverloren zu lauschen. Maria besann sich noch, sie so gesehen zu haben im Konzert, in der Oper, und auch wenn der Vater oder sie zu ihr sprachen.

Aber diese freudigen Erinnerungen an die Mutter lagen fern, und jene, die sich an eine spätere Zeit knüpften, waren unsäglich traurig. Die Gräfin, von einer Gemütskrankheit ergriffen, war langsam hingesiecht. Immer teilnahmsloser,

174

immer schattenhafter wandelte sie stundenlang im Sommer durch den Garten, im Winter durch die Zimmer und durch die Gänge, blieb manchmal horchend an einer Tür stehen, machte eine Gebärde des Entsetzens und trat ihre Wanderungen stumm und rastlos wieder an.

Die ersten Symptome des Leidens sollten durch einen heftigen Schrecken hervorgerufen worden sein, dessen Veranlassung niemand in Marias Umgebung kennen wollte. Sie zweifelte nicht, daß ein Geheimnis da verborgen liege, und ließ nicht nach in ihrem leidenschaftlichen Eifer, es zu entdecken. Ganz besonders wurde ihre ehemalige Kinderfrau, die mit unbegrenzter und sklavischer Liebe an ihr hing, mit Fragen von ihr bestürmt.

»Sag es mir, Lisette, geh, sag es mir«, hatte sie einst gefleht und, so geizig sie mit ihren Zärtlichkeiten war, ihren Arm um den Hals der Getreuen geschlungen. »Wenn du mich lieb hast, sagst du's gleich, in dieser Minute… Wenn du es nicht sagst, dann weiß ich, daß dir nichts an mir liegt.«

Lisette sank in sich zusammen. Ratlos und verzweifelt starrten ihre grauen Augen ins Leere, ihre Wangen wurden fahl, ihre Lippen bebten. »Wär ich doch tot«, jammerte sie, »daß mich das Kind nicht mehr fragen könnte.«

– Tot? – Maria trat weg von ihr und senkte den Kopf.

Lisette hatte sich den Tod gewünscht. Sie, die nicht von ihm reden hören konnte, die in jedem, der ihn nur nannte, ihren Feind sah, die das Leben als das höchste aller Güter schätzte, noch so viel von ihm erwartete, die tanzen wollte auf der Hochzeit Marias und Kinder des Kindes heranziehen, alle – und wenn ihrer zwölfe wären!… Lisette hatte sich den Tod gewünscht!

Das junge Mädchen war tief ergriffen und mußte Tränen niederkämpfen, um laut und vernehmlich sagen zu können: »Ich werde dich nie wieder fragen.«

Maria hatte Wort gehalten. – Seitdem waren sechs Jahre vergangen.

2

Der Vorhang des Nebenzimmers war mit leiser Hand zurückgeschoben worden, Lisette erschien am Eingang und ihre sanfte, unterwürfige Stimme sprach: »Marie, Kind, darf ich herein?«

»Du bist noch auf?« lautete die vorwurfsvolle Erwiderung, und Lisette entschuldigte sich:

»Hatte schon Nacht gemacht, schon längst. Aber du weißt, daß ich nicht einschlafen kann, bevor ich deinen Wagen ins Haus rollen höre.«

»Wie lächerlich«, versetzte Maria, wandte sich ab und nahm Platz in einem Fauteuil.

Lisette stützte, näher tretend, den Arm auf dessen Lehne.

»Kann früher nicht einschlafen. Und dann muß die Klara kommen und mir berichten – weh ihr, wenn sie das einmal versäumen würde! – sie ist da und lustig und guter Dinge. Heute jedoch höre ich: Sie hat traurig ausgesehen …«

»Spionage!« fiel ihr Maria ins Wort.

»Nenn's, wie du willst, das ist mir gleich; nur glaube nicht, daß du daran etwas ändern kannst. – Also traurig ist das Kind? Ja, ja, ich seh's.« Ihr Ton wurde tief schmerzlich, in ihrem kleinen, spitznasigen Gesichte malte sich eine peinvolle Bangigkeit. »Was ist denn geschehen?«

»Ach, Lisette, ich bitte dich, mach keine Geschichten. Was soll mir geschehen sein? – Ich bin verstimmt, ja, aber aus einem Grunde, der dir keine Sorgen machen wird.«

»Wollen erst sehen. – Sprich, mein Vogerl, sprich, damit ich beruhigt zu Bett gehen kann.«

Maria erhob den Kopf und sah der Dienerin, die sich zu ihr herabneigte, fest und streng in die Augen: »Die Menschen, die eine eiskalte Nacht wie diese im Freien zubringen und hungernd und frierend die Straßen fegen werden – die tun mir leid.«

Lisette bäumte sich lachend zurück. »Nein, das Kind! –

Nein, das ist zu arg. Die Leute, die Gott danken für den Schnee, den er vom Himmel fallen läßt, damit sie Arbeit kriegen, die sich nichts anderes wünschen als Arbeit, von klein auf nichts anderes gewohnt sind als Arbeit, die bedauerst du!« Sie wurde in dem Lobgesang, den sie nun auf Marias »goldenes Engelsherz« zu erheben begann, unterbrochen.

Im Hofe, nach dem die Fenster der Komtessenwohnung gingen, war es laut geworden. Pferdegetrappel ließ sich hören, die Portiersglocke gab das Herrenzeichen.

Lisette verabschiedete sich, und Maria ging ihrem Vater bis an die Schwelle entgegen; sie begrüßten einander mit einem Händedruck.

»Guten Morgen und guten Abend«, sprach Maria. »Ich wollte nachmittags einen Augenblick zu dir, aber Walter sagte, du habest Besuch.«

»Dornach war bei mir und blieb so lange, daß ich kaum Zeit gehabt habe, Toilette zu machen zum Diner.«

»Bei?«

»Bei Fürstin Alma.«

»War's schön?«

»Kannst dir's denken. Dreißig Personen, dreißig Grade und dreißig Gänge.«

»Du übertreibst, wie immer, wenn es sich um ein Fest bei Alma handelt. Sie kann tun oder lassen, was sie will, du tadelst alles. Und ich weiß, wie peinlich ihr das ist und wie großen Wert sie auf dein Urteil legt.«

Mit diesen Worten stellte Maria eine Tasse Tee vor den Grafen hin, der sich in einen Lehnstuhl neben dem Tische niedergelassen hatte. Er warf einen seltsamen, fast drohenden Blick auf sie, senkte ihn aber rasch, als er in den Zügen seiner Tochter der völligsten Unbefangenheit begegnete.

Wolfsberg galt noch jetzt, da er sich in der zweiten Hälfte der Vierzig befand, für einen den Frauen gefährlichen Mann. Er war mittelgroß, von schlanker und geschmeidiger Gestalt, ein berühmter Reiter und Jäger. Einer gewissen kühlen und würdevollen Zurückhaltung in seinem Wesen verdankte er den Ruf großer Verläßlichkeit, der ihm zahlreiche Freunde erwarb. Seine Erziehung hatte er, früh verwaist, in Deutschland, bei Verwandten seiner verstorbenen Mutter, im Sinne des Wortes – genossen. Mit einer außerordentlichen Bildungsfähigkeit begabt, war er mühelos ein guter Student gewesen, und es blieb auch später sein Ehrgeiz, jeden seiner Erfolge für einen spielend errungenen gelten zu lassen. »Ich nehme das Leben nicht ernst«, sagte er oft und machte dazu eine beinah finstere Miene.

Eines aber gab es in diesem Leben, das er dennoch ernst nahm, und das war seine Tochter und das Glück, das er ihr bereiten wollte in Gegenwart und Zukunft.

»Maria«, begann er, »es hat sich heute jemand bei mir um die Erlaubnis beworben, unser Haus besuchen zu dürfen. Du wirst wohl erraten wer?«

Sie lächelte ihn freudig an: »Felix Tessin.«

»Tessin? – du scherzest.«

»Es war nicht meine Absicht«, erwiderte Maria und senkte bestürzt die Augen.

»Wie? Du könntest glauben, daß ich Tessin angehört hätte, wenn er mir mit einer solchen Zumutung gekommen wäre?«

»Warum nicht?« fragte sie zögernd, und ihr Vater antwortete mit der offenbaren Absicht, sich nicht in Erörterungen einzulassen:

»Du solltest wissen, was ich von ihm halte.«

»Nun, recht viel. – Ein so geistvoller, begabter Mensch, dem du selbst eine schöne Zukunft voraussagst.«

»Das heißt, ich glaube, daß er so ziemlich alles erreichen dürfte, was er anstrebt. Er ist ehrgeizig und klug, jagt hohen, aber nicht unerreichbaren Zielen nach und kann um so leichter ankommen, da er sich wenig Skrupel macht in der Wahl seiner Mittel.«

»Vater!«

»Nun?«

»Das wäre ja schrecklich.«

Er zuckte die Achseln. »Tessin hält sich gewiß, wie heutzutage so mancher, für einen, der jenseits von Gut und Böse steht. Ein so ungewöhnlicher Mensch, so bezaubernd in seiner dunklen Manfred-Schönheit, so verwöhnt von den Frauen.« Der Graf sprach gelassen und spöttisch, ohne daß es im geringsten schien, als ob er seine Tochter beobachte, und las doch in ihren bewegten Zügen, was ihn peinlich überraschte – daß er ein wenig spät kam mit seiner Warnung. Es galt mehr als einen flüchtigen Eindruck verwischen, es galt eine Empfindung entwurzeln, weh tun. Den Ellbogen auf den Tisch und die Hand an Stirn und Wange gestützt, fuhr er ernsthaft fort: »Wenn Tessin nicht ein Verwandter – der Freundin deiner Mutter«, wollte er sagen, brachte es aber nicht über die Lippen, »der Fürstin Alma wäre, hätte ich verhütet, daß er dir vorgestellt werde. Indessen hat sie es mir schwer genug gemacht, ihn, außer bei offiziellen Empfängen, von denen ich einen Botschaftsrat nicht ausschließen kann, von meinem Hause fernzuhalten. Die gute Fürstin wird eine Schwäche für ihn nicht los; sie vergißt nie, daß sie sein Jugendtraum gewesen, seine erste und letzte ideale Liebe.«

»Vor ihrer Verheiratung; ich habe davon gehört.«

»Vorher – nachher. Was hätte er darum gegeben, an der Stelle seines älteren Vetters, des Fürsten Tessin, zu sein, der die Braut heimführte. – Es dauerte eine Weile, bis er das zwecklose Schmachten satt bekam und eine praktische Richtung im Leben und in der Liebe einschlug. Und heute können seine Huldigungen ein junges Mädchen nicht mehr stolz machen. Sie teilt sich darein mit Persönlichkeiten, mit denen sie gewiß nichts gemein haben möchte.«

»Zum Beispiel?« fragte Maria erstickten Tones, und ihr Vater spöttelte:

»Nein wirklich, ich bekomme Respekt vor den Komtessensoireen. Man klatscht ja dort nicht mehr, kümmert sich nicht mehr um das Tun und Lassen der jungen Herren. Schade um ihre schönsten dummen Streiche, sie machen keinen Effekt. Was wissen denn die Komtessen, wenn sie nichts wissen von Mademoiselle Nicolette, dem Stern der ersten Quadrille?«

Maria war sehr blaß gewesen, jetzt färbten sich ihre Wangen: »Doch – sie wissen viel und schwatzen noch mehr von ihr und vom Grafen … Ich höre aber nicht zu, wenn jemandem übel nachgeredet wird … du hast mich das gelehrt.« Sie versuchte einen scherzenden Ton anzunehmen, es gelang ihr nicht, es war zu schwer. Sie hätte weinen und schluchzen mögen.

Der Graf sah es, und es tat ihm leid; von einer schwächlichen Regung jedoch hielt er sich frei. Es mußte sein, mit dieser Neigung mußte sie fertigwerden. Auch ohne den entscheidenden Grund, der ihr unbekannt bleiben mußte, würde Wolfsberg eine Heirat zwischen Maria und dem leichtfertigen Tessin nie gestattet haben. Und so versetzte er: »Die üble Nachrede trifft auch manchmal das Richtige.«

Ein schwerer Seufzer stieg aus der Brust Marias. »Du tust ihm vielleicht Unrecht«, wagte sie einzuwenden.

»Er ist unwahr und gewissenlos – unterbrich mich nicht – ich spreche von jener Gewissenlosigkeit, die sich von der des Falschspielers oder des Diebes unterscheidet wie das Ungreifbare vom Greifbaren … Genug.« Er wandte sich ihr plötzlich zu und sah sie an: »Du hast schlecht geraten. Der mich bat, ihm Gelegenheit zu geben, von dir gekannt zu werden – denn dich zu kennen behauptet er –, ist Hermann Dornach.«

Sie biß sich auf die Lippen. »Welche Ehre! Und was hast du ihm geantwortet?«

»Daß ich mit dir reden und ihm dann Bescheid geben will. Er wird bejahend lauten, wenn du Rücksicht nimmst auf das, was ich wünsche. Du verbindest dich zu nichts. Ich verlange nur: beobachte ihn, prüfe dich. Er wird deine Achtung gewinnen, aber die Sympathie allein gibt den Ausschlag, und – da stehen wir an der Grenze unseres freien Willens. Der Verstand sagt, der klare Blick sieht, hier ist ein

Mensch, so vortrefflich, daß eine brave Frau mit ihm glücklich werden muß. Es ist kaum anders möglich, als daß ihre Freundschaft und Hochschätzung für ihn sich allmählich zur Liebe und Begeisterung steigert. Und dort ist ein anderer, an dessen Seite sie Enttäuschung auf Enttäuschung zu erwarten hat. Sie wird gewarnt, ahnt wohl selbst etwas davon – was hilft's? – Ein dunkler Instinkt bleibt der Herr. Das Echte läßt sie gleichgültig, und unwiderstehlich fühlt sie sich zum Falschen hingezogen.«

»Unwiderstehlich?« Trotz und Zorn funkelten aus Marias Blicken. »Wenn du das auf mich anwendest, kennst du mich nicht.«

»Hoho!« sprach er, sehr zufrieden mit dem hervorgebrachten Eindruck. »Da bleibt mir nichts übrig, als mich zu entschuldigen. Aber das möchte ich wissen – ob du nie ausgelacht worden bist, wenn du die Verteidigung Mademoiselle Nicolettes und ihres Gönners übernahmst?« – Er ersparte ihr die Antwort, die sie mühsam vorzubringen suchte. »Und dann, warum hast du gesagt: ›Welche Ehre!‹ als ich dir die Botschaft Dornachs bestellte?«

»Weil alle Welt es dafür ansehen würde. Es ist ja unglaublich, wie sie es mit ihm treiben. Die Papas und Mamas machen dem jungen Manne den Hof... Oh, wenn sie ihm die Töchter buchstäblich an den Kopf werfen könnten – da sähe man Komtessen fliegen!... Und die überbieten noch die Taktlosigkeit der Eltern ihm und seinem zweiten Ich, seiner Mutter, gegenüber... Ich schäme mich für die anderen... Das alles ist so empörend und für Dornach so demütigend, weil es so unpersönlich ist und nur seinem Rang und seinem Reichtum gilt.«

Sie ereiferte sich und sprach mit einer Heftigkeit, die außer Verhältnis zu deren scheinbarem Grunde stand.

Peinlich berührt, lenkte der Graf das Gespräch ab und brachte es erst später auf den Freier zurück, der, wie es bei ihm feststand, sein Schwiegersohn werden sollte.

Als er sie verlassen hatte, ging Maria zu Bette und konnte zum ersten Male in ihrem Leben nicht sogleich einschlafen. Jedes Wort über Tessin, das ihr Vater gesprochen, klang schmerzhaft in ihrer Seele nach. Die Erinnerung an alles wurde lebendig, das Maria ein tolles Geschwätz genannt und dem sie ihr Ohr verschlossen hatte. Nun aber wußte sie, diejenigen, die von ihr der Verleumdung angeklagt worden, die hatten recht, und ihr Vater hatte recht und sie allein unrecht mit ihrer törichten Glaubensseligkeit, mit ihrer übel angebrachten Bewunderung Tessins, mit ihrem Stolz auf sein ritterliches Werben… Guter Gott, das war so unpersönlich wie die dem Grafen Dornach dargebrachten Huldigungen. Ein ehrgeiziger Diplomat, ein praktischer Mann hatte gewünscht, der Schwiegersohn des Grafen Wolfsberg zu werden und die dazu unerläßlichen Schritte mit liebenswürdiger Formengewandtheit unternommen… Das Herz war bei dem Geschäft nicht im Spiele – wäre auch nicht zu vergeben gewesen, es befand sich bereits in anderweitigem Besitz.

Ein Schwall von neuen Empfindungen brach über Maria herein. Sie war die Beute von etwas Fremdartigem und Unschönem, dem sie sich entreißen wollte, und wollen konnte sie noch, das sollte ihr Vater sehen – ihr Vater und noch ein anderer…

Ihre Lider wurden schwer und schlossen sich. Ein Augenblick der Betäubung, dann fuhr sie auf… Ob sie jetzt wußte, was es heißt: hassen?… Nein, nein… sie fühlte nur ein tiefes Bedauern, wie wenn ihr ein Herrliches und Schönes, an dem ihr das Herz gehangen, verunstaltet worden wäre. Er, den sie hoch über alle Menschen gestellt, unwahr und gewissenlos?

Sie hörte noch vom Turme der nächsten Kirche zwei Uhr schlagen, dann schlief sie ein und träumte, Tessin trete als Schneeschaufler verkleidet an ihr Bett, präsentiere mit dem Besen und engagiere sie zum Kotillon. Sie folgte ihm durch den Ballsaal und schämte sich ihrer Nachttoilette und ihrer nackten Füße. Auch ihres Tänzers schämte sie sich, der in einem fort grinste und der wirkliche Schneeschaufler war. Und wie sie ihn jetzt so recht ins Auge faßte, entdeckte sie etwas Merkwürdiges. Der zerlumpte Mensch erinnerte an ihren Vater, er hatte wie jener die breite Stirn, die dichten, zusammengewachsenen Brauen. Maria neigte sich zu ihm und sprach: »Beim ersten Blick ist mir etwas an Ihnen aufgefallen – ich wußte nur nicht gleich, was es war ...« Sie erwachte, lächelnd über diesen Traum und mit unglaublich leichtem Herzen für ein junges Mädchen, dem eben eine erste Illusion zerstört worden. »Es ist aus«, dachte sie, »ich hätte nicht geglaubt, daß man so schnell mit einem Gefühl fertig werden kann, das doch wie Neigung ausgesehen hat ... Nein, nicht nur ausgesehen! ... Die anderen wollen belogen sein – warum aber mich selbst belügen? ... Ich habe ihn geliebt, innig und heiß.«

Und aufschluchzend drückte sie ihr tränenüberströmtes Gesicht in das Kissen.

3

Am nächsten Tage machte Hermann Dornach seinen ersten Besuch; er wurde für morgen zu Tische geladen und brachte einige Abende im Familienkreise zu. Gräfin Dolph fand ihn charmant und unglaublich gescheit für einen Majoratsherrn. Sie rechnete es ihm hoch an, daß er mit ihr, der bösen Zunge, die den meisten Scheu einflößte, so rasch vertraut wurde. »Einfach die Folge seines guten Gewissens«, erklärte sie. »Eine Anklage gegen ihn wäre ein Schuß ins Blaue. Der sieht ruhig zu, wie ich meine Pfeile spitze; er gehört nicht zu den Leuten, denen vor mir graut.«

Und wirklich schwand in ihrer Gegenwart die leise Befangenheit, die bei einem Manne, den zu verwöhnen alle Welt wetteiferte, für den Laien so befremdlich und dem Herzenskundigen eine Bürgschaft echten Seelenadels war.

Man sagte, diese Befangenheit sei die Folge der über-
triebenen Strenge, mit der er unter der Leitung seiner Mutter
erzogen worden. Die Gräfin hatte ein Gegengift anwenden
wollen gegen die Kriecherei der Parasiten, des Beamten-
heeres, der Dienerschaft und gegen die grenzenlose Nachsicht eines schwachen und kränklichen Vaters für sein
einziges Kind. Aber die Dosis war zu stark gewesen und
hatte nicht nur keine Selbstüberhebung aufkommen lassen,
sondern auch kein rechtes Selbstvertrauen. Die Gräfin sah
den begangenen Fehler ein und suchte ihn noch beizeiten
gut zu machen. Sie hatte nach dem Tode des Grafen die
Vormundschaft über Hermann, die sie tatsächlich immer
geführt, auch formell angetreten, und schenkte nun dem
achtzehnjährigen Jüngling uneingeschränkte Freiheit. Ein
kleiner Mißbrauch der mütterlichen Gnadengabe wäre leicht
verziehen gewesen, kam aber nicht vor. Hermann besuchte
landwirtschaftliche Schulen in Deutschland und England,
jagte Löwen in Nubien und Elefanten in Indien, diente einige
Jahre in einem eleganten Kavallerieregiment und widmete
sich später der Verwaltung seiner Güter. Er war dreiund-
dreißig Jahre alt geworden, ohne in die Lage gekommen zu
sein, andere Schulden als die seiner Freunde bezahlen zu
müssen, ohne ein Mädchen verführt, ohne den Ruf einer
Frau gefährdet zu haben. Und doch kochte das Blut in seinen Adern so heiß wie in denen irgendeines seiner Alters-
und Standesgenossen, und doch hatte er in seinen wenigen
Liebesverhältnissen mehr echte und wahrhafte Empfindung
ausgegeben, als sie alle zusammengenommen in ihren zahllosen Zirkus- und Halbweltsabenteuern. Übrigens erschienen ihm seine ernsthaftesten Schwärmereien und Leidenschaften nur wie Spielereien von der Zeit an, in der er Maria
kennenlernte.

Es geschah auf einem Balle, den er aus Gehorsam gegen
seine Mutter besucht hatte. Er kam ja überhaupt nur aus
Gehorsam zu ihr nach Wien, um dort in die große Welt zu

gehen, wo er kein Vergnügen fand und wo die Bemühungen um seine Gunst ihn anekelten.

Tante Dolph war Zeuge seiner ersten Begegnung mit Maria und dann selbst der Gegenstand seiner eifrigsten und ehrfurchtsvollsten Aufmerksamkeiten gewesen. Sie erinnerte sich plötzlich ihrer Jugendfreundschaft mit Gräfin Agathe Dornach und machte ihr einen Besuch, der bald erwidert wurde. Die alten Damen sagten zueinander: »Liebes Kind«, und jede hatte das Gefühl ihrer Überlegenheit über die gute Bekannte von einst, mit der sie später auseinandergekommen war wegen völlig verschiedener Anschauungen und gleich schroffer Unduldsamkeit. Agathe berühmte sich, eine orthodoxe Katholikin zu sein; Dolph, ganz ungläubig, ließ nicht gelten, daß ein vernünftiger Mensch fromm sein könne, es wäre denn ein Dienstbote, ein Bauer oder ein Prinz. Agathe fürchtete für Dolphs ewiges Heil, diese fürchtete Agathens Bekehrungsversuche, die stets in der Behauptung gipfelten, die Skepsis entstehe aus der Halbbildung, und weiter als bis zu einer solchen brächten Frauen es nicht. Ob sich diese Gegensätze zwischen den beiden Damen im Laufe der Jahre gemildert oder verschärft, danach wurde jetzt nicht gefragt und das Berühren heikler Punkte sorgfältig vermieden. Der Graf, ein Konversationskünstler ohnegleichen, half spielend über ein paar Abendstunden hinweg; das Gespräch, das er beherrschte, wurde lebhafter geführt als das zwischen den jungen Leuten am Teetisch nebenan. Maria war schweigsam, Hermann nicht beredt. Er sagte aber dennoch viel, denn jeder seiner Blicke enthielt eine glühende Erklärung der innigsten Liebe.

Eines Tages nun geschah es, daß Gräfin Dornach sich bei Maria anmelden ließ und mit einer Miene eintrat, als ob sie die Schlüssel des Himmels zu überreichen hätte. In würdevoll gelassener Weise brachte sie im Auftrage Hermanns die Anfrage vor, ob er um Marias Hand werben dürfe.

»Dein Jawort würde ihn beseligen«, schloß sie, »und du kannst es ihm getrost geben. Ich schmeichle niemandem, am wenigsten mir selbst in meinem Sohne. Mein Urteil über ihn ist das eines jeden Unparteiischen und lautet: Es gibt keinen vernünftigeren Menschen, keinen besseren, keinen edleren.« Sie hielt inne, sie wartete auf eine Erwiderung; da keine erfolgte, fuhr sie fort:

»Wenn deine Mutter lebte, würde ich mich zuerst an sie gewendet haben, und sie wäre es, die jetzt zu dir spräche. Nimm an, daß es durch meinen Mund geschieht.«

Maria senkte die Augen, ihre Lippen zitterten, aber sie schwieg.

»Ein sicheres Glück bietet sich uns im Leben selten. Dem, der es einmal abgewiesen hat, wird es schwerlich wiederkehren«, fuhr die Gräfin nach einer Pause noch kälter und förmlicher als früher, fort. »Indessen hast du recht, zu erwägen. Dein Zögern gefällt mir; es beweist, daß du den Ernst des Schrittes kennst, den andre junge Mädchen oft so leichtsinnig unternehmen. Ich habe Vertrauen zu dir. Wenn ich deine Einwilligung, deine einfache Einwilligung mit nach Hause nehme, so enthält sie für mich alle heiligsten Schwüre, die ein ehrliches Mädchen ihrem zukünftigen Gatten nur irgend leisten kann.«

»Jawohl, das enthielte sie auch … Ich bitte Sie –«

»Wieder: Sie! Bleibe ich dir denn fremd?« –

»Ich bitte dich, sage dem Grafen Hermann – –« eine unaussprechliche Bangigkeit bemächtigte sich ihrer; sie blickte in das marmorblasse Gesicht der Gräfin: – »So lieblos wie die Tante« – dachte sie.

»Nun, was sag ich ihm?«

»Daß ich heute abends – Ihr kommt ja doch? – selbst mit ihm sprechen werde.«

Sie küßte der Gräfin, die sich ziemlich enttäuscht erhob, die Hand und begleitete sie bis zur Treppe.

In ihr Zimmer zurückgekehrt, schritt sie lange in hoher Erregung auf und ab und quälte sich mit der Frage: »Warum will ich's tun? – Ist mein Grund nicht ein verwerflicher? …«

186

Und dann setzte sie sich ans Klavier und spielte und wurde allmählich ruhiger. Und dann kam Tante Dolph und las ein Telegramm von Wilhelm Dornach vor, einem Bekannten aus uralter Zeit, dessen Existenz sie längst vergessen hatte. Auf ein Gerücht hin, das in seine ländliche Einsamkeit gedrungen war, schickte der gute, dumme Mensch ihr seine Glückwünsche zur Verlobung ihrer Nichte mit seinem Vetter.

Die Gräfin lachte über die Eile des armen Teufels, seine geheuchelte Freude an den Tag zu legen. Als nächster Anwärter auf das Majorat konnte der ganz unbegüterte und mit einer zahlreichen Familie gestrafte Mann doch nichts andres gewünscht haben, als daß sein Vetter ledig bleibe. Ein indiskreter Wunsch, ja, aber der natürlichste von der Welt. Sie nahm Platz auf der Chaiselongue mit dem Rücken gegen das Bild ihrer verstorbenen Schwägerin, das anzusehen sie überhaupt vermied, klagte über Kopfschmerzen und rieb die eingefallenen Schläfen mit Kölnerwasser. Sie war leidend und in gereizter Stimmung. Sogar als sie ihr jetziges Lieblingsthema anschlug, das Lob Hermanns, geschah es mit einer Beimischung von Spott.

»Heil der Frau, die er heimführt!« rief sie aus. »Ihre Ehe wird friedlich sein wie jede, in der nur *ein* Wille herrscht.«

Sie beantwortete den erstaunten Blick Marias mit der Frage, ob denn Hermann nicht von seiner Kindheit an gelernt habe, sich einer Weiberregierung zu fügen? … Wie albern müßte doch die Frau sein, die es nicht verstände, einen so vortrefflichen Elementarunterricht als Grundlage zu weiterer Ausbildung zu benützen! Gute Lehren, wie das anzufangen sei, kamen nun in Fülle. Ernstgemeinte wie spaßhafte, und alles mit Beispielen erläutert. Man sehe das Ehepaar Heinburg. Im Anfang war er ein Spieler und brachte die Nächte im Klub zu, während sie daheim saß und weinte. Das hat sich nach und nach geändert – durch ihr Verdienst! Jetzt *spielt* sie, und er weint. »Und deine Freundin Emmy, die sich zum Altar schleppen ließ wie ein Lamm zur Schlachtbank und in ihrer Ehe einen so guten, sicheren Hafen gefunden hat, von dem aus sie allerlei abenteuerliche Fahrten unternehmen kann in die stürmische See!«

Ein Klopfen an der Tür ließ sich hören, und Fräulein Nullinger, die Gesellschafterin Gräfin Dolphs, schlüpfte herein. Sie wurde von der Gebieterin »Nulle« genannt, was sie empörte, und litt infolge ihres aufregenden Dienstes an Nervosität. Obwohl sie jetzt nur die harmlose Meldung zu machen hatte, daß die Schneiderin gekommen sei und gesagt habe, sie könne nicht lange warten, zuckte es dabei krampfhaft um ihren Mund.

»Schon gut, setzen Sie sich«, erwiderte Dolph und fuhr fort, Freund und Feind durch die Hechel zu ziehen. Sie nannte viele Namen ganz flüchtig und obenhin; an dem, der ihn trug jedoch, blieb ein Makel hangen, oder er wurde mit einer Lächerlichkeit behaftet.

Maria hörte ihr heute aufmerksamer zu als sonst und dachte: »Sie hat wohl recht. Was soll auch an den übrigen Menschen sein, wenn Tessin nichts taugt?« Und Gräfin Dolph, wie ein echter Schauspieler, den schon die Teilnahme eines einzigen Zuhörers begeistert, übertraf sich selbst in ihrer fragwürdigen Kunst und geriet in den kleinen Witz- und Bosheitsrausch, der ihr so gesund war. Ihr Gesicht, das, wie sie selbst sagte, eine Karikatur der schönen Züge ihres Bruders war, belebte sich, und ihre Kopfschmerzen verschwanden.

Fräulein Nullinger verlor endlich die Geduld und erhob sich, noch um eine Schattierung höher gefärbt als gewöhnlich. »Ich werde der Schneiderin sagen«, sprach sie, »daß Frau Gräfin jetzt lästern müssen und keine Zeit für sie haben.«

Dolph lachte. »Ach was, mein Lästern: ein gerader Kerl, der gleich Farbe bekennt. Aber das Ihre! … Wenn Sie anfangen: Ich hab den oder die recht gern, das ist, wie wenn ein Reiter sein Pferd zusammennimmt, bevor er ihm eins hinauf gibt.«

Sie ging in munterster Laune, war auch später bei Tisch heiter und anscheinend ganz wohl. Am Abend jedoch stellten sich plötzlich ihre Kopfschmerzen wieder ein und zwangen die Leidende, ihr Zimmer aufzusuchen, kurz bevor Hermann und seine Mutter gemeldet wurden. Ausnahmsweise hatte Wolfsberg zu Hause gespeist und nachmittags im Salon den Damen Gesellschaft geleistet. Er empfing die Gräfin mit tausend Entschuldigungen seiner Schwester, die sehr zur Unzeit unwohl geworden; Agathe äußerte ihre Teilnahme mit ganz besonderer Wärme und ersuchte den Grafen, sie zu ihrer Freundin zu geleiten, was alsbald geschah. –

Die jungen Leute blieben allein.

Beiden stieg die Röte in die Wangen. *Ihm* schien die Gelegenheit zu einer entscheidenden Unterredung plump und ungeschickt geboten; *ihrer* bemächtigte sich ein peinliches Gefühl, halb Empörung, halb Bangigkeit. Regungslos stand sie da, hatte die Brauen zusammengezogen und blickte ins Feuer des Kamins. Nach einer Pause, die, je länger sie dauerte, desto schwerer zu unterbrechen war, begann Hermann bewegt und zagend:

»Meine Mutter hat mit Ihnen gesprochen, Gräfin ... Sie kennen die kühne Frage, die ich so vermessen bin, an Sie zu stellen. Die leiseste Hoffnung auf eine bejahende Antwort würde mich beglücken ... Darf ich sie fassen?«

Maria schwieg, aber sie wandte sich ein wenig und blickte ihn von der Seite so fremd an, als ob sie ihn heute zum ersten Male sähe. Sein Äußeres war ungemein gewinnend, sie mußte es gestehen. Verstand, Güte, Geradheit sprachen aus seinem hübschen Gesicht, leuchteten aus seinen treuherzigen Augen. Er trug einen kleinen Schnurr- und Backenbart, die reichen braunen Haare waren kurz geschnitten und ließen die edel geformte Stirn und die Schläfen frei. Seine Gestalt hatte etwas Festes, Kräftiges, und doch fehlte es ihr nicht an männlicher Anmut.

»Antworten Sie mir«, sagte er.

Und sie, »der Held« im Kreise ihrer jungen Freundinnen, die Unerschrockene, die ja mit sich selbst im reinen und fest entschlossen war, ihre Hand in die des ungeliebten Freiers zu legen, flüsterte nun bestürzt: »Ich weiß nicht... ich weiß nicht« –

Ihre Verzagtheit ergriff und rührte ihn; er machte sich Vorwürfe, er hatte zu früh gefragt, er hätte dem Drängen seiner Mutter nicht nachgeben, sich von dem Entgegenkommen des Grafen nicht verleiten lassen sollen. Nun bemühte er sich, seine Übereilung gutzumachen: »Sie sind noch unentschieden«, nahm er wieder das Wort, »ich sehe es und finde es begreiflich. – Überlegen Sie, prüfen Sie mich streng und lange. Ich mache es Ihnen nicht schwer – in meiner Seele gibt es keine Abgründe...«

»Mein Gott, nein«, sprach Maria, »das ist nicht... nein, nein« – – und zwei Worte, Anfang und Ende ihrer jungen Weisheit, kamen fast unhörbar über ihre Lippen... Worte ihres Vaters, die er seiner gelehrigen Schülerin eingeprägt hatte: »Nur ruhig!« – Dereinst, als sie sich in Verzweiflung über die Leiche ihrer Mutter geworfen... Und viel später, auf der Jagd, als ihr scheuendes Pferd dem Mühlstrom zugerast... Und dann auf ihrem ersten Ball, als sie, von übermütiger Fröhlichkeit ergriffen, so laut gelacht, so toll getanzt, immer hatte sein eindringliches: »Nur ruhig!« sie zur Besinnung gebracht.

Auch in diesem Augenblick erinnerte sie sich der väterlichen Mahnung nicht umsonst und vermochte ihren abgebrochenen Reden mit einem Scheine von Gelassenheit hinzuzufügen: »Sie irren – ich bin entschlossen.«

»Wozu?... Nein?«

»Ja.«

»Heil mir!« rief er mit tiefinnerstem Jubel und ergriff ihre Hand, die sie, wieder erfaßt von ihrer früheren Bangigkeit, aus der seinen zu lösen suchte. Er aber hielt sie fest.

»Sie ist mein, mein kostbarstes Eigentum – und Ihr freies

Geschenk, nicht wahr, Maria? – Niemand hat Sie beeinflußt, Sie hätten sich nicht beeinflussen lassen; Sie sind zu stolz, zu selbständig.«

»Doch«, versetzte sie und erhob nun endlich ihr gesenktes Haupt. Nie in ihrem Leben hatte sie einen Menschen so bewegt gesehen, und – merkwürdig – was ihr als der Ausbund des Lächerlichen galt: ein Verliebter, dessen Empfindung nicht völlig erwidert wird, kam ihr jetzt höchst ernsthaft vor und traurig sogar – traurig für sie. Er, mit seinem großen, wahrhaftigen Gefühl, er war der Reiche, und sie arm neben ihm. »Doch«, wiederholte sie leise, »der Wunsch meines Vaters hat Einfluß auf mich gewonnen – im Anfang.«

»Und später, was bestimmte Sie später, was bestimmt Sie jetzt? Seien Sie aufrichtig gegen mich, Gräfin, wie ich es immer gegen Sie sein werde. Was bestimmt Sie … ich … ich weiß, daß es nicht Neigung ist.« Mühsam hatte er dieses Geständnis vorgebracht, denn er täuschte sich nicht über die Gefahr, die es in sich schloß.

Aber Maria lächelte, freudig fast: »Daß Sie es trotzdem mit mir wagen wollen, das eben bestimmt mich … Und das Vertrauen, das Sie mir beweisen – und das Vertrauen, das Sie mir einflößen.«

»Dank!« sprach er, und aus seinen ehrlichen blauen Augen leuchtete eine wonnige Zuversicht. »Das ist ein schöner Bund: Ihr Vertrauen und meine ehrfürchtige Liebe! – Eine solche Liebe reicht aus für zwei gute Herzen, sie hat eine mitteilende Kraft. Wissen Sie warum? Weil sie sich nie aufdrängt, sich niemals ein Recht anmaßt. Ihr gegenüber gibt es keine Pflicht, nur Gnade und Wohltat. Und welche edle Frauenseele würde nicht endlich gerührt von … Genug! …« unterbrach er sich, »sonst verrate ich noch, daß diese Uneigennützigkeit nichts ist als der größte Egoismus – der Egoismus, Sie glücklich zu sehen.«

Mit beiden Händen zog er ihre Hand an seine Lippen, an seine Brust. Maria fühlte das ungestüme Pochen seines

Herzens, auf seinem Angesicht jedoch, das sich über das ihre neigte, lag Frieden, und es erschien ihr wie verklärt von tiefster Seligkeit.

Der schweigsame Mann wurde beredt; er fand für seine Empfindung den Ausdruck, der gewinnt, für seine Gedanken das überzeugende Wort. Maria hörte ihm zu und sagte sich: »Er ist wahr und warm.« – Und vielleicht war es das, wonach sie sich gesehnt von Kindheit an: Wahrheit und Wärme. Wohl hatte man sie vergöttert und verwöhnt; aber wieviel Falschheit war bei dieser Vergötterung, die servile Leute ihr erwiesen, wieviel – wenigstens äußere – Kälte bei der Verwöhnung, die sie von ihrem Vater und nun erst von Tante Dolph erfuhr.

»Der Ernst auf Ihrer Stirn«, sprach Hermann, »der hat mich bezaubert; er ist, was ich zuerst an Ihnen geliebt habe, und nun wird es mein heißes Bestreben sein, ihn allmählich zu zerstreuen. Sie sollen gefeit durchs Leben wandeln, eingehüllt in meine Liebe ... Ich bin zu glücklich«, brach er aus – »ich verdiene es nicht – was müßte der sein, der Sie verdiente, Maria! Maria!«

Sie trat einen Schritt zurück, sie vermied den Blick voll leidenschaftlicher Andacht, der den ihren suchte, und sprach: »Nein, nicht so – Sie sind ja besser als ich ... haben Sie Geduld mit mir.«

4

Sie wurden ein stilles und feierliches Brautpaar. Maria blieb kühl und gemessen. Dornach bekämpfte immer siegreich jede Regung seines überströmenden Gefühls. In der Gesellschaft erhoben sich Streitigkeiten, weil die einen behaupteten, *er sei ihr*, und die anderen wissen wollten, *sie sei ihm* gleichgültiger. Dennoch erging sich alle Welt in so überzeugten und gerührten Glückwünschen, als ob Romeo und Julia aus ihren Gräbern auferstanden und im Begriffe gewesen wären, sich häuslich einzurichten.

Unter den vielen Oberflächlichen, deren hohles Geschwätz geduldet und für deren als Teilnahme verkleidete Neugier gedankt werden mußte, gab es aber doch auch einige wohlwollende, treue Menschen, gab es vor allem Fürstin Alma Tessin. Maria liebte sie, verehrte ihre grenzenlose Herzensgüte und war voll Mitleid mit ihrer Befangenheit, die von Jahr zu Jahr zunahm. Die Fürstin fragte Maria um Rat, küßte ihre Hände, hatte in ihrer Gegenwart etwas Demütiges und Beschämtes, das dem jungen Mädchen ein Übergewicht über die Frau, die beinahe ihre Mutter hätte sein können, förmlich aufzwang.

Eines Vormittags kam Fürstin Tessin zu Tante Dolph und fand dort das Brautpaar. Maria schritt ihr entgegen, Hermann erhob sich. Alma sah ihn zum ersten Male seit seiner Verlobung, und es geschah unerwartet. Auf ihrem zarten Angesichte wechselten die Farben.

»Graf Dornach«, sprach sie, »ich habe noch nicht Gelegenheit gehabt, Ihnen meinen innigen, meinen freudigen …« sie hielt inne, von unüberwindlicher Verwirrung ergriffen, und blickte beschwörend zu ihm empor: »Erbarme dich«, schien sie zu sagen, »sieh, was ich leide, und erbarme dich.« Ihre stumme Bitte blieb unerfüllt. Er verbeugte sich, murmelte ein paar höfliche Redensarten und nahm ihre Hand nicht, die sie ihm zitternd hatte reichen wollen und nun mit einer Gebärde der Trostlosigkeit niedergleiten ließ.

Hermann nahm Abschied und ging.

Das Herz Marias schwoll vor Unzufriedenheit mit ihm. Was berechtigte ihn zu diesem ablehnenden Benehmen gegen ein Wesen, das ihr teuer war? – Almas Verwandtschaft mit Tessin, flog es ihr durch den Kopf. Aber nein! Weder Dornach noch irgend jemand konnte eine Ahnung von dem flüchtigen Interesse haben, das jener Mensch ihr eingeflößt. Tessin war scheinbar nicht mehr um sie bemüht gewesen als zwanzig andere. Daß sie ihm den Vorzug gegeben, blieb ihr, sogar gegen ihn selbst, streng bewahrtes Geheimnis. Aber die Eifersucht sieht scharf – der arglose Hermann verdankt ihr vielleicht einen Seherblick.

Als er am Abend wiederkam und den wunderschönen Blumenstrauß brachte, der täglich aus den Gewächshäusern von Dornach für die künftige Herrin anlangte, wies Maria die Gabe zurück:

»Vorher will ich wissen, was haben Sie gegen Alma?«

Er zögerte mit der Antwort: »Sie ist mir … Aufrichtigkeit über alles, nicht wahr? – Nun denn – sie ist mir unangenehm.«

»Unangenehm? Verzeihen Sie, das begreife ich nicht – ausgenommen, Sie hätten die Kunst entdeckt, die Schönheit zu hassen und die Güte«, rief sie herb, und er erwiderte mit seiner gewohnten bescheidenen Gelassenheit: »Ich habe nicht von Haß gegen Fürstin Tessin gesprochen, ich bewundere ihre Schönheit …«

»Sie sieht eben aus, wie sie ist«, fiel Maria lebhaft ein; »so blond, so weiß, so duftig, von so überirdischer Anmut umflossen habe ich mir in meiner Kindheit die Engel vorgestellt.«

Seltsam war der Eindruck, den diese Worte auf ihn hervorbrachten; ein Schatten von Verlegenheit flog über sein Gesicht, und zugleich malte sich darin die tiefste und liebevollste Rührung.

»Ich will Sie heilen von Ihrer Abneigung«, fuhr Maria fort. »Das Mittel dazu ist einfach: Sie müssen Alma besser kennenlernen, dann wird meine beste Freundin auch die Ihre werden und bei uns ihr zweites Zuhause finden – wenn es Ihnen recht ist.«

Es fiel ihm schwer, den Jubel zu unterdrücken, den dieses »bei uns« in ihm erweckt hatte; doch bezwang er sich und versetzte: »Sie werden in Ihrem Hause empfangen, wen Sie wollen, und tun und lassen, was Sie wollen; mir wird es recht sein. Nehmen Sie jetzt die Blumen?«

»Gern, und ich danke Ihnen«, antwortete sie und dachte: »Er ist ein vortrefflicher Mensch, und ich werde ihn lieb haben wie einen Bruder.«

Dornach hörte nicht auf, seine Huldigungen mit der größten Anspruchslosigkeit darzubringen. Seine erfinderischen Aufmerksamkeiten für seine Braut waren in seinen Augen das Selbstverständliche; ein Zeichen der Zustimmung von ihr, einen freundlichen Blick empfing er wie Himmelsgaben. Gräfin Dolph neckte und versicherte ihn, er beschäme die ganze Tafelrunde: Solch ein altmodisch ritterlicher Bräutigam wie er bereite dem Ehemann einen schweren Stand.

Hermann lachte und behauptete, daß er nicht mehr sei und nicht mehr sein wolle als korrekt. Maria habe ihm ihren Wahlspruch: »Nur ruhig!« anvertraut, er halte sich an den seinen: »Nur korrekt.«

Und so waren denn seine fürstlichen Geschenke, so war der unerhört großmütige Heiratsbrief, den er ausstellte, so war jeder Beweis seiner unbegrenzten Sorgfalt für das Wohl und Behagen der Gegenwart und Zukunft seiner Braut: »Nur korrekt«.

Gräfin Dornach benahm sich gegen die Verlobte ihres Sohnes ganz und gar in seinem Sinne, der ihr plötzlich maßgebend geworden. Für die von orthodoxem Familiengeist beseelte Frau hatte sich der unmündige Junggeselle Hermann in den respektswürdigen zukünftigen Stammhalter seines edlen Geschlechts verwandelt, und der alten Generation kam nichts mehr zu, als – Platz zu machen. Agathe trat mit großartigem Gleichmut vor der zurück, die nun an ihrer Stelle die erste im Hause Dornach sein sollte. Sie legte zu deren Gunsten den Majoratsschmuck so gleichgültig ab, als ob es sich um ein Paar getragener Handschuhe gehandelt hätte. Sie traf ihre Anordnungen zur Übersiedlung aus dem Palais nach einem Miethause in der Stadt, wo sie einige Wintermonate, und nach dem Witwensitze Dornachtal, wo sie den größten Teil des Jahres zubringen wollte. Es war dies ein trauriger Aufenthalt in rauher Gegend, zu Füßen der Braneker Berge, und Hermann versuchte in jeder Weise, seine Mutter abzuhalten, ihn zu beziehen. Sie sollte in Dornach bleiben, in dem Flügel des Schlosses, den sie von jeher den drei anderen vorgezogen. Dort hatte sie ihr kurzes Eheglück genossen, dort ein Menschenalter hindurch als Gebieterin gehaust, dort sollte sie auch ferner hausen in der Nähe ihrer Kinder, von ihnen geehrt, geliebt, aber unbehelligt. Sie ließ sich nicht erbitten, ihr Entschluß war unerschütterlich. Sie danke Gott, sagte sie, für die endlich erlangte Gnade, ihr Leben in Ruhe und im Gebet für sich und die Ihren still zu Ende spinnen zu dürfen.

So tadellos auch alles war, was die Gräfin tat und sagte, Maria vermochte dennoch kein Herz für sie zu fassen; diese Tadellosigkeit hatte etwas zu Frostiges. Das zurückhaltende Wesen ihres Vaters flößte Maria Bewunderung ein, weil sie voraussetzte, daß sich hinter ihm ein großer Reichtum verberge. Die Zurückhaltung der Gräfin aber schien ihr einen Mangel verdecken zu sollen. Wenn sie nach einem Besuche bei der Mutter ihres Verlobten Abschied nahm, erhielt sie einen Kuß auf die Stirn, dessen eisige Kälte sie vom Wirbel bis zur Sohle durchschauerte.

Einmal, da Gräfin Dornach einen neuen Beweis ihrer ungeheuren Selbstentäußerung geben wollte, wagte Maria abzuwehren. Agathe lächelte, gab dem olympischen Haupte einen kleinen Ruck ins Genick und sprach:

»Nimm es nicht zu hoch, liebes Kind, es geschieht vielleicht nur für die Gräfin Dornach.«

Am Abend vor der Hochzeit ließ Graf Wolfsberg seine Tochter zu sich bescheiden. Er erwartete sie, am Schreibtisch sitzend, in seinem großen Fauteuil, den Kopf zurückgelehnt, die Beine gekreuzt, und überdachte, was er ihr sagen wollte. Es war gar viel. – Daß sie ihm ein braves und gehorsames Kind gewesen, ihm auch nicht eine Stunde getrübt habe, daß ihm der Abschied schwer falle, er aber einen Trost finde in der festen Hoffnung, sie werde glücklich sein. Und nun das Lob Hermanns und einige gute Ratschläge für die Zukunft. – Dem Grafen war es eine ausgemachte, durch hundert Erfahrungen bestätigte Tatsache, daß jede junge, unschuldige Frau sich in den Mann verliebt, der sie zuerst das Leben kennen lehrt. – Maria wird keine Ausnahme machen, und er wollte ihr auf die Seele binden, in ihrer Leidenschaft nicht selbstsüchtig zu werden und stets ihre Würde zu wahren. Die Treue, meinte er, die der Mann seiner Frau am Altare geschworen, ist eine andere als die, deren Schwur er von ihr empfing. Eine scheinbare Vernachlässigung, eine flüchtige Zerstreuung des Gatten wird von dem Weibe, das sich selbst achtet, übersehen. Was ist ein kurzer Sinnenrausch, dem gewöhnlich klägliche Ernüchterung folgt, im Vergleiche zu der unerschütterlichen, dankbaren Anhänglichkeit an die verehrte Lebensgefährtin, die niemals Nachsicht braucht, aber immer Nachsicht übt ... üben soll – und weh ihr, wenn sie es nicht tut – wenn sie, wie jene arme, einst von ihm angebetete Frau ...

Der Graf seufzte tief, seine Stirn verfinsterte sich. Die schmerzlichste Erinnerung seines Lebens war in ihm erwacht, und er suchte nicht wie sonst ihr zu entfliehen ... Eine holdselige Gestalt stieg vor ihm auf: die Liebe seiner Jugend, seine schwer errungene Frau ... Für eine der Töchter des Hauses, dem sie entstammte, war Graf Wolfsberg kein ebenbürtiger Freier; sie gingen fürstliche Verbindungen ein oder blieben unvermählt. Und dennoch hatte er sie heimgeführt, dem Vorurteil zum Trotze, weil er ihr heißes Herz zu gewinnen verstanden, weil sie, zur Entsagung gezwungen, gestorben wäre, und weil ihre Eltern, die schwachen, törichten, sie nicht sterben lassen wollten ... Hätten sie es doch getan – welch einen süßen und schönen Tod hätte sie damals gehabt! Sie hätte dahingehen können, unenttäuscht, im frommen Glauben an den Geliebten. Aber das wurde ihr nicht vergönnt. Sie sollte das Ärgste kennenlernen, bevor sie scheiden durfte, den Zweifel an ihm, an seiner Ehrlichkeit, Wahrhaftigkeit und Treue, an allem, was den Wert des Mannes begründet. Eine gräßliche Empfindung, die sie für Verachtung hielt und die Eifersucht war, bemächtigte sich ihrer. Sie heuchelte nun selbst, spielte die Ahnungslose und forschte und beobachtete ihn und ihren Gast, seine Mitschuldige und sein Opfer, die kleine Schlange Alma, die eben erst aus der Kinderstube in ihre – freilich trostlose – Ehe getreten war, … forschte und beobachtete und hatte nur noch einen Wunsch, einen Gedanken, ein Ziel – – die Schuldigen zu entlarven, ihnen die Worte ins Gesicht zu schleudern: »Feiglinge und Verräter!« Da erniedrigte sie sich zur Lauscherin an den Türen, da horchte, da erhorchte sie, was ihr den Verstand raubte. – –

Ihre rast- und trostlosen Wanderungen begannen, ihre leichten Schritte glitten durch das stille Haus und weckten mit ihrem kaum hörbaren Schall einen nagenden, nie ruhenden Vorwurf. Er kam nach Jahren und Jahren dem Sinnenden noch zum Bewußtsein und erregte, wenn auch nicht eben Reue, so doch nicht die Empörung von einst.

Im Zimmer nebenan ließen Stimmen sich vernehmen. Maria wechselte einige Worte mit dem Kammerdiener, der sich's nicht hatte versagen können, heute mit ganz besonderer Dienstbeflissenheit die Türen vor ihr aufzureißen. Sie trat ein und ging langsam auf ihren Vater zu:

»Du hast mich rufen lassen, es war überflüssig, ich wäre ohnehin gekommen, ich habe dir noch viel zu sagen.«

Er lächelte: »Ganz mein Fall dir gegenüber. – Setz dich.«

Maria rückte einen Sessel in die Nähe des Schreibtisches und nahm Platz.

Der Graf streifte sie mit einem Blicke; dann sah er hartnäckig an ihr vorbei ins Leere. – »Das Ebenbild ihrer Mutter«, dachte er, »aber ihr Schicksal wird ein anderes sein. In dieser schönen Hülle wohnt eine stärkere Seele, ein kräftigerer Geist. Sie ist mein Kind... mein liebes Kind, das ich jetzt hingebe...« Eine plötzliche Wehmut erfaßte ihn, eine Art Mitleid mit sich selbst, das er verspottete. Begann er vielleicht schon alt zu werden und sentimental?... Er nahm sich zusammen, er richtete sich gerade auf: »Morgen also« –

»Morgen also, Vater« – ein Beben lief durch ihre ganze Gestalt, sie beugte sich, und seines abwehrenden Winkes nicht achtend, fiel sie vor ihm auf die Knie nieder und schlang die Arme um seinen Hals. »Einmal laß mich dir danken«, sprach sie mit erstickter Stimme, »einmal nur dir sagen: Ich danke dir für alles.«

Ein trockenes Schluchzen entrang sich seiner Brust. Er preßte sie an sich, daß ihr der Atem verging, er drückte seine Lippen auf ihre Haare, auf ihre Stirn und zog sie immer und immer wieder an sein Herz.

Endlich erhoben sich beide und gingen lange nebeneinander in ernstem Gespräche auf und ab.

Mitternacht war vorbei, als der Graf seine Tochter mit einem kurzen: »Gute Nacht, Maria«, fortschickte. Sie stand schon auf der Schwelle, da rief er sie zurück. Es drängte ihn, ihr ein letztes Geschenk, eine Erinnerung an diese Stunde mitzugeben. Suchend sah er im Zimmer umher; sein Blick blieb auf einer kostbaren, goldtauschierten Kassette haften, die auf einem Schranke stand. »Nimm das, es ist längst dein Eigentum, es gehörte deiner armen Mutter.«

5

Bei der Vermählung am nächsten Tage war alles mustergültig, das Arrangement des Ganzen, die Haltung des Brautpaares, die Toilette der Braut, die Auffahrt vor der Kirche, die Trauung, das Diner und die Equipage Dornachs, in der die jungen Eheleute am Abend nach dem Nordbahnhofe fuhren. Sie hatten einen langsamen Zug gewählt, um nicht allzu früh am Morgen im Schlosse einzutreffen, wo ein feierlicher Empfang ihrer wartete.

Maria drückte sich in eine Ecke des Waggons. Ein Schauer der Angst hatte sie durchrieselt, als die Tür zugeschlagen worden. Da war sie nun allein mit dem Manne, der sie liebte und Herrenrechte auf sie besaß. Gestern noch fühlte sie sich stärker als er; wie hatte sich das so plötzlich geändert – nun zitterte sie vor ihm.

Er bemerkte es wohl, und sein Herz schwoll vor Stolz und Glück. – »Fürchte dich nicht«, hätte er ihr zurufen mögen, »du bist mir so heilig, wie du mir teuer bist… Nicht dein Vater, nicht der Priester konnten dich mir schenken, das kannst nur du allein, und um dieses höchste Gut will ich ringen und werben.« Aber er dachte: Nein, nicht Worte machen, beweisen! Und dann sprach er allerlei, und zwar nichts Geistreiches. Vom Wetter, das morgen hoffentlich ebenso wunderschön sein werde, wie es – unglaubliche Beständigkeit für den April! – die ganze Woche hindurch gewesen. Wie ihn das freue, weil Dornach sich zum ersten Male vor seiner Gebieterin im Sonnenglanze zeigen werde, dessen es sehr bedürfe, um nicht einen gar zu düsteren Eindruck hervorzubringen. Er legte Kissen und Plaids zurecht und bat Maria, sich's bequem zu machen und einige Stunden zu ruhen; sie müsse müde sein, und morgen gebe es wieder einen angestrengten Tag. Maria kam seiner Aufforderung gern nach, sie wollte wenigstens tun, als ob sie schliefe, wenn auch an Schlaf nicht zu denken war bei dem unheimlichen Gefühl, das sie erfüllte in der Nähe dieses Mannes – ihres Mannes. Von Zeit zu Zeit öffnete sie die Augen ein wenig und sah zu ihm hinüber, und immer begegnete sie seinem unendlich liebevoll auf sie gerichteten Blick. Es war ein Ausdruck darin, der sie allmählich sicher machte; ihre Bangigkeit verschwand, ihre Lider wurden schwer und schlossen sich. Was sie für unmöglich gehalten hatte, geschah: Sie fiel in tiefen, festen Schlaf.

Die Sonne war seit einer Stunde aufgegangen, als Maria erwachte und auffuhr. Hermann stand am Fenster und begrüßte sie mit einem fröhlichen: »Guten Morgen«, den sie ungemein verlegen erwiderte. Ihre Augen glänzten wie die eines erwachenden Kindes, ihre Wangen waren gerötet – wie gut vertrugen sich das junge Tageslicht und ihre junge Schönheit!

Hermann nahm sie bei der Hand und führte sie ans Fenster. »Siehst du die blaue Bergkette dort?« sprach er. »Ihre Umrisse verschwimmen mit den blendenden Farben des Horizonts. Vor ihnen, recht in ihrem Schutze, liegt eine Hügelreihe. Siehst du sie?«

»Ja, ja, und der Gegensatz ist hübsch zwischen dem dunklen Berghintergrund und den freundlichen Hügeln.«

»Auf einem von ihnen erhebt sich ein graues Gemäuer, das ist Schloß Dornach … Es hat mir sonst ausbündig gefallen, aber neulich, bei meinem letzten Besuche, da ich es mir als zukünftige Behausung dachte, fand ich's deiner ganz unwert, das alte Eulennest.«

Maria protestierte nicht nur aus Höflichkeit; der Anblick des Schlosses, den eine Krümmung des Weges ihr jetzt wieder entzog, war ihr herrlich erschienen.

Sie rollten zwischen Wiesengeländen am Ufer eines wasserreichen Flüsschens der Station entgegen, auf welcher die Eisenbahn verlassen wurde. Zu Wagen ging es weiter bis zum ersten Forsthause auf Dornachschem Gebiet, wo Maria ungestört Rast halten und nur von ihren vorausgesandten Dienerinnen erwartet werden sollte. Lisette hatte sich an deren Spitze gesetzt und durch ihre menschenfresserische Laune bereits alle an den Rand der Verzweiflung gebracht. Seit einigen Wochen befand sie sich im Schlosse, um der Einrichtung von Marias Gemächern vorzustehen. Und nun war sie hierher gekommen, denn sie mußte doch die erste sein, die das arme, ihrer Obhut entrissene Kind begrüßte. Sie tat es wie nach jahrelanger Trennung, unter Tränenströmen und Ausbrüchen des Bedauerns; Hermann gegenüber jedoch hüllte sie sich in gehässiges Schweigen. Er verbiß sich ein Lachen, bot seiner Frau den Arm und führte sie, die sich sanft von ihrer Anbeterin und Tyrannin losmachte, in das Haus.

Lisette stürzte nach und erlebte eine neue Enttäuschung. Die Herrin sprach beim Umkleiden nicht ein Wort der Klage noch der Anklage. Und darauf hatte Lisette gerechnet, um dem seit gestern in ihr gestauten Groll gegen die Rohheit und Unverschämtheit der frisch gebackenen Ehemänner die Schleusen zu öffnen. Sie nahm es recht übel, daß ihr keine Gelegenheit zu dieser Erleichterung geboten wurde. Maria war heiter und blieb es während der ganzen Fahrt, die auf ihren Wunsch bald fortgesetzt wurde. Der vierspännigen Herrschaftsequipage zunächst folgten Lisette und die Kammerfrau. Die erstere erhob sich oft in ihrem Wagen, setzte die Brille auf und studierte, soviel es nur möglich war, die Miene ihres Abgottes. Ihr schien der ungeratene förmlich begeistert dreinzuschauen, als man an der Grenze der Ortschaft Dornach anlangte und die Bevölkerung der neuen Mitbürgerin einen feierlichen Empfang bereitete. Dem Programme nach kein anderer denn alle feierlichen Empfänge im guten Lande Mähren: Triumphbogen, Ansprachen, Geschenke an Brot und Salz, Eiern, Hühnern, Enten, Gänsen und einem riesigen Säugling aus Lebkuchen in farbigen Wickeln und garnierter Haube, Böllerschüsse und Vivatrufe. Ungewöhnlich war nur die echte Herzlichkeit, welche diese Kundgebungen beseelte, das Unbeholfene veredelte und dem Herkömmlichen das Gepräge des Neuen und Außerordentlichen gab.

»Du wirst von diesen Leuten sehr geliebt«, sagte Maria zu Hermann.

»Weil ich sie liebe«, erwiderte er vergnügt. »Wenn uns auf Erden etwas mit Zins und Zinseszins zurückgezahlt wird, so ist es unsre Menschenliebe. Ungeliebt durchs Leben gehen ist mehr als Mißgeschick, es ist Schuld.«

Auf dem Platze umlagerte eine dichte Menschenmasse den Eingang zur Kirche. Unter dem Portal stand der alte Dechant mit seinen Kaplänen und den Weihrauchfässer schwingenden Chorknaben. Als der Graf und die Gräfin den Wagen verließen, um in das Gotteshaus einzutreten, verstummte das Jubelgeschrei der Menge; die ehernen Stimmen der Glocken sprachen jetzt allein und begleiteten mit ihrem Schalle den Segen, den der greise Priester über die Häupter der jungen Eheleute vom Himmel herabrief.

Sie traten aus der Kirche, sie stiegen die breite Treppe langsam hinab. Alle Blicke waren auf Maria gerichtet, mit plumper Neugier, mit Schüchternheit, mit staunender Bewunderung – in manchem Jünglingsauge glühte offenbare Verzückung... Ob jung ob alt indessen, ob weiblich oder männlich, auf all diesen Gesichtern, die sich ihr zuwandten, las Maria den Ausdruck eines geheimnisvollen, eines ererbten Leids. Und in ihr erwachte der Gedanke: »Was dich da anruft mit stummer und unbewußter Klage, das ist die nach Erlösung ringende ewige Dienstbarkeit. Wir die Herren, sie die Knechte. Darbend an Leib und Seele, verdienen sie – unser Brot, mühen sich, zur Erde gebeugt, jahrein, jahraus, damit unser Geist frei und unbehindert auffliegen könne bis an die Grenzen des Erkennens... Ohne ihre harte Arbeit keine Ruhe für uns, kein Genuß, nicht Kunst, nicht Wissenschaft...«

Am Fuße der Treppe angelangt, hemmte sie plötzlich den Schritt und griff, wie unwillkürlich Schutz suchend, nach dem Arme Hermanns. Er umschlang und hob sie in den Wagen und fragte voll Besorgnis nach dem Grund ihres plötzlichen Schreckens.

»Es ist nichts«, versicherte sie, »gar nichts.«

Und es war ja nichts – eine Sinnestäuschung, ein seltsamer Streich, den ihr Gedächtnis ihr gespielt. Sie hatte gemeint, mitten in dem Gewühl einen höhnisch Lachenden zu sehen, der sie anstarrte, frech wie damals in jener Winternacht.

Züge, deshalb so widerlich, weil sie die eines verehrten Ant-
litzes entstellt widerspiegelten. – »Unsinn«, sagte sie zu sich
selbst. »Wie käme der Mensch hierher?«

Der peinliche Eindruck war entschwunden, verdrängt
durch manchen schönen und lieblichen und durch eine kräftige Lebensfreudigkeit, die ihr ganzes Wesen durchströmte,
als sie dahinflog im raschen Trabe der feurigen, schäumen-
den Pferde, auf samtweicher, bergansteigender Straße zwischen majestätischen Buchen. Jedem Blick in die Gegend,
den zu tun die tief niederhängenden Äste gestatteten, bot
sich ein anmutiges Bild. Die Landschaft mit ihren im ersten
Frühlingsgrün prangenden Wiesen und Baumgruppen, mit
ihren Weihern und fleißig rauschenden Bächlein glich einem
wohlgehaltenen Parke.

Und nun sah man zwischen hohen Wipfeln ein spitzes
Dach, reich verzierte Schornsteine und Giebel emporragen.
Endlich war auch die Avenue erreicht, und da stand Schloß
Dornach, altersgrau und prächtig. Es war um die Zeit Pierre
Nepveus (die Sage wollte wissen, von ihm selbst) im Misch-
stile von Gotik und Renaissance erbaut; ein stolzes Denkmal
einst begründeter und durch die Jahrhunderte behaupteter
Macht.

Mit Kennerblicken betrachtete Maria den malerischen
Bau; ihr künstlerischer Schönheitssinn schwelgte in höchster Befriedigung. So umgeben sein ist ein Glück, ein Glück
von jeder Stunde … Wie oft hatte sie als junges Mädchen die
Ruine im Walde zu Wolfsberg, die ihr Vater verfallen ließ, in
Gedanken wiederaufgerichtet und geschmückt mit Türmen
und Bildwerken und zierlichen Erkern, daß die Schöpfung
ihrer Phantasie beinahe so herrlich wurde wie die Wirklichkeit, die ihr jetzt vor Augen stand.

»Mein Traum«, rief sie aus, »mein in Erfüllung gegange-
ner, noch überbotener Traum!«

Auf dem breiten Kieswege vor dem Hause wimmelte es
von Willkomm-Rufenden.

»Der letzte Anprall«, sprach Hermann, »die Beamten und das Forstpersonal.«

»Schon recht«, erwiderte sie. »Sage nur, wem gebührt der erste Händedruck? Dem Hünen mit der lichtblonden Mähne an der Spitze des Heeres – nicht wahr?« Sie deutete auf einen großen, breitschultrigen Mann mit rotbraunem Gesicht und hellen Haaren in zu engem Frack und zu weiter Krawatte. Zu seiner Rechten hielt sich eine stattliche schwarzäugige Dame, zu seiner Linken waren lebendige Orgelpfeifen aufgestellt, acht Knaben, von denen der älteste ihm etwas über den Ellbogen, der jüngste bis zum Stiefelschaft reichte, und die alle so weiße Köpfe hatten wie er.

Hermann winkte ihm von weitem zu: »Dem gebührt der erste Händedruck, jawohl, dem, meinem vortrefflichen Vetter Wilhelm.«

Der Vetter nickte und verbeugte sich und befahl seinen Buben auf das bärbeißigste, dasselbe zu tun, und seine Gattin tat es ungeheißen.

Glückstrahlend, Hand in Hand mit Maria, trat jetzt Hermann vor die Gruppe. »Da ist sie«, rief er, »da bringe ich sie« … und zu der übrigen Versammlung gewendet: »Da ist sie, eure Gebieterin und die meine.«

Gott im Himmel, was hatte der Herr Graf angerichtet mit dieser überstürzten Vorstellung! Nicht mehr und nicht minder als die unheilbarste Konfusion hineingebracht in die so wohl vorbereitete, so beharrlich einstudierte Begrüßungsfeierlichkeit. Einzelne Hochrufe ertönten, in die viel zu wenig Stimmen einfielen.

»Sie hätten losgehen sollen«, fuhr der Kommandant der Feuerwehr den Kommandanten der Veteranen an.

»Wie denn ich? Wenn der Wagen steht, hat's geheißen. Ist er gestanden? Die Herrschaften sind ja noch beim Fahren herausgesprungen. Aber alles eins: Feuer! Feuer! sag ich – Sapperlot!«

Eine Salve wurde abgegeben, Fahnen wurden geschwenkt.

»An Euer gräflichen Gnaden«, flüsterte der Herr Direktor dem Grafen Wilhelm zu.

»An Sie«, sprach der Herr Verwalter.

»An Ihnen«, verbesserte der Herr Kanzleirat. –

Aber Vetter Wilhelm, erschüttert in tiefster Mannesseele, wußte kein Wort mehr von der schwungvollen Anrede, die der Herr Schullehrer für ihn verfaßt und ihm eingeprägt hatte, so gut, so fest, daß er eben noch voll Stolz gesagt: »Du, Helmi, Sie, Herr Lehrer, das sitzt da drinnen, das sitzt wie Eisen.«

Und jetzt war auf einmal alles herausgefallen.

Umsonst die höllische Arbeit des Auswendiglernens, umsonst der Aufwand an Todesängsten und berauschenden Hoffnungen, den der arme Autor gemacht, zerstört die Freude der guten Gräfin, in bescheidener Teilnahme einem Rednertriumph ihres Eheherrn beizuwohnen, wie er ihn erst neulich gefeiert, daheim auf der Schießstätte. – In diesem allerwichtigsten Moment jedoch zuckte es nur unter seinem dichten Schnurrbart, und über seine runden, glattrasierten Wangen, und seine Augen, die eher klein als groß waren und dennoch ein Meer umfaßten, ein dunkelblaues Meer von Liebe, wanderten von Hermann zu Maria und von Maria zu Hermann. Auf einmal rief er aus: »Hermann, alter Mensch! … Gnädigste Gräfin, hochverehrte Base – herzlichst willkommen. – Tusch!« fuhr er den Lehrer an, der sich genähert hatte, um ihm einzusagen, und die Dorfkapelle fiel ein, trompetend, geigend und paukend.

Hermann schloß den Vetter in die Arme, küßte die Hand Gräfin Helmis und gab den Buben einen Wink, die Blumensträuße zu überreichen, die sie in Bereitschaft hielten für die neue Tante. Alle stürzten auf sie los und hatten alle, vom Vier- bis zum Vierzehnjährigen, dasselbe Gesicht und waren einer so unbefangen und zutraulich wie der andere. Warum denn nicht? Konnten sie sich nicht sehen lassen, waren sie nicht schön in ihren neuen, von der Mutter genähten Leinwandblusen und ihren von der Mutter frisch gewaschenen Gesichtern und heute mit Zahnpulver geputzten Zähnen?

Maria war gegen die ganze Familie so freundlich, wie eine vollkommen elegante junge Dame es dem ausgesprochensten Landjunkertum gegenüber nur irgend sein kann. Sie entzückte das Ehepaar, sie entzückte jeden, der ihr vorgestellt wurde und mit dem sie einige Worte wechselte. Ihre einfache und taktvolle Leutseligkeit gewann ihr in der ersten Stunde die allgemeine Sympathie und besiegte die Vorurteile der greisen Honoratiorenhäupter, die dem zu erwartenden neuen Regimente ziemlich bedenklich entgegengesehen hatten.

Die »alten Spitzen«, wie die höheren Beamten von der lustigen Frau Adjunktin genannt wurden, kehrten spät abends nach dem Souper im Schlosse in durch und durch angenehmer Stimmung heim. Herren und Damen waren darüber einig, daß die junge Gräfin unbeschreiblich liebenswürdig und halt – eine Dame sei.

»Jeder Zoll eine Dame!« rief der gebildete Kanzleirat. »Und – eine Würde, eine Höhe … Sie verstehen mich, Frau Verwalterin.«

Beim Abschied von seinen Verwandten fragte Hermann: »Wann kommt ihr wieder? – morgen?«

Wie wenn ihm ein schnödes Unrecht zugemutet worden wäre, fuhr Wilhelm zurück: »Was fällt dir ein … in acht Tagen frühestens. Nicht wahr, Helmi?«

»Um keinen Preis früher«, versetzte diese, »es ist ohnehin indiskret genug.«

»Heut in acht Tagen also, es bleibt dabei.«

»Bleibt dabei, wir kommen, natürlich ohne die Rangen … Wirst du schweigen?« wetterte er seinen Erstgeborenen an, der sich erlaubt hatte, gegen diesen väterlichen Beschluß zu murren. »Die Rangen bleiben zu Haus, die Rangen müssen lernen, müssen alles das lernen, was ich nicht gelernt habe, und das ist viel.«

Er nahm Hansel, den Kleinsten, der längst auf einem Kanapee eingeschlafen war, auf den Arm und schritt so seiner Frau, die der Hausherr zum Wagen führte, und seinen anderen voranmarschierenden Söhnen nach.

An der Tür, bis zu welcher Maria ihn begleitet hatte, blieb er stehen, sah ihr in die Augen und, seine Wange an den Kopf des Kindes lehnend, sprach er: »Der Achte! 's ist eine Nummer – ich genier mich manchmal – ich genier mich eigentlich immer nachträglich und im voraus, denn – wer weiß – und wer kann wissen, was noch nachkommt? – Aber« – und jetzt ging ihm, zum wievielten Male an diesem Abend hat er nicht gezählt, das Herz über – »wenn auch doppelt so viele nachkämen, als schon da sind, in jedem von ihnen wird ein braver Mensch heranwachsen und ein treuer Freund Ihrer, das heißt deiner zukünftigen Söhne, Frau Base, deren erstes Exemplar du uns ehebaldigst bescheren mögest.«

6

»Du hast mich einem edlen und guten Menschen zur Frau gegeben« – schrieb Maria an ihren Vater in ihrem ersten Briefe aus Dornach. Das Wort »Glück« kam nicht ein einziges Mal vor, aber aus jeder Zeile sprach Zufriedenheit. Maria hatte sehr bald begriffen, daß sie als die Frau Hermanns eine Aufgabe zu lösen haben werde, die ihrem ernsten Sinn entsprach. Anders als in Wolfsberg gestalteten sich in Dornach die Beziehungen zwischen dem Großgrundbesitzer und seinen kleinen Nachbarn. – Dort herrscht eine Art bewaffneten Friedens, offene gegenseitige Feindschaft; eingewurzelte Unredlichkeit und Arglist von Seiten der Schwachen, Starrsinn und unerbittliche Strenge von Seite des Starken.

»Ich will nur mein Recht«, sagte der Graf und ging schonungslos vor in der Erreichung dieses Rechtes.

»Das Recht?« sagte Hermann. »Mit welchem Rechte

verlangt man einen Begriff des Rechts von Leuten, die sich immer nur der Gewalt beugen mußten?«

Maria stimmte ihm bei. Sie war wie er ein Kind der neuen Zeit; das Gefühl der Unerträglichkeit fremden Leids, fremder Not, und ein heißer Drang zu helfen hatte auch sie oft ergriffen. Nun lag die Macht, ihm Genüge zu tun, in ihrer Hand. Sie empfand eine innige Dankbarkeit für den, der sie ihr gab und unter seiner Leitung ausüben ließ.

»Heute Dienstag und Familiendiner«, sprach Hermann eines Morgens, in das Frühstückszimmer tretend. »Hast du nicht vergessen?«

Sie gestand es ein: »Jawohl, völlig vergessen. – So wäre seit unserer Ankunft eine Woche vergangen?«

»Eine volle Woche. Mir ist sie entschwunden wie ein glücklicher Augenblick … Und dir, Maria? Nicht allzu langsam?«

»Nein, nein«, sagte sie leise.

Er umfaßte sie mit beiden Armen. »Wenn es so fortgeht, werden wir plötzlich ein Paar alte Leute sein. Unvermutet wird uns einst das Alter überraschen; aber ich fürchte es nicht und auch nicht den Tod. Es ist schön zu sterben nach einem schön erfüllten Leben, in dem man nie irre geworden ist an seinem teuersten und höchsten Menschen, wie ich es an dir nie werden kann.«

»Was verstehst du darunter? Was ist der Inbegriff von allem, was du von mir verlangst?« fragte sie.

Hermann sah ihr mit einem langen, verständnissuchenden Blick in die Augen. »Du weißt es ja, vorläufig nur – einen Tausch. Für meine grenzenlose Liebe – dein grenzenloses Vertrauen. ›Espérant mieux‹ war, glaub ich, das Motto Antoine Latours.«

Maria senkte den Kopf. »Du bist so gut, du hast die Geduld mit mir, um die ich dich gebeten habe«, flüsterte sie nach kurzem Schweigen und verbarg plötzlich ihr Gesicht an seiner Schulter.

»Die Pferde! Deine Pferde aus Wolfsberg«, ließ jetzt die laute Stimme Lisettens sich im Nebenzimmer vernehmen, und sie selbst schlich herein, lächelnd und bissig, untertänig und grollerfüllt wie immer in Hermanns Gegenwart, der in ihren Augen nichts war als der mit einem Privilegium versehene Räuber »des Kindes«. Sie hatte jede trübe Stunde vergessen, die sie in Marias Geburtsort verlebt, und gab Wolfsberg hier im Hause für das gelobte Land aus. Jeder Brief, jede Sendung, die von dort kam, wurde von ihr empfangen wie ein Gruß aus dem Aufenthalt der Seligen.

»Und der Georg hat sie gebracht, deine lieben Pferde, der alte Georg, der's nicht erwarten kann, dir die Hand zu küssen, Frau Gräfin, mein Kind«, setzte sie in schmelzendem Tone hinzu. – Dieselben Pferde, die sie ingrimmig gehaßt als immerwährende Gefahrbringer für das Leben und die geraden Glieder Marias, derselbe Georg, den sie verabscheut, weil er diese Pferde gesattelt hatte, standen jetzt in Lisettens höchster Gunst.

Sie sah aus dem Fenster »dem Kinde« nach, das voll Freude über das bevorstehende Wiedersehen seiner vierbeinigen Lieblinge an der Seite Hermanns über den Hof eilte. »Ohne Hut, ohne Handschuhe, freilich, freilich«, brummte Lisette und überließ sich ihrer Gewohnheit, halblaut mit sich selbst zu sprechen, sobald sie allein war: »Wer schaut hier auf dich, du Vogel du, der verliebte Graf gewiß nicht, der denkt an nichts, sieht nichts, ist dumm und blind vor lauter Verliebtheit.«

Sie begab sich in das Schreibzimmer, schellte und befahl dem Stubenmädchen, der Frau Gräfin das Vergessene nachzutragen. Dann fuhr sie in ihrer eine Weile unterbrochenen Beschäftigung fort. Diese bestand in dem Ausräumen eines Rokokoschreibtisches aus Rosenholz mit Bronzeverzierungen und eingelegten *vieux-saxe*-Platten. Lisette wickelte unzählige, sehr wertvolle Sachen und Sächelchen, Bonbonnieren, Dosen, Elfenbeinschnitzereien, Siegel, Flakons aus ihren

Papier- und Wattehüllen und legte alles auf einem Tisch in der Nähe des zierlichen Glasschränkchens zurecht, das an der Wand hing und bestimmt war, die kleinen Kostbarkeiten aufzunehmen. Fast jeder dieser Gegenstände weckte in der Alten eine wehmütige Erinnerung an dessen frühere Besitzerin, an Marias Mutter. Es waren sämtlich Geschenke des Grafen. Er hatte sie dereinst aus Paris, wo er kurze Zeit in besonderer diplomatischer Mission in Verwendung gestanden, nach Hause geschickt als Zeichen treuen täglichen Gedenkens. Und wie beglückten und beseligten sie! Mit welchem Eifer suchte die junge Frau vor allem nach dem flüchtig bekritzelten Zettelchen, das diese Sendungen meist begleitete. Meist – nicht immer... und dann, war das sehnlichst Erwartete ausgeblieben, dann fehlte dem Schönen der Reiz, und die Gräfin beugte sich traurig über ihr Kindlein: »Er hat uns heute nicht geschrieben, Maria...«

»Sie hat ihn zu liebgehabt. Freilich, freilich.« – Lisette sann nach, ihre Lippen verzogen sich zu einem tückischen Lächeln: »Das wirst du ihr nicht nachmachen, mein Vogerl«, murmelte sie, »du hast eine andere Natur. Wenn in deiner Eh eins von euch vor lauter Lieb den Kopf verliert, wird's der andere sein, nicht du.«

»Worüber lachst du?« fragte Maria eintretend.

»Ach was, nur so – – über den spaßigen Heiligen da. Was ist das für ein Heiliger?« Sie reichte der Gebieterin eine Dose, die mit einem Emailbildchen von Petitot, einen jungen, weinlaubumkränzten Faun darstellend, geschmückt war.

Maria betrachtete es zum ersten Mal aufmerksam; sie war keine Freundin der Kunst im kleinen und hatte diesen Bibelots nie ein besonderes Interesse geschenkt. Nun aber bewunderte sie eingehend die feine Arbeit des französischen Meisters, und wie sie dabei das Kästchen hin und her wandte, sprang bei einem Druck ihres Fingers der Deckel auf. Die Dose barg einen goldenen, in Seidenläppchen gewickelten Schlüssel; die Zeichnung der Arabesken seines durchbrochenen Griffes schien Maria Ähnlichkeit zu haben mit der Tauschierung der Kassette, die sie am Abend vor ihrer Vermählung von ihrem Vater erhalten, und an welcher der Schlüssel fehlte. – Doch hatte sie nicht Zeit, sich der Zusammengehörigkeit der beiden gleich zu versichern, denn die Ankunft ihrer Gäste, die um ein Uhr, eine Stunde vor dem Mittagessen, eintreffen sollten, stand bevor.

Sie kamen auch richtig angefahren, auf die Minute, zwei Seelen und vier Seelchen. Im letzten Augenblicke hatte Wilhelm sich erweichen lassen durch die traurigen Gesichter, mit denen die jüngeren Rangen den Vorbereitungen zur Abfahrt der Eltern zusahen, und sie mitgebracht. Sie waren ja noch so dumm und versäumten noch keine oder so viel wie keine Lernerei. Vater und Mutter baten dringend, sich nicht im geringsten um sie zu kümmern, sie nur im Garten herumlaufen zu lassen. Alt genug waren sie, um sich selbst vor einem Sturz ins Wasser oder von einem Baum in acht zu nehmen. Auf irgendwelche Berücksichtigung bei der Mahlzeit hatten sie keinen Anspruch; sie waren zu Hause abgefüttert worden, und überdies hatte jeder sein Stück Brot in der Tasche und konnte damit bequem aushalten bis zur Heimkehr.

Eine so ungastliche Behandlung sollten sie aber nicht erfahren, vielmehr durften sie ihre Brotration den Pferden bringen; ihre Mutter und je zwei von ihnen wurden von Maria in der Ponyequipage im Parke herumkutschiert, während die zwei anderen dem Wagen nachrannten, um die Wette mit den Hunden. Bei Tische erhielten sie ihre Plätze nebeneinander, saßen kerzengerade und benahmen sich musterhaft. Trefflich regiert von den kurzen Kommandoworten des Vaters und den abmahnenden oder zustimmenden Blicken der Mutter, entfalteten sie bei aller Dressur einen kleiner Rothäute würdigen Appetit.

Maria hatte sich auf die Freuden des heutigen Familienfestes mit uneingestandenem Grauen gefaßt gemacht, und jetzt erfüllte sie mit Vergnügen ihre Hausfrauenpflichten und unterhielt sich beinahe. Nicht nur mit den Kindern. Der biedere Mann, der, wie sie wußte, den Unterhalt seiner zahlreichen Nachkommenschaft so schwer bestritt und ihrer etwaigen Vermehrung dennoch mit naiver Ergebung entgegensah, die Frau mit ihren abgearbeiteten Händen und dem Typus ihres uralten hochadeligen Stammes in den feinen Zügen, die ihre Haube mit den gefärbten Bändern und ihr verschossenes Foulardkleid mit so tapferer Ausdauer trug, flößte der neuen Verwandten die herzliche Wertschätzung ein, die bei ihr eine sichere Vorbotin künftiger Freundschaft war.

Bald nach Tische trennte man sich. Hermann und Wilhelm fuhren nach einem zwei Stunden weit entfernten Hof zur Besichtigung eines Baues, der dort aufgeführt wurde. Gräfin Wilhelmine und ihre Kinder kollerten heim in ihrem kürzlich neu lackierten grünen, mit Bauernpferden bespannten Wägelchen.

Maria blieb allein und wollte ihre Einsamkeit zu einer Wanderung durch den Park benützen, um einen schönen Aussichtspunkt zu erreichen, von dem Hermann ihr gesprochen hatte. Sie nahm seine beiden Jagdhunde als Begleiter mit; semmelfarbige, kurzhaarige, sehr kluge Tiere, die am Tage des Einzugs Marias begriffen hatten: In Abwesenheit des Herrn gibt es jetzt eine Herrin. Auf den Fersen folgten sie ihr, die Nasen gesenkt, mit tief herabhängenden Ohren, und wenn sich's regte auf der Wiese, im Gebüsch, im dunklen Schatten der Bäume, fuhren sie zusammen, hoben die Nasen in die Höhe, schnupperten, alle ihre Sehnen spannten sich zum Sprunge. – Ein Anruf aber: »Zurück! Lord, Fly, zurück!« und sogleich senkten sie traurig die Köpfe und schritten dahin, gehorsam den Befehlen der Menschen, widerstrebend den Gesetzen ihrer eigenen Natur.

Es war ein kühler Nachmittag; Maria ging rasch vorwärts, von einem wohligen Gefühl der Freiheit beseelt. Daheim wäre ihr verwehrt gewesen, einen weiten Spaziergang allein zu unternehmen, und sie empfand ihre kaum erlangte Selbständigkeit als einen großen Genuß. Alles trug dazu bei, ihre Wanderlust zu erhöhen, der wolkenlose Himmel, der über ihr blaute, die kräftige Luft, die, gewürzt mit Harzdüften, vom Tanne hergestrichen kam, die Frühlingslieder der Vögel in den Zweigen, die Schönheit der Stätte selbst, die Maria durchschritt. – Sie kam sich vor wie in einem Zaubergarten, den menschenfreundliche Geister pflegten. Sie hatten die Wege besandet, die Wiesen geschoren, die Hecken beschnitten, die Brücklein über den Bach gebaut. Sie hatten die bewimpelten Kähne am Ufer des Weihers befestigt, die Scheiben des Fischerhauses blank gescheuert, daß sie im Abendrot glänzten wie Gold, und waren nach vollbrachtem Werke verschwunden, ohne Spur.

Wie wohltuend, wie entzückend schön ist es hier, sagte sich Maria, und zugleich durchblitzt' es sie: – wenn Tessin jetzt dastände und mich sähe in diesem kleinen irdischen Himmelreich …

Sie hatte ihn verbannen wollen aus ihren Gedanken, es nicht vermocht und – Frieden mit ihm geschlossen.

Was war denn sein Verbrechen gewesen? – hatte er sie zu täuschen gesucht, je ein Wort von Liebe zu ihr gesprochen? … Und doch war sie beneidet worden um seine Aufmerksamkeit und hatte sich beneidenswert gefühlt und sich nicht Rechenschaft gegeben, worin seine Macht über sie bestand.

Die unbestimmte, unerklärliche Angst, von der sie manchmal ergriffen worden in seiner Nähe, im Banne seiner Augen, durchrieselte sie; eine Ahnung kommenden Leids beklemmte ihr die Brust.

Sie war sich der Zeit nicht bewußt, die verflossen, seit ihre Wanderung begonnen hatte, und staunte, als sie, aus einem Fichtenhain tretend, die Sonne schon tief zum Untergang geneigt sah. Mit verdoppelter Geschwindigkeit eilte sie ihrem Ziele, einer Zirbelkiefer, zu, an deren gewaltigem Stamm eine leichte, geschnitzte Wendeltreppe zu einer runden Altane emporführte, über die der mächtige Baum sein grünes Schirmdach breitete.

Die junge Frau lief die Stufen hinan, um von der hohen Warte aus noch einen letzten Blick des scheidenden Tagesgestirns zu erhaschen. Die Hunde folgten. – Plötzlich schien ihr, als schwanke die Treppe… sie blieb stehen, wartete, an das Geländer gelehnt – das Schwanken dauerte fort. Es war nicht durch sie hervorgebracht. Dort oben mußte jemand auf und ab gehen, langsam und wuchtig. Einen Augenblick dachte sie an Flucht, es war doch gar zu einsam hier. Sogleich jedoch verlachte sie die feige Regung, die sich ihrer hatte bemeistern wollen. Wer konnte es sein? Ein Jäger, im schlimmsten Fall ein Wildschütz. Aber wenn auch, was hatte sie zu fürchten?

Die Hunde knurrten. Die Schritte hielten an, die ihren waren gehört worden.

Wenige Sekunden später betrat sie die Plattform unter dem wütenden Gebell Lords und Flys, die ihr vorangesprungen waren.

»Hoho, die Hunde! Rufen Sie die Hunde!« kreischte eine erregte Stimme ihr entgegen. – Der Mensch, der diesen Hilfeschrei ausgestoßen hatte, preßte den Rücken an den Stamm des Baumes und führte mit dem Stock einen Schlag gegen seine Angreifer, traf sie aber nicht.

Maria hatte ihn auf den ersten Blick erkannt trotz der Veränderung, die mit ihm vorgegangen war. Nicht in Lumpen wie in jener Winternacht, sondern gut gekleidet, in einem lichten Sommeranzug, mit gepflegtem Haar und Bart, wäre seine Erscheinung die eines auffallend hübschen Menschen gewesen ohne den Ausdruck der Verwilderung und der Krankheit in seinem eingefallenen, bleichen Gesicht.

Auch Maria war bleich geworden: »Hierher!« befahl sie den Hunden, die sich widerwillig fügten, und sprach in hartem Tone den Fremden an: »Der Eintritt in den Park ist nur den Hausleuten erlaubt. Was wollen Sie hier?«

Er hatte seine Sicherheit wiedergewonnen und beeilte sich, es zu beweisen. Spöttisch lüftete er den Hut und erwiderte: »Ich will dasselbe, was Sie wollen – die Aussicht bewundern, die wirklich ganz reizend ist. Erfüllen wir den Zweck unseres Spaziergangs.«

»Frechheit«, murmelte Maria, und die Rechte gebieterisch ausgestreckt, setzte sie laut hinzu: »Fort!«

»Entschuldigen Sie«, versetzte er, »ich bleibe. Ich habe mit Ihnen zu reden und hätte Sie um eine Zusammenkunft ersuchen lassen, wenn nicht der Zufall – oder war es vielleicht ein geheimer Zug des Herzens? – Sie hierhergeführt hätte, Frau Schwester.«

Maria stieß einen dumpfen Schrei aus und wich zurück. Wie dieser Mensch sich jetzt leicht verneigt hatte, war es in einer Art geschehen, mit einer Bewegung des Hauptes, ihr so wohl bekannt, so lieb und sympathisch an einem andern …

»Es beleidigt Sie, daß ich mir erlaube, Ihnen diesen Namen zu geben, aber – er gebührt Ihnen und nicht durch meine Schuld … Bleiben Sie doch«, bat er, als Maria, entsetzt und gequält, sich plötzlich zum Gehen wandte. »Einmal müssen wir uns aussprechen, warum nicht lieber heute als morgen. Was ich Ihnen zu sagen habe, ist bald gesagt. – Unser Vater hat meine Mutter betrogen – wie die Ihre, nebenbei bemerkt«, brach er höhnisch aus.

»Lüge!« sprach Maria; er aber fuhr fort, ohne sich unterbrechen zu lassen.

»Ich mache ihm keinen Vorwurf, ich klage ihn überhaupt nicht an. Unser Vater hat viel Geld auf mich verwendet – schade darum! – mich erziehen, mir Grundsätze beibringen lassen wollen. Ganz vergeblich, denn – ich habe sein Blut in meinen Adern. Daß sein Sohn ihm gar zu gut nachgeraten, empörte den vortrefflichen Mann. Endlich zog er seine Hand von mir ab … Der Grund ist eigentümlich – was?« Er brach in ein Lachen aus, das allmählich in ein heftiges Husten überging. Auf dem Taschentuche, das er an die Lippen drückte, zeigten sich dunkelrote Flecken. »Da«, sagte er, »ich bin fertig. Zuviel Verschiedenes kennengelernt im Leben, zu viel Vergnügen und zu viel Elend. Jetzt bin ich fertig, fertig, hörst du? Der schlechte Spaß mit der Schneeschaufelei hat mir das letzte Almosen vom Grafen eingebracht, das allerletzte! Laß mich nicht auf dem Stroh sterben, gib mir ein Obdach, Frau Schwester.«

Sie starrte ihn an wie verloren. »Lügen, Lügen! – ich glaube nicht – ich glaube Ihnen nicht …«

»Wäre freilich das Bequemste, wird aber nicht durchzuführen sein. Fragen Sie nur den Grafen, meinen Schwager, der weiß von mir, Wolfi Forster, nennen Sie mich ihm nur. Ich will ihn sprechen, das heißt euch, in der Fischerhütte am Weiher, morgen vormittag zehn Uhr. Kommt gewiß, ich könnte euch sonst Unannehmlichkeiten bereiten. – Jetzt jagt der verfluchte Krankheitsteufel mich heim nach dem Bauernhotel, in dem ich mich vorläufig einlogiert habe.« Er knöpfte seinen Rock zu, Fieberfröste schüttelten ihn. »Auf Wiedersehen.«

Damit reichte er Maria die Hand, sie zog die ihre mit Abscheu zurück. »O Frau Schwester«, rief er, »du bist noch hochmütiger als unser edler Herr Vater!«

7

Hermann hatte die Erzählung von Marias Abenteuer im Garten schweigend angehört und sich am nächsten Morgen zur Zusammenkunft mit Wolfi im Fischerhause eingefunden.

»Ein Schwerkranker, vielleicht ein Sterbender«, sagte er bei seiner Rückkehr. »Mag er nun sein, wer er will, wir können ihm die Aufnahme, um die er bittet, vorläufig wenigstens nicht verweigern.«

»Wir können – du meinst, wir dürfen nicht«, fragte Maria. »So hat denn dieser Mensch einen Anspruch …«

»Genau so viel Anspruch«, unterbrach er sie, »als wir Erbarmen mit ihm haben.«

»Mir flößt er keines ein, er ist zu keck«, gab sie zur Antwort.

Sie erkundigte sich kaum nach dem, was für ihn geschah, obwohl Lisette dem hergelaufenen Gast eine ganz merkwürdige Teilnahme bezeigte. Es war ihm eine kleine Wohnung im Hause einer Hegerswitwe angewiesen worden, das am Saume des Waldes und doch nahe genug am Dorfe lag, um den täglichen Besuch des Arztes zu ermöglichen. Diesen, einen sehr gutmütigen und sehr neugierigen ältlichen Herrn, beehrte Lisette mit ihrem Vertrauen. Sie saßen nebeneinander am Bette des Kranken, der in den ersten Tagen aus stumpfer Bewußtlosigkeit nur auffuhr, um in Fieberphantasien zu verfallen, in denen er lachte und schwatzte und alle Geheimnisse seiner armen, verkommenen Seele ausplauderte.

Der Doktor trank förmlich jedes seiner Worte. »Fräulein Lisette«, sagte er einmal, »da werden verborgene Familienverhältnisse vor uns enthüllt.«

Sie lächelte: »Bin eingeweiht, Herr Doktor, und brauche mir darauf nichts einzubilden. Wer das Haus kennt, kennt diesen wilden Sprößling, der in Wolfsberg zur Welt gekommen ist. Wäre auch schwer zu verleugnen gewesen bei der Ähnlichkeit und bei dem impertinenten Spektakel, den seine Mutter vor der Hochzeit des Herrn Grafen gemacht hat – als ob nicht viele andere die selben Ansprüche … Na, darüber ist nichts zu sagen …« brach sie plötzlich ab.

»Sagen Sie doch, Fräulein, genieren Sie sich nicht und sagen Sie doch!« –

Lisette erwiderte mit einem kleinen Achselzucken voll Koketterie: »Können sich selber denken. So ein Herr wie unser Graf, so eine Schönheit, kann der was dafür, daß ihm die Weiber nachlaufen? – 's ist ihre Sach und ihre Schuld. So ein Herr wird sich nicht auf den heiligen Aloisius hinausspielen.«

Doktor Weise stimmte bei. Er hätte gern einen recht

nichtsnutzigen Witz gemacht, um auf das alte Fräulein den blendenden Eindruck eines Don Juan hervorzubringen. Weil er aber von Natur ein keuscher Mann war, wollte ihm nichts Frivoles einfallen.

Lisette erneuerte den feuchten Umschlag auf Wolfis Stirn. »Ein so hübscher Bursche und soll schon sterben«, seufzte sie. »Recht traurig, aber im Grunde doch das Beste für ihn und auch für die andern.«

Der Doktor sah seinen Patienten, der jetzt ruhig atmete und sanft zu schlafen schien, prüfend an: »Gut gebaut, kräftig, kann sich noch eine Zeitlang wehren.«

»Wie lange zum Beispiel?«

»Schwer zu erraten – möchte mich nicht vor Fräulein blamieren« – er verbeugte sich galant, »ich glaube nur, bei vortrefflicher Pflege – in dieser gesunden Luft – vielleicht noch zwei Jahre.«

Der Kranke schlug die Augen auf und blickte ihn zornig an: »Esel«, sagte er, so laut er konnte, »merken Sie nicht, daß ich wach bin?«

»Ich merke, daß Sie Ihre Besinnung wieder haben, und gratuliere«, sprach der Arzt, nicht im geringsten beleidigt.

»Zwei Jahre – wieviel Tage sind das? … rechnen« … Wolfi begann langsam zu zählen, seine Stimme wurde immer schwächer, er schlief wieder ein.

»Schon bei Besinnung«, flüsterte Lisette, »das hätte ich nicht geglaubt. Das ist eine schöne Kur von Ihnen, Sie reißen ihn am Ende gar noch heraus. Aber dann ist das erste« – diese Worte wurden von einer bezeichnenden Gebärde begleitet – »abreisen.«

»Wird schwerlich dazu kommen, Fräulein«, erwiderte der Doktor und verbeugte sich noch galanter als vorhin.

Lisette aber warf einen Blick in den kleinen Spiegel, der an der Wand über dem Schranke hing, und sagte zu sich: »Ich weiß eigentlich nicht, warum ich so altmodische Hauben trage.«

Zur selben Stunde war Maria im Schloß an ihren Schreibtisch getreten mit der Absicht, den letzten Brief Wolfsbergs zu beantworten. Ein Brief, reich an ernsten und eigentümlichen Gedanken, voll tiefer Empfindung und Zärtlichkeit, den sie mit Stolz und innerster Herzensbefriedigung las und wieder las. Nie hatte ihr Vater so liebreich zu ihr gesprochen, wie er an sie schrieb; jetzt fürchtete er nicht mehr, sie zu verwöhnen.

Am Tische Platz nehmend, bemerkte sie, daß die Kassette aus dem Nachlasse ihrer Mutter neben die Mappe gestellt worden war.

Eine alte Bekannte! Wie oft hatte Maria sie stehen gesehen, immer auf derselben Stelle im Zimmer ihres Vaters, und ihre feinen Ornamente betrachtet. Jetzt holte sie den kleinen Schlüssel, dessen Griff ihr in ähnlicher Weise durchbrochen und verziert geschienen hatte, aus der Emaildose und steckte ihn in das Schloß. Er paßte, wollte sich aber nicht drehen lassen. Viel Geduld und Geschicklichkeit mußte angewendet werden, bevor es gelang, der Deckel aufsprang und der Inhalt zum Vorschein kam. Der bestand aus einem zerrissenen Heft, dessen vergilbte Blätter mit einer zarten, feinen Schrift dicht bedeckt waren, und aus alten, mit einer verblaßten Schleife zusammengebundenen Briefen. Maria zog einen derselben hervor. Ihr Vater hatte ihn als Bräutigam an ihre Mutter gerichtet, und in ihm sprach sich die glühende Leidenschaft mit hinreißender Beredsamkeit aus. Wie mußten die Beteuerungen, diese Schwüre überzeugt und beseligt haben! Wie reich war das Leben, das durch die Liebe eines solchen Mannes geschmückt worden! Und wenn auch früh erloschen, es hatte den köstlichsten, den seltensten Inhalt gehabt – ein volles Glück.

Maria griff nach einem der Blätter, auf denen sie die Schrift ihrer Mutter erkannt hatte. Es hing mittels eines Seidenfadens lose mit den anderen zusammen und war, wie alle, ein Bruchstück. Das Ganze machte den Rest eines Heftes aus, das einst ziemlich stark gewesen sein mochte. Verbo-

gen und zerknittert fand sich noch der Umschlag vor. Maria
glättete ihn, so gut es ging. Er trug die mit größtem Fleiß
kalligraphisch ausgeführte Aufschrift: »Im Himmel« und das
Datum 1850. Aber die schönen Lettern waren durch Kreuz-
und Querstriche verunstaltet, recht wie mit kindischer Zer-
störungslust, und eine unsichere Hand hatte sich bemüht,
als Vignette einen Teufel hinzuzeichnen; die kaum zu ent-
ziffernden Worte: »Der König des Himmels« und das Datum
1858 standen darunter.

Maria las hier und dort einen Satz, eine Zeile; ihr Gesicht
verfinsterte sich; wie versteinert blickte sie nieder auf die ver-
stümmelten Blätter. Die stummen, toten Zeichen aber wurden lebendig und sprachen und gaben Zeugnis von einem
längst eingesargten Schmerz. Der überwundene, der vergessene, da war er aus dem Grabe auferstanden und stöhnte
erschütternd seine Klagen aus.

Sie fanden einen qualvollen Widerhall in der Seele Marias.

Nun war ihr einmal wieder etwas zerstört worden: ein
beglückender Glaube… Glaube? Nein, ein Glaube, der auf
einem Irrtum beruht, ist ein Wahn. Maria wäre sehr gestimmt gewesen, dem ihren nachzuweinen: das Künstleri-
sche in ihrer Natur sträubte sich gegen die Zerstörung des
Ideals, das ihr Vater ihr bisher gewesen… Da fiel ein Wort
ihr auf, das am Rande eines der mißhandeltsten Bogen des
seltsamen Tagebuches stand: WAHRHEIT, groß geschrieben, von einer leichten Arabeske umschlungen.

Maria blickte nicht mehr auf, bevor sie den Sinn der letzten ihr noch halbwegs verständlichen Zeile in sich aufgenommen hatte. – Dann küßte sie die Blätter innig und lange,
trug sie zum Kamin, verbrannte sie und erwartete auf den
Knien das Verlöschen der Flammen. Das Geheimnis der
Toten blieb aufbewahrt im Herzen ihres Kindes.

Einige der aus dem Zusammenhang gerissenen Stellen,
die sich dem Gedächtnisse Marias fast vollständig eingeprägt, lauteten:

– »Die Wahrheit verlange ich von dir. Du sollst nicht lügen. Treu sein, festhalten, was dein Herz einmal ergriffen hat, kannst du nicht. Du bist schwach und hilflos deinen Leidenschaften gegenüber. Sei wenigstens wahr. Dem Schwachen Bedauern, dem Lügner Verachtung.«

*

– »Eifersüchtig ist nicht das rechte Worte. Würde ich sonst deinen Wolfi lieben? Würde ich sonst das Andenken seiner Mutter ehren? – Und ich hätte Grund, auf sie eifersüchtig zu sein, denn sie hat dich mehr geliebt, als ich dich liebe; ich hätte dir nicht geopfert, was sie dir geopfert hat: ihre Eltern, ihre Heimat, Ehre und Pflicht.«

*

– »Wenn meine Tochter erwachsen sein wird, werde ich ihr sagen: heirate nicht aus Liebe. Man glaubt, vereint sein mit dem Geliebten, das ist der Himmel auf Erden. Es ist nicht wahr. Was macht den Himmel zum Himmel? Daß ein Gott darin regiert und – – –«

*

– »Wenn Gott nur so gut wäre, wie wir sind gegen unsere braven Diener, dann hätte er mich erhört. Habe ich nicht alle meine Pflichten getreu erfüllt? … war ich nicht gläubig und fromm? Wenn Gott gut und gerecht wäre, hätte er mich gehört. Aber es ist überhaupt kein Gott im Himmel, nur ein Teufel, und der straft mich.«

*

– »Geliebter, wenn die Jugend hinter uns liegen wird, wenn du zu mir zurückgekehrt sein wirst und ich dir alles verziehen haben werde, dann lesen wir zusammen, was ich jetzt schreibe, und reichen uns die Hände und lachen – und weinen auch ein wenig.«

*

– »… daß du Alma verleitest – sie hat ein Gewissen. Es schläft jetzt nur, du hast es eingeschläfert, du weißt, wie man das macht … aber es wird erwachen, und dann – – –«

*

– »Ich glaube es nicht, ich will es wissen, mich überzeugen, euch auflauern. Ich bin jetzt ein Jäger, ihr seid das
scheue Wild …«

*

– »Manchmal fürchte ich und manchmal hoffe ich den
Verstand zu verlieren. Wir werden mein Tagebuch nicht zusammen lesen, Geliebtester. Ich glaube, daß ich es zerreißen
muß. Die schöne Schilderung der glücklichen Tage – schon
fort. In kleine, kleine Stücke gerissen und fliegen gelassen
von ›hoher Altane am Turm‹ … Wie sie stoben im Winde …
Woran habe ich gedacht? woran nur? An mein Glück oder
was? Ich weiß nicht mehr …«

*

Bei dem nächsten Besuch, den Hermann im Hegerhause
machte, begleitete ihn Maria. Der Kranke erholte sich sehr
langsam von dem letzten heftigen Anfall seines Leidens. Er
lag in tiefer Erschöpfung dahin, halb wachend, halb schla-
fend, nahm nur widerstrebend die Nahrung, die man ihm
reichte, und zählte ohne Unterlaß an seinen Fingern, wieviel
Monate, Wochen, Tage er noch zu leben habe. Die Rechnung
war ihm aber zu schwer und wollte nicht stimmen. Gegen
alle, die ihm nahten, Hermann nicht ausgenommen, legte er
feindseliges Mißtrauen, ein mürrisches und schroffes Wesen
an den Tag, das sogar die Geduld seines langmütigen Arztes
sehr oft erschöpfte.

Nur wenn Maria an sein Bett trat, glättete sich seine Stirn, er
lächelte; unter seinem kleinen schwarzen Schnurrbart schimmerten seine Zähne hervor, jung und gesund wie die eines
Kindes. In der Tiefe seiner dunklen Augen entzündete sich
ein unheimlicher Glanz: »Frau – – –« sprach er und machte
eine lange Pause. »Fürchtest du dich, fürchtest du das Wort,
das ich jetzt sagen könnte?« fragte sein boshafter und drohen-
der Blick. Aber der ihre hielt ihn im Bann. Stolz und kalt ruhte
er auf ihm, und er murmelte verwirrt: »Frau Gräfin.«

Sie kam regelmäßig, aber nicht an bestimmten Tagen, wöchentlich zweimal, auf der Rückkehr von ihren Gängen durch das Dorf. Dort hatte sie die Armen und Kranken besucht, war wohl auch in die Schule getreten und hatte einer Unterrichtsstunde beigewohnt. Sie hatte getadelt, gelobt, mit vollen Händen gegeben und mit alledem nur eine Einführung ihrer Schwiegermutter aufrechterhalten – nicht ganz in deren Sinn jedoch.

Gräfin Agathe hatte von den Leuten, denen sie Hilfe angedeihen ließ, eine Gegenleistung gefordert: »Du bekommst das unter der Bedingung, fortan das Wirtshaus zu meiden.« – »Du bekommst jenes unter der Bedingung, daß du von heut ab deine religiösen Verpflichtungen pünktlich erfüllst.«

Maria hingegen stellte nicht nur keine Bedingungen, sie lehnte sogar den Dank ab, dessen meist überschwengliche Äußerungen ihr widerstrebten. So verstimmte sie die Geistlichen und die Lehrer, die gewohnt gewesen waren, ihren Teil von der gräflichen Wohltätigkeit mittelbar einzuheimsen, und entwertete ihre Geschenke bei den Empfängern. – Wie hoch soll denn angeschlagen werden, was umsonst zu haben ist?

»Mit einer Hand geben und die andere zum Nehmen ausstrecken«, sagte Maria zu Hermann, »ekelt mich an.«

»Das versteh ich nicht«, entgegnete er. »Was diesen Menschen vor allem andern fehlt, was ihnen vor allem andern beigebracht werden muß, ist das Pflichtgefühl. Mit Wohltaten wirst du es nicht wecken.«

»Wecke ich es, wenn ich ihnen einen Handel vorschlage, einen Tausch?«

»Viel eher. Wenn du einem andern Gutes tust und zum Preis dafür verlangst, daß auch er etwas Gutes tue, kannst du damit einen Begriff von Billigkeit in ihm erwecken, eine Ahnung dessen, was Pflicht ist. Und wenn du das getan, hast du ihm unendlich mehr genützt, als wenn du ein Elend momentan linderst.«

Sie mußte das gelten lassen und tat es gern. Es freute sie, von ihm unterwiesen zu werden, sich seiner größeren Erfahrung zu beugen, seine schlichte Lebensweisheit anzuerkennen. Ein schönes Leben ließ sich an seiner Seite führen, ein tätiges und hilfreiches Leben. Für alles fand sich Zeit darin, auch für die Pflege ihrer geliebten Kunst.

Im Spätsommer sollte Graf Wolfsberg zu längerem Aufenthalt bei seinen Kindern eintreffen. Kurz vor dem Tage jedoch, an dem sie ihn erwarteten, kam seine Absage. Er hatte die vorläufige Vertretung eines hohen Herrn an einem fremden Hofe übernehmen und den Besuch in Dornach auf ein Vierteljahr hinausschieben müssen.

Der Gleichmut, mit dem Maria diese Nachricht empfing, setzte Hermann in Erstaunen, wie schon längst das Schweigen, das er seit ihrer Verheiratung über Alma Tessin beobachtete. Ein Brief von ihrer einst besten Freundin, den er selbst ihr gebracht hatte, war unbeantwortet geblieben. Hermann fragte nicht. Der Zufall, den die Blinden blind nennen, hatte sicherlich hier gewaltet und Maria in Kenntnis von Dingen gesetzt, die ihr bisher sorgfältig verborgen wurden. In welcher Weise es geschehen, war ihm noch ein Rätsel, dessen Lösung er von der Zukunft erwartete.

Der Herbst kam, die Weihnachtszeit rückte heran. Schnee und Eis bedeckten die Wiesen und die Weiher, die Natur war tot – scheintot. Unter dem Herzen Marias aber regte sich ein neues Leben und strebte frisch und kräftig dem Tageslicht entgegen.

8

Ein banger Tag in Dornach.

Die stattliche Frau, die seit einer Woche im Schloß wohnte, der die Mahlzeiten auf ihrem Zimmer serviert wurden, und die zum Verdruß des Kellermeisters mittags und abends eine

Flasche Bordeaux vertilgte, weilte seit zwei Uhr nachts am Bette der Gräfin. Auf dem Bahnhofe wartete eine Equipage die Ankunft des Schnellzugs aus Wien ab, mit dem der Herr Professor ankommen sollte. Der Herr Doktor hatte sich in Lisettens jungfräulichem Gemache etabliert, und wenn sich ein Geräusch auf dem Gange vernehmen ließ, trat er hinaus und sprach zu dem etwa Vorbeikommenden: »Ich bin hier – daß Sie's wissen – für den Fall, daß ein Arzt nötig wäre, daß Sie wissen, wo er zu finden ist.«

Niemand hörte auf ihn, er war ganz uninteressant. Die gespannte Aufmerksamkeit richtete sich ausschließlich auf die Frauen, denen Gelegenheit zu irgendeiner Handreichung in der Nähe der Wochenstube gegeben war.

Am Nachmittage mußte Hermann sich's gefallen lassen, vom Schmerzenslager seiner Frau, an dessen Ende er mit verstörtem Gesichte stand, durch Base Wilhelmine entfernt zu werden.

Jetzt waren sie in seinem Schreibzimmer, sein Vetter und er. Wilhelm hatte mitten auf dem Diwan Platz genommen, sich vorgebeugt und beschäftigte sich damit, seine dicken roten Finger knacken zu machen. Hermann ging rastlos neben dem Bücherschrank, der die Längswand einnahm, auf und ab und pfiff entsetzlich falsch oder versank in ein düsteres Schweigen oder pflanzte sich vor Wilhelm hin und starrte ihn an.

Die Dämmerung war eingebrochen, der Kammerdiener erschien.

»Was willst du?« fragte sein Herr.

»Die Lampe anzünden.«

»Wir brauchen keine Lampe«, brachte Hermann mühselig hervor, und Wilhelm dachte: Dem armen Kerl ist das Weinen nah.

»Heute«, sagte er nach einer Pause, »haben wir drei Marder in der Falle gefangen«, worauf sein Vetter erwiderte: »Wieviel Uhr ist es?«

»Fünf hat's just geschlagen.«

»Dann muß ja um Gottes willen der Professor schon hier sein.« Er schellte, und es dauerte unglaublich lang, bis endlich ein Lakai eintrat und meldete, der Herr Professor sei angelangt, und Lisette habe ihn zur Frau Gräfin geführt.

Eine Stunde verfloß, in der die Zeit bleierne Wellen rollte und Wilhelm die nutzlosen Versuche, Hermanns Gedanken abzulenken, aufgab. Plötzlich blieb dieser stehen und lauschte. Er hatte die hastenden Schritte, die sich nahten, erkannt, es waren die Wilhelminens. Sie riß die Tür auf. Das Nebenzimmer war hell erleuchtet, und wie von strahlendem Goldgrund hob ihre Gestalt auf der Schwelle sich ab. »Hermann?« rief sie fragend in das Dunkel hinein. »Komm, Hermann, komm – du hast einen Sohn!«

– »Und Maria …«

»Wohl, Gott sei Dank.«

Er stürzte auf sie zu und hob die schwere Frau in seinen Armen in die Höhe und jauchzte laut.

»Was heißt denn das?« sagte sie. »Nimm dich zusammen. Sie ist noch matt. Wenn du dich nicht zusammennimmst, darfst du nicht zu ihr.«

»Oh – ich nehme mich« …, er machte einen ungeheuren Aufwand an Selbstüberwindung, warf sich in die Brust, umschlang seine Base und zog sie mit sich fort. »Wilhelm, telegraphiere du an meine Mutter, an meinen Schwiegervater«, rief er noch atemlos zurück und durchmaß den ganzen Weg auf den Fußspitzen, betrat Marias verhängtes Zimmer unhörbar wie ein Sylphe und hätte am liebsten Wolkenform angenommen, um ihr zu nahen.

Sie lag ganz still, war blaß – blaß bis an die Lippen und sah unendlich müde aus. Aber sie lächelte ihn an, glücklich, sanft und milde. Das Herz wollte ihm übergehen vor Rührung – doch sie haßte es, bedauert zu werden; er durfte nichts sagen, er küßte nur leise ihre Hände und blickte dabei mit einer gewissen Verlegenheit nach einem weißen Bündel aus Stoffen, Spitzen, Stickereien, Bändern, das neben sie hingelegt wurde.

»Ich gratuliere Ihnen zu einem Prachtbuben«, sprach der Professor, aus dem Nebenzimmer tretend.

– »Wo?« stotterte Hermann, und Wilhelmine brach aus: »Jesus Maria, da doch!«

Da – ganz richtig. Unter den Stickereien und Spitzen guckte etwas hervor. Ein kleines braunrotes Gesicht, mit faltenbedeckter Stirn, mit lichtscheuen, fest zugedrückten Äuglein, einer Nase, die mit unzähligen kleinen gelben Pünktchen bedeckt war, und einem winzigen Mund. Es waren auch Pfötchen zu sehen, die unverhältnismäßig lange Finger hatten und die zartesten schmalsten Nägel. Das also war der »Prachtbub«, das war der »Sohn«.

Hermann wunderte sich und küßte auch ihm die Hände.

Maria erholte sich langsam, und Doktor Weise, der nach der Abreise des Professors Ordinarius geworden, wurde nicht müde, die größte Schonung zu empfehlen. »Besonders der Nerven. Nur keine Aufregung, Herr Graf, Fräulein Lisette, Fräulein Klara, nur keine Aufregung!« – Er freute sich, daß die Taufe nicht vor dem vierzehnten Tage stattfinden konnte, weil es dem Grafen Wolfsberg, der durchaus selbst als Pate seines Enkels fungieren wollte, unmöglich war, früher einzutreffen.

Der Graf schrieb oder telegraphierte täglich, und es schien Hermann, als ob diese Botschaften ihres Vaters Maria peinlich berührten. Zuletzt wagte er nicht mehr, sie ihr mitzuteilen. Nun aber fragte sie allabendlich: »Kommt der Vater?« und als endlich die Antwort lautete: »Morgen«, da flammte eine fiebernde Röte auf ihren Wangen auf. Sie schloß die Augen, in kurzen, raschen Schlägen klopfte ihr Herz, eine unnennbare Bangigkeit überkam sie.

»Was ist dir?« fragte Hermann. »Maria, was bekümmert dich? Es ist etwas, das dich bekümmert und das du mir verschweigst.«

Sie seufzte tief auf. »Laß es« – bat sie, »wir wollen nie davon sprechen. Geh jetzt, es ist spät. Ich muß Ruhe haben und Kräfte sammeln für morgen.«

»Natürlich«, erwiderte er und befand sich schon auf den Fußspitzen und schlug sein beliebtes Sylphentempo ein.

Maria winkte ihn zurück: »Eines möchte ich dich bitten – bringe es dem Vater vor. Das Kind soll Hermann heißen, Hermann Wolfgang… Verstehst du mich? Und dir, Lieber, möge es nachgeraten.«

Er ging beseligt, er machte sich selbst zum Hüter der Ruhe, nach der sie verlangte. Mehr als Stille ringsumher vermochte er jedoch nicht herzustellen. Eine so tiefe Stille, daß Maria das Atemholen des Kindleins hören konnte, dessen Wiege dicht an ihrem Bette stand. – Es war unerhört brav, schrie gerade soviel, als sich's für einen zwei Wochen alten Jüngling gehört, sog seine Nahrung aus der mütterlichen Brust und schlief und lächelte oft im Schlafe.

Und der Anblick seines Friedens war die einzig wirksame Labung, die Marias Seele empfangen konnte in dieser letzten Nacht vor dem Wiedersehen mit ihrem Vater. Ein Wiedersehen und keines – es sollte ja ein anderer Mensch vor sie treten, nicht der, den sie geliebt und angebetet, einer, der gelogen, betrogen und getötet – einer, den sie gerichtet hatte.

Am nächsten Morgen war er da, völlig unermüdet, trotz der langen Reise. Er hatte den Wagen, der ihn auf der Station erwartete, seinem Kammerdiener überlassen und kam zu Fuß an. Ein tüchtiger Marsch in der tauigen Frühe war ihm Bedürfnis gewesen nach zweien im Waggon verbrachten Nächten.

Sein Schwiegersohn lief ihm entgegen, die beiden Männer schüttelten einander die Hände. Wolfsberg fragte zuerst nach Maria und dann unverzüglich nach Waschwasser und ließ sich in die für ihn bereiteten Zimmer führen.

Eine halbe Stunde später stand er vor seiner Tochter, mit unnachahmlich kunstvoller Nachlässigkeit gekleidet, duftend von Reinlichkeit und *Eau de Toilette*, einen freudig gerührten Ausdruck in seinem energischen Gesichte. Er klopfte Maria auf die Wange und sagte, halb zu Hermann, halb zu ihr: »Mager ist sie geworden.«

Sie hätte aufschreien mögen: »Ich weiß, was du getan hast, und ich werde es dir nie verzeihen!« – aber sein Anblick, seine Stimme, sein flüchtiger Kuß auf ihre Stirn übten ihre alte Macht aus. Sie beugte sich ihr fast ohne Widerstreben. – »Er ist ja doch mein Vater«, dachte sie.

Der Graf schenkte seinem Enkel die gebührende Aufmerksamkeit, setzte sich an das Bett Marias und begann mit ihr zu sprechen, mehr von sich als von ihr, offenherzig, vertrauensvoll, recht wie zu einem ebenbürtigen Geiste, dessen Verkehr er lange und schwer entbehrt. – Ihre Kälte und Beklommenheit waren ihm sofort aufgefallen. Er schrieb sie ohne weiteres der richtigen Ursache zu: Maria hatte etwas erfahren, das ihn in ihren Augen herabsetzte. Durch wen? – Um gegen Hermann auch nur den Schatten eines Verdachtes zu hegen, war Wolfsberg zu sehr Menschenkenner. »Was liegt auch daran«, dachte er, »durch wen deine Illusionen über mich zerstört wurden, du armes Kind, sie sind fort. Du mußt lernen, mich zu nehmen, wie ich bin, und einsehen, daß du dennoch stolz auf deinen Vater bleiben kannst.« – Da entfaltete er seine ganze zielbewußte Liebenswürdigkeit, stellte sich in das hellste Licht – indem er einen Irrtum, irgendein begangenes Unrecht eingestand. Mit der Miene eines Emporblickenden ließ er sich zu ihr herab, die er weit übersah. Galt es doch, einen erschütterten Einfluß wiederzugewinnen, eine schwankende Neigung wieder zu befestigen: zu erobern, mit einem Wort …

Wie ihm die Aufgabe gelang! – Wie seine Tochter, als er nach kurzem Aufenthalte Schloß Dornach verließ, ihn liebte, mehr als je! Der Starke war hilflos seinen Leidenschaften gegenüber, gab das nicht Grund, ihn zu bemitleiden? Und wer hat seine Kämpfe gesehen? Mit so feinem Sinn für alles Edle begabt, was mußte er leiden unter dem Bewußtsein seiner Fehlbarkeit! Er gehört ja nicht zu denen, die sich feig über ihre Mängel hinwegtäuschen. Dieser Selbsterkenntnis, sagte sie sich, war wohl auch seine harte Zurückweisung Tessins entsprungen. Vielleicht fand er – in einer Hinsicht wenigstens – Ähnlichkeit zwischen sich und ihm … Er wollte seine Tochter vor den schmerzvollen Enttäuschungen bewahren, die er ihrer Mutter bereitet hatte.

Nach wie vor weihte Maria der Toten die frömmste und getreueste Erinnerung, doch war sie in ihren Augen nicht mehr das Opfer eines Verbrechens, sondern die Märtyrerin eines unabwendbaren Schicksals, eine leidverklärte Heilige, vor deren Bild sie in Andacht versank.

Allmählich kehrte ihre Heiterkeit zurück und wuchs mit dem Gefühle zunehmender Kraft und wiedererlangter Gesundheit. Sie hatte es durchgesetzt, sie nährte ihr Kind selbst, obwohl das jetzt »niemand« mehr tut und selbst die Ärzte ihr davon abgeraten. Aber sie wußte wohl, was sie sich zutrauen durfte.

Ihr Vetter Wilhelm trug eine Bewunderung für sie zur Schau, die sich in den ausbündigsten Aufmerksamkeiten äußerte. Den ganzen Winter hindurch kam er allabendlich, bei jedem Wetter, herübergeritten, machte halt im Schloßhofe, fragte: »Wie geht's?« und kehrte nach erhaltener Antwort heim auf seiner kugelrunden Falbin. – Sobald die Wege wieder fahrbar geworden, kamen die Familiendiners am Dienstag von neuem in Aufnahme.

Nach dem ersten hatte Wilhelm seinen Vetter in eine Fensterecke gedrückt und ihm geheimnisvoll zugeflüstert: »Deine Frau war bisher immer wunderbar – gemütlich aber ist sie erst jetzt geworden. Das macht das Kind, ja, mein Lieber … Man sagt: des Herzens Schrein – ganz falsch, es sind Schreine. Da und dort steht einer offen von Jugend auf. Die anderen öffnen sich nach und nach – ich spreche nur von guten Menschen natürlich – und den Schlüssel zum wichtigsten bringt manchmal ein Kindlein mit, in seiner kleinen Hand.«

In der Tat schien Maria ein ungetrübtes Glück in ihrer Ehe gefunden zu haben. Und war sie nicht auch beneidenswert vor Tausenden? Vergöttert und angebetet von einem Manne, den sie innig wertschätzte, Mutter eines blühenden Kindes, schön, ohne eitel, und hochbegabt, ohne ehrgeizig zu sein, reich genug mit Glücksgütern gesegnet, um dem regsten Wohltätigkeitssinne Genüge tun zu können, gehörte sie zu den Auserwählten des Schicksals. Sie selbst empfand es als eine Pflicht, sich zu ihnen zu zählen.

Früher, als Hermann es gestatten wollte, hatte sie sich wieder in den Hütten der Armen eingefunden; aber mahnen und drängen mußte er, bevor sie den Entschluß faßte, die Schwelle Wolfis nach langer Zeit von neuem zu überschreiten.

Er war, kaum erholt von einem abermaligen heftigen Anfall seines Leidens, dennoch aufgestanden, um sie zu empfangen, und kam ihr einige Schritte entgegen. Ein greisenhafter Zug bildete sich um seinen Mund, als er sie anlächelte. »Endlich, Frau Gräfin«, sprach er mit schwacher und heiserer Stimme, »endlich – Sie sehen, es geht besser. Ihr großer Arzt gibt mir nur noch beiläufig fünfhundert Tage zu leben, aber ich beabsichtige, Ihnen länger zur Last zu fallen, als der Gelehrte sich's träumen läßt, ich ...«

Hermann unterbrach ihn mit der Aufforderung, jetzt das Bekenntnis zu tun, das er auf dem Herzen habe.

»Aber verderben Sie mir die Freude nicht, Frau Gräfin«, sprach Wolfi.

»Welche Freude?«

– »Die, zuzuhören, wenn Sie Klavier spielen ... Staunen Sie nur! Der elende Kerl, der Wolfi, hat Sinn für Musik – besonders für diejenige, die Sie treiben.« Er klopfte mit der flachen Hand auf seine Brust. »Balsam, Frau Gräfin. – Ich habe mich auf allerlei Umwegen in die Nähe des Schlosses geschleppt, bis zum Gartenhaus hinter den Fliederbüschen, und gelauscht … Ja, das war Musik! Dabei läuft es einem kalt über den Buckel, und das ist das Rechte. Ich hatte Ihnen so viel Leidenschaft gar nicht zugetraut. – Sie haben es da«, er griff ans Herz, »und in den Fingern, und ich hätt es auch gehabt, wäre gewiß ein Künstler worden … Aber hat's denn sein dürfen? … Was, Künstler – Lump! Eine Satzung des großen Grafen: Aus dem Künstler wird nichts, wenn nicht der Lump in ihm die Begeisterung dazu gibt … Also ich bitte um freien Eintritt in das Gartenhaus, bitte auch, den Hunden und den Leuten aufzutragen, mich dort unbehelligt zu lassen, wenn ich komme, was nicht gar zu oft geschehen wird. Aber ich darf? – ich darf?« wiederholte er ungeduldig.

Maria zögerte: »Ein versteckt lauschendes Publikum ist nicht angenehm.«

»Flausen! was wissen Sie, wenn Sie spielen, von einem Publikum.«

Hermann legte seine Fürsprache ein, und der Wunsch Wolfis wurde gewährt.

Von diesem Tag an verlängerte Maria ihre Besuche bei dem Kranken. »Ein Mensch, der sich noch Empfänglichkeit für das Schöne erhalten hat, kann nicht ganz schlecht sein«, meinte sie und betrachtete es als ihre Aufgabe, diese Seele, die schon so bald vor den ewigen Richter gerufen werden sollte, zu retten. Sie hielt den Zynismus, mit dem er ihre Vorstellungen aufnahm, für eine scheußliche Maske, und die Einwendungen, die er ihr machte, für erbärmliche Prahlereien.

Eines Nachmittags fand sie ihn in großer Aufregung. Er war mit dem Lesen eines Briefes beschäftigt und empfing sie mit den Worten: »Habe ich noble Korrespondenten, he? Sehen Sie doch die Unterschrift.«

Sie las mit peinlicher Verwunderung »Felix Tessin«.

Wolfi steckte den Brief ein. »Ja«, sprach er nachlässig, »der antwortet einem doch, erinnert sich doch der einstigen

Jugendfreundschaft. – Sie lächeln ungläubig? Sie können den Gassenkehrer nicht vergessen, der hat Ihnen einen unauslöschlichen Eindruck gemacht. Aber dieser Episode meines bewegten Lebens gingen andere voran … Ei, ei – nun, was ist denn los?« Er stockte.

Maria hatte eine Art, den Kopf zu heben und Leute, die etwas taten oder sagten, das ihr mißfiel, dabei anzusehen, die den Kecksten in Verwirrung brachte.

Wolfi erfuhr es jetzt. »Ohne Sorge! Wozu diesen Aufwand an Würde?« spöttelte er. »Ich denke nicht daran, mich in Details einzulassen, ich sage nur: Wir waren befreundet. Felix und ich studierten in Heidelberg zusammen – fragt mich nur nicht, was –, wurden zusammen relegiert. Tessin kümmerte sich nicht um die Anzahl der Ahnen, die einer hatte, sondern um die der Frauenherzen, die er bezwang, und um die Klinge, die er führte. Die meine hat er schätzen gelernt bei jenem Überfall, den ein beleidigter Ehemann gegen ihn in Szene gesetzt … Ja, wir waren Freunde!«

»Und einer des anderen wert«, sprach Maria und wandte sich, um ihr Erröten zu verbergen. Wie hatte sie diese Worte sprechen können? War ihre Erbitterung gegen Tessin nicht längst überwunden?

Sie stand auf und verließ das Zimmer.

Lisette, von der sie sich hatte begleiten lassen, überhäufte Wolfi mit Vorwürfen.

Er aber blickte aus dem Fenster der hohen Gestalt nach, die langsam hinter den Bäumen des Parkes entschwand, und murmelte zwischen den Zähnen: »O Majestät, meinen letzten Lebensfunken für einen Flecken auf deinem Hermelin!«

9

Noch ein Herbst auf dem Lande, noch einmal die Weihnachtszeit in Dornach, die Gräfin Agathe bei ihren Kindern zubrachte, im Anblick ihres Enkels schwelgend. Nach dem neuen Jahre trennte man sich. Hermann und Maria fuhren zum Winteraufenthalte nach Wien, Gräfin Agathe kehrte in ihre Einöde zurück, nicht ohne die jungen Leute gemahnt zu haben, daß es auch gegen die Gesellschaft Pflichten zu erfüllen gibt. Während des langen Witwenstandes der Gräfin war kein Fest gefeiert worden im alten Dornachschen Palast, den ein prachtliebender Ahnherr der Gastfreiheit seiner Nachkommen erbaut. Allabendlich nur hatte sich das schwere Tor vor der soliden Equipage einer Familienmutter oder dem ehrwürdigen Stiftswagen geöffnet und Glock zehn hinter ihr wieder geschlossen unter den tiefen Bücklingen des gähnenden Portiers, der nach und nach zu der Überzeugung gelangt war, der Zweck des Lebens sei auszuruhen.

Das sollte nun anders werden, viel gründlicher anders, als die Gebieter des Hauses beabsichtigt hatten. Ihr Vorsatz, sich frei zu erhalten von dem Zwange, alles mitzumachen, erwies sich als unausführbar; in kurzer Zeit waren sie von dem Wirbel erfaßt. Die Welt sprach zu ihnen wie zu allen ihren Kindern: Gib dich mir ganz, eine Halbheit kann ich nicht brauchen. Und – Maria wenigstens tat der Welt den Willen, und diese bereitete ihr dafür Triumphe von berauschender, denen, die sie als junges Mädchen gefeiert hatte, sehr verschiedener Art.

Wenn sie früher die Summe dessen zog, was sie sollte, was von ihr verlangt wurde, so lautete das Resultat: gefallen. Jetzt hingegen schienen alle Menschen nur einen Wunsch, nur einen Ehrgeiz zu haben, den: *ihr* zu gefallen. Ein Lächeln, ein freundliches Wort von ihr beglückte, die geringste Bevorzugung des einen machte hundert Neider.

Der erste Ball bei Dornach hatte ungeteiltes Lob geerntet, ein zweiter Enthusiasmus erregt. Nun sollte ein dritter am vorletzten Faschingstag stattfinden.

Zu dem eine Einladung zu erhalten, bemühte sich jemand, der bisher die Nähe Marias sorgfältig gemieden hatte: Felix

Tessin. Sie war ihm anfangs für seine Zurückhaltung dankbar gewesen; doch sagte sie sich endlich, daß darin etwas viel Auffälligeres liege als in den banalen Huldigungen, die ihr von Jung und Alt dargebracht wurden.

Mit welchem Rechte machte er eine Ausnahme? War zwischen ihnen das geringste vorgefallen, das ihm erlaubte, sich anders als alle andern gegen sie zu benehmen?

Es freute sie fast, als sie eines Tages seine Karte fand und ihm eine Einladung zum Ball senden konnte. Es war Zeit, daß er seine Sonderstellung aufgab. Erst unlängst hatte Hermann gesagt:

»Tessin hat seine Niederlage noch nicht verschmerzt, er grollt« – und als Maria ihn staunend und bestürzt angeblickt, ganz ruhig hinzugefügt: »Vor einem braven Manne, den du mir vorgezogen hättest, wäre ich zurückgetreten, vor Tessin nicht. Ich hätte ihn eher niedergeschossen, als zugegeben, daß er dich heimführt.«

Maria zwang sich mühsam eine gleichgültige Miene ab: »Wie – du hast etwas entdeckt von dem mißlungenen Versuch des Grafen Tessin, sich auf die einfachste Weise den Einfluß meines Vaters zu sichern? – Allen Respekt! Außer dir ist dieser kleine diplomatische Fehlgriff niemandem aufgefallen.«

»So war auch ich einmal scharfsichtig«, hatte Hermanns Antwort gelautet. »Die Liebe tut Wunder.«

An dieses Gespräch erinnerte sich Maria oft, als die Stunde immer näher kam, in der sie Tessin als Gast in ihrem Hause sehen sollte. Und welche Vorsätze faßte sie nicht! Mit welcher Unbefangenheit wollte sie ihm entgegentreten und sogleich den kühl freundlichen Ton anstimmen, der von nun an zwischen ihnen herrschen sollte.

Der Faschingmontag kam heran. Es war neun Uhr; Maria hatte ihre Toilette beendet und sich noch in das Kinderzimmer begeben, um dem Kleinen gute Nacht zu sagen. Er erwachte, als sie sich über ihn beugte, stieß ein freudiges

Lachen aus und griff mit beiden Händen nach dem glitzernden Diadem auf ihrem Haupte. Sie wehrte ihm, küßte ihn, schläferte ihn wieder ein und flüsterte ihm zu: »Du bist doch mein Höchstes und Liebstes.«

Dann begab sie sich hinüber nach den taghell erleuchteten, blumendurchdufteten Festräumen… Alles noch leer und still. Nur im Wintergarten, in dem soupiert werden sollte, waren der Obergärtner aus Dornach und seine Leute mit dem Ordnen einer Palmengruppe beschäftigt. Und in der Galerie der Haushofmeister, der mit so feierlichem Ernste, als ob er einem Ministerrate präsidiere, den schwarzbefrackten Kammerdienern und den goldbetreßten, perükkengeschmückten Lakaien seine Befehle erteilte.

Im kühlen Ballsaale ging Hermann mit dem Direktor der Kapelle, einem berühmten und liebenswürdigen Künstler, in lebhaftem Gespräch auf und ab. Als Maria sich näherte, blieben beide stehen, und der Musiker rief unwillkürlich aus:

»Wie schön Sie sind, Frau Gräfin!«

»Nicht wahr?« erwiderte sie, seine Bewunderung ebenso unbefangen hinnehmend, wie er sie geäußert hatte: »Diese Spitzen – eine geklöppelte Symphonie; das Diadem, ein Meisterstück unsres Köchert, prächtig und doch leicht, ich spüre es kaum – lauter Geschenke meines Mannes …« »Und seine geringsten«, dachte sie. Was sind denn überhaupt für ihn Geschenke? – Sie hatte ihn ja ganz; sein erster und letzter Gedanke gehörte ihr, und was ihr Leben schmückte und schön und reich machte, vom Größten bis zum Kleinsten, war das Werk dieses Mannes, der im Besitz ihres Selbst noch sehnsüchtig nach ihrer Liebe rang.

Von unendlicher Dankbarkeit ergriffen, freute sie sich, so schön zu sein, freute sich, daß ihn heute viele glücklich preisen würden. Strahlenden Auges blickte sie in den Spiegel… Sie konnte zufrieden sein mit sich. Nie hatte ein Kleid ihr besser gestanden als dieses farbig-farblose, eine Mischung von Grau und Lila, für die die Sprache keine Bezeichnung hat.

Das kostbare, goldgestickte Spitzengewebe, das eben von ihr gerühmt worden, umgab die herrlich geformte Büste, bildete eine schmale Spange zwischen der Schulter und dem Oberarm und wallte, kunstvoll gerafft, vom Gürtel nieder bis zu der langen, mit schwerem Goldbrokat gefütterten Schleppe. Die edle, in zarter Fülle prangende Gestalt war wie von einer goldenen Wolke umschimmert, und eine Wonne für das Auge die gelassene und stolze Anmut ihrer Bewegungen.

Allmählich füllten sich die Säle. Übermütig oder abgespannt, mit vergnügten, erwartungsvollen oder mit gelangweilten Mienen wogten die Ankommenden herein. Die paar hundert Menschen, welche die sogenannte große Welt ausmachen, trafen einmal wieder an einem und demselben Orte zusammen – Blüte des Adels, Häupter und Angehörige uralter Geschlechter, die ihr Blut rein erhalten hatten von jeder Vermischung mit dem nicht Ebenbürtiger.

Da stehen sie, eine große Gruppe bildend, die in ihrer Art einzigen, die berühmten Wiener Komtessen. Die Reden einiger sind so frei und so derb, daß es nicht leicht ist, die Harmlosigkeit zu ermessen, mit welcher sie geführt werden. »Slang«, und nichts weiter, das fliegt sie so an. Die spricht's ihrem Vater und jene ihrem Bruder und eine der andern nach. In Wahrheit aber sind sie sorgfältig betreut worden, von ihrem ersten Atemzuge an behütet vor dem Anblick des Häßlichen und Schlechten, aufgewachsen in Unkenntnis des Elends und der Schuld. Und jetzt führt man sie ein in das Leben, zu dem das Vergangene nur eine Vorbereitung war; sie nähern sich seiner Schwelle, als wäre sie die der Himmelspforte, und klopfen herzhaft an.

Und die jungen Herren – sämtlich studierte Leute, wenn auch nicht immer viel mehr, als nötig ist, um die Offiziersprüfung zu machen. So mancher von ihnen hat auf der Schulbank neben dem Sohn des Schneiders oder des Branntweinbrenners gesessen und manche sauer erworbene gute Klasse dem Ehrgeiz zu verdanken gehabt, sich nicht regelmäßig von einem Plebejer überflügeln zu lassen. Ob sie jedoch gedenken, das Erlernte baldmöglichst wieder zu vergessen und nur noch ihrem Vergnügen zu leben, oder ob sie sich fühlen als angehende Marschälle, Botschafter, Minister: die Zuversicht, daß es die Welt nur gut mit ihnen meinen könne, beseelt alle, und sie treten hinein wie junge Könige in ihr Reich.

»Schau, wie sie grüßen«, sagte Hermann zu seinem Schwiegervater. »Da hat sich eben ein blühender Schwarm frischgebackener Leutnants und Attachés durch die Menge gedrängt, um der Hausfrau seine Reverenz zu machen. Sie stehen unbeweglich, nur die Arme werden noch etwas mehr gerundet, die Schultern noch ein wenig höher emporgehoben als gewöhnlich. Ein leichter Ruck, der Kopf neigt sich (beileibe nicht zu tief!) eine Viertelsekunde lang – der Gruß ist abgetan.«

»Modern«, sprach Wolfsberg. »Die Burschen sind alle nach demselben Rezept eingetunkt und steif glaciert in Eleganz.«

»Und so viel Gutes, das sich hinter den Faxen verbirgt, so viel Bravheit, Tüchtigkeit, Mut und – wie oft – Talent!«

»Wenn sie nur damit etwas anzufangen wüßten … Guten Abend, Fürstin«, unterbrach er sich, das freundliche Kopfnicken einer wohlerhaltenen stattlichen Dame mit tiefer Verbeugung erwidernd.

»Ich suche einen Platz auf der Estrade zwischen ein paar Nachbarinnen, die nicht gar zu arg besessen sind vom mütterlichen Ballwahnsinn. Einen Mauerfliegenplatz, mein lieber Graf«, sagte sie lachend und in bester Laune, obwohl sie wußte: Beim ersten Geigenstrich wird es sie erfassen mit fast unbezwinglicher Lust, sich noch einmal – ein allerletztes Mal – im Reigen zu schwingen … Ach! wenn sie sich nicht schämte vor ihrer siebzehnjährigen Tochter …

Die Ankunft des Hofes wurde gemeldet; Hermann eilte den hohen Gästen auf die Treppe entgegen, und bald darauf eröffnete Maria den Ball am Arme eines jungen Erzherzogs.

Während der ersten Tänze, umringt und umdrängt, in Anspruch genommen von ihren Hausfrauenpflichten, hatte sie ihn noch nicht gesehen, an den sie seit Beginn des Festes fortwährend dachte. Plötzlich meinte sie seine Anwesenheit zu fühlen. – Er ist da, sagte sie sich und erblickte ihn. Eine entsetzliche Verwirrung bemächtigte sich ihrer. Seine dämonische Schönheit fiel ihr wie etwas Neues auf.

Er stand neben dem Fauteuil Gräfin Dolphs, in eifrigem Gespräch mit ihr. Eifrig ihrerseits, sie war lebhaft angeregt, ein leichtes Rot färbte ihre welken Wangen, ein heiter satirisches Lächeln umspielte ihre Lippen, ihre scharfen Züge waren von dem Ausdruck der Zufriedenheit erhellt, die sie nur im Verkehr mit wirklich gescheiten Männern empfand. Tessin sprach wenig, aber jeder der kurzen Sätze, die er vorbrachte, schien eine Welt von Gedanken in dem verständnisvollen Geiste der Gräfin zu wecken.

Er brach das Gespräch ab, als sein suchender Blick dem Marias begegnete, und kam auf sie zugeschritten. Sie wechselten einige Redensarten, er bat um die nächste Polka.

»Ich gebe Ihnen die dritte – mit meiner Cousine Wolfsberg; sie hat, wie mir eben anvertraut wurde, keinen Tänzer«, antwortete Maria.

Tessin verneigte sich und ging, um die Komtesse zu engagieren, eine der Unbegabtesten ihres Geschlechts, für die jeder Ball eine Übung im Sitzen war.

Der Kotillon, den Tessin mitmachte, bot ihm endlich die ersehnte, glücklich wahrgenommene Gelegenheit zu einer Entschädigung. Scheinbar zufällig führte ihn eine Wahltour mit Maria zusammen. Mit leidenschaftlicher Hast umschlang er sie. »Einmal wieder!« sagte er so laut, daß sie erschrak, und schon flogen sie dahin, und ihr Atem mischte sich mit dem seinen, und sein Mund streifte ihre Haare, und er drückte sie an sich und sprach:

»Ich habe Sie gemieden, Gräfin – aus Sorge für meine Seelenruhe«, und sie erwiderte mit einer Stimme, die ihr selbst fremd klang und herb und unsicher war ... Nein, nein, so hatte sie ihm nicht begegnen wollen:

»Und was sichert sie Ihnen jetzt?«

»Nichts, aber ich will sie zu gewinnen – das heißt zu befestigen suchen – fern von Ihnen.«

Sie lachte: »An welchem Ende der Welt?«

Statt zu antworten, flüsterte er ihr zu, rasch und überstürzt: »Es wäre schön gewesen, auch jetzt noch zu schweigen, wie ich geschwiegen habe, als man mich bei Ihnen verleumdete – leugnen Sie doch nicht«, kam er dem Einwande zuvor, den sie erheben wollte –, »verleumdete und Sie die Frau eines andern wurden ... Es wäre heldenhaft gewesen, ich weiß, schweigend in die Verbannung zu gehen – aber zu so hoher Tugend vermag ich mich nicht aufzuschwingen, und Sie sollen wissen ...«

»Also wirklich in die Verbannung«, unterbrach sie ihn; »da bedaure ich ja sehr die kleine Nicolette.«

Das hätte sie nicht sagen dürfen! Oh, wie sie das wußte, als es zu spät, als es schon gesagt war und spöttischer Triumph aus den Augen des Herzenskundigen leuchtete, der in ganz verändertem und leichtfertigem Tone fragte:

»Die Kleine – Sie erinnern sich ihrer? War sie nicht nett?«

Sie sprach ihn nicht mehr an diesem Abend, den er ihr, den sie sich selbst vergällt hatte, den sich ins Gedächtnis zurückzurufen ihr peinlich wurde. Sie hörte, daß er einen »exotischen« Posten angenommen hatte und Österreich und Europa für Jahre verlassen sollte, sehr bald wahrscheinlich, vielleicht schon in einigen Wochen; der Zeitpunkt war noch nicht genau bestimmt.

Fast täglich führte die ruhelose Geselligkeit, in der sie lebten, sie zusammen. Sie trafen einander auf dem Eise, im Prater, bei Diners, in Soireen. Und er, mit großer Geschicklichkeit, mit steter Beherrschung seiner selbst, wußte immer da zu sein, wo sie war, und sich dann mit allen, außer mit ihr, zu beschäftigen. Er machte auf das eifrigste der und jener koketten Frau in Marias Gegenwart den Hof; er verschwendete die Schätze seines Geistes und seines Witzes an irgendeine hübsche Dutzend-Komtesse.

Das war so seltsam, so unerwartet nach seinem kühnen Versuch einer Erklärung auf dem Balle. Sie belächelte es, fand es kindisch, ihrer und seiner unwürdig, und nahm den Kampf dennoch auf, den er ihr bot. Allerdings beschäftigte sie sich dabei mehr als billig mit ihm, dachte an ihn – immer und immer! Anfangs rang sie gegen diese törichte Besessenheit, dann erinnerte sie sich des großen Wortes: »Wir befreien uns von unsern Leidenschaften, wenn wir sie denken.« – *Von unsern Leidenschaften* – um wie viel eher denn von einer Marotte. Überdies stand Tessin am Morgen seiner Abreise; und wie bald waren dann der kleine Krieg, den sie miteinander geführt, und die Laune, die ihn heraufbeschworen hatte, vergessen.

Gräfin Dolph, zu deren, wie sie selbst sagte, senilen Eitelkeiten es gehörte, mit der Marquise du Deffand verglichen zu werden, nannte Tessin, der sich regelmäßig in ihrem auswattierten, vor jedem Zuglüftchen sorgfältigst verwahrten Salon einfand, ihren Horace Walpole. Sie sang sein Lob in allen Tonarten, und ein Massenchor von schönen Damen stimmte ein. Tessin war nie so ausschließend und siegreich in der Mode gewesen wie jetzt, da sein Nimbus dadurch noch erhöht wurde, daß er einen Scheidenden umgab.

Die aus Überzeugung Unwissenden, die geschworenen Feindinnen der Geographie begannen diese verachtete Wissenschaft zu pflegen. Landkarten von Asien wurden in aristokratischen Häusern eifrig studiert, und auf ihren die Wege, die Tessin nehmen sollte oder konnte, mit farbigen Stiften eingezeichnet. Eine unerhörte Wanderlust regte sich plötzlich in hundert jungen weiblichen Herzen.

Es versteht sich von selbst, daß die Abende bei der Gräfin Dolph, die sonst wenig Anziehungskraft besaßen, bis zum Ende der Fastenzeit besucht wurden wie ein Gnadenort.

Die gastlich geöffnete Zimmerreihe der großen Wohnung, welche die Gräfin im Hause ihres Bruders beibehalten hatte, stand fast leer, während das Gelaß, in dem die Hausfrau ihren Günstling empfing, immer überfüllt war.

Der Graf mied diese Gesellschaften, weil Tessin ihr Mittelpunkt war, und Maria fand sich so selten ein, als unauffälligerweise geschehen konnte. Einmal aber kam sie nach der Oper, begleitet von Hermann, und bald nach ihnen erschien Wolfsberg. Er befand sich in schlechter Stimmung; um seinen Mund lagerte der böse Zug, den Maria einst gefürchtet hatte und der ihr jetzt noch unangenehm war, weil er eine Härte verriet, zu der ein Überlegener wie er sich gegen Geringere nicht hinreißen lassen durfte. Er schritt durch das Gedränge bis in die Nähe der Gräfin Dolph, die in ihrem kissenreichen Lehnstuhl am Ende des Zimmers ruhte und mit dem auf einem Taburett neben ihr sitzenden Tessin scherzte. Ein kleiner Hofstaat von besonders eifrigen Anhängern umgab sie und mischte sich gelegentlich in ihr Gespräch.

»Begum Somru und Dyce«, sagte Wolfsberg im Vorübergehen zu seiner Tochter, und sie versetzte:

»Nein, Stuwers Nachfolger – sie sprechen ein Feuerwerk.«

Der Graf reichte seiner Schwester die Hand, würdigte einige der Damen seiner freundlichen Beachtung und bemerkte erst nach einer Weile, daß Tessin aufgestanden war und der Erwiderung seines Grußes harrte.

Nun sah er ihn. Die Blicke beider Männer kreuzten sich wie blanke Schwerter. Der jüngere senkte seine Augen nicht, und Wolfsberg sprach:

»Sind Sie reisefertig?«

»Seit vier Wochen, Exzellenz.«

»Um so besser, denn Sie werden wohl kaum noch ebenso viele Tage hier zubringen. Was meinen Sie?«

»Immer das, was Euer Exzellenz meinen.«

»In all und jedem«, fiel die kleine Gräfin Felicitas Soltan, genannt Fee, ein, die zu den ausgesprochenen Lieblingen

Wolfsbergs gehörte. Er lauschte gern dem reichen Quell des Unsinns, der aus ihrem hübschen Mund hervorsprudelte, und erklärte ihn für ein höchst anmutiges Geräusch, bei dem er ausruhe. –

Fee war reich und elternlos mit sechzehn Jahren durch ihre Verwandten an einen viel älteren Mann verheiratet worden, der sie zwei Jahre später zur Witwe machte. Jetzt genoß sie ihr junges Dasein und das sich selbst erteilte Privilegium, alles zu sagen, was ihr durch den Kopf fuhr. Es hatte viel Staub aufgewirbelt in diesem Fasching, daß sie sieben Heiratsanträge ausgeschlagen, weil sie, ihrer eigenen Behauptung nach, seit ihrer Kindheit in Tessin verliebt war »bis über die Ohren«. Jüngst hatte er sich einige Tage lang auffallend mit ihr beschäftigt und vernachlässigte sie jetzt wieder ebenso auffallend.

Maria durchschaute sein Spiel. Sie wußte wohl, wessen Befremden es erregen sollte, und daß es ohne weiteres eingestellt wurde, als es seinen geheimen Zweck verfehlt hatte.

Die kleine Fee rief sie an und zwang sie, neben ihr Platz zu nehmen. »Hörst du«, fragte sie, »wie bald Tessin uns verlassen soll? … Ihr könnts euch um ihn kränken, wenn's euch freut. Ich kränk mich nicht – ich reis ihm nach.«

Alle lachten, und Tessin sprach achselzuckend: »Sie wären in größter Verlegenheit, Gräfin. Sie haben ja keine Ahnung von dem Wege, den Sie nehmen müßten.«

Fee zog ihr feines Kindergesicht in ernste Falten: »Ich werd halt fragen, ich werd auf die Bahnhöf fahren, ich werd an jeden Stationschef schreiben in die vier Weltteil.«

»Immer schlimmer«, versetzte Tessin, und seine Augen ruhten mit unbarmherzigem Spotte auf ihr, »denn nur im fünften leben Gelehrte, die Ihre Schrift lesen können.«

Sie suchte nach einer Antwort und fand keine. »Schau, wie er mit mir is«, flüsterte sie ihrer Nachbarin zu. Ihr Mund verzog sich zum Weinen; sie sprang auf und sprach mit einem Schluchzen in der Stimme: »Das is hier eine Hitz, nicht zum Aushalten!«

Maria folgte ihr. Sie traten beide ans Fenster; Fee preßte ihre glühende Stirn an die Scheibe. Tränen flossen über ihre Wangen.

Eine halbe Stunde später verließ das Ehepaar Dornach die Gesellschaft und wurde auf der Treppe von Tessin eingeholt.

»Ich begreife nicht«, sagte Hermann zu ihm, »wie du Freude daran finden kannst, eine Frau, die dich liebt, lächerlich zu machen.«

»Mich liebt?« erwiderte Tessin mit einer weder durch die Worte noch durch den Ton, in dem sie gesprochen waren, gerechtfertigten Gereiztheit. »Ein Wetterfähnchen, das liebt?«

»Der Tausend! – Du wirst doch niemandem aus seiner Unbeständigkeit einen Vorwurf machen?«

»Jedem den schwersten«, sprach Tessin mit großem Nachdruck.

Am folgenden Morgen erhielt Hermann ein Telegramm von dem Gewissensrat seiner Mutter, Pater Schirmer. Er machte auf eigene Faust die Mitteilung, daß die Gräfin – wenn auch unbedenklich – erkrankt sei.

Der Entschluß, am selben Abend zu reisen, war sogleich gefaßt. Die Anordnungen dazu wurden getroffen, das Kind mit seiner Kamarilla unter der Obhut Lisettens nach Dornach gesandt.

Maria geleitete den Kleinen zur Bahn, nahm Abschied von Tante Dolph und schickte ihrem Vater eine Zeile der Nachricht ins Ministerium. Nach Hause zurückgekehrt, betrat sie das leere Kinderzimmer und verließ es schnell wieder – es machte ihr einen peinlichen Eindruck. Sie ging zu Hermann hinüber; er war zu seinem Geschäftsmanne gefahren und hatte gesagt, man solle ihn nicht vor der Essenszeit, sieben Uhr, erwarten.

Nun lehnte Maria etwas müde in ihrem Fauteuil am Schreibtisch. In dieser ganzen letzten Vergangenheit hatte sie sich geklammert an die Liebe zu ihrem Kinde, hatte jede Stunde, die ihr angestrengtes Weltleben ihr übrig ließ, mit

Hermann zugebracht. Bald sollte sie nur für diese beiden leben, durch nichts zerstreut, durch nichts in Anspruch genommen sein als durch die berechtigten, die heiligen Neigungen, die in ihr Dasein getreten waren, wie zum Ersatz zweier andrer, völlig verwandelter … denen zu ihrem Vater und zu der einzigen Freundin, die sie jemals zu haben geglaubt.

Ich bin reich genug, sagte sie sich und hatte die Empfindung, daß noch einige Stunden vergehen müßten, ehe sie zu dem vollen Genuß dieses Reichtums kommen könne. Dann würde die unerklärliche Sehnsucht, die ihr jetzt immer und immer die Seele beklemmte, verschwunden, und sie würde frei sein – frei – –

Die Tür des Salons, der an ihr Schreibzimmer grenzte, wurde geöffnet, ein Kammerdiener trat ein und fast zugleich mit ihm der, den er anmeldete: Graf Tessin.

10

»Entschuldigen Sie, Gräfin«, sagte er, am Eingang erscheinend und stehenbleibend, »daß ich Ihnen nicht Zeit lasse, mich fortzuschicken. Ich hörte aber, daß Sie heute reisen, und habe noch dringend mit Ihnen zu sprechen.«

Es war unmöglich, ihn abzuweisen in Gegenwart des Dieners. Maria ging dem Besucher in den Salon entgegen und nahm Platz an einem Tischchen, auf dem ihre Arbeit lag. Sie bot alle ihre Kräfte auf, um eine unbefangene Haltung zu bewahren, und wies Tessin einen Sessel ihrem Kanapee gegenüber an.

Gott im Himmel, wie fassungslos fühlte sie sich, wie seltsam war ihr zumute! Die Zunge klebte ihr am Gaumen, eine eiserne Faust schnürte ihr die Kehle zu, ihr Herz klopfte, ihre Pulse flogen – und diesen tollen Aufruhr ihres ganzen Wesens brachte – Schmach und Verbrechen! – seine Nähe hervor.

246

Er hatte das Wort genommen, und sie, nur mit sich selbst beschäftigt, hörte, ohne zu verstehen, ohne sich Rechenschaft von dem zu geben, was er sagte. Er bat für jemanden um Nachsicht und Schonung, er tat es in seiner eindringlichen, bestrickenden Weise. So warm, so sanft, so bescheiden hatte ihn wohl noch niemand bitten gehört. Nichts Einschmeichelnderes auf Erden als der Klang seiner Stimme. – Der Name, der immer wieder auf seine Lippen kam, war der Almas.

Plötzlich raffte Maria sich auf aus ihrem schweren Kampfe. »Was wollen Sie eigentlich?« fragte sie rauh. »Was soll ich für Alma tun?«

»Was ich für sie erflehe.«

»Und das ist?«

»O – Sie schenken mir nicht einmal so viel Aufmerksamkeit als dem ersten besten Bettler, der Sie auf der Straße anspräche«, rief Tessin vorwurfsvoll. »Woran denken Sie? Immer nur an den Glückseligen, der durch Sie der erste unter den Menschen geworden ist. Ja, ja, ja! Der ist der Erste, der sich rühmen darf, das höchste Erdengut zu besitzen, eine Frau wie Sie.«

– »Er rühmt sich nicht«, wandte sie ein.

Tessin lachte: »Es wäre menschlich – und er hat die Verpflichtung, eine Vollkommenheit zu sein, und wird ihr gerecht. Aber auch ein andrer, ein Geringerer, dem sein Glück zugefallen wäre, hätte verstanden, sich dessen ebenso würdig zu machen … Gräfin, Gräfin! – Mir selbst traue ich zu, daß ich an Ihrer Seite nicht nur gut, daß ich sogar ein Vorkämpfer des Guten hätte werden können.«

Maria neigte sich über ihre Arbeit und sprach: »Man tut das Gute um des Guten willen. Aus einem andern Grunde getan ist es wertlos.«

»Sie leugnen die Bekehrungen durch Heilige, durch Propheten«, entgegnete Tessin, »die hinreißende Macht des Beispiels? – Ich gehöre nicht zu den Auserwählten, die am

Urquell schöpfen. Ich bedarf einer Freundeshand, großmütig genug, es für mich zu tun, und mir dann etwas mitzuteilen von der herrlichen Labe ... Der Wohltäter des Menschen ist immer nur der Mensch. Ich gäbe jeden göttlichen Schutz und das sogenannte Walten und Vorsehen einer unendlichen Weisheit um die Treue eines Herzens, das mich liebt, und beneidenswert wäre ich, stände es mir frei, den Tausch einzugehen ... Gräfin«, begann er nach kurzem Schweigen von neuem, »so unwichtig ich Ihnen auch bin, haben Sie vielleicht doch bemerkt, daß eine große Veränderung mit mir vorgegangen ist in der kurzen, schönen Zeit, in der ich gewagt habe, die Augen zu Ihnen zu erheben ... So voll Ehrfurcht, so demütig und – so töricht kühn ... Oh, wenn ich noch erröten könnte, bei dem Geständnisse müßte ich's« – und eine dunkle Blutwelle stieg ihm ins Gesicht – »denn ich hoffte, Sie zu erringen ... Kindisches Wagnis, nach solchem Ziele zu streben. – Ein Verwandter Alma Tessins darf nicht der Schwiegersohn des Grafen Wolfsberg werden. Ich hätte es wissen und auf das gefaßt sein sollen, was geschah.«

»Was geschah?«

»Ich wurde gestrichen aus den Reihen Ihrer Bewerber ...«

»Meiner Bewerber? ... Sie hätten um mich geworben?«

»Sie wissen es nicht? – – Ihr Vater hat es Ihnen verschwiegen!« rief Tessin bitter und ironisch aus. »Das ist Wolfsbergische Politik! ... Weder offenherzig noch gerecht, aber klug. Warum Sie vor eine Wahl stellen, da man doch entschlossen ist, Ihnen keine Wahl zu lassen? – Über Sie war verfügt; Sie waren, ehe Sie es ahnten, dem Grafen Dornach versprochen.«

»Versprochen?« rief Maria mit Entrüstung aus.

»Sagen wir denn: bestimmt. Über mich schritt Ihr Vater einfach hinweg, nachdem ich entwurzelt worden in Ihrer guten Meinung ... durch ihn – ich bitte, leugnen Sie nicht –, durch ihn. Auf welche Weise, frage ich nicht. Das Leben eines Weltmannes, der jede Mode berufsmäßig mitmacht, bietet Blößen genug. Und ich trage keinen Harnisch. Jeder gegen

248

mich abgesandte Pfeil trifft meine unbeschützte Brust ... Sie
aber, Gräfin, so weise, so gerecht, so hochherzig, Sie hatten
für mich nicht *eine* Entschuldigung, nicht *einen* milden Gedanken. Sie wandten sich von mir ab, stumm und verächtlich
– ich werde die Art nie verschmerzen, in der Sie sich von mir
abgewandt haben!«

Sie war erschüttert von seiner Anklage, sah ihn an und
sprach, alle Geistesgegenwart verlierend: »Auch Sie blieben
stumm – hätten Sie damals gesprochen. Jetzt ist es zu spät.«

»Zu *Ihnen* gesprochen?« fragte er rasch, ihre letzten
Worte überhörend, »zu Ihnen, in deren Herzen nichts für
mich sprach? Nichts, sonst würden Sie mich nicht so leicht
aufgegeben haben. Auch ist ein Verschmäher nicht immer
aufgelegt, sich zu rechtfertigen. Ein Verschmäher ist leicht
gekränkt, ist reizbar. Nein, ich wollte warten, bis ich Ihnen
zugleich sagen konnte: Leben Sie wohl, und Ihnen wenigstens meine Uneigennützigkeit beweisen. Unglaublich
albern, nicht wahr? Es ist zum Lachen. Das nennt man
doch Torheit um Torheit begehen ... Wahrhaftig, ich hätte
es anders angefangen, wenn ich nicht das Unglück haben
würde – Sie zu lieben.«

Was sollte sie erwidern? Sie gab ihm recht im stillen. Ihr
gegenüber hatte er seine Verführungskünste nicht ausgeübt.
Der Mann, von dem es hieß, daß er sich nie vergeblich um
Frauengunst bemüht habe, nie von denen, die er verließ, vergessen worden sei, ihr war er nie anders als bescheiden, fast
schüchtern genaht. Sie konnte ihm nicht widersprechen, als
er von neuem begann:

»Sagen Sie mir, ob ein Gymnasiast sich gegen die stumm
und heiß Vergötterte ungeschickter, blöder hätte benehmen
können, als ich mich gegen Sie benahm? ... Vorbei! – Mein
›freudenreiches‹ Leben bleibt leer, ist nichts. Nun will ich's
mit dem Ehrgeiz versuchen«, fuhr er mit einem tiefen Seufzer fort, »dem Auskunftsmittel so manches Gescheiterten.
Wenn Sie einmal hören, daß ich irgend etwas ›geworden‹

bin, das zu sein der Mühe wert scheint, dann erinnern Sie sich dieser Stunde und wägen die Bedeutung ab, die äußerer Glanz des Daseins für mich haben kann.«

Er hielt inne, er wartete; Maria schwieg. Schüchtern beinahe kam Tessin nach einer Weile auf seine erste Bitte zurück, sprach wieder von Alma: »Haben Sie Mitleid mit einer Unglücklichen, ein wenig Mitleid, Gräfin. Sie selbst wagt es nicht, Sie anzuflehen. Sie glaubt nicht einmal, an einem Orte mit Ihnen wohnen zu dürfen; sie vergräbt und verzehrt sich auf dem Lande in Einsamkeit und Reue …«

»Sie tut recht«, unterbrach ihn Maria kalt und leise. »Mit welcher Stirn vermochte sie es früher, mit mir zu verkehren und – es ist unfaßbar – mit hundert Menschen, die alle in Kenntnis waren von ihrer unsühnbaren Schuld.«

»Unsühnbar? Ich meine, sie sühnt.«

»Möge sie es versuchen.« Damit erhob sie sich, und er sprang auf:

»Sie entlassen mich?«

»Leben Sie wohl.«

»Ihre Hand! … Reichen Sie mir zum Abschied die Hand. Ein paar Duellanten reichen sich die Hand, wenn einer den anderen entwaffnet hat. Gräfin Maria, ich habe die grausamste Niederlage erfahren, ich habe alles verloren, Hoffnung, Mut, Kraft. Sie haben sogar den elenden Stolz gebrochen, der mich noch aufrecht hielt – aus Erbarmen, geben Sie mir die Hand!« Seine Zähne knirschten, sein edles stolzes Gesicht war leichenblaß.

Maria machte eine verneinende Bewegung mit dem Haupte.

Nach einem letzten fragenden, beschwörenden Blick verneigte er sich und trat aus dem Zimmer.

Maria blickte ihm nach. Da hatte sie ja einen vollständigen Sieg über sich selbst errungen; denn wahrlich, das Erbarmen, um das er gebeten, füllte ihre Brust zum Zerspringen, und süß und wonnig wäre es ihr gewesen, die Hand zu erfassen, die er beim Abschied nach ihr ausstreckte, und ihm zu sagen: »Sie leiden nicht allein. Nehmen Sie diesen Trost mit sich.«

Aber sie hatte ihm die Hand nicht reichen dürfen. Er würde gefühlt haben, daß sie zitterte und eisig war, weil alles Blut zu dem aufrührerischen Herzen strömte, das ihm so toll entgegenschlug.

2 years married

———————

Knapp vor der Abfahrt des Zuges trafen Hermann und Maria auf dem Bahnhofe ein, und wenige Minuten später dampfte die Lokomotive durch die Halle.

»Ist das nicht Tessin?« fragte Hermann, auf eine dunkle Gestalt deutend, die im Schatten eines Pfeilers stand und den fortrollenden Wagen nachblickte.

Maria hatte ihn längst gesehen: »Ja, es ist Tessin.«

»Mit dem Gesicht eines Selbstmörders«, versetzte Hermann. »Er ist mir unheimlich seit einiger Zeit.«

Es war wieder eine laue, schöne Frühlingsnacht wie vor zwei Jahren, als sie ihre Hochzeitsreise nach Dornach angetreten. Maria drückte sich in eine Ecke und schloß die Augen, und wieder, wenn sie den Blick erhob, begegneten sie dem ihres Mannes, der liebevoll auf ihr ruhte.

Ihre Verstimmung war ihm sogleich aufgefallen. Er schrieb sie der überstürzten Abreise zu, die allen, eben jetzt besonders reichlich gebotenen Vergnügungen der Stadt ein plötzliches Ende machte, fand sie begreiflich und bedauerte, Marias Opfer egoistisch angenommen und zugegeben zu haben, daß sie ihn nach Dornachtal begleite.

»Wenn wir meine Mutter getrost verlassen können«, sagte er, »fahren wir im Mai zu den Rennen nach Wien zurück.«

Maria widersprach: »Das wollen wir nicht tun, du hast kein Interesse daran, und ich, glaube mir, ich sehne mich nach der Ruhe in Dornach. Dorthin wollen wir, sobald die

Mutter unsrer nicht mehr bedarf. Nach Dornach, Lieber –
dort wird alles gut werden.« Unwillkürlich, mehr zu sich
selbst als zu ihm, waren die letzten Worte gesprochen, und
nicht mit Zuversicht – mit peinvollem Zweifel.

Hermann ergriff ihre Hände: »Was soll erst gut *werden*?
Was ist nicht gut? … Sprich, sag es mir, du mein alles, mein
Kind und meine Gottheit. Beglückerin! was fehlt dir zum
Glücke?«

Sie entzog ihm ihre Hände, um sie auf seine Schultern zu
legen, und sah tief in seine friedlichen Augen hinein: »Mein
Freund … Mein Freund«, wiederholte sie und dachte daran,
ihm alles zu gestehen, ihm zu sagen: »Hilf – befreie mich –
ich ringe in entsetzlichen Banden. Es frißt mir am Herzen, es
ist ein sündiges Mitleid, – eine verbrecherische Sehnsucht.
Hilf, hilf, rette mich vor dem Wirrsal, in das ich geraten bin!«

Sollte sie so zu ihm sprechen?

Eines Augenblicks Dauer, und sie staunte, wie der Einfall ihr hatte kommen können. War denn nicht jede Gefahr
vorbei? Was galt es noch zu bekämpfen? – Einen Sturm von
Empfindungen, dessen sie allein Herr werden wollte.

»Mir fehlt nichts«, sagte sie, »es sind Launen, Bester, die
jeder Sterbliche hat, du allein ausgenommen. Ich kann nur
wiederholen, was ich dir schon als Braut sagte: Habe Geduld
mit mir.«

Gräfin Agathe empfing ihre Kinder, als sie am nächsten Tage
kurz vor dem Mittagessen bei ihr eintrafen, mit sehr absichtlich betonter Überraschung. Sie befand sich zwar noch zu
Bette, aber nur aus Rücksicht für die viel zu weit getriebene
Ängstlichkeit ihres Hausarztes. Es sei ihr höchst unangenehm, versicherte sie, den Kleinen allein in Dornach zu wissen – noch dazu ihretwegen. Eine Einwendung ließ sie nicht
gelten und blieb dabei:

»Ohne seine Mutter ist ein so junges Kind immer allein. Nur um mich keine Sorgen! Was der Herr beschließt, haben wir in Demut hinzunehmen. Aber ich hoffe von seiner Gnade, daß er mein Gebet erhören und mich noch hier lassen wird, um meinen dritten Enkel zu segnen. Drei müssen es sein. Einer für Dornach, einer für Gott, einer für den Kaiser.«

»Majoratsherr, Priester, Soldat«, murmelte Pater Schirmer, nickte dreimal dazu, kreuzte seine kleinen Hände über dem Magen und guckte aus winzigen Augen über die runden Polster der Wangen mit einer wahren Fülle von Wohlwollen und Freundlichkeit vor sich hin.

Die Gräfin beruhigte sich erst, als Maria ein Telegramm nach Dornach abgesandt hatte, in dem sie ihr Eintreffen für den drittnächsten Tag ankündigte. Hermann wurde gebeten, länger zu bleiben. Es geschah auf Veranlassung Pater Schirmers, der, mit dem Amte eines Sekretärs betraut, infolge seines Bestrebens, »jede Störung der Harmonie zwischen Gutsbesitzer und Gutsverwaltung hintanzuhalten«, einen verderblichen Schlendergang in der Leitung der Geschäfte geduldet hatte. Mit Schrecken war er sich des Unheils bewußt geworden, das seine Ohnmacht angerichtet. Das Eingreifen der festen Hand Hermanns war notwendig.

So kam denn Maria allein in Dornach an.

Auf der Station wartete Wilhelm und empfing seine Base bewegt wie ein Liebhaber. Er bestellte ein Willkommen-Lallen von seinem »Prachtneffen«, die wärmsten Grüße Helmis und Handküsse der Rangen. Er konnte die schriftlichen Nachrichten über das Befinden Wolf Forsters, die Doktor Weise im Laufe des Winters nach Wien geschickt hatte, bestätigen. Der Patient war wohl genug, um Dornach verlassen und die Fahrt nach einem Jagdgebiete Hermanns in Tirol, dessen Schlößchen ihm dieser zum bleibenden Aufenthalt anwies, unternehmen zu können. Er selbst freue sich sehr darauf und spreche nur noch von seiner lang gehegten und stets ungern gebändigten »Passion« für das lustige Waidwerk.

»Lauter Gutes, lieber Wilhelm, du bringst lauter gute Botschaft«, sprach Maria, und Tränen traten ihr in die Augen.

»Das Beste bringen Sie«, rief er aus, »Sie bringen *sich*.«

»Wie sagst du? Sie!?«

»Entschuldige! das macht der Respekt … Nach so langer Trennung kommt es mir ordentlich keck vor«… Er wurde verlegen und schwieg.

Sie rollten im raschen Trabe der Pferde dahin.

Durchsichtig blau und wolkenlos wölbte sich über ihnen der Himmel. Im Westen, in einer Einsattelung der Bergkämme, bildete die untergehende Sonne einen blendenden Feuerherd und sandte ihre Strahlengrüße über die keimende, knospende, blühende Welt, die sie zu neuem Leben erweckt hatte.

Ewig gelöstes, ewig unlösbares Rätsel, Frühlingswunder! – Still ließ Maria es auf sich einwirken und betete die eine und einzige Kraft an, die webt und treibt im Hälmchen auf der Wiese, widerhallt aus der tönenden Brust der Nachtigall, unwiderstehlich lockt und ringt im Menschenherzen.

Man war vor dem Schlosse angelangt; Wilhelm bestieg seinen Gaul und ritt heim, nachdem er versprochen hatte, sich morgen als Pater familias in Dornach einzufinden.

Maria hielt ihr Kind in ihren Armen; sie küßte und liebkoste es und wiederholte ihr Sprüchlein: »Alles gut – lauter Gutes – –«

Ach, wenn der bittere Vorwurf nicht wäre gegen einen Menschen, der nicht in ihrer, nein, in dessen Schuld *sie* stand, der nagende, peinvolle Vorwurf, unerbittlich grausam gewesen zu sein. Sie hätte sich überwinden, ihm die Hand reichen und sagen sollen – was hielt sie ab, welche Pflicht verbot es ihr? »Ich habe Sie geliebt. Dereinst, als ich noch frei war. Die Verhältnisse haben uns getrennt. Nun wollen wir als brave Menschen unsre Schuldigkeit tun und beim

Wiedersehen nach Jahren, wenn die Empfindung, die uns jetzt noch bedrückt und verwirrt, erloschen sein wird, einander als alte Freunde entgegentreten.«

Hätte sie doch so gesprochen, so sprechen können! Schwäche, Schwäche, daß sie es nicht gekonnt. Jetzt blieb der Stachel in ihrer Brust, der Tropfen Gift in ihrem Blute. Sie sollte den Blick nie vergessen, den er ihr beim Scheiden zugeworfen.

Als sich Maria in ihr Schlafgemach begeben hatte, erschien Lisette, um gute Nacht zu wünschen und eine Botschaft von Forster zu überbringen. »Er geht also fort«, sagte sie, »und läßt dich bitten, inständig, daß du morgen Klavier spielst und dann hinkommst in den Pavillon. Er möcht sich gar so gern bei dir empfehlen und dir auch den weiten Weg ersparen bis zur Hegerin. Wirst du kommen?«

»Ja.«

»Noch etwas, denk dir. Heut hat er Besuch gehabt, der Wolfi. Ein Freund von ihm, der eine weite Reise macht, hat sich hier aufgehalten von einem Zug zum andern.«

Maria rückte den Schirm, der auf dem Tische stand, vor die Lampe. »Wer?« fragte sie.

»Den Namen weiß ich nicht. So ein hübscher großer; das Gesicht wie von einem Italiener. Hat einen Backenbart, rabenschwarze, etwas gelockte Haare, die Nase gebogen, das Kinn ausrasiert. Vielleicht kennst du ihn. Ich hab ihn zwar nie bei uns gesehen.«

Nachdem die Alte sich entfernt hatte, durchwandelte Maria noch lange das Zimmer und dachte dessen, den jede Minute, jede Sekunde weiter hinwegtrug von ihr und der wohl auch wachte und litt wie sie und ihr grollte und zürnte …

Er war da gewesen, er hatte die Erinnerung an die Stätte, an der sie lebte, mitnehmen wollen in seine freiwillige Verbannung. – Einen Tag nur – nur einen, und sie hätten einander noch gesehen und den Abschied nehmen können, den sie sich in immer holderen, reineren Farben ausmalte.

Der Morgen kam. – Das Kindlein wankte ebenso tollkühn wie unsicher an der Hand der Wärterin in das Schlafgemach herein, dem Bette seiner Mutter zu, und jauchzte ihr entgegen…

Maria erhob sich nach wenigen Stunden eines unerquicklichen, durch wüste Träume gestörten Schlafes. Sie wollte ihr Tagewerk beginnen, aber sie hatte Blei in den Gliedern, einen eisernen Reifen um den Kopf. Alles wurde ihr schwer, alles versagte, sogar die getreue Kunst. Sie schloß das Klavier, nachdem sie einige Akkorde angeschlagen, eilte hinab ins Freie, umschritt das Haus und wanderte durch einen Fliedergang dem Pavillon zu. Forster wartete ihrer dort; sie wollte ihn treffen und durch den letzten, der den Scheidenden noch in der Heimat gesprochen, eine Kunde von ihm haben.

Sie war angelangt und überschritt die Stufen, die zum Pförtchen des kleinen Baues hinaufführten, einer zierlichen und luxuriösen Spielerei aus dem achtzehnten Jahrhundert. Er enthielt zwei durch Rundbogen getrennte Zimmer. Die Wände und die Möbel waren mit gelbem chinesischem Seidenstoff überzogen, die Fenster mit demselben kostbaren Gewebe verhangen.

Als Maria aus dem grellen Tageslicht in die goldige Dämmerung trat, schwamm es ihr vor den Augen, und sie vermochte nicht, einen scharfen Umriß zu unterscheiden. Aus dem Nebenzimmer nahte jemand langsam und zögernd, wie ihr schien. »Forster«, rief sie.

Keine Antwort. Nach einer Weile erst ihr leise geflüsterter Name.

Maria erkannte die Stimme sogleich und schrie auf: »Sie!«

Tessin stürzte ihr entgegen mit inbrünstig gefalteten Händen... Sie streckte die ihren abwehrend aus:

»Fort!… wie können Sie es wagen?… das ist Verrat. Gehen Sie!«

Er schüttelte den Kopf: »So nicht. Ich hab's versucht – es ist unmöglich.« Entschlossenheit in jeder Bewegung, die Brauen drohend zusammengezogen, trat er näher.

Sie wich schweigend zurück und schritt dem Ausgang zu.

Da warf er sich zwischen sie und die Tür, und als Maria ans nächste Fenster rannte und es zu öffnen versuchte mit bebenden Fingern, die den Gehorsam versagten, glitt ein finsteres Lächeln über seine Züge.

»Sie wollen Leute herbeirufen, tun Sie es doch. Der Gewalt muß ich weichen. – Aber nicht lebendig ... das sage ich Ihnen – und Sie«, er hob beteuernd die Rechte, »Sie glauben mir das.«

»Wahnsinn«, stammelte Maria, von Furcht und Schrekken durchbebt.

»Nein, Verzweiflung! ... Was hab ich Ihnen getan? Warum verachten Sie mich? – Ich habe Sie unaussprechlich geliebt. Und was haben *Sie* mir getan? Sie haben mich verschmäht, mißhandelt, wie ich nicht dulde, daß man mich mißhandle. Sie haben die reinste Empfindung meines Lebens verkannt, mir gemeine Beweggründe zugeschrieben, mich verletzt, kalt und berechnend, an der empfindlichsten Stelle meines Herzens – geben Sie mir Genugtuung!« Er sah sie an, verstört, in rasender Erregung ... Aber plötzlich, wie durch Zaubergewalt beschwichtigt, sank er auf das Knie. – –

Was war denn geschehen?

Eine von Angst gefolterte Frau, die mit ihren Tränen kämpfte, stand vor ihm. Ihr Stolz war gebrochen; mit ersterbender Stimme sprach sie:

»Sie müssen fort.«

»Ja, ja?« Er faßte ihre widerstrebende Hand. »Unter einer Bedingung ... Geben Sie mir das Zeichen des Erbarmens, um das ich schon gefleht habe. Ich will als Gnade empfangen, was mein Recht wäre, was Sie mir schuldig sind für alles ... auch für den Mord des besseren Menschen, der in mir schlummerte, der erwachen wollte unter Ihrem Einfluß und den Sie getötet haben, als Sie mich aufgaben.«

Immer heißer bestürmte er sie, immer überzeugender strömte die Rede von seinen Lippen, ein berauschender Hauch der Leidenschaft ging von ihm aus: »Was verlange ich denn? Ein Wort des Trostes mit auf den Weg, einen gütigen Blick, einen Händedruck…«

Das durfte sie gewähren, das war es ja, wonach sie sich gesehnt hatte all die Tage lang – vor dem Scheiden auf ewig ein Lebewohl in Frieden und Versöhnung.

Seine Augen flammten zu ihr empor, sie neigte sich, – ihr Blick ruhte in dem seinen, und sie flüsterte:

»Weil es unsere letzte Begegnung ist, Tessin… so wissen Sie… ich habe nicht leicht verzichtet… Sie sind mir nicht gleichgültig gewesen…«

Da brach er in jubelndes Entzücken aus: »Endlich! Endlich!« – Weich und zärtlich, in wonniger Dankbarkeit preßte er seine Stirn, seine Lippen auf ihre Hand, und Maria, im schwersten Kampfe ringend, flüsterte ihm leise zu:

»Nun fort.«

Ganz verwandelt, außer sich, sprang er auf: »Nein, und nein! – Du hast mich geliebt, du liebst mich noch!« Er zog sie in seine Arme und erstickte mit seinen Küssen den Schrei, den sie ausstieß.

Sie wollte sich ihm entziehen – sie wollte sich retten – und lag an seiner Brust, unwiderstehlich hingerissen wie von einer Naturgewalt.

Zwei trunkene Menschen hatten kein Bewußtsein mehr von Ehre, Pflicht und Treue, ihnen versank die Welt und jegliches Erinnern.

———

Die Sonne stand im Scheitel, Maria war allein.

Seit langem, langem – seit einer Ewigkeit ... Oder nicht? – war sie eben erst verlassen worden beim Aufschrecken aus einem gräßlichen, seligen, unmöglichen Rausch? ...

Sie saß da, die Hände auf den Tisch gelegt, das Gesicht in die Hände vergraben, als die Tür geöffnet und ein keuchender, pfeifender Atem hörbar wurde.

Wolfi schleppte sich herein, auf einen Stock gestützt, und fiel schwer auf den Diwan neben Maria hin. Er streckte die Beine aus, lehnte sich zurück und stöhnte: »Da hab ich's. – Das war ein teurer Spaß.«

Maria starrte ihn an, entsetzt über sein Aussehen. Es war das eines Sterbenden. »Sie sind erschöpft, der Weg hierher war Ihnen zu weit«, sagte sie.

»Der Weg hierher?« Er wollte lachen, doch kam nur eine Art Schluchzen aus seiner Kehle. »Das nicht, aber daß ich Ihren Liebhaber durch den Wald hab führen müssen – damit er sich nicht verirrt. Und dann sein Dank ... Mich niederzustechen hat er gedroht, weil ich nicht schwören wollte, mein Maul zu halten. Ihm schwören, dem Menschen ohne Treu und Glauben.«

Maria war versteinert. So war sie in eine Falle gelockt worden. Tessin hatte einen Vertrauten gehabt. Haben müssen. Natürlich – zu Gelegenheiten braucht man Leute, die sie machen, Helfer, Hehler. Einen wie den Niederträchtigen da ... Ihr Herz stand still, als diese Gedanken sie so klar, so kalt durchblitzten. Kommt der Tod? – Ach, käme er doch von selbst, daß ich ihn nicht suchen müßte – denn, wie könnte sie jetzt noch leben?

»Müd, müd bin ich«, stöhnte Wolfi, »ich liege schlecht – hilf ein wenig.«

Von Abscheu und Ekel ergriffen, rang Maria mit sich selbst, doch beugte sie sich, er umklammerte ihren Nacken, sie faßte ihn an den Schultern, legte ihn – er kam ihr leicht vor wie ein Kind – der Länge nach auf das Ruhebett und schob Kissen unter seinen Kopf: »Bleiben Sie so. Ich schicke den Arzt.«

»Brauche ihn nicht – nicht ihn – nur Sie – mir ist schon besser… Deine Sorgfalt tut mir wohl. – – Wärst du immer gütig gegen mich gewesen – ich hätte dir vielleicht erspart – vielleicht… Gewiß weiß man's nicht – ein Mensch wie ich« – – er stockte, schwerer noch rang sich der Atem aus seiner Brust, die roten Flecken auf seinen Wangen färbten sich dunkler. Nun ging eine seltsame Veränderung in seinen Zügen vor; sie nahmen plötzlich einen milden, fast edlen Ausdruck an.

»Du bist nicht mehr stolz«, sprach er kaum vernehmbar, »verachtest niemanden mehr?«

Sie, mit herzzerreißender Klage, antwortete: »Mich!«

»Wirst du jetzt Bruder zu mir sagen?«

»Bruder.«

»Triumph!«… Seine letzte Kraft erschöpfte sich in der Anstrengung, mit der er dieses Wort hervorbrachte. Aus seinem Munde quoll ein Blutstrom, sein Kopf, den er ein wenig erhoben hatte, sank in die Kissen.

Maria stieß einen Schrei des Entsetzens aus: »Zu Hilfe! Zu Hilfe! er stirbt!«

11

Die Hilferufe, die aus dem Gartenhause drangen, wurden zuerst von dem Kind eines Arbeiters gehört; es wagte sich nicht näher, holte aber Leute herbei. Diener rannten nach dem Arzt. Als er kam, fand er die Gräfin mit blutbespritztem Kleide, halb ohnmächtig zusammengesunken an der Leiche Wolfis. Sie war nicht zu bewegen, von der Stelle zu weichen, bevor jeder denkbare Wiederbelebungsversuch unternommen worden.

Wie Doktor Weise vorausgesagt hatte, blieb alles vergeblich. Er durfte sich auf seinen Fräulein Lisette gegenüber oft getanen

260

Ausspruch berufen: eine heftige Erhitzung und dergleichen, oder einer der Zornanfälle, denen Herr Forster unterworfen war und bei denen er zu schreien pflegte wie besessen, könne einen Blutsturz herbeiführen, während er vielleicht ein alter Mann geworden wäre, wenn er sich nur entschlossen hätte, jetzt schon den »Duktus« eines solchen anzunehmen. Das Gelächter, mit dem der Patient diese Verheißung zu beantworten pflegte, hatte den Doktor immer gekränkt.

»Und kränkt mich noch«, sagte er zu den Herrschaften Wilhelm, denen er am Nachmittag in seinem Einspänner ein Stück Weges entgegengefahren war, um ihnen pflichtgemäß zuerst von dem traurigen Ereignis in Dornach und den Umständen, unter denen es stattgefunden, Mitteilung zu machen. Auch legte er ihnen die Frage zur Entscheidung vor, ob nicht an die telegraphische Berufung des Herrn Grafen gedacht werden solle, und zwar aus Rücksicht für die Frau Gräfin, die sich infolge des ausgestandenen Schreckens in einem Zustande hochgradiger Aufregung befände.

»Sehr irritiert, wenn auch bemüht, Selbstbeherrschung zu üben. Ich habe unvermerkt den Puls gegriffen – kaum zu zählen. Es wäre nicht unmöglich, daß sich da etwas entwickelte«, sprach er mit dem traditionellen ärztlichen Kopfschütteln.

»Daß sich *was* entwickelte?« fragte Wilhelm, in höchster Bestürzung aus dem Wagen springend, ergriff den Arm des Doktors und blickte angstvoll zu ihm empor.

»Je nun«, versetzte dieser mit wichtiger Miene, »ein leichter Typhus oder etwa Entzündung – *cordis basis – cordis conus …*«

»Ist das gefährlich? – – Hol der Kuckuck diese Namen, die niemand versteht und die einem nur bang machen«, wandte er sich an seine Frau. Sie war gleichfalls ausgestiegen, an seine Seite getreten und suchte ihn zu trösten.

»Fasse dich, es wird nicht so schlimm sein. Aber die Buben«, meinte sie, »müssen wir nach Hause schicken.«

»Freilich«, und Wilhelm überblickte die Häupter seiner Lieben, die aus dem weitläufigen Jagdwagen hervorguckten wie aus einem Pferche. »Wenn ihrer zwei wären oder drei, es ginge noch. Acht Stück in einem solchen Moment – unmöglich. Führ sie heim«, sprach er zu dem alten Kutscher, der sein ganzes Vertrauen besaß, weil er selbst zehn Kinder hatte.

Eine Revolution, die im Wagen ausbrechen wollte, wurde durch wenige Machtworte des Vaters und die sanften Vorstellungen der Mutter unterdrückt. Willi, der Älteste, erhielt die Erlaubnis, sich auf den Bock zu setzen und zu kutschieren, die andern überließ man ihrer Enttäuschung.

Wilhelmine nahm den Platz nicht an, den ihr der Doktor neben sich in seiner auf Räder gesetzten Muschel anbot. Sie schritt, ein immer treuer Kamerad, an der Seite ihres tief bekümmerten Gatten dem Schlosse zu. In der Halle trafen sie Lisette. Sie fahndete auf den Doktor; sie begriff ihn heute zum ersten Mal nicht ganz. Wie konnte er das Haus verlassen während eines sorgenerregenden Unwohlseins Marias und eine so schöne Gelegenheit versäumen, sich unentbehrlich zu machen – Und wo blieb er denn jetzt?

»Ins Dorf ist er gefahren«, antwortete Wilhelm und eilte die Treppe hinauf.

Seine Frau folgte ihm und hatte Mühe, ihn zu bewegen, im Salon zu warten, bis sie ihm Nachricht brächte, ob die Cousine ihn sehen könne.

Maria war in ihrem Schlafzimmer, das sie seit Stunden rastlos, mit hastigen Schritten durchmaß. Beim leisen Pochen Wilhelminens blieb sie stehen und rief, als diese sich genannt hatte: »Komm, komm! Nach dir habe ich mich gesehnt.«

»Da bin ich und bleibe bei dir, bis du ruhiger sein wirst, armes, armes Kind!« Sie faßte ihre Hand, drückte sie liebreich und kämpfte mit dem Bedauern und dem Schmerz, die sie beim Anblick der Vernichtung und Trostlosigkeit im Gesicht Marias überwältigen wollten.

Ihrer mütterlichen Zärtlichkeit und Überredungskunst gelang es endlich, die Erschöpfte zu bewegen, sich in einem Fauteuil niederzulassen und sogar etwas Nahrung zu nehmen.

»Der heute gestorben ist, war mein Bruder«, sprach Maria plötzlich. »Weißt du es?«

Wilhelmine antwortete einfach: »Jawohl, es ist ja kein Geheimnis daraus gemacht worden.«

»Und ich bin hart und stolz gegen ihn gewesen, begreifst du? – ich!« Sie brach in Tränen aus, sie schluchzte, die furchtbare Spannung ihrer Seele hatte sich gelöst.

Allmählich wurde sie wieder Herrin ihrer selbst, verlangte Wilhelm zu sehen und geriet nur vorübergehend in heftige Aufregung, als er den Vorschlag machte, an Hermann zu telegraphieren.

»Unter keiner Bedingung! – er würde kommen.«

»Und soll er nicht?«

»Nein, die Mutter bedarf seiner. Ich schreibe ihm«, setzte sie hastig hinzu, »verlaßt euch auf mich. – Niemand sonst schreibt ihm. Gebt mir euer Wort darauf.«

»Welche Frau!« sagte Wilhelmine im Nachhausefahren zu ihrem Manne. »Sie beweist mir von neuem, daß der ganz edle und gute Mensch sich nie genug tut. Ist nicht das Außerordentliche für den unglücklichen Forster geschehen? Nun, Maria macht sich noch Vorwürfe. Dergleichen gibt einen Maßstab für den Wert einer Seele. Welche Frau! Ich habe sie wie ein neuntes Kind in mein Herz geschlossen.«

Der Brief Marias an Hermann mußte mit Ruhe und Überlegung geschrieben worden sein, denn in dem ausführlichen Telegramme, das Wilhelm am folgenden Abend von seinem Vetter erhielt, sprach dieser nicht die leiseste Besorgnis um seine Frau aus. Er bat Wilhelm, Anordnungen zur würdigen Bestattung Wolfis zu treffen, und hoffte, zu Ende der nächsten Woche in Dornach sein zu können.

Die Leiche Forsters war kaum der Erde übergeben, und

schon tauchten allerlei Gerüchte über die unmittelbare Ursache seines Todes auf. Ein Jäger behauptete, ihn kurz zuvor gesehen zu haben, nahe an der Waldgrenze auf einem Fußsteig, der nach der Nordbahnstation führte. Er stritt mit einem langen Schwarzen, den der Jäger aus der Entfernung für den Adjunkten gehalten. Der Adjunkt wurde zur Rede gestellt, konnte aber leicht nachweisen, daß er sich am selben Tage, zur selben Stunde, im benachbarten Städtchen befunden hatte, wohin der Herr Oberförster ihn geschickt, Grassamen einzukaufen. Offenbar irrte der Jäger in der Person des Individuums, mit dem Wolfi jüngst in einer für ihn verhängnisvollen Weise verkehrt. Daß es einen solchen Menschen gab, das bezweifelte niemand.

»Es könnte«, meinte der Doktor, wie immer vorbehaltlich, »wohl ein Pascher gewesen sein, durch welchen sich mein Patient hinter meinem Rücken vielleicht Zigarren verschaffen wollte. Oder vielleicht ein Gläubiger, der einen Versuch machte, sein Geld einzutreiben.«

Lisette hingegen erklärte, bei ihr stände es fest, daß es derselbe Schwindler gewesen, der – sie merkte ihm gleich etwas Verdächtiges an – »den armen, guten Jungen« am Tage vorher ganz offenkundig besucht hatte und dann, Gott weiß warum, im geheimen wiedergekehrt sein dürfte. Damit war aber noch immer nicht Klarheit in die Sache gebracht. Und trotz aller Nachforschungen blieb das Rätsel, wer der Fremde gewesen, in welchen Beziehungen er zu Forster gestanden, ungelöst.

Maria hatte sich in eine an Stumpfheit grenzende Ergebung eingesponnen. Mochten sie doch auf die Wahrheit kommen! – sie würde nicht leugnen, sie würde sterben. In vermessener Zuversicht baute sie auf die Gnade des Allbarmherzigen. Er wird sie zugrunde gehen lassen an dem Gefühl ihrer Schuld, sie büßen, sühnen lassen durch den Tod. Es war ihr ein Trost, sich das zu wiederholen. Mit einem Gefühl der Schmach wie dasjenige, das sie in ihrer

Brust trägt, kann man ja nicht leben … Ihr steht etwas bevor, unfaßbar, das nicht auszudenken ist – das Wiedersehen mit ihrem Manne. Sie wird seinen Blick nicht ertragen können, sie wird ihn empfangen mit dem Geständnis: »Ich habe dich betrogen, einmal in einer fluchenswerten Stunde, in schnödem Taumel. Aber dich wieder betrügen, mit Bewußtsein und Berechnung; meinen entweihten Mund deinem Kusse bieten – das werde ich nie.«

Er kam und war unsagbar glücklich, wieder da zu sein, und sie stand regungslos vor ihm – und schwieg.

Wie die andern schrieb er ihr übles Aussehen, ihre düstere Stimmung dem fürchterlichen Eindruck zu, den der Tod Wolfis auf sie hervorgebracht hatte. Der Doktor beglückwünschte ihn zu der Richtigkeit dieser Ansicht und gebrauchte dabei viele Fremdwörter, wie es sich geziemt für einen Landarzt, der eine vornehme Patientin behandelt.

Fräulein Lisette nahm zu jener Zeit etwas Gehaltenes und Siegreiches in ihrem Gang und ihren Gebärden an. Ihr Herz, das nie eine heißere Neigung gekannt hatte als die zu dem »Kinde«, machte im Spätherbst Frühlingsrechte geltend. Sie liebte, sie schmeichelte sich, geliebt zu werden; scharenweise umflogen ihre Gedanken den teuren Gegenstand, und nur hier und da stellten sich einzelne von ihnen bei der einst ausschließlich Verehrten und Verhimmelten ein. Lisette fand es überflüssig, ihre Leidenschaft zu verhehlen, und sprach unbefangen von dem, der sie ihr einflößte.

»Er schwebt halt immer auf meinen Lippen«, sagte sie einmal schalkhaften Tones zu der Gebieterin mitten in einem Bericht über die Ankunft einer Sendung Tischzeugs, in den sie den Doktor ungemein kunstvoll eingeflochten hatte.

»Wer?« fragte Maria.

Und nun legte die alte Jungfrau ihr längst angekündigtes Geständnis ab, und die geringe Aufmerksamkeit, die ihr anfangs geschenkt wurde, steigerte sich allmählich, und plötzlich geschah das Außerordentliche – Maria lachte.

Hermann, der eben eintrat, hörte es und brach in Jubel aus. »Wer hat dich lachen gemacht? – Sie, Lisette? Goldene Lisette! – was soll ich für Sie tun? … Ich gründe ein Kammerdamenstift, und Sie werden Oberregentin.« Er stürzte auf sie zu und küßte sie auf jede Wange, daß es schallte. »Was hat sie dir vorgebracht?« wandte er sich an seine Frau, rückte einen Sessel neben das Kanapee, auf dem sie saß, und nahm Platz. »Ich will es wissen, ich will Unterricht bei ihr nehmen.«

Maria fragte: »Darf ich antworten, Lisette?« und diese, ein klein wenig verschämt, erwiderte:

»Ich bitt.«

»Mit deiner Erlaubnis also. – Sie möchte den Doktor heiraten.«

Die Betroffenheit Hermanns, die Anstrengung, die er machte, sie zu verbergen, die fröhliche, unendliche Güte, die aus seinen Augen sprach und aus dem unbezwinglichen und harmlosen Lächeln, das seinen Mund umspielte, erregten von neuem Marias Heiterkeit.

– So war es möglich, noch – ja, schon so bald konnte etwas sie hinausheben über ihre lastende, berechtigte, ihre gebotene Seelenpein?

Einmal lag sie des Nachts, wie so oft, wachend auf ihrem Lager, lauschte den ruhigen Atemzügen ihres Mannes und sann und sann.

Und jetzt drang durch die Stille aus dem Zimmer nebenan, in dem das Kind schlief, ein heiserer Ton, ein lautes, rauhes Husten aus kleiner Brust an ihr Ohr. Sie erhob sich sachte, warf ihr Morgenkleid um, glitt mit nackten Füßen, die Pantoffel in der Hand, über den Teppich, trat bei dem Kleinen ein und schob den Vorhang seines Bettchens zurück. Der Schein der Nachtlampe flackerte auf dem glühenden Gesicht des Knäbleins, es röchelte schwer im Fieberschlafe. Maria weckte ihn und die Wärterin und leistete die erste Hilfe, während jene auf ihren Befehl das Kindermädchen aufrüttelte und einen Diener nach dem Doktor schickte. Der kam, sprach kein Wort, sondern handelte still und energisch; er war in dieser Nacht ein Held an Mut und Besonnenheit. Vorübergehend nur brachte ihn die Wärterin in Zorn, weil sie fassungslos herumstürzte und durchaus den Grafen rufen wollte.

»Alberne Person«, rief Weise, sich der Höflichkeit begebend, die ihn sonst auszeichnete. »Der Doktor verbietet es, der Doktor braucht keine Leute, die Angst haben, im Krankenzimmer …

Da – so eine Ruhe! Das ist das Richtige, da nehmen Sie sich ein Beispiel.« Er deutete auf Maria, die das Knäblein auf dem Schoß hielt.

Totenblaß in ihren schneeweißen Gewändern beobachtete sie unverwandten Blickes jede Veränderung, die mit dem Kleinen vorging, zeigte sie dem Doktor an, führte seine Anordnungen selbst aus und hielt ein stummes Gespräch mit ihrem Kinde. – »Willst du voran – mich drüben zu erwarten? Ich folge dir bald nach. – Aber dein armer Vater, soll ihm beides zugleich genommen werden – ein echtes Gut: du! und ein wertloses, falsches, das er in seinem lauteren Glauben betrauern wird, als wäre es wirklich ein köstlicher Besitz gewesen? … Bleibe bei ihm, mein Liebling, biete ihm überreichen Ersatz.« – Sie drückte ihn an ihre Brust, und er richtete seine großen Augen auf sie und murmelte: »Liebe Mutter.«

»Es geht besser, Doktor, nicht wahr?« fragte Maria.

»Wenn nicht alle Zeichen trügen«, gab er zur Antwort.

Sie verstand ihn. Er gebrauchte wieder eine bedingte Redeweise; die ernste Sorge, die ihn seiner kleinlichen Vorsicht untreu gemacht hatte, war geschwunden.

Am Morgen erst erfuhr Hermann, daß sein Söhnchen in Lebensgefahr gewesen sei, und daß es gerettet war.

»Dir gerettet«, dachte Maria, »zu deinem Troste, wenn ich nicht mehr bei dir sein werde.« Sie war im reinen mit sich. Gott erhörte sie nicht, überantwortete sie der Verzweiflung; so faßte sie denn einen Entschluß der Verzweiflung.

Ein schöner Spaziergang im Walde führte bequem zu einer Burgruine hinan, welche die Felsenspitze eines bis weit über die Mitte mit Edeltannen bewachsenen Berges krönte. Man konnte jedoch von der entgegengesetzten Seite auf einem viel kürzeren Wege zu der Ruine gelangen. Dieser ging über einen schmalen, geländerlosen Steg und mündete am Fuße des beinahe senkrecht abfallenden Felsens, unweit von halbzerbröckelten, in den Stein gehauenen Stufen. Ein kühner und geschickter Kletterer durfte sie immerhin noch benützen, um zur Kuppe zu gelangen; wenn er nämlich schwindelfrei war. Sonst konnte ihm ein Blick zurück in die Tiefe gefährlich werden. Dasselbe Flüßchen, das einige hundert Schritte weiter zwischen Wiesen dahinglitt als friedliches, mit Kähnen befahrbares Gewässer, wurde in der Enge zum Wildbach. Kochend und brausend stob die Gischt, bildete Wirbel, drehte und drehte sich kreisförmig, trichterförmig, stieg auf in Säulen aus Schaum, warf sich wieder wie toll in ihr steiniges Bett und lockte herab zur Teilnahme an ihrer sprudelnden, unerschöpflichen Lebenslust.

In ihrem ersten Ehejahre hatte Maria die Ruine besucht. Angewandelt von einer Regung der unbezähmbaren Freude an der Gefahr, von der sie in früher Jugendzeit gar oft ergriffen worden, war sie die Felsentreppe herabgestiegen und hatte den Steg festen und sicheren Ganges überschritten.

Hermann, dem sie ihr Wagnis eingestanden, war erst durch ihr förmliches Versprechen, es nie zu wiederholen, zu beruhigen gewesen. – Nun mußte das gegebene Wort gebrochen werden.

Mit peinlich erfinderischer Genauigkeit malte Maria sich alles aus, sah sich den Fuß setzen auf den Steg und wandern und langsam mit Bedacht ausgleiten an der rechten Stelle … wanken, sinken, zerschellt werden an den ewig blanken, ewig feucht glänzenden Klippen, die aus dem Wasser herausragten. Vorahnend gab sie sich Rechenschaft von dem Schmerze Hermanns, er würde nicht frei sein von Groll – und das war recht. Ein reines Andenken zu hinterlassen, hatte die Schuldige nicht verdient.

Sie bereitete sich vor auf die entsetzliche Trennung von ihrem kleinen Kinde, das der Mutter noch so sehr bedurfte, nahm Abschied von ihm Tag um Tag. »Morgen geschieht's«, sagte sie sich, bis der Morgen kam, an dem sie begriff, daß sie nicht sterben könne, ohne einen zweifachen Mord zu begehen.

Und davor schauderte sie zurück. Wohl lohte es in ihr auf: Begrabe die Frucht des Frevels mit dir!… Aber *töten*, um zu sühnen? – Noch war sie fromm und gläubig und fragte in ihrer Seelenqual: »Wie würdest du die Kindesmörderin empfangen, ewiger Richter, Herr, mein Gott?«

Der mächtigste Instinkt im Weibe erhob seine gewaltige Stimme… Vielleicht auch rang der nun verdoppelte Lebenstrieb – ihr unbewußt – gegen die Vernichtung.

Sie kam wieder auf den Ausweg zurück, der ihr zuerst als der selbstverständliche, der einzige erschienen war, Hermann alles zu gestehen, ihm zu sagen: »*So bin ich*, behandle mich, wie ich es verdiene. Ich ertrage deine Güte nicht mehr, ich lechze nach Strafe, nach Buße. Die strengste wird die beste sein, gönne sie mir, gönne mir das Labsal, zu büßen. Sei unbarmherzig, nur verehre mich nicht mehr.«

Und während sie in Gedanken also zu ihm sprach, rief ihr Verstand ihr zu: »Phrasen, hohle Worte! Du weißt es wohl, daß er dich nicht verstoßen, dich nicht der Geringschätzung preisgeben wird; er wird, auch wenn sein Glück den Todesstreich durch dich empfangen, den Fuß nicht auf deinen Nacken setzen, Gesunkene. Er wird unerschütterlich bleiben in seiner Langmut. Von dir getrennt, dir im Innersten entfremdet, wird er von andern noch Achtung für dich verlangen. Dann hast du eine neue Last der Dankbarkeit auf dich geladen und vergeblich das Beste zerstört, woran sein Herz sich erquickt und seine Seele sich erbaut. Du hast nichts zu verlieren, er alles. Du hättest ihn umsonst unselig gemacht… Du *darfst* es nicht!«

– So tat sie das, wogegen alles Frühere nicht zählte. Sie vollzog den Betrug, der die Schande zu bemänteln hatte. Hermann mußte getäuscht werden. Das war so leicht und darum gar so schlecht … und geschah. – Und Maria duldete die Erniedrigung, die sie für unausdenkbar gehalten, die ganze! Nichts ward ihr geschenkt – nicht der Freudenausbruch, mit dem der hintergangene Mann die in tiefdunkler Nacht gestammelte Kunde aufnahm, nicht seine erhöhte Zärtlichkeit, nicht Wilhelms gutmütige Scherze, nicht Helmis treue Teilnahme, nicht Gräfin Agathens feierliche Segenswünsche.

Maria spielte eine jammervolle Komödie, heuchelte Interesse an gleichgültigen Dingen, Freude an den harmlosen Vergnügungen, den Landpartien und Waldfesten, die Hermann und Wilhelm veranstalteten, um sie zu zerstreuen. Nicht immer, aber doch meistens ließ Hermann sich täuschen. All sein Glück ging von dem Bilde aus, das er sich von ihrem Glücke machte.

Sie aber lebte in der Liebe zu ihrem Kinde, pflegte eifrig ihre Kunst, die sie nie schöner und hinreißender ausgeübt hatte als jetzt, und grübelte sich allmählich in eine eigentümliche Sophistik hinein. Die Sühne, nach der sie rief, lag gewiß in der Einsicht, daß es ihr verwehrt sei, zu sühnen. Der verdammende Schicksalsschluß, der über sie gefällt war, lautete: »Du liebst die Wahrheit, wandle in der Lüge.«

12

Im Sommer kamen Graf Wolfsberg und seine Schwester mit ihrer Gesellschaftsdame, Fräulein Annette Nullinger, nach Dornach. Beinahe auf dem Fuße folgte ihnen, ohne eingeladen zu sein, ohne sich angesagt zu haben, die kleine Gräfin Felicitas Soltan. Sie kam, um zu fragen, ob Tessin, wie er vor seiner Abreise versprochen, an Gräfin Dolph geschrieben habe, wie es ihm gehe, und besonders – ob er sie grüßen lasse.

Aber noch war kein Brief von ihm eingetroffen, und nur durch Zeitungstelegramme wußte man, daß er auf seinem Posten angelangt und festlich empfangen worden war.

An einem schwülen Sonntagnachmittag hatten sich die Schloßbewohner in einem breiten offenen Zelte am Ufer des Teiches versammelt. Dichtes Buschwerk umgab ihn ringsum, und hinter diesem ragten das hellgrüne malerische Gezweig einzelner Tulpenbäume und aus weiterer Entfernung die dunklen Gipfel eines Balsamtannenhaines in das gleichförmige, ruhig leuchtende Himmelsblau empor.

Alle im Zelte Anwesenden, Fräulein Nullinger und Hermann junior ausgenommen, rauchten. Annette hatte nach und nach ihren Sessel bis zum Eingang vorgerückt; dennoch schwebte tückischer Tabaksqualm ihr nach und machte sie hüsteln, was Gräfin Dolph unabweislich rügte. Sie saß in der Tiefe des Zeltes in einem ausgefütterten Strandsessel und hatte eine Haube auf, die ungemein an die häusliche Kopfbedeckung der französischen Könige im fünfzehnten Jahrhundert erinnerte.

»Nulle«, sprach sie –

»Ich heiße Nullinger«, berichtigte das Fräulein, ohne sich umzuwenden.

»Nun denn, Nullinger, zwingen Sie sich doch nicht, zu husten – aus purer Affektation.«

Annette zuckte die Achseln und preßte die Flächen ihrer feuchten Hände aneinander; ihre roten aufgeworfenen Lippen hatten das ihnen eigentümliche nervöse Beben.

Fee nickte ihr bedauernd zu und seufzte: »Ach, welche Hitze! Ist es immer so heiß bei Ihnen, Graf Dornach?« Sie wiegte sich in ihrem Schaukelstuhle, hatte die Augen halb geschlossen und ließ wie todmüde die Arme an beiden Seiten ihres schlanken und zierlichen Körpers herabhängen.

Graf Wolfsberg, den zu amüsieren sie sich vorgenommen, war heute ein undankbares Publikum. Er hatte nicht einmal bemerkt, daß sie sein Lieblingskleid angezogen, das weiße, gestickte, mit der rosafarbigen Bébéschleife. Bei Tische, als sie, nur um ihm Spaß zu machen, die heiligsten Geheimnisse ihres Herzens ausgeplaudert, von ihren unbezahlten Rechnungen gesprochen, von ihrem Glauben an die Zukunft des Spiritismus als Staatsreligion, von allerlei Skrupeln, die sie sich machte – intim, ganz intim! – hatte er kaum zugehört. Und nun saß er seit einer Stunde ernst und schweigsam neben ihr, und sie verzweifelte endlich daran, ihn seiner üblen Laune zu entreißen.

Hermann und Maria kannten den Grund seiner Verstimmmung. Er war, indes die andern sich in der Kirche befanden, auf den Friedhof gegangen und hatte Wolfis Grab besucht.

»Wozu? Warum tut er solche Sachen, die ihn viel zu sehr angreifen?« hatte Dolph ihrer Nichte geklagt. Auch sie trachtete ihn zu zerstreuen und suchte dabei die wirksamste Unterstützung, die des kleinen Hermann; sie war aber in diesem Augenblick nicht zu haben. Das Knäblein mühte sich gar eifrig, Steinchen, die es gesammelt und auf den Schoß seiner Mutter gelegt hatte, mit ihrer Hilfe ins Wasser zu werfen. Seine Antwort auf die Einladung der Großtante, zu ihr zu kommen, lautete entschieden verneinend, und die aufrichtigste Abneigung sprach aus dem raschen Blicke, den er der alten Frau von unten herauf zuwarf.

Gräfin Dolph machte ihrem Unmut über die Vergeblichkeit der Liebesmüh, die sie seit langem an dieses schöne und entzückende Kind verschwendete, dadurch Luft, daß sie plötzlich von den Unannehmlichkeiten zu sprechen begann, die das Landleben für sie mit sich brächte.

»Etwas Schreckliches zum Beispiel«, sagte sie, »ist die Kontrolle, unter der man mit seinen Kirchenbesuchen steht. Man kann sich keinen einzigen schenken, und ich sag euch, noch ein Hochamt wie das heutige, und ihr könnt mich gleich dabehalten in eurer Familiengruft. Und Sie, Nulle, das bitte ich mir aus, platzieren Sie sich am nächsten Sonntag nicht wieder in das Oratorium uns gegenüber. Sie stören mich, Sie rauben mir das bißchen Andacht, das ich noch habe, mit Ihren Ekstasen, vermischt mit Übelkeiten.«

Dieser Ausfall wurde von Fräulein Annette mit ungewohnter Kaltblütigkeit zurückgeschlagen. Wenn *eine* Andacht durchaus unter der anderen leiden müsse, sagte sie, möge es nur immerhin die minderwertige – die der Gräfin sein.

Fee klatschte ihr Beifall zu und gab ihr die Versicherung, sie sei die gescheiteste Nullinger, die jemals hienieden gewandelt; dann stieg die kleine Frau, von Hermann, der herbeitrat, unterstützt, in den am Ufer befestigten Kahn. Losgemacht durfte er nicht werden. Sie wollte da bleiben, sich schaukeln auf der kühlen Flut und hören, wie sich die Konversation des Grafen Wolfsberg – *von weitem* macht.

Er ließ sich endlich herbei, ihr einen Scherz zuzurufen, den sie ebenso schlagfertig wie unpassend erwiderte. Der von ihrer Seite munter geführte Kampf, der sich nun zwischen ihnen entspann, wurde durch das Eintreffen des Postpakets unterbrochen.

Maria verteilte die Zeitungen und die Briefe.

»Ist etwas für mich da?« – »Für mich?« fragten Fee und Gräfin Dolph.

»Ja.« Maria schob der letzteren ein großes Schreiben zu.

»Von Tessin«, sprach die Gräfin. »Von Tessin«, wiederholte sie lauter und schwenkte den Brief in der Luft. »Fee, sieh her.«

»Für Fee«, sagte Maria, und Hermann übernahm aus ihrer Hand eine ganze Ladung Modejournale und Zeitschriften, die er in den Kahn reichte.

»Das sind Ihre unbezahlten Rechnungen«, rief Wolfsberg. »Geben Sie acht, Gräfin, Ihr Dampfer versinkt unter der Last.«

Felicitas war beim Nennen des Namens Tessin so rasch aufgesprungen, daß ihr kleines Fahrzeug in bedenkliches Schwanken geriet. Sie sank zurück, schrie und warf sich so ungestüm von einer Seite zur andern, als ob sie es darauf abgesehen hätte, den Kahn umkippen zu machen.

Hermann zog ihn mit der breiten Seite dicht ans Land und sagte, halb lachend, halb verdrießlich: »Ihr Leben ist gerettet, steigen Sie aus.«

Die Übermütige sträubte sich: »Noch nicht! noch nicht! – ich will, daß man Tessin schreibt, ich sei fast ertrunken vor Freude, wie es geheißen hat, daß ein Brief von ihm gekommen ist. Sie sind Zeuge, Fräulein Nullinger, schwören Sie darauf, ich bitte um einen ordentlichen Eid – ich bitte!«

»Ei, ei, Frau Gräfin, einen Spaß mit so heiligen Dingen verstehe ich nicht«, rügte das Fräulein.

»Nicht? – o weh! dann schwören also Sie, Graf Wolfsberg.«

Mechanisch antwortete der Graf: »Ja, ja.« Seine ganze Aufmerksamkeit war von Maria in Anspruch genommen.

Sie hatte einen Brief vor sich hingelegt, einen zweiten Brief von Tessin, noch größer und gewichtiger als der an Gräfin Dolph gerichtete, und war in der Betrachtung der kräftigen, leicht geformten Züge der Aufschrift versunken. In ihrem Gesichte malte sich starres Entsetzen. So hätte sie auf diese wenigen Zeilen niedergeblickt, wenn sie Tod und Verderben verkündet hätten.

Sie schien zu fühlen, daß die Augen ihres Vaters auf ihr ruhten, erhob die ihren, sah ihn an – und senkte langsam das Haupt.

Dieses kurze, stumme Gespräch zwischen Vater und Tochter wurde von niemand beobachtet. Gräfin Dolph schwelgte im Genusse der geistvollen Epistel ihres Horace Walpole; Fräulein Nullinger verfolgte teilnehmend das Schauspiel der »Rettung« Fees durch Hermann. Trotz aller Possen, die dessen Heldin trieb, kam es glücklich zum Abschluß.

Hermann trat ins Zelt, blieb hinter dem Sessel Marias stehen, und über ihre Schulter blickend, las er von seinem Platze aus die Adresse des zweiten Briefes Tessins: »Herrn Wolfgang Forster«.

Es entspann sich eine Verhandlung darüber, was mit dem Briefe zu geschehen habe.

»Er ist so dick«, meinte Fee, »es stecken gewiß noch ein paar andre drin, die der Herr Forster hat übergeben sollen. Man muß ihn aufmachen.«

Gräfin Dolph bestätigte: »Man muß ihn aufmachen, natürlich.«

Hermann jedoch erklärte, so gar natürlich käme ihm das nicht vor. »Was sagst du, Maria?« fragte er und strich mit der Hand über ihren Scheitel.

Sie wandte sich, ergriff diese Hand und drückte sie an ihre Lippen. Das war genug, um die heftigste Eifersucht des kleinen Hermann auf den großen zu wecken. Das Kind schrie und strebte zu ihr empor, und sie hob es auf ihre Knie und drückte ihr Gesicht an das seine.

Noch hatte sie ihn, noch hatte sie eine Liebe, deren ganzen Wert sie zu erkennen begann, nachdem sie sich ihrer unwert gemacht – die Liebe des besten Mannes. Noch hatte sie die Achtung aller guten Menschen … Eine kleine Weile, ein Riß durch die dünne papierne Hülle da auf dem Tische – und alles ist vorbei, und vor ihr öffnet sich die Hölle der Schande.

Ihr Knäblein schlingt die Arme um ihren Hals und sie die ihren um ihn. Doch diese heiligste Umarmung schützt sie nicht. Sie hört nicht das zärtliche Geflüster der süßen Kinderstimme – sie hört eine andre, entsetzliche, die ihr zuruft: »– Was schauderst du? – doch nicht vor dem, was im Gefolge der Wahrheit kommt, nach der du geschmachtet hast und gelechzt? Da ist sie – begrüße sie. Tu's, Armselige … Oder war es doch nicht der Betrug, wovor du am bängsten gezittert hast? … Wo ist jetzt dein Abscheu vor ihm?« … »Noch empfind ich ihn«, dachte Maria, küßte das Kind und stellte es auf den Boden.

»Ich bin dafür«, vernahm sie nun – Gräfin Dolph sprach –, »den Brief aufzubrechen, um nachzusehen, ob er nicht wirklich andre enthält, wie Felicitas glaubt. Wenn ja, verteilt man sie, wenn nein, schicken wir dem Freunde morgen seine ›zwölf Seiten, eng und zierlich, ein kleines Manuskript‹ ungelesen, weil wir schon so hyperdiskret sind, zurück. Einverstanden, Hermann?«

»Nein«, lautete die Antwort, »ich öffne keinen Brief, der nicht an mich gerichtet ist.« Er nahm ihn, reichte ihn dem Grafen Wolfsberg und sagte leise zu ihm: »Nimm ihn zu dir, mache mit ihm, was du willst, nur sei nicht mehr die Rede davon. Alles, was Maria an Wolfi erinnert, greift sie furchtbar an. – Es ist drückend heiß hier im Zelt«, setzte er, an seine Frau gewendet, hinzu. »Komm ins Freie, Maria.«

Er nahm ihren Arm, den sie ihm willenlos überließ, und geleitete sie hinweg.

Nach dem Abendessen las Gräfin Dolph der Gesellschaft das Schreiben Tessins ganz meisterhaft vor. Etwas von allem war darin enthalten, Ernst und Scherz, anschauliche Schilderungen von Land und Leuten, ein kräftiger und rührender Ausdruck des Heimwehs, das ihn peinigte.

Fee zog sich, sobald die Lektüre beendet war, in ihre Gemächer zurück. Kurz darauf begab sich auch Gräfin Dolph, von Hermann und Fräulein Nullinger geleitet, zur Ruhe.

Graf Wolfsberg blieb mit seiner Tochter allein.

»Hermann hat immer recht«, sprach er nach einer langen Pause. »Auch mir hat es widerstrebt, den Brief an den unglücklichen Forster zu öffnen. Ich habe ihn Tessin zurückgeschickt.«

»Ich danke dir, Vater«, erwiderte Maria mühsam und stockend. »Ich hätte aber gewünscht, daß Graf Tessin gebeten würde, es bei diesem Versuch, mir Nachricht von sich zu geben, bewenden zu lassen.«

»Das soll geschehen.«

Sie hatten vermieden, einander anzusehen; nun plötzlich begegneten sich ihre Blicke. Eine große Zärtlichkeit, ein großes Mitleid sprach aus dem seinen. Er streckte ihr die Hand entgegen, er wollte reden.

Marias Mund verzog sich schmerzlich, und sie machte eine flehend abwehrende Gebärde.

―――――――――

Sehr lange hielt es Graf Wolfsberg in Dornach nie aus. Die werktätige Barmherzigkeit, auf die seine Tochter sich ganz verlegte, widerstrebte ihm. Es war ihm zu unangenehm, sagte er, an die Enttäuschungen zu denken, die sie erfahren werde, nicht jetzt, nicht in den nächsten Jahren, doch in fünf, in zehn; und nicht durch den Undank, der unausbleiblich sei – Dank erwarte sie ja nicht –, sondern durch die Erkenntnis, daß ihr Bestreben, das materielle und sittliche Elend der Leute zu verringern, nutzlos und in manchen Fällen schädlich gewesen sei. Jedes Bestreben aber, dessen Resultat negativ bleibt, ist ein unvernünftiges und demoralisierendes.

»Diese Leute« – wenn er die Worte sprach, biß er die Zähne zusammen, und Haß und Grausamkeit blitzten aus seinen Augen – »sind faul, heimtückisch, unverbesserlich. Es ist noch jeder gescheitert, der glaubte, im Guten auf sie einwirken zu können. Ich habe ja nicht von Anfang an die Hände in die Taschen gesteckt und zugesehen, wie einer der Dummköpfe nach dem andern zugrunde geht … Sie haben mich von meiner christlichen Barmherzigkeit kuriert, sie selbst!«

»Weißt du, Vater, warum ihnen das gelang? – Darf ich's sagen?« fragte Maria.

»Nur zu!«

»Weil du sie nicht liebst und sie das fühlen.«

»Wohl mir und ihnen. So bin ich sicher vor einem Girondistenlose und sie vor einer neuen Gelegenheit, zu zeigen, wie sie Liebe vergelten. Laß es gut sein!« kam er dem Einwand zuvor, den sie erheben wollte, »wir zwei werden einander in dieser Sache nicht überzeugen.«

Der Sommer war vorbei; auch Gräfin Dolph und Felicitas hatten Dornach verlassen. Die Zeit verging still und ereignislos. Maria, oft unwohl, erlaubte nicht, daß Rücksicht darauf genommen werde. Sie wußte, daß ihr nur eines frommte: sich selbst vergessen, ihre Leidenskraft stählen, indem sie die Leiden der anderen milderte. »Meine Wohltäter«, nannte sie die Hilfeheischenden. Das Laster, das Unrecht, die Torheit fanden in ihr eine hartnäckige Bekämpferin. Ihrer unerschöpflichen Langmut fehlte es nie an Gelegenheiten, sich zu üben. Und nicht immer war es die Bürde schweren Ungemachs, die mitzutragen sie eingeladen wurde; es befand sich auch sehr leichtes Gepäck darunter und lächerliche, willkürlich aufgehalste Last.

An einer solchen schleppte Lisette und machte unangemessene Ansprüche an die Teilnahme »des Kindes«. Sie hatte sich in den Kopf gesetzt, was Doktor Weise hindere, um sie anzuhalten, sei die Angst vor einem Korbe.

»Er ist ein so zurückgezogener Mann und kommt zu nichts«, vertraute sie ihrer Gebieterin. »Niemand schaut auf ihn. Seine Manschetten sind immer zerdrückt, und den Hemdkragen hat er neulich gar umgekehrt eingeknöpfelt gehabt.«

Außer der Sehnsucht nach dem Recht, für die Manschetten und Hemdkragen Weises zu sorgen, hatte sie noch den sehr großen, »Frau Doktorin« genannt zu werden. Das ewige »Fräulein Lisette«, Fräulein hin und Fräulein her, war ihr schon so zuwider, sie konnte es nicht mehr hören. »Geh, sprich du mit ihm, leg's ihm nah, daß ich ihn nehmen möcht«, mit dieser Bitte schloß sie regelmäßig ihre Herzensergießungen und erhielt jedesmal den Bescheid, daß ihr Wunsch unerfüllbar sei.

So blieb Lisetten am Ende nichts übrig, als eigenmächtig einzugreifen in ihr und des Doktors Geschick. Sie ersuchte ihn eines Morgens, sie mitzunehmen in seinem Wagen, in dem er jetzt täglich zu einem Patienten nach dem nahen

Städtchen fuhr; sie habe dort einige Weihnachtseinkäufe zu besorgen.

Weise war dazu bereit: »Es ist mir schmeichelhaft«, sagte er, als Lisette im Pelzmantel und Capuchon neben ihm Platz nahm. »Wo darf ich Sie absetzen?« Dabei lächelte er, aber nicht aus Wohlgefallen an ihrer äußeren Erscheinung, sondern über den Einfall, daß ihm noch nie eine Person vorgekommen sei mit einem so ausgesprochenen Jahrmarktspuppengesicht.

Auch Lisette lächelte. »Denken Sie jetzt schon ans Absetzen? Das ist ja gar nicht schön von Ihnen.« Ihre Oberlippe zog sich in die Höhe, und es kamen kleine Mauszähne zum Vorschein, die sehr gut gepflegt, aber ziemlich abgenützt waren. Sie wurde nach und nach ganz deutlich in ihren Anspielungen, und der Zaunpfahl, mit dem sie winkte, keulenartig.

Dem Doktor stiegen, wie er sich selbst gestand, gewisse Apprehensionen auf, und er rückte so weit als möglich von ihr fort.

Sie sah darin eine Aufforderung seiner Gastfreundschaft, sich's recht bequem bei ihm zu machen, lehnte sich zurück und betrachtete sein Profil. Der Rand seines weit hinausragenden Mützenschirms und die Spitze seiner Nase wären durch eine senkrechte Linie zu verbinden gewesen. Mund und Kinn hingegen wichen, wie aus Respekt vor dem bedeutenden Gesichtsvorsprung, jäh zurück. Da fand die verwünschte Zaghaftigkeit, mit der Lisette heute einmal fertig werden wollte, ihren Ausdruck.

Nach einigen einleitenden Reden meinte sie den Streich führen zu dürfen. Sie tat es – der Doktor stellte ihr dieses Zeugnis aus, als er sich von dem erlittenen Angriff erholt hatte – mit hochgradiger Dezenz, indem sie ihn fragte, ob er nie daran gedacht habe, sich zu verändern.

»Doch, doch, vor Jahren einmal«, seufzte er und zog, ohne es zu wollen, die Zügel des lammfrommen Schecken an, der sogleich stehen blieb, sich aber auf den Zuruf: »*Allons, allons!*« wieder in Bewegung setzte.

»Und seitdem nicht mehr? … Das ist schad, und dann ist es auch traurig.«

Sie blinzelte schalkhaft zu ihm hinüber, was ihn empörte und beängstigte. Er kam sich so hilflos und ihr preisgegeben vor in unendlicher Einsamkeit. Soweit das Auge reichte, war nichts zu sehen als Schnee und Schnee und nichts Lebendiges wahrzunehmen als der Scheck, einige Krähen und das Frauenzimmer, das ihm »Avancen« machte.

Sie sprach viel, und alles, was sie sagte, war entweder schmeichelhaft für ihn oder für sie, und ihm blieb nichts übrig als entweder: »Das Fräulein sind zu gütig« zu murmeln oder: »Das Fräulein haben recht.«

»Ein solcher Mann«, sprach sie nun milde, »und hat keinen Herd.«

»Entschuldigen, habe, habe, o einen vorzüglichen, neuester Konstruktion.«

»Einen häuslichen, mein ich. Ein solcher Mann – und hat keine Frau.«

»Oh, bitte, bitte – die habe ich auch.«

Fräulein Lisette neigte sich so rasch zur Seite, daß man es ein Sich-zur-Seite-Werfen hätte nennen können. »Sie – Sie haben – eine Frau?«

»Ja freilich, eine wunderhübsche.«

»– Wo?«

»Bei ihren Eltern habe ich sie. Ich habe sie ihren Eltern aufzuheben gegeben.«

»Das heißt«, berichtigte Lisette, der plötzlich alles Zartgefühl abhanden gekommen war, »Sie haben sie fortgejagt?«

»Bitte, bitte! … Eine so undelikate Maßregel ergreift man nicht gegen eine Dame, die man ohnehin unglücklich gemacht hat, indem man ihr etwas höchst Fatales eingeflößt.«

Seine Zuhörerin erschrak tödlich, sie dachte an Gift.

Er aber flüsterte: »Antipatheia.«

»Jesus! was ist denn das?« rief Lisette.

»Ein inkurables und darum so perniziöses Leiden, weil es den Menschen um seine schönste Illusion bringt, um die des freien Willens. – Denken Sie sich eine von den besten Absichten für ihren Eheherrn beseelte Frau, die im Augenblick, in welchem sie dieselben betätigen soll, von der heftigsten Versuchung ergriffen wird, – ihm etwas an den Kopf zu werfen… und derselben nur selten zu widerstehen vermag. – Dabei süßer Empfindungen durchaus nicht unfähig – o nein! wenn es auch dem Betreffenden nicht beschieden war, sie zu wecken, außer – auf Distanz. In je weiterer Entfernung er sich von ihr befand, eine desto hingebendere Gattin wurde sie ihm. So sprach er denn eines Tages zu ihr, indem er sich an einen Dichter lehnte: ›Wie gut wäre es, Carissima, wenn du, um mich mehr zu lieben, dich für immer von mir entferntest!‹ – Sie tat es, und seitdem führen wir die musterhafteste Ehe. Haben vor kurzem brieflich unsere silberne Hochzeit gefeiert.«

Das Fräulein wollte ein etwas spöttisches Bedauern über »diese Gattung von Verhältnis« äußern – der Doktor aber meinte:

»Ein Gutes ist jedenfalls dabei: dem Manne, der schon im Besitz einer Frau ist, kann niemand mehr zumuten, eine zu nehmen.«

Lisette machte unerhört alberne Augen und sprach nicht ein Wörtchen mehr. Sie war so vernichtet, daß sie ihre sämtlichen Einkäufe in der Stadt besorgte, ohne zu handeln. Drei Wochen mußten vergehen, ehe sie sich von ihrer Enttäuschung erholen konnte. Dann wurde »das Kind« wieder der Mittelpunkt ihrer Interessen und das angebetete Opfer ihrer engherzigen Liebestyrannei.

Wie am vorigen Jahresschlusse fand sich auch an diesem Gräfin Agathe in Dornach ein. Sie half die Christbäume schmücken für jung und alt, für arm und reich, in der Halle und im Saal.

Dem Entzünden der Lichtlein stand aber sie allein vor.

Maria konnte nicht Zeuge der Freude sein, die vorzubereiten seit Wochen und Wochen ihr hauptsächliches Bemühen gewesen war. In der heiligen Weihnacht gab sie einem zweiten Sohne das Leben. Er war so schmächtig und klein, wie der erste groß und stark gewesen. Mit banger, unausgesprochener Besorgnis sah Hermann seine Mutter an, als er mit ihr an die Wiege des Neugeborenen trat.

»Nein«, sagte sie, »er ist nicht schwach, nur zart. Er wird leben – zu meiner Freude. Das wird der meine sein unter deinen Kindern.« Weich, wie man sie nie gesehen, versenkte sie sich in den Anblick des Knäbleins und hielt die Hand segnend über ihn ausgestreckt. »Er hat schwarze Augen, Hermann, die Augen deines Vaters, und soll Erich heißen wie dein Vater.«

Maria kränkelte lange, sie konnte dieses Kind nicht nähren; sie hatte für dasselbe nicht so viel Liebe wie für das ältere. Sie verlangte nicht nach ihm, widersetzte sich nicht, wenn man es forttrug aus ihrem Zimmer, und es beunruhigte doch niemanden und stellte unerhört geringe Anforderungen an seine Umgebung. Es lag oft lange ganz still mit weit geöffneten Augen.

»Fremde Augen hat's und das Gesicht der Mutter«, entschied die Wärterin, wenn jemand herauszubringen suchte, wem es ähnlich sehe. – Eine Spur von der Seelenpein, die sein Werden begleitet hatte, spiegelte sich wider auf seinem kleinen Angesicht, und traurig staunend schien es zu fragen: »So also sieht es aus in eurer Welt?«

An Liebe litt es nicht Mangel. Hermann zerfloß vor ihm in überquellendem Erbarmen; alle Frauen im Hause schwärmten für das Kind, das etwas »ganz eigenes« hatte; sein Bruder verteidigte es wie ein kleiner Löwe vor den Ausbrüchen ihrer Zärtlichkeit und brachte es gleich darauf in Gefahr, von dem Ungestüm der seinen erdrückt zu werden.

Der Winter verfloß; Maria blieb müde und erschöpft. Alle

herbeigerufenen Ärzte rieten, wie Doktor Weise es längst getan, zu einem Aufenthalt von mehreren Monaten in Italien.

Die Kranke sträubte sich gegen eine Entfernung von daheim, aber zum ersten Male setzte Hermann dem Willen seiner Frau entschiedenen Widerstand entgegen, und sie mußte sich fügen.

Gräfin Agathe kam nach Dornach, um die Kinder in Abwesenheit der Eltern zu betreuen; Hermann und Maria reisten. – Sie hatte schon vor Jahren mit ihrem Vater das Land der Sehnsucht jedes künstlerisch Fühlenden besucht und fand nun im Genusse der Wunder einer märchenhaft reichen Natur und einer Welt, in der »Sterbliche Unsterbliches geschaffen haben«, die Empfindungen ihrer Mädchenzeit wieder. Wie oft atmete sie auf, frei und leicht, und sah ihr eigenes Bild so rein, wie die Seele ihres Mannes es widerspiegelte. Ihre wankende Gesundheit befestigte, ihr erschütterter Mut stählte sich.

Es war krankhaft, dachte sie, zu glauben, die Verirrung eines Augenblicks könne nicht gesühnt werden durch ein ganzes Leben der Rechtschaffenheit und Pflichterfüllung. Fort mit den Gespenstern einer abgeschworenen Vergangenheit. Sie sind die Feinde eines Glückes, das ungetrübt zu erhalten ihre wichtigste Aufgabe war, vor der alles andre zurücktrat, des Glückes Hermanns. Mit hoher Freude erfüllte sie der Anblick der seinen. Ihm aber durchsonnte ihre Heiterkeit die Seele, er lebte von ihrem Leben.

»Wir sind auf unserer Hochzeitsreise«, sagte er.

Die Frau, die Mutter seiner Kinder kam ihm jetzt oft vor wie eine Braut, doch nicht wie die kühle, stolze, die sie gewesen – wie eine liebende Braut.

Und da kniete er vor ihr nieder und betete sie an.

Einmal rief er aus: »Ich bin zu glücklich, ich verdien es nicht. Ich habe eine Schuld abzutragen, aber statt sie einzufordern, überhäuft mich das Schicksal mit immer neuen Gnadengeschenken.«

»Du hättest eine Schuld abzutragen?« fragte Maria.

»Die schwerste – einen Frevel an dir. Ich habe um dich geworben, dein Ja erbettelt, obwohl ich wußte, freudig gibst du es mir nicht. Den ersten Kuß, Geliebteste, hat ein Ungeliebter auf deine Lippen gedrückt. Es war ein Verbrechen an dir – ein unsühnbares.«

Sie schrak zusammen bei diesem Wort.

Er nahm ihre Hände zwischen die seinen: »Maria, *wann* werde ich, *wie* werde ich dafür bestraft werden?«

»Nie, gar nicht«, stammelte sie verwirrt und drückte ihren Kopf an seine Brust.

Sie kehrten zurück. Es war Abend, als sie ankamen. Die Kinder schliefen. Hermann blies die Wangen auf und hatte die Fäustchen fest geballt. Er war groß und stark geworden, ein Knäblein wie ein junger, kräftiger Baum. – Das kleine, unechte Reis, auf den reinen Stamm Dornach gepfropft, Erich, lag in leichtem Schlummer, zuckte und öffnete die Augen, als seine Mutter ihm nahte. Sie war betroffen und befangen von dem geheimnisvollen Reiz, der dieses Kind umwob, wandte sich rasch und trat an das geöffnete Fenster.

Würzige Düfte erfüllten die Luft, melodisch rauschte es in den Bäumen, durchsichtige Schleier breiteten sich über die Wiesen, leichter Rauch lag auf den Höhen.

Weit herüber von der Straße, die zum Dorfe führte, vernahm man den Gesang heimkehrender Feldarbeiterinnen. Nah und näher kamen die Klänge einer schwermütigen slawischen Volksweise. Schon konnte man die letzten Worte des Liedes unterscheiden:

> Schönheit, dein Prangen,
> Liebe, dein Glück,
> Alles vergangen,
> Kehrt nicht zurück.
> Ewig treu,
> Immer neu

Bleibt die Reu, /

Bleibt die eisgraue Reu. –

13

In der Nähe von Dornach, auf dem seit langem unbewohnten Gute Rakonic, hatten sich zwei junge Ehepaare angesiedelt. Die Männer waren Brüder, die Frauen Schwestern. Sie gehörten den vornehmsten Gesellschaftskreisen an und betrieben den Sport als Beruf, mit angeborenem und energisch ausgebildetem Talent. Überdies gab es in etwas verwikkelten Ehrensachen keinen höheren Richter als die Grafen Clemens und Gustav und im Punkte echter Eleganz keine nachahmungswürdigeren Vorbilder als die Gräfinnen Carla und Betty Wonsheim. Es gab auch in der weiten Welt nicht wieder vier Menschen von so vollkommener Übereinstimmung in ihren Lebensanschauungen, ihren Verhältnissen, ihrer Bravheit, ihrer kindlichen Unwissenheit. Den Brüdern sah man ihre nahe Verwandtschaft sofort an. Beide waren mittelgroß und breitschultrig, ihre Scheitel schon etwas gelichtet; sie hatten ein äußerst gelassenes Wesen, sprachen langsam und in derselben bedächtigen Art. Im Äußeren der Schwestern hingegen herrschte die größte Verschiedenheit. Carla, die Ältere, schlank und blond, glich der Schwindschen Melusine. Betty, braun, klein, neigte zur Fülle und unterzog sich infolgedessen einem ziemlich strengen »Training«. Sie rühmte sich, nie anders als mit dem Springgurt geritten zu sein. »Was hat man denn für einen Rapport mit dem Pferd«, fragte sie, »wenn man auf so einer Maschin von einem Sattel oben sitzt?« Ihre Lebhaftigkeit bildete einen angenehmen Gegensatz zu dem gemessenen Benehmen ihrer Angehörigen. Sie war sehr verliebt in ihren Clemens, und er ließ sich ihre Zärtlichkeit gefallen und hatte, obwohl seit einem ganzen Jahre verheiratet, noch nicht eine Untreue an seiner kleinen Frau begangen. Gustav und Carla hingegen verkehrten miteinander mehr wie zwei gute Gesellen denn als ein junges Ehepaar. Jedes brave eheliche Verhältnis endet mit Freundschaft; sie ersparten sich den Umweg und fingen gleich bei der Freundschaft an.

Sobald die Fahnen auf den Türmen des Schlosses Dornach die Anwesenheit des Herrn und der Frau des Hauses verkündeten, fanden Wonsheims sich dort ein und wurden oft und gern gesehene Gäste. Sie verlangten aber auch Erwiderung ihrer Besuche, Teilnahme an ihren Interessen. Es verdroß alle, wenn eine ihrer Einladungen von Maria ausgeschlagen wurde, weil sie »zu tun« hatte. – Und was? – Krippen errichten, ein Versorgungshaus bauen, ein Spital, »und immer machen, als ob sie dabeistehen müßt – wenn das nicht Affektationen sind«, meinten sie, »dann kennen wir uns überhaupt in solchen Sachen nicht mehr aus«.

Sie waren einmal von einem betrunkenen Taugenichts angebettelt worden, der ihnen auf die Frage, woher er sei, geantwortet hatte: »Aus Dornach.«

»Wie – daher? Gibt's denn noch arme Leut in Dornach? Dort is ja der Himmel für die Armen.«

Der Taugenichts zwinkerte schlau und sprach in kläglichem Tone: »Für den armen Herrn Spitalsverwalter und Aufseher, und wie die liebe Bagage sich titulieren läßt … für die wird's wohl der Himmel auf Erden sein, die liegen auf der faulen Haut und fressen sich an. Ein wirklich Armes hat's in Dornach grad so schlecht wie überall.«

Das war Wasser auf die Mühle der Wonsheims, und sie fragten nicht, ob es aus trüber Quelle floß.

Eines Tages, als wieder eine verneinende Antwort aus Dornach eintraf, schnellte Betty den Brief, der die Absage enthielt, durch das offene Fenster, daß er weithin flog, die Luft mit der Kante durchschneidend. »Der vierte Korb, den die langweilige Person uns gibt!« rief sie, und Clemens versetzte:

»Ihr seid's aber auch wie die Wanzen. Laßt sie in Ruh!«

»Just nicht! Sie darf nicht fort im Spital sitzen und sich mopsen. Man muß sie ein bissel aufmischen.«

Bettys Meinung drang durch.

»Mischen wir's auf«, erwiderten Gustav und Carla, und schon am nächsten Morgen, in aller Gottesfrüh, kam die Familie in Dornach angesprengt, um Hermann und Maria zu einem Spazierritt aufzufordern.

Es war ein hübscher Anblick, als sie im Schloßhof hielten, die stattlichen Herren und die anmutigen Frauen auf ihren schönen Rossen, an denen jede Sehne Kraft und jeder Blutstropfen Adel war. In ihrer Begleitung befanden sich Flick und Flock, ihre Doggen, die ernsten, klugen, die den Pferden wie angebunden im jeweiligen Tempo dicht an den Hufen folgten. Sie sahen nicht rechts noch links, sie kümmerten sich weder um einen aufschwirrenden Vogel noch um einen aufgescheuchten Hasen; aber einen Blick, einen freundlichen Zuruf ihrer Herren beantworteten sie mit Wonnegeheul und Freudensprüngen. Jetzt waren sie verdrießlich über die Unterbrechung ihres Morgenrennens.

»Verdammte Dahockerei! Wie lang soll's noch dauern?« sagte Flick zu Flock.

»Riech nur, riech!« erwiderte der, »da kommen ja schon die Hunde mit ihren Menschen. Den Boxl, den möcht ich durchbeuteln, daß er nicht mehr wüßt, wo sein grauslicher Kopf ihm steht.« Er knurrte, seine Haare sträubten sich.

Boxl lief auf ihn zu, klein und frech, der ganze Hund eine impertinente Frage: »Was habt ihr bei uns zu suchen?«

»Die Spuren meiner Zähne in deinem Fell, du Ratte«, und Flock wollte auf ihn losfahren. Aber sein Herr befahl: »Kuschen!« So drückte er denn die Augen halb zu, leckte die Schnauze und wandte dem Händelsucher, der nicht auf-hörte, ihm die größten Unannehmlichkeiten zuzukläffen, den Rücken.

Flick setzte sich dicht an seine Seite, und die beiden streckten die Hälse, wedelten mit den Schwänzen, öffneten die gewaltigen Rachen und gähnten laut und herausfordernd.

Inzwischen war die Einladung der Wonsheims angenommen worden. Maria ging, sich umkleiden zu lassen; die Pferde wurden vorgeführt: Hermanns brauner Wallach und Marias in letzter Zeit arg vernachlässigter Liebling Hadassa.

Fünfjährig, mit feinem Kopf, schlankem Bug, breiter Brust, breitem Kreuz, tanzte sie einher auf elastischen, makellosen Füßen. Sie war wie grauer, wolkiger Marmor und rabenschwarz ihre spärliche Mähne und ihr an der Wurzel spitz zulaufender Schwanz. Als sie die fremden Pferde erblickte, warf sie den Kopf empor; ihre dunkelbraunen, aus dem mageren Gesicht vorquellenden Augen sprühten; sie blies die Nüstern auf, wieherte drohend und stieg plötzlich auf den Hinterbeinen in die Höhe, daß der kleine Groom, der sie fest an den Zügeln hielt, in der Luft baumelte wie ein Taschentuch.

Alle lachten. Maria trat heran und streichelte den Hals der Stute. Hadassa jedoch, ihr Gebiß kauend, im Sande scharrend, wich verdrossen vor der Gebieterin zurück.

»Nervös?« fragte diese und schwang sich mit Hermanns Hilfe in den Sattel.

Sie hatte nicht daran gedacht, den Tag mit einer Unterhaltung zu beginnen, sich heute besonders viel vorgesetzt, war im ersten Augenblick unzufrieden gewesen mit der eingetretenen Störung. Bald jedoch schien sie ihr eine Wohltat. Erfrischend, belebend wirkte auf sie die rasche Bewegung in der tauigen Kühle des Morgens. Die Nebel sanken, die Sonne stieg hinter den Laubwäldern empor, die der Herbst schon bunt gefärbt hatte, und überglänzte ihr geschminktes Sterben.

Die Reiter nahmen ihren Weg durch den Park. Sie kamen an dem Aussichtspunkte vorbei, wo Marias erste Unterredung mit ihrem Bruder stattgefunden, wo sie die ersten Worte mit ihm getauscht, der dem Verbrechen den Pfad zu ihr gebahnt hatte.

»Vorbei – vorbei… Trag mich hinweg, Hadassa!« und sie führte unüberlegt einen Streich mit der Gerte über die Schulter des aufgeregten Tieres. Hadassas Empörung war grenzenlos. Sie bockte, schlug und gab ein Beispiel trotziger Unbotmäßigkeit, das bei den andern Pferden Nachahmung zu finden begann.

»Nichts mit ihr zu machen. Ich muß sie allein haben«, sagte Maria. »Wir treffen uns beim Jägerhause.« Und sich jede Begleitung, auch die Hermanns, verbittend, lenkte sie vom Wege ab auf das nahe Sturzfeld, in dessen weichem, tiefem Boden Hadassa sich müde rennen sollte. Ein grüner Wiesengrund begrenzte das Feld und bildete das Ufer des klaren, wasserreichen Flüßchens. Es war dasselbe, das droben in den Bergen zu Füßen der Burgruine so prächtig übermütig durch die Felsenriffe tobte.

Von weitem schon sah Maria seine glatte Oberfläche blinken. Dort, auf sanfter Bahn, im seichten Bette, hatte es ausgestürmt.

»Siehst du, Hadassa, für noch ganz andere Wildheit als die deine gibt's nach dem Auf- und Abwogen der Hochflut die ruhige Ebbe des Gleichgewichts. Du glaubst nicht an deine Zähmung, du Tolle? Warte nur, du mußt erst müde werden.« Vorgeneigt bis auf den Hals der Stute, ließ sie ihr die Zügel. Ein rasender, ein wonniger Ritt, ein Flug über Gräben und Hecken. – Hadassa spürt nicht mehr den Boden unter ihren Hufen. Hadassa ist ein Adler, ist der Sturm; von ihr getragen zu werden und soviel Leben, Kraft, Feuer deiner Laune unterworfen fühlen, dem Drucke deiner Hand – das ist Seligkeit. – Leugne sie, wer sie nicht kennt… Marias Herz öffnete sich ihr mit Entzücken. Sie atmete erquickt und frei; sie war einmal wieder glücklich und ruhig, und in ihrem Innern war Frieden…

Wo hatte sie den gesucht? – in der Pflichterfüllung, im Wohltun, in ihrer mit Begeisterung ausgeübten Kunst. Alles vergeblich. Der Frieden der Seele ist zu finden auf dem

Frieden
aus sie
ge. Let

Rücken Hadassas, im wilden Genuß eines sinnlosen Rennens und Jagens. Das schäumende Roß, die glühende Reiterin sind von demselben Rausche erfaßt. Hadassa ist nicht zu ermüden, nur zu erhitzen, Maria ihrer Herrschaft über sie nicht mehr so sicher wie früher. Um so schöner – es lebe die Gefahr! Aug in Aug mit ihr wird das Vergessen am tiefsten…

Da war es gedacht und der Zauber gebrochen. Des Vergessens gedenken heißt ja sich erinnern. Der Brust Marias entstieg ein Schrei und gellte unheimlich durch die Stille. – Aber horch, es kam Antwort. Ein dumpfes, einförmiges Geräusch, das aus der Ferne herüberdrang, gab sie. Dort am Ausgange der Waldschlucht stand eine Mühle, und rastlos drehte sich ihr riesiges Rad, getrieben vom stürzenden Bach… Vorwärts! auf sie zu… Hadassa biegt nicht aus. Ein herbes Lächeln verzog Marias Lippen. – Armselig sogar an Erfindung ist das Leben. Alles wiederholt sich. Das ist ja wie vor Jahren, als sie, fast noch ein Kind, dem Tod, dem sie jetzt entgegenjagt, entgegengetragen wurde. Einem häßlichen Tod zwischen schwarzen, triefenden Speichen, und damals graute ihr vor ihm – heute graut ihr nur noch vor dem häßlichen Dasein…

Bleich, die Augen weit geöffnet, näherte sie sich mit entsetzlicher Geschwindigkeit ihrem Ziele.

Da erfuhr sie etwas Seltsames. Ist das immer so vor dem Ende? – In alle Seelentiefen fällt unendliches Licht; die Wurzeln des Fühlens und Tuns sind enthüllt. Seines täuschenden Schimmers entäußert, erscheint das Blendwerk der Sinne und der Phantasie als ein häßliches Zerrbild. Aber die reine, von ihm zurückgedrängte Empfindung prangt in herrlichem Glanze. – Nun wandeln zwei mutterlose Kinder die wohlbekannten Wege entlang, nun ist das Herz des besten Mannes verwaist… Warum? warum? Es hätte nicht sein müssen. – Schade um das vernichtete Glück!

»Maria!« übertönte eine Stimme das Rauschen der Fluten,

»Maria!« und sie, plötzlich zurückgerufen in das Bewußtsein der Wirklichkeit, fuhr zusammen und riß die Zügel an.

Hadassa bäumte sich, dann stand sie gestreckt mit rauchenden Nüstern, mit zurückgelegten Ohren. Wo war sie hingeraten in ihrem närrischen Lauf? Was für ein wasserspeiendes Ungeheuer war das, dem sie im Begriff gewesen in den Rachen zu springen? …

Sie erschrak, und zugleich freute sie sich, denn aus dem Winkel, wo das brausende Scheusal sein Wesen trieb, kam ihr guter Kamerad und Stallnachbar, der braune Bob, einhergetrabt.

Auch er war aufgeregt, sein Reiter aber ganz ruhig, und der rief:

»Was gibt's, ist sie durchgegangen?«

Maria stammelte ein undeutliches »nein«. Ihr war zumute wie einem auf der Flucht ereilten Verbrecher. Mitten in fast übermenschlichem Ringen nach Selbstbeherrschung erzitterte sie, von Schauern durchfröstelt. Die Augen desjenigen, dem ihre letzten Gedanken gegolten, ruhten auf ihrem Angesicht. Spiegelte es die Kämpfe wider, die sie eben durchgemacht? …

Hermann wendete sein Pferd und ritt nun neben ihr an der Mühle vorbei. Er neigte sich zu Maria, legte seine Hand auf die ihre und sagte: »Du bist ganz blaß.«

»Wirklich?« Sie zog ihr Taschentuch und preßte es an ihre Stirn.

»Mir war bang, Hadassa – sie hat heute einen bösen Tag – könnte an der Mühle nicht allein vorüber wollen. So bracht ich einen Begleiter.«

»Aber wie kommst du hierher?«

»Quer übers Feld. Du machtest einen Bogen, ich habe dir den Weg abgeschnitten.«

»Und noch Zeit behalten, mir in erhabener Bedächtigkeit entgegenzutraben? Auch eine Leistung. Bravo, Bob!« Sie klopfte den Hals des schweiß- und schaumbedeckten Pferdes: »Ich liebe dich.«

Hermann lachte sie an: »Der Glückliche, sein Herr beneidet ihn.«

»Hat keinen Grund dazu«, sagte sie ernst und warm.

Er drückte ihre Hand, die er noch immer in der seinen hielt: »Das sagst du ja, als ob es dir leid täte«, versetzte er im früheren Tone. Aus seinem Blicke sprach lautere Seligkeit und weckte einen Widerschein in der Seele Marias.

Was ihr vorhin gedämmert hatte, es durchdrang sie jetzt mit dem Lichte und mit der Kraft sonnenklarer Überzeugung. Das Beste und Höchste an ihr, das, worin alle edlen Eigenschaften ihres Wesens gipfelten, war die langsam gereifte Liebe zu diesem Manne.

14

Von nun an ließ sich Maria nicht mehr lange bitten, dabei zu sein, wenn »etwas los« war bei Wonsheims. Aus der Rolle einer Zuseherin ging sie bald zu der einer Mitwirkenden und endlich einer Anführerin über. Schwungvoll wie eine Kunst, nicht mit der Nüchternheit eines Handwerkes wollte sie den edlen Sport betrieben sehen. Den der Jagd zum Beispiel, an dem Carla und Betty leidenschaftlich Anteil nahmen. Was man so vortrefflich auszuüben versteht, soll auch schön ausgeübt werden.

»Machen wir ihnen eine Freude«, sagte sie zu Hermann, »lassen wir für ein paar Tage das Goldene Zeitalter der Jagd wieder aufleben, zaubern wir uns an den Hof Augusts des Starken oder nach dem Jagdschloß Blankenburg. Veranstalten wir ein Fest, bei dem einmal gezeigt wird, was das Haus Dornach vermag; denke nur, daß ich selbst es noch nie in seinem Glanz gesehen habe.«

»Ein schweres Versäumnis«, erwiderte er, »aber wir wollen es gutmachen.«

Die öden, immer verhangenen Prunksäle wurden dem Licht und der Luft geöffnet, und es zog wie ein Erwachen durch die Räume. Ein leises Knistern erhob sich in dem alten Schnitzwerk und Getäfel der Wände, ein plätscherndes Geräusch in den meergrünen, goldbefransten, vom Winde, der durch die Fenster drang, geblähten Vorhängen und Draperien. Die Prismen der kristallenen Kronleuchter schlugen lustig aneinander, mit feinem, hellem Klang. Und erst auf dem Orchester im Tanzsaale, wie ging es da zu! Da wurde gestimmt und geübt und Strauß'sche Musik einstudiert. Eine stürmische Auferstehung für die Streich- und Blasinstrumente, die geruht hatten in ihren Särgen, seitdem sie der längst vergessenen Weise eines *Menuets à la reine* ihre Stimmen geliehen. Der greise, immer mürrische Schloßwärter, der sich als der eigentliche Schloßherr betrachtete, griff ungern genug auf Hermanns Befehl nach seinem Schlüsselbund. Und die eisenbeschlagenen Eichenschränke in der Silberkammer lieferten die Schätze aus, die ihr Hüter sorgsam pflegte und geizig verbarg vor der Neugier der Laien. Da kamen sie hervor und schmückten die Tafel im großen Speisesaal, die phantastischen Aufsätze und Trinkschiffe, die Nautilusschalen, die romanischen Pokale und die gotischen mit ihren kleinen durchbrochenen Türmen, Spitzbogen und Fialen. Kannen, Becher, Schüsseln in bewunderungswürdig getriebener Arbeit, mit Figurenreliefs, eingeschmolzener Emaillierung, eingesetzten Edelsteinen, Triumphe der Goldschmiedekunst, die Hand Jamnitzers, Eisenhoidts, Dinglingers verratend, dieser bescheidenen Meister einer Kleinkunst, aus deren Werkstätten so viele große Künstler hervorgegangen sind.

Die Einladungen zu dem Feste waren im Stile des achtzehnten Jahrhunderts verfaßt. Die »Cavaliere und Dames« wurden gebeten, nach dem Kesseltreiben, das an der Stelle des historischen Fuchsprellens abgehalten werden sollte, »in grünsammetener, mit Silber verschamerierter Kleidung«

beim Mahle zu erscheinen. Zur Jagd selbst kamen die Gäste natürlich in beliebigem Kostüm:

»Je schäbiger, je schickiger!«

Carla und Betty Wonsheim, die das Wort erfunden hatten, brachten es zu Ehren, sahen jedoch nicht vorteilhaft aus in ihren zerdrückten Hüten, ihren alten Paletots, kurzen Röcken und abgetragenen Schnürstiefeln.

Wenn aber die Herren mit ihren ledernen Jagdhosen die Zimmer putzen lassen, um ihnen jeden Schein von Neuheit zu benehmen, dürfen die Damen nicht zurückbleiben, und auch ihre Ausstaffierung muß die Spur von hundert blutigen Schlachten gegen Haar- und Federwild tragen.

Als die Gäste versammelt waren, fand, frei nach Döbel, der Aufzug statt, den Willy, Wilhelms Erstgeborener, mit dem bloßen Hirschfänger in der Rechten, anführte. Ein ergötzliches Schauspiel, bei dem weder die Schar der Leute im »wilden Mannshabit« noch der Künstler, der den »pohlnischen Bock« pfeifen konnte, noch der Waidmann fehlte, der das Parforcehorn musikalisch zu blasen verstand.

Die Gesellschaft spendete reichlichen Applaus und bestieg in bester Stimmung die Wagen, die sie nach dem Revier brachten, wo der erste Trieb stattfand. Der letzte sollte die Jäger am Nachmittag in die Nähe des Schlosses zurückführen, und diesen versprach Maria, den Bitten aller nachgebend, mitzumachen.

Zur bestimmten Stunde verließ sie das Haus. Es war kalt, ein scharfer Nord hatte sich erhoben, fegte den dünnen, harten Schnee in die Gräben und Mulden und blies von Zeit zu Zeit einen Schauer feiner Eisnadeln über die Felder.

Still und schweigend kamen die Jäger heran, die flügelführenden an der Spitze. Der Ordner befahl Halt. Nun teilte sich der Zug, und jeder Schütze ging zwischen zwei Treibern seinem Stande zu.

Seit ihrer Kindheit hatte Maria nicht mehr an einem Kesseltreiben teilgenommen und nur einen verworrenen Eindruck davon behalten. Nun schritt sie neben Clemens, dem sie schon am Morgen ihre Begleitung zugesagt hatte und der ihr ganz merkwürdig vorkam. Eine heftige Aufregung spiegelte sich in seinem sonst so phlegmatischen Gesicht; aber er blieb stumm.

Der Kreis war geschlossen, die Jäger begannen vorzurükken.

Alles noch regungslos da drin in dem seichten, leicht beschneiten Ackergrunde, der sich gleichmäßig senkt und dann wieder erhebt bis zur Einhegung des Parkes.

»Die Hasen waren klug«, sagte Maria. »Sind alle fort, im Walde.«

»Sind da, ducken sich nur«, antwortete Clemens.

Die Treiber begannen ihre Klappern zu rühren. Ein zerlumpter Junge in durchlöcherten Socken sprang vor Maria her, offenbar in der Absicht, von ihr bemerkt zu werden. Er jagte auch wirklich einen Hasen auf. Dann rückten drei andere nach, vier, sechs … Der erste Schuß knallte, ein großer, fetter Hase stürzte und blieb auf der Stelle.

»Das war die Betty«, murmelte Clemens, und ein Ausdruck leidenschaftlichen Neides umzuckte seinen Mund. Seine Hände zitterten, er schoß und fehlte, schoß wieder und traf, aber schlecht. Auf drei Läufen sprang sein Opfer dem nächsten Nachbarn in den Schuß. Nun nahm er sich zusammen, nun war er wieder er selbst. Wohl dem Meister Lampe, der ihm kam, er hatte nicht lange zu leiden.

Der Kreis wurde immer enger, es wimmelte von Wild. – Aus der Erde schien es zu wachsen, erhob sich aus jeder Furche, sprang hinter jeder Scholle hervor, wandte alle seine Finten vergeblich an, stürzte herum im Wahnsinn der Angst, schrie, daß es einen Stein erbarmt hätte – und Jägern Vergnügen machte. Und erst dem Volke! Welchen Feiertag begeht heute das Volk!

Das feigste Tier, das völlig wehrlose, zusammentreiben auf einen Fleck, damit es dort lustig niedergeknallt werde, nachhelfen mit dem Stock, wenn das Gewehr sein Werk nur halb getan, tot machen, so recht nach Herzenslust und noch Geld dafür kriegen, das ist ein Gaudium für den armen Mann und für sein Kind eine Schule, in der es etwas lernen kann.

Der letzte Trieb, der schönste Trieb. Wer hätte das erwartet! Die meisten Herren und alle Damen wurden von einem Rausch ergriffen. Angesichts solcher Massen Wildbrets wird der kaltblütigste Jäger hitzig. Das Abc der Wissenschaft geht ihm verloren; er zielt kaum mehr, kümmert sich nicht darum, ob »das Material« zuschanden geschossen wird.

Die Strecke bedeckt sich mit totem, verendendem, verstümmeltem Getier. Es düngt den Boden mit seinem Schweiße; es wird geknickt, erwürgt; die Treiber binden ihm die Hinterläufe zusammen und beladen ihre Stöcke mit der noch zuckenden Beute.

Maria hatte weggeblickt. Widerwillen, Ekel, ein großes Staunen erfüllte sie: – die sich da ergötzen an den Qualen eines armseligen Geschöpfs, das sind lauter gute Menschen.

»Gräfin, schauen S' her«, rief Clemens mit seinem heitersten Lachen.

Auf zehn Schritte von ihm hatte ein alter, blinder Hase sich hingepflanzt und machte ein Männchen. Beide Löffel waren ihm abgeschossen, und die Farbe lief über seine erloschenen Lichter. Er wischte sie mit den Vorderläufen langsam ab, schüttelte sich, loste nach rechts und nach links, senkte traurig seinen kugelrunden Kopf und sah unglaublich dumm aus.

»Den Gnadenstoß, ich bitte um den Gnadenstoß für ihn«, sprach Maria.

Clemens gab Feuer. Der Hase lag und – unweit von ihm der kleine Treiber, der aus vollem Halse schrie und ein Bein in die Höhe streckte.

»Patzer!« rief Betty herüber.

Im selben Augenblick gab der Hornist das Zeichen zum Schluß.

Maria war auf den Verwundeten zugeeilt, Clemens folgte ihr langsam nach. Doktor Weise kam mit Riesenschritten heran. Er trug eine Mütze mit Ohrklappen, stak in einem Pelze, der ihm die Form eines Schilderhauses verlieh, und war mit doppelt soviel Jagdrequisiten behangen, als er hätte verwenden können. Mühsam kniete er neben dem Jungen nieder, untersuchte ihn genau und sprach:

»Ich konstatiere, daß dieser *adolescentulus* an der *sura* des linken Beines von einem Schrot gestreift worden ist.«

»Das ist alles, wirklich alles?«

Weise nickte: »Alles.«

Nun erhob der Bursche ein Geschrei, gegen das sein früheres nur ein Säuseln genannt werden konnte. Er tobte und kreischte: »Ich hab eins, der Herr Doktor vergunnt mir's nit, der Herr Doktor lugt. Ich hab eins, ich hab ein Schrot und krieg fünf Gulden!«

»Immer die alte Komödie«, sagte Clemens.

Der Doktor aber sprach, nachdem er dem Patienten eine Maulschelle verabreicht und sich mit Hilfe zweier Jäger aufgerichtet hatte: »Verzeihen, das ist Ihre Schuld, Herr Graf. Wenn man jedem angeschossenen Treiber fünf Gulden fürs Schrotkorn bezahlt, darf man dann nicht staunen, daß sich die Leute auf so leichte Art etwas verdienen wollen.«

In drei Sälen des Schlosses wurden die Gäste »*magnifique* traktieret«. Hermann erhob sich und leerte sein Glas »auf aller braven Jäger Gesundheit«. Die Hifthörner bliesen, und zum Finale ließen die Jägerburschen das Waldgeschrei ertönen.

Es war das stilvollste Fest, das man denken konnte, und mit weit mehr historischer Treue ausgerichtet, als der größte

Teil der Gesellschaft zu würdigen verstand. Doch freute sich jeder an der entfalteten Pracht, am Reichtum und Geschmack der Kostüme.

Besondere Bewunderung erregte Carla Wonsheim, die entzückend aussah in ihrem grünen, mit weißem Atlas ausgeschlagenen Samtgewand und dem dunklen Federbarett auf ihrem hübschen Kopfe. Sie schien in einem Diamantenregen gestanden zu haben, denn sie war vom Scheitel bis zu den Füßen mit einzelnen dieser funkelnden Edelsteine wie übersprüht.

»Wen stellen Sie vor?« fragte eine junge, schlanke Landedelfrau mit auffallend schönen Augen, Baronin Wlasta Wynohrad. Die Damen Wonsheim waren ihr wie Sterne aufgegangen an ihrem beschränkten Horizont, und sie kannte keinen höheren Ehrgeiz, als in der Nähe ihrer Idole geduldet zu werden.

»Wen ich vorstelle? – das weiß die Frau vom Haus«, gab Carla zur Antwort, »die hat unsere Kostüme vorgeschrieben.«

»Das meine nicht! Ich lasse mir nichts vorschreiben. Ich bin die Pfeife, nach der bei mir alles tanzt. Achtzehntes Jahrhundert, Jagdkostüm – *va bene*. Das Weitere ist meine Sache.«

Carla ließ einen »unvertrauten« Blick über die Toilette der Baronin gleiten und dachte: »Nicht recht präsentabel, die brave Frau.«

Diese zog ihre mageren Schultern in die Höhe, streckte den langen Hals und ließ die Freudenbotschaft von ihren Lippen schweben, daß sie den nächsten Winter in Wien zubringen werde.

»So?« sprach Carla.

»Ja, ja, und ich werd schon oft zu Ihnen kommen und Sie bitten, daß Sie sich meiner annehmen. Die Wiener Société ist sehr unfreundlich gegen neue Erscheinungen.«

»Nur, wenn sie un-*comme-il-faut* sind.«

»Na, das ist natürlich – gegen die bin ich gerade so…
Aber je, da schauen Sie her! die Wilhelmischen fangen schon
an zu tanzen. Komm… O weh!« unterbrach sie sich, »jetzt
hab ich mich wieder versprochen, ich bitt um Verzeihung!«

Ihre Entschuldigung wurde mit einem Kopfnicken quit-
tiert. Sie ließ sich dennoch nicht abschrecken. »Gehen wir in
den andern Saal«, sprach sie und schob zutunlich ihren Arm
unter den der Gräfin.

»Der Tausend«, lachte die, »wir sind ja sehr intim, wir
zwei! Davon hab ich noch gar nichts gewußt.«

Wlasta errötete bis an die Ohren, und Carla fuhr unbarmherzig fort:

»Warum denn nicht, als Nachbarin auf dem Lande? Das
hat keine Konsequenzen – in der Stadt, mein ich. Man ist
dort schrecklich in Anspruch genommen. Ich könnt Ihnen,
sehen Sie, liebe Baronin, nicht einmal eine Stunde geben, zu
der ich zu treffen bin.«

Die Baronin war nahe daran, von einem Herzkrampf ergriffen zu werden. Sie rang nach Atem und brachte mit nie-
dergeschlagenen Augen und gebrochener Stimme die Worte
hervor: »Ich bin eine geborene Zastrisl.«

»Nein, was Sie sagen!« erwiderte Carla mit heiterem Erstaunen über diese blendende Enthüllung. Dann ging sie,
gefolgt von ihrem sehr düster gewordenen Schatten, auf
Maria zu, die, umringt von einigen äußerst beflissenen
Herren, auf einem Sofa saß, der offenen Tür des Tanzsaales
gegenüber.

»Die Baronin«, sprach sie, »möchte wissen, wen ich vorstelle.«

»Du bist«, lautete die Antwort, »die lebendige Nachbil-
dung eines Porträts der Gemahlin des Herzogs Rudolf von
Braunschweig-Lüneburg.«

»Lüneburg? Hab mein Lebtag nichts von dem Neste gehört.«

»Ich auch nicht, aber jetzt merk ich mir's«, sprach Betty,

die gleichfalls herangetreten war und die Hand auf Marias Schulter legte. »Man wird so gelehrt in Dornach. Es geschieht alles mögliche für die Bildung der Gäste. Das heutige Fest, zum Beispiel, hast du, wett ich, nur arrangiert, um uns hinterrücks etwas aus der Geschichte beizubringen und aus der Geographie.«

»Solche Lektionen kann man sich schon gefallen lassen«, fiel Carla ein, und Betty rief:

»Oh, wie hab ich mich unterhalten! Es war furchtbar lustig.«

»Und was denn am lustigsten?« fragte Maria.

»Die Jagd natürlich. Ich hab einunddreißig Hasen geschossen und einen Fuchsen, den mir übrigens mein schußneidiger Mann abdisputieren will. Und du hast dich doch auch unterhalten?«

»Auf der Jagd nicht.«

Die kleine Frau war außerordentlich erstaunt:

»Wie kann das sein?«

»Es ist mir eingefallen, daß wir uns an Qualen ergötzen. Der Anblick der jämmerlich zugerichteten Tiere hat mich verstimmt.«

»Entschuldigen Sie, Gräfin, das ist Empfindelei«, sprach ein jugendlicher, etwas affektierter Diplomat.

»Behauptet die Gedankenlosigkeit«, versetzte Maria halblaut, wie zu sich selbst redend.

In ihm aber brodelte es vor Unwillen; fast wäre er aufgefahren. Gestern erst hatten einige seiner hier anwesenden Freunde von Marias Unnahbarkeit gesprochen, und er hatte sich in die Brust geworfen und mit offenkundiger Absicht gesagt: »Ja, ja, ihr zu gefallen ist nicht leicht. Man muß eben geistreich sein.«

Und jetzt, und noch dazu in Gegenwart der Zeugen seiner Prahlerei: »Gedankenlosigkeit!« Er wollte eine schlagende Antwort geben; da ihm aber nichts besonders Passendes einfiel, entschloß er sich zu schweigen. Die kleine Beschämung, die er erlitten hatte, war verschmerzt, als Carla sich mit den Worten zu ihm wandte:

»Ich bin Ihnen noch einen Walzer schuldig vom Fasching her. Soll ich bezahlen?«

Sehr geschmeichelt erhob er sich und wirbelte mit ihr davon.

Vetter Wilhelm aber, der bei Wonsheims in hohen Gnaden stand, mußte mit Betty tanzen, um für seinen unvorsichtig geäußerten Verdacht, daß sie müde sei, zu büßen.

»Was? müd – ich? … Ich bestell mir ein Pferd her um sechs Uhr früh und mach noch einen Ritt von ein paar Stunden.«

Wilhelm lachte: »Ganz wie ich, damals, als ich noch Leutnant war bei Kaiser Nikolaus-Husaren.«

Maria blickte sinnend, mit immer unbeweglicher werdenden Augen, in das Gewühl fröhlicher, geputzter Menschen, und was sie sah, war seltsam. – Das glänzende Bild goldbetreßter Herren, von Juwelen strotzender Damen, des altertümlichen Prunkgemachs, worin sie sich bewegten, wurde durchscheinend und verschwand schemenhaft von einem tiefdunklen Hintergrunde. In dem war ein Brausen und Grollen, wie es dräut im sturmgepeitschten Meer. Die Wellen türmten sich bis zum Himmel, stürzten in unermeßliche Tiefen, stiegen wieder empor, um wieder zu sinken, ein ewiges Auf und Nieder.

Und ein Wehgeheul entrang sich diesem grausen Getümmel gejagter, jagender, verschlingender, verschlungener Wellen: denn sie bestanden aus Tier- und Menschenleibern; sie waren das gequälte Geschlecht der Lebendigen, und der Ozean, der diese Fluten rollte, war ein Ozean des Leidens …

Manchmal erglänzte hoch am Horizont ein blinkender Stern, und Millionen von Menschenherzen erhoben sich, sehnsüchtige Augen tranken lechzend sein zitterndes Licht. Aber nicht lange, und sie wußten: Der ihnen dort erglommen, der verheißende Schein, war nur ein Widerschein des Trostverlangens, der Hoffnung – in ihrer eigenen Brust.

Und weiter rollt der Ozean des Leidens seine stöhnenden Fluten.

Aber sieh! – was kommt auf ihnen dahergeschwommen? … In bewimpeltem Schifflein eine lustige Schar übermütiger Männer und Frauen. Sie scherzen, sie spielen, sie liebeln und fahren sorgenlos hin – demselben Ende zu, das der Gepeinigten wartet …

»Woran denkst du?« fragte plötzlich eine sanfte Stimme. Maria schrak auf wie aus einem Traume. Helmi stand neben ihr.

Und andre kamen, und der Diplomat machte ihr auf Tod und Leben den Hof, und Clemens Wonsheim fühlte mit Mißbehagen, daß er einmal wieder im Begriff sei, sich in die Frau eines seiner Bekannten zu verlieben, und sagte sich selbst: »Unsinn, dabei schaut wirklich nix heraus.«

Einmal im Laufe dieser Nacht trat Maria an die Glaswand des Altans und schob den Vorhang zurück. Da lag vor ihr die weite, beschneite Landschaft, weißschimmernd, heller als der Himmel. Oh, diese anbetungswürdig schöne und doch peinerfüllte Erdenwelt … Dein Werk, du unbegreiflicher, unbekannter Gott … Sie entsann sich eines Spruchs, den sie in einem alten Buch gelesen, und der lautete:

Als Vorsehung magst du ihn hassen,
Den Künstler mußt du gelten lassen.

Einst hatten diese Worte ihr religiöses Gefühl verletzt … Einst!

15

Das Fest in Dornach rief eine Reihe mehr oder minder glücklicher Nachahmungen hervor. Es gab Bälle auf allen Schlössern der Umgebung, sogar bei Wilhelms wurde getanzt, zum ersten Mal, seitdem sie Haus hielten. Später kam der Eissport in Aufschwung, und man huldigte ihm auf das eifrigste. Da zeigte sich Gustav Wonsheim in seinem Glanze.

»Wenn's friert«, sagte Carla, »dann kommt mein Mann in Feuer.«

Er fuhr wie ein Norweger auf dem Schneeschuh bergab und bergan; er verstand die Eispike zu gebrauchen wie ein Holländer; auf dem Eislaufplatz beschämte er den Amerikaner Haynes. Seine Unermüdlichkeit im Veranstalten immer neuer Wintervergnügungen im Freien war erstaunlich.

Im Dezember dieses Jahres gewann er, ohne Notiz davon zu nehmen, die Herzen von sechzehn benachbarten Damen; doch wandten sie sich im Februar fast alle von ihm ab, als ihn Hermann bei einem tollkühnen Schlittenrennen glorreich besiegte.

Die Zeit verrann. Von Woche zu Woche wurde in Dornach und in Rakonic die Abreise nach Wien verschoben und endlich ganz aufgegeben. Die Balzjagden hatten begonnen, die Herrschaften fuhren fort, sich auf dem Lande prächtig zu unterhalten.

Maria führte ein eigentümliches Doppelleben. Heute die zweite Elisabeth von Thüringen, morgen eine Vollblut-Sportslady, die das starke Geschlecht oft übertraf an Kühnheit und »Schneid«.

»Ein Mordsweib, die Dornach«, sagte Clemens seufzend zu seinem Bruder. Und Gustav erwiderte zwischen zwei Zügen seiner Zigarette:

»Das weiß der Teufel!«

Clemens ließ sich in seinem Fauteuil hinabgleiten, streckte die Beine weit aus und legte den Kopf zurück. »Wie sie gestern so scharf hereing'fahren is!« sprach er. »Auf einmal ruft die Betty sie an. Ein Ruck – und die Braun' stehn wie die Mauern.«

»Ich sag's ja, als *four-in-hand*-Kutscher kommt ihr keiner nach.«

»*Das* Aug, *die* Hand und – *die* Ruh.«

»Der Kerl, der Hermann, der hat ein *Mordsglück* mit der Frau.«

Dem Beneideten indessen schien das, was die hohe Zustimmung der Nachbarn erweckte, ein unheimliches Wunder. Er suchte sich die leidenschaftliche Zerstreuungssucht Marias als einen Rückschlag gegen ihre frühere Melancholie zu erklären. Pendelschwingungen der Seele, von *dem* Äußersten zu *jenem*, die nichts sind als Vorbereitungen zur Rückkehr in ihre schöne, wohltuende Gleichmäßigkeit.

Eines Morgens kam Maria heim nach wildem Ritte durch die kaum wegsam gewordenen Wälder. Aus ihren schweren Flechten, die sich nicht völlig unter den Hut hatten zwängen lassen, standen die Spitzen der Haare hervor, glänzend wie Seide; unbändige Löckchen kräuselten sich über den aufgeregt funkelnden Augen, die schlanken Nasenflügel zitterten, zwischen den leicht geöffneten Lippen blinkten die weißen Zähne hervor. Hastig berichtete sie von einer neuen Verabredung mit Wonsheims für den Abend.

Eine Regung der Eifersucht durchzuckte das Herz ihres Mannes; doch machte er sich sogleich einen Vorwurf daraus. »Du hast dich unterhalten?« fragte er.

»Oh, königlich!« gab sie zur Antwort, und er strich leise über ihre geröteten Wangen:

»Den nächsten Winter verleben wir in der Stadt, wenn es dir recht ist. Auf dem Lande haben wir zu wenig Ruhe, was meinst du?«

»Was *du* meinst«, gab sie zur Antwort, und seine unausgesprochene Rüge verfehlte nicht ihre Wirkung.

Maria besann sich auf sich selbst. Ein Wort Hermanns hatte sie aus dem Rausche geweckt, in dem sie eine Art von Frieden gefunden.

Nun wollte sie mehr als seinen Schein, sie wollte ihn selbst wiedergewinnen, den echten Frieden, ohne den das Leben nutzlos und töricht ist.

Sie begann ihn zu suchen im Buch der Bücher, in den Worten der Schrift, die sich nicht an die kalte Tugend wenden, die für den reuigen Sünder gesprochen sind. Ihm gelten diese Verheißungen; dem armen Zöllner, der büßenden Magdalena öffnen sich Vaterarme.

Maria erflehte und erhielt Entsühnung durch den Mund eines ehrwürdigen Priesters und blieb vor sich selbst – unentsühnt.

»Was hilft Ihre Verzeihung, mein Vater, wenn ich mir nicht verzeihen kann?« fragte sie, und der alte Seelenhirt erwiderte:

»Hat meine Tochter vergessen, daß es die Verzeihung des Allbarmherzigen ist und nicht die meine, die sie in der heiligen Beichte empfängt?«

»Wenn es die Verzeihung Gottes ist, warum fühle ich ihre Segnungen nicht? Warum trete ich von dem Tische des Herrn mit so schwerem Herzen hinweg, als ich ihm nahte?«

Ihr Gewissensrat holte vergeblich Trostgründe ohne Ende aus dem unerschöpflichen Born des Glaubens hervor, dessen treuer Bekenner er war.

Sie lag vor ihm auf den Knien im Beichtstuhl der Schloßkapelle, das Angesicht mit den Händen bedeckt, und schluchzte.

Der Priester ließ einen Blick voll Wehmut über die Ringende gleiten und sagte nach langem Besinnen: »Die Wege des Herrn sind unerforschlich. Es ist schon vorgekommen, daß ein reiner Mensch mit Zulassung Gottes in der Versuchung unterlegen ist. Das geschieht, damit dieser Mensch sich nicht überhebe in seiner Tugend. Er fiel, ja, aber – dem Allgütigen zu Füßen, dessen er im Frevelmute vergessen und zu dem die Reue ihn zurückgeführt. Dort liegt er fortan in Demut und Zerknirschung, einer von denen, die dem Herzen des Ewigen näher stehen als hundert Gerechte.«

Er gab ihr seinen Segen. Sie erhob sich stumm, und nie wieder klagte sie ihm ihr Leid.

Der alte Geistliche aber beugte seinen kahlen Scheitel in frommer Einfalt vor dem Bilde des Gekreuzigten bis zur Erde und sprach ein heißes Dankgebet: Sei gepriesen, daß du auf die Lippen deines unwürdigen Dieners die Worte legtest, die eine Seele vor der Verzweiflung gerettet haben.

Maria ging von nun an ihren Weg allein und suchte nicht mehr nach Betäubung oder Stütze. Äußeren Gleichmut hatte sie endlich errungen. Er half, ihre schwere Seelenpein verbergen; ja, er wuchs mit ihrem Streben nach Vervollkommnung. Sie war nachsichtslos gegen sich selbst, wenn es die Erfüllung auch der geringsten Pflicht galt – und hatte gegen ihre erste und höchste gesündigt. Sie trug das verfeinertste Rechtsgefühl in der Brust, und – neben ihr wuchs die Frucht des Unrechts auf; ein Eindringling, ein kleiner Dieb, der genoß, was ihm nicht zukam. Über ein schmerzliches Mitleid ging die Empfindung Marias für das Kind nicht hinaus.

Aber Hermann, Vater und Sohn, schienen ihm die Zärtlichkeit ersetzen zu wollen, die seine Mutter ihm versagte. Der vierjährige Majoratserbe, ein großer, stämmiger Junge, der so kühn und stolz einherging, als ob die Erde ihm gehörte, zerschmolz vor dem »Kleinen« in Liebe und Ergebenheit. Seiner Natur nach kriegerisch und immer aufgelegt, zum Schlage auszuholen mit seinen Fäustchen, entfaltete er jeder Laune seines Nachgeborenen gegenüber eine erstaunliche Geduld. Er parierte seine hölzernen Pinzgauer im sausendsten Galopp, wenn Erich mit Tränen in der Stimme rief:

»Genug, die Pferde sind schon müd.«

Überlegen lächelnd sah Hermann zu, wie sein Bruder die Gäule unter einer Gartenbank vor ihm versteckte, sie fütterte und zudeckte mit dem Taschentuch.

Der Große beschützte den Kleinen bei hundert Gelegenheiten; dieser beschützte die Hunde vor Hermanns derben Zärtlichkeiten. In solchen Fällen gab es Püffe; doch immer war's der Schwache, der sie versetzte.

Ein festes Band zwischen den Geschwistern war die Freude am Erzählen des einen, die Freude am Zuhören des andern. Es glänzte etwas wie Verehrung in Erichs Augen, wenn er den Geschichten seines Bruders lauschte. Diese hatten eine merkwürdige Ähnlichkeit untereinander und handelten immer wieder von der Wüste, vom Sturm und von den Löwen. Manchmal, wenn sich die Wüste so unermeßlich dehnte, daß sie größer wurde als die Wiese drüben hinter dem Bach, und wenn der Sturm es zu wild trieb, und die Löwen zu blutdürstig wurden, da überlief's den Kleinen; sein Gesichtchen zog sich in die Länge, er verschränkte seine Finger krampfhaft über den Knien und ließ den Kopf auf die Brust sinken.

Glücklich über den Erfolg seiner Erzählungskunst, warf Hermann den Kopf in die Höhe und rief: »Und ich werd hingehen und die Löwen totschießen!«

Das war der Höhepunkt seines Triumphes, und er genoß ihn ungestört, bis eines Tages der Kleine aufsprang, die Arme ausbreitete und völlig begeistert sprach:

»Und Erich wird zuerst hingehen und wird den Löwen zu essen geben.«

Von Stund an begann er, den Gedanken an die Reise zu den Löwen mit einer weit über seine Jahre gehenden Beharrlichkeit nachzuhängen. Der Richtung zugewandt, die Hermann als diejenige bezeichnet hatte, in der die Löwen wohnen, konnte er ganz in Gedanken versinken und still und freudig lächeln, als ob die schönsten Bilder vor ihm auftauchten.

Seine Mutter bekämpfte den Hang zur Träumerei in dem Knäblein. Sie lehrte ihn spielen; sie zürnte, wenn sie ihn müßig fand. Doch selbst ihr Zürnen war ihm Glück und Gnade, sie beschäftigte sich ja mit ihm. Er hörte ihr zu, stand wie ein Bildsäulchen und blickte mit seinen strahlenden Augen andächtig zu ihr empor.

Maria hielt den liebewerbenden Blick des Kindes nicht lange aus.

Sie trat fort von ihm; sie fragte sich schaudernd: »Sieht denn niemand außer mir die entsetzliche Ähnlichkeit?« – »Niemand«, antwortete ihr die Unbefangenheit der Ihren, der Fremden, eines jeden, der dem Kinde nahte und in Bewunderung des reizumwobenen Geschöpfchens ausbrach.

Sein besonderer Verehrer war der Doktor, obwohl er sonst gesunden Kindern keine Beachtung schenkte. »Der Herr Graf Erich soll, wie ich höre, geistlich werden«, sagte er zu Lisette, die lange mit ihm geschmollt, es aber zuletzt aufgegeben hatte, weil er so gar nichts davon bemerkte. »Da prophezeie ich Ihnen, aus dem macht man keinen Domherrn. Der bleibt nicht im Lande – der wird ein heiliger Reisender, ein Missionär. Schon jetzt ein Menschen- und Tierfreund und dazu einen unwiderstehlichen Zug hinaus ins Universum.«

Die gute Helmi und Wilhelm sagten oft, daß sie sich einen Neunten gefallen ließen, wenn er ein Seitenstück zu Erich wäre: »So poetisch schöne Kinder sind gewöhnlich kränklich, dieser aber sieht aus und befindet sich wie ein Cherub.«

Den Vergleich hatte zuerst Gräfin Agathe angewendet. Sie entriß sich des bevorzugten Enkels wegen früher als sonst ihrer klösterlichen Einsamkeit. Den scherzenden Vorwurf Hermanns, er hätte nie geahnt, daß sie so schwach und nachsichtig sein könne, wie sie es gegen seinen zweiten Sohn war, ließ sie sich gern gefallen. – Er erinnerte eben an seinen Großvater.

Die Gräfin hatte das ausgemacht, und es blieb für die Mitglieder der beiden Häuser Dornach ein Familiendogma, was so viel heißt als ein Satz, an dem der gesunde Menschenverstand und die tiefste Einsicht zuschanden werden.

Als der Fasching heranrückte, mahnte die Mutter Hermanns ihn und Maria von neuem an ihre Pflichten gegen die Gesellschaft. Graf Wolfsberg, mit Geschäften überhäuft und dadurch an Wien gebunden, sehnte sich nach seiner Tochter. Gräfin Dolph schrieb:

»Ihr seid noch zu jung, um ganz zu verlandeln. Kommt, obwohl hier nicht viel los ist. Die Menschen werden immer dümmer und ihre Manieren immer schlechter. Früher wußte ich genau, ob ich mit einem Fiaker rede oder mit einer Komteß; jetzt irre ich mich alle Augenblicke. Ob es noch junge Herren gibt, werdet wohl Ihr erfahren; eine alte Frau, bei der man etwas Geist, den Erbfeind dieser Rasse, vermutet, kann sie für ausgerottet halten. – Ich gehe mit dem Gedanken um, literarische Abende zu veranstalten, aber – die Literaten sind sämtlich Atheisten – meine Nulle ist dagegen. Um diese Seele sind wir im Streite, der liebe Gott und ich. Ich glaube, ich werde sie ihm überlassen.

Euere Wonsheims haben mich besucht. Beide Männer sind in Dich verliebt, Maria, zwei Waschbären, die den Morgenstern anschmachten. Sobald von Dir gesprochen wird, schnappen ihre Gesichter in die Falten der Demut ein.

Die besseren Hälften Wonsheim fangen an sich zurückzuziehen. Aus Gründen, die man – wahrscheinlich um über ihre bitterliche Prosa hinwegzutäuschen – interessante nennt.

Liebes Kind, mein Horace Walpole beschämt sein Urbild; er schreibt mir nicht nur bewunderungswürdige und ergötzliche, sondern auch liebevolle Briefe. Freilich wagt er nicht viel dabei, auf diese Entfernung. Das ist mein Schicksal. Der einzige gescheite Junggeselle auf Erden und – Meere zwischen uns. Immer die alte Geschichte, alles Wiederholung auf dieser Erde, die ja selbst keine Originalschöpfung des lieben Herrgotts, sondern nach einem vom Teufel verfertigten Modell ausgeführt ist. Ich hab's aus sicherer Quelle.

Und nun sage ich Euch nochmals: Kommt! reißt Euch los von Euren Ifiländern, Wilhelm und Helmi, die ich grüße, und von Eurem Euer Geld, Eure warmen Suppen und Jacken liebenden Volke.

Zuletzt die Tagesneuigkeit: Alma ist in Wien. Wir hörten, daß sie einschrumpfe vor Langeweile auf ihrer Burg im

Wald. Da schrieb ihr Dein Vater die Barmherzigkeitslüge: ›Ihre Freunde vermissen Sie, warum halten Sie sich fern?‹ Sie antwortete: ›Ich werde mich ewig fernhalten‹, und – war da.«

»Wirst du sie sehen?« fragte Hermann.

Maria errötete bis an die Stirnhaare: »Ja.«

»So kannst du ihr verzeihen?«

»Ich?... Wie käme es mir zu... Und irgendwem?« verbesserte sie sich, in Verlegenheit gebracht durch sein Befremden über diese Worte. »Wer ist so rein, wer steht so hoch, daß er sich anmaßen dürfte zu sagen: Ich verzeihe fremde Schuld.«

Wenige Wochen später begegnete sie Alma auf einem Balle, begrüßte sie zuerst, empfing am folgenden Tage ihren Besuch und erwiderte ihn.

Fürstin Tessin dankte mit Tränen in ihren noch immer schönen Augen.

Die Freundschaft Marias war der stolze Besitz gewesen, auf den sie sich berufen konnte in ihrem Kampfe zwischen ihrer Furcht vor der Meinung der Welt und ihrer Liebe zu Wolfsberg. Zwei starke Empfindungen in einem schwachen Herzen, das nicht vermochte, der einen zu trotzen oder die andere aufzugeben. So hatte sie sich durchs Leben gewunden, überaus höflich, überaus gütig, in jedem, der ihr nahte, einen Richter sehend, den sie zu bestechen suchte. Als Maria begonnen hatte sie zu meiden, da war ihr, als ob die letzte Hülle gerissen worden wäre von ihrem durchsichtigen Geheimnisse. Jetzt aber hatte ihre Beschützerin sich wieder eingefunden, und sie fühlte sich nach Möglichkeit neu hergestellt in den Augen der Menschen, deren Urteil bei ihr die Stelle des Gewissens vertrat.

Graf Wolfsberg äußerte sich über die Wiederanknüpfung des Verkehrs zwischen seiner Tochter und Alma weder zustimmend noch mißbilligend. Man geriet langsam in die alten Geleise zurück. Wolfsberg spöttelte zeitweilig ein bißchen über »die gute Fürstin«; Maria verteidigte sie, wenn auch nicht so warm wie einst.

Die Wahrnehmung Tante Dolphs erwies sich als richtig; beide Wonsheims liebten, gänzlich hoffnungslos, die Frau Nachbarin vom Lande. Diese hatte seit einiger Zeit bedeutend »ausgespannt«, aber trotzdem war und blieb sie – in der Stadt, wo sich unzählige Gelegenheiten zu Vergleichen boten, sah man das erst recht – schön, elegant und sympathisch wie niemand.

Die Brüder gingen einzig und allein ihretwegen in die Welt. Betty und Carla, kürzlich Mütter geworden, hüteten das Haus. Glückwünsche zu ihrer jungen Vaterschaft wiesen die Wonsheim zurück:

»Ich bitt Sie, es sind ja nur Mädeln.«

Der gute Kerl, der Hermann, bekam einen Sohn nach dem andern, und sie bekamen – Mädeln. Sie suchten Trost für dieses klägliche Resultat in allerlei Zerstreuungen.

Zu denen gehörte »der Spaß«, den der Umgang mit Fee ihnen machte. Sie waren ihre Vertrauten, sie erzählte ihnen alles und das übrige. Zum Beispiel, daß sie eine überseeische Korrespondenz führe und das Leben jetzt sehr ernst nehme, ja sogar, wie ein gewisser Jemand, der ihr maßgebend war – von der dunkelsten Seite. Daß sie mit dem Gelde umgehen lerne und ihre Rechnungen nicht selten mit eigener – natürlich behandschuhter – Hand bezahle. Den Kurszettel lese sie Tag für Tag. Es könne auf einmal dazu kommen, daß man gezwungen sei, Obligationen zu verkaufen, um die Kosten einer weiten Reise, die vielleicht gar eine Hochzeitsreise sein werde, zu decken.

Gräfin Dolph, bei der Fee den größten Teil ihrer Zeit zubrachte und die ebenso tief in ihre Geheimnisse eingeweiht war wie die Brüder Wonsheim, machte ihr keinen Vorwurf aus ihrer Plauderhaftigkeit.

»In der Welt, die nur eine erweiterte Familie ist, weiß ohnehin jeder alles von jedem«, sagte sie eines Abends zu Fee in Marias Gegenwart.

»Glaubst du das wirklich?« fragte diese. »Ich meine, die Welt und die Familie wissen so gut wie nichts von ihren Mitgliedern. Ich wenigstens«, brach sie plötzlich aus, »habe eine Vorliebe für ihre Zurückgesetzten und eine heilige Scheu vor ihren Vergötterten.«

»Dann mißtraue dir selbst«, erwiderte Dolph.

»Vielleicht tu ich's«, sprach Maria.

Die Tante zuckte die Achseln, scheinbar gleichgültig, in ihrem Innersten jedoch regte sich ein stiller, immer wieder auftauchender unbequemer Zweifel: Sollte Tessins Liebe nicht unbelohnt geblieben sein? ... Pah! wer dem Unwiderstehlichen nicht widersteht, ist entschuldigt, setzte sie in Gedanken hinzu und sprach: »Das sind, verzeih, krankhafte Übertreibungen.«

Selten nur ließ sich Maria zu dergleichen Äußerungen hinreißen. Sie wurden ihr von der Angst ihres Herzens erpreßt, von der verzweifelten Versuchung: »Komm der Entdeckung zuvor – jede Stunde kann sie herbeiführen – der Zufall, der geheimnisvolle Weltbeherrscher, den keine Macht der Erde abzuwenden vermag.«

Das waren schwere Augenblicke, aber Maria hatte doch auch Zeiten des inneren Friedens – diejenigen, in denen es ihr gelang, zu vergessen. Mit weisem Bedacht, mit unendlicher Mühe übte sie sich im Erlernen dieser großen, für so manchen seelenbefreienden Kunst.

Sie lebte in der Gegenwart, der Linderung des Leids, das ihr nahte, der schüchternen Liebe zu ihrem Manne, der mit Wonne und Qual ausgeübten Sorgfalt für ihre Kinder. Oft wiederholte sie sich das Trostwort: »Ein ganzes Dasein der Rechtschaffenheit muß eine Stunde der Verwirrung aufwiegen können ... Können?« – erhob der peinigende Zweifel in ihrer Brust seine Stimme – »vielleicht, wenn dieses Dasein

nicht so süß wäre, wenn die Folgen der Verirrung nicht verkörpert atmeten.«

16

Im Laufe des Winters hatte Gräfin Agathe öfters den Wunsch
ausgesprochen, ihre Kinder und Enkel unmittelbar nach
ihrem Aufenthalt in der Stadt bei sich zu sehen. Sie kamen,
und die Gräfin verlangte immer von neuem eine Verzöge-
rung der Abreise ihrer Gäste. Erichs wegen – das Kind hatte
es ihr angetan. Oft blickte Hermann ihr nach, wenn sie, viel
älter aussehend, als sie war, steif und feierlich dahinschritt,
den Kleinen an der Hand, den sie ins Herz geschlossen und
dem gegenüber sie es so bitter empfand, daß ihr die Gabe,
mit Kindern umzugehen, versagt geblieben.

Dem Kinde war unheimlich zumute bei dieser stummen
Liebe. Was sollten die Spaziergänge, die nirgends hinführten
und während welcher nicht einmal eine Geschichte erzählt
wurde? Erich machte schwache Versuche, seine Hand aus
der der Großmutter zu lösen, aber dann sagte sie: »Bist du
nicht gern bei mir, Erich?«

Er unterdrückte aus Angst das Nein, das ihm auf den Lippen schwebte, und fragte nach einer Weile ganz verlegen:
»Und was werden wir jetzt spielen?« worauf die alte Dame,
nach einigen mißlungenen Versuchen, sein Interesse auf
einen vorbeischwirrenden Vogel oder auf eine Blume am
Wege zu lenken, ihn zur Kinderfrau zurückführte.

Es war schon Sommer, als die Familie endlich in Dornach
eintraf. Auf den Wiesen trocknete die erste Mahd. Betäu-
bend fast dufteten die blühenden Linden; die Saaten standen
hoch, die Vögel flogen zu Neste.

Aus dem Wagen, in dem die letzte Strecke zurückgelegt
wurde, riefen die Kinder jedem Vorübergehenden jubelnd
zu: »Wir sind da, wir sind wieder da!«

Ein eggendes Bäuerlein riß sein Gespann zusammen, daß die Kummete den Pferden bis an die Köpfe rutschten, und schwenkte freudig den Hut. Weiber, die Gras sichelten am Raine, richteten sich auf und grüßten unbeholfen:

»Kommt ihr einmal nach Haus? – Wir haben schon geglaubt, wir sehen euch nimmer«, sprach eine Kleine, Schiefe mit langen Armen. Und eine Bildhübsche, Schlanke zog das Kopftuch über die Augen, stemmte die Fäuste in die Seiten und wand sich vor Lachen – aus lauter Vergnügen. Die Schule spie eben ihren ganzen Inhalt an männlichen und weiblichen Besuchern aus. Ein ohrenzerreißendes Geschrei erhob sich, Mützen flogen in die Luft, am Ausgange des Vorgärtchens entstand ein großes Gedränge. Der Herr Katechet fuhr aus der Haustür wie aus der Mündung einer Pistole mitten hinein in die lärmende Schar. Mit geübter Hand teilte er rechts und links Klapse aus und grüßte dazwischen auf das ehrerbietigste zu den Herrschaften hinüber.

Hermann befahl anzuhalten, man wechselte einige Worte, die ganze Schule wurde für den nächsten Sonntag zu einem Kinderfest im Parke eingeladen, und die Equipage fuhr davon. In ihrer Begleitung ritt seit der Ankunft auf der Bahnstation ein Einjährig-Freiwilliger vom zwölften Dragonerregimente. Ein schöner, großer Mensch, hellblond, blauäugig, mit gutmütigem Kindergesicht. Es war Willi, Wilhelms Ältester, auf einem mächtigen Braunen, einem Geschenk Hermanns.

Der junge Mann hatte im Vorjahre ein glänzendes Zeugnis der Reife erworben, stationierte jetzt in der Nachbarschaft und sollte im Herbst unter der strengen väterlichen Zucht von der Pike auf anfangen, in der Wirtschaft zu dienen. Ihm kam es zu, einzuspringen für seinen Vater, im Falle, daß dem heute oder morgen die Kraft versagen sollte, den Unterhalt zu schaffen für die Seinen. Und mehr als den Unterhalt, nach Wilhelms Begriffen sogar den Wohlstand. Immer waren seine Kinder satt vom Tische aufgestanden, immer ward jedem der acht Rangen Gelegenheit geboten, zu lernen, von früh an schon in die Bahn einzulenken, auf die seine Neigung und sein Talent ihn trieben. Und die Urheberin der Möglichkeit, ihnen soviel zu bieten, das war die gute heimatliche Erde, die alles hergab, was ein getreuer Sohn und Pfleger von ihr verlangen durfte.

In schweren Zeiten, die dem Landwirt nicht erspart bleiben, hatte sich Wilhelm manchmal dazu bequemen müssen, die mit erfinderischer Delikatesse dargebotene Hilfe seines Vetters anzunehmen. Aber es geschah so widerstrebend, daß Hermann immer die Geduld verlor:

»Was soll das? Du beleidigst mich ... Meine brüderliche Liebe nimmt er an, ja; meine armseligen Groschen – ah, Gott bewahr's, nein, die nicht! Da wird protestiert. Warum, möcht ich doch wissen, warum?«

»Weil ich den nicht mag, dem ich etwas schuldig bin«, antwortete Wilhelm und bekam einen blauroten Kopf. »Nicht mag, hol ihn der Kuckuck, ich sag's, wie's ist! Wenn mir einer unter die Arme greift, komm ich mir vor wie ein Bub. So bin ich. Mach mich anders, wenn du kannst.«

Das allerdings konnte Hermann nicht, und ganz gut und herzlich wurde Wilhelm erst wieder, nachdem er die bei seinem nächsten Verwandten und besten Freund eingegangene Schuld abgetragen hatte. Ja, er war unverbesserlich und Hermann der letzte, der zum Prediger in der Wüste, zum Prediger überhaupt taugte. Wenn etwas seinen Spott reizte, war's der Hang zur Hofmeisterei, von dem die meisten Leute erfüllt sind, den sie aber ins Gewand einer Tugend kleiden und für Teilnahme ausgeben. Hermann vermochte nicht einmal einen Fehler, unter dem er litt, an Menschen, die er wert hielt, zu rügen.

So schwieg er auch lange dazu, daß Maria ihr liebliches zweites Söhnchen auffallend gegen den älteren, den selbständigen, von Kraft strotzenden Knaben zurücksetzte, und verbarg ihr sein schmerzliches Befremden bei jedem Zeichen der Ungleichheit in ihrer Empfindung für ihre Kinder.

Sie ahnte vielleicht nichts davon. Die Veränderung in ihrer ganzen Art und Weise, wenn sie sich von *dem* Kinde zu *jenem* wandte, ging vor, ihr selbst unbewußt. – Wenn aber unbewußt, warum geschah es dann, daß Maria eine manchmal vom Kleinen erzwungene Zärtlichkeit wie einen an ihrem Erstgeborenen begangenen Raub anzusehen schien, den sie ihm hundertfach zu vergüten suchte?

Danach fragte er sie endlich doch, und ihre Antwort war ein so peinlich verwirrter Blick, daß Hermann dachte: Sie gibt sich Rechenschaft von ihrer Ungerechtigkeit, bekämpft gewiß das Gefühl, das sie dazu treibt, und wird es auch besiegen.

Um diese Zeit übersiedelte Fee, die sich kürzlich im Gefolge Tante Dolphs in Dornach eingenistet, zu ihren Freunden Wonsheim.

»Prächtige Leut, die da drüben«, sagte sie, »es is' aber vor Langerweil bei ihnen nicht auszuhalten. Immer nur die Familie Wilhelm, immer nur Eintracht, immer nur Liebe – und noch dazu eine, bei der man nicht beteiligt is' … Nein, ich dank!«

Die Brüder gaben zu überlegen, ob es nicht recht praktisch wäre, abermals »aufzumischen«. Ein Versuch, der gemacht wurde, fand jedoch wenig Anklang. Es stellte sich bald heraus, daß die amüsanteste Person im Hause Dornach in diesem Augenblicke »die alte Dolph« war. Sie hatte wenigstens eine gehörige Leidenschaft für das Lawn-Tennis, den einzigen Sport, den die »fad« gewordenen Nachbarn nicht aufgehört hatten zu pflegen. Ihre Kopfschmerzen quälten sie auf dem Lande weit mehr als in der Stadt; unter allen Dingen, die sie anfeindete, nahm die Zugluft einen hervorragenden Platz ein; trotzdem aber konnte sie beim Tennis stundenlang ausdauern in ihrer Rolle als Schiedsrichter, als drakonisch strenger *Umpire.*

– »Weil sie dabei Gelegenheit findet zu sekkieren«, dachte Fräulein Nullinger.

Wenn die Gesellschaft Wonsheim in ihrer *Stage-coach* zum Spiel nach Dornach fuhr, mußte sie sich's nicht selten gefallen lassen, der unwissenden Bevölkerung zum Gegenstand einer nicht schmeichelhaften Aufmerksamkeit zu dienen. Die Herren in ihren hohen, weißen Filzhüten, weißen Jongleuranzügen, weißen Zwirnhandschuhen, die Damen schürzenumgürtet wie die kleinen Schmiede von Demavend, den Brustlatz geschmückt mit grellfarbigen heraldischen Emblemen, wurden oft für eine Truppe Seiltänzer gehalten.

Natürlich waren sie samt und sonders im Tennis von einer Stärke, die sie berechtigt hätte, die englische Partie mitzuspielen. Hermann und Maria gaben ihnen wenig nach, und da kamen denn Serien vor, die kein Ende nahmen. Sogar die Gegner mußten einander bewundern, nur der *Umpire* war nie ganz zufrieden zu stellen.

Trotzdem mit unvergleichlicher Grazie haarscharf über das Netz serviert, mit fast nie fehlender Sicherheit aufgenommen wurde, ein Ball oft dreißigmal hin und her flog, bevor er zu Boden fiel, ließ sich Tante Dolph dennoch nur zu einem bedingten Lobe herbei.

»Recht gut, meine Kinder; für eine einheimische Leistung gar nicht übel. Im Auslande würdet ihr abblitzen … Schreit nur, ich kann euch nicht helfen. Ganz kürzlich hatte ich den Besuch eines Fräuleins von Nieuwenhuis-Kabeljau, die erste Tennisspielerin der Welt. Die trägt einen Handschuh Nr. 6½ an der linken, einen Handschuh Nr. 8 an der rechten Hand und ist, sage ich euch, so schief wie eine im Umkippen begriffene Treck-Schuite vor lauter Rakettschwingen. Das nenn ich Übung, und nur so erlangt man die Meisterschaft.«

»Und einen Buckel«, erwiderte Fee; »der möcht mich doch genieren.«

»Dilettantin! diese Jufvrouw ist stolzer auf ihn als ein Held auf seine Narben.«

»Hat auch alle Ursach«, erklärte Betty Wonsheim, betrachtete ihre rechte Hand und schmeichelte sich im stillen: »Etwas größer als die linke ist sie, Gott sei Dank, doch schon.«

Vor der Abfahrt der Gäste wurde noch Verabredung für den morgigen Nachmittag getroffen, an dem ein Waldfest stattfinden sollte. Gräfin Dolph gab es am Marienfeiertag im August.

Sie fand nötig, sich dankbar zu erweisen für die vielen Freundlichkeiten, die sie bereits in der Gegend genossen hatte. »Meine Einladung zu einem Pläsierchen, wie man vorzeiten in Wien sagte, ist nichts andres als eine Retourchaise, meine Herrschaften Wilhelm und Wonsheim; sie soll euch einen kleinen Teil des Vergnügens wieder hereinbringen, das mir eure Liebenswürdigkeit schon bereitet hat.«

Groß und klein versprachen sich Wunder. Das Waldfest – Fee hatte der guten Nullinger das Geheimnis herausgelockt – bildete nur einen Vorwand, um Hermann und Maria für eine Weile vom Schlosse zu entfernen. Bei der Rückkehr wartete ihrer eine großartige Überraschung, zauberhafte Beleuchtung des Schlosses und des Gartens, Feuerwerk, von Stuwer in Person angeordnet.

Ort und Stunde des Stelldicheins wurden bestimmt. Man beschloß, um vier Uhr nachmittags beim ehemaligen Vogelherd zusammenzutreffen. Die meisten wollten einen Umweg durch den Wald nehmen und zuerst die Burgruine ersteigen. Tante Dolph und Helmi erklärten, daß sie bei den Kindern bleiben würden, die mit ihrer Begleitung direkt zum »Uhuhaus« geschickt werden sollten.

Es war ihr Lieblingsplatz im Walde und zu Wagen in einer halben Stunde leicht erreichbar. Die verlassene, von Schlingpflanzen überwucherte Vogelhütte erweckte stets das große Interesse Hermanns und Erichs. Sie rüttelten an der verschlossenen Tür, sie guckten mit heißer Neugier und leisem, köstlichem Gruseln durch die winzigen, hinter Drahtgittern halb erblindeten Fensterscheiben. Wer recht lange und recht aufmerksam schaute, wer den Augenblick erwischte, in dem der Wind das Gezweige der Bäume bewegte und ein Sonnenstrahl durch das geborstene Dach in den dunklen Raum dringen konnte – der sah etwas: die Trümmer eines Ofens und eines Lerchenspiegels, Netze, von Mäusen zernagt; sah ein Wiesel, das von einem Loch in der Wand zum andern huschte, und auf einer morschen Stange einen Uhu. Und der böse Raubvogel hatte nur noch einen Flügel und ein Glasauge, und das war fürchterlich und sandte gelbe Blitze aus, so oft ein Streiflicht darüber hinglitt … Oh, die Hütte unter den Erlen barg Erstaunliches! – nur zum Glück keine Gefahr mehr für Finken und Meisen und Rotkehlchen, und wie sie alle heißen, die kleinen Sänger. Getrost durften sie sich jetzt niederlassen auf die Zweiglein, die auf und ab schaukelten unter der leichten Last. Singt, trillert, jubelt und schwingt euch wieder auf, durchschneidet die Lüfte und kehrt heim zu euren Jungen. Ihr habt nicht mehr den Tod oder die Gefangenschaft zu fürchten.

Die Hütte lag wunderschön, von Waldungen umringt und nur gegen Morgen frei. Da dehnte sich ein grüner Wiesengrund, und drüben schimmerte der klare, breite Bach, der später, durch die Felsschlucht eingeengt, als Wildbach in die Tiefe stürzte. Auf ihn sah, von einem der bemoosten Steinriesen herab, die alte Burg. Heute noch, in ihrem Verfall, erhob sie sich stolz und herrschend.

Die Wonsheims waren schon fortgefahren, als Fräulein Nullinger müde und abgehetzt erschien. Sie war zweimal zur Post gelaufen, hatte im Auftrage ihrer Gräfin neun Telegramme gewechselt mit Sacher und Demel und eben erst die Versicherung erhalten, daß alles Bestellte aufgegeben sei und morgen pünktlich eintreffen müsse. Als sie erfuhr, daß eine Partie nach der Burg stattfinden werde, erklärte sie, daran teilnehmen zu wollen.

»Ich habe mich längst gesehnt, das Schloß zu besuchen«, sprach sie zu ihrer Gebieterin, »Sie kennen meine Vorliebe für das Mittelalter.«

»Sagen Sie doch: Schwärmerei. Sie stellen sich das so poetisch vor, wie die edlen Ritter mit wehenden Helmbüschen über reisende Kaufleute herfielen, sie erschlugen und beraubten. Wie sie sengend und brennend das Land durchzogen, dem Bauer die Pferde vom Pfluge wegstahlen und ihm, wenn er sich wehrte, die Haut über den Kopf zogen. Wie sie das Haus des schwächeren Nachbarn zerstörten, sein Weib an den Türpfosten hingen, seine Töchter entführten, wenn sie schön waren natürlich, und in ihr verruchtes … hm, hm«, sie räusperte sich, »schleppten. – Sie wären vielleicht auch entführt und geschleppt worden, Nulle.«

»Frau Gräfin«, fiel ihr diese ins Wort, »ich muß mir verbitten …«

»Nichts da! Sie hätten sich nichts verbeten. Sie hätten Schärpen gestickt für Ihren schwarzgelockten Ritter und hätten an seiner Seite, die Minne pflegend, gesessen vor dem Burgverlies, aus dem das Gewinsel der auf faulem Stroh verfaulenden Gefangenen zu Ihnen gedrungen wäre.«

Das Fräulein erhob sich: »Es ist genug, Frau Gräfin, ich sage sogar, es ist zuviel.«

»Da haben wir's, jetzt ist sie beleidigt«, seufzte Dolph. »Ja, meine Liebe, Sie dürfen nicht schwärmen für die Ritterzeit. Dazu ist die Haut Ihres Herzens zu fein geraten.«

Bei Einbruch dieser Nacht wurde in Dornach und dessen Umgebung gar heiß gebetet.

»Lieber Gott«, flehte Fee, auf den Knien liegend vor ihrem Bette, »lieber Gott, du weißt alles, du weißt auch, daß Tante Dolph heute einen Brief von Tessin bekommen hat. Gib, lieber Gott, daß in dem Briefe steht: Ich hab immer eine Schwäche für die Kleine gehabt und will sie heiraten.«

»Lieber Gott«, murmelte Fräulein Nullinger, knüpfte ihre Nachthaube fest und zog die Decke über die Ohren, »lieber Gott, heilige Jungfrau, alle heiligen Märtyrer, gebt mir Geduld mit meiner Gräfin.« Sie ging noch weiter und verlangte, sogar etwas Liebe für ihre Peinigerin empfinden zu können.

Aber diese Bitte wurde selbst im Himmel indiskret gefunden und blieb unberücksichtigt.

Inbrünstig gestaltete sich das Abendgebet der Jüngsten im Hause Wilhelm. Der sechsjährige Rudi sprach es vor: »Du bist so gut für die Kinder, lieber Gott, gib, lieber Gott, weil du so gut bist, daß morgen ein schöner Tag ist.«

Bis in die Nacht hatte drückende Hitze geherrscht; jetzt erhob sich, erst sanft, dann immer kräftiger, eine kühle nördliche Strömung. In den Wipfeln der Bäume begann es zu rauschen, allerlei Stimmen sprachen durcheinander; es stöhnte und lachte im Geäst und stieß laute Schreie aus. Labung, Labung! flüsterten die wehenden Zweige. Massige Wolken, die sich bequem hingelagert hatten rings am Horizont, stoben plötzlich aus ihrer Ruhe auf. Aus dicken Knäueln in lange Strähnen verwandelt, jagten sie zuletzt ganz dünn und durchsichtig davon.

In unbestrittener Herrlichkeit stand der Mond am Himmel, als Willi sich einige Stunden nach Mitternacht der elterlichen Behausung näherte. Er ritt im Schritt über den gepflasterten Hof. In den niederen, mit Schindeln gedeckten Stallungen an beiden Seiten schliefen noch Menschen und Tiere. Ein Hund, der auf einer Schwelle ganz zusammengerollt lag, knurrte im Traume, dann schwieg wieder alles; sogar das Brünnlein vor dem sogenannten Schlosse hatte sein Rauschen eingestellt. Das tat dem jungen Soldaten weh. Hatte er doch die Zulage, die sein Onkel Hermann ihm gab, auf die Anschaffung einer neuen, schönen steinernen Muschel für das Brünnlein verwendet. Und jetzt war's versiegt. – »Die Wasserleitung einmal wieder schadhaft geworden«, sagte er zu sich selbst, »und kein Geld da, um sie herstellen zu lassen.«

Armes Brünnlein, armes, geliebtes Vaterhaus! Selbst im alles verklärenden Mondlicht wollte sich's nicht hübsch machen mit seinen kahlen Mauern, dürftigen Bogenfenstern und dem steilen, Wellenlinien bildenden Dach. Als einziger

Schmuck diente ein hölzerner Balkon, dessen schiefe Säulen und wackeliges Geländer sich unter üppig wucherndem wildem Wein verbargen.

Leise pochte Willi ans Tor, um niemanden als den auch Portiersdienste versehenden Gärtner zu wecken, übergab ihm das Pferd und trat ein.

Am nächsten Morgen begrüßten seine jubelnden Brüder einen Tag von unerhörter Pracht und wußten wohl, wem zuliebe er so geworden war.

In Dornach lief der kleine Hermann vom Vater zur Mutter und von der Mutter zum Vater. Er hatte nirgends Ruhe und war entzückend in seinem Eifer und seiner Ungeduld. »Weißt du, Erich«, sprach er, ihn stürmisch umarmend, »wir gehen heut so spät schlafen wie die großen Menschen. Wir gehen zum Uhu.«

»Und was wirst du dort tun?« fragte Tante Dolph.

»Ich werd halt schauen.«

»Und dann?«

»Dann werd ich laufen, laufen auf der Wiese, so geschwind, daß man mich gar nicht sieht … so geschwind –« er machte große Augen, hob die Arme über den Kopf und strengte sich an, einen drastischen Vergleich zu finden, »so geschwind –«

»Wie der Teufel«, kam die Tante ihm zu Hilfe, er aber machte eine geringschätzige Gebärde und sagte:

»Oh, viel schneller!«

Sie klopfte ihm lachend die Wange; sie, die Kinder nicht leiden konnte, weil sie Lärm machen und die Türen offen lassen, hatte eine Schwäche für diesen Großneffen. »Das echte Aristokratenkind«, erklärte sie. »Aus reiner, gesunder Rasse, vom ersten Atemzuge an gut genährt, gut bewohnt, gut gewaschen, weiß nicht, was Furcht ist, und nicht, was Geiz ist, schlägt drein, wenn's gilt, und gibt, wenn's gilt, das Hemd vom Leibe. Mut, Wohlwollen, Güte – er hat alle Tugenden, die mir fehlen – darum lieb ich ihn.«

Fräulein Nullinger blickte sie ganz verdutzt an und dachte: »Merkwürdig, sie hat doch bisher kein Herz gehabt, sollte ihr eines gewachsen sein?«

17

Am Saume des Kiefernwaldes, durch den ein breiter Weg zur Ruine führte, trafen Hermann und Maria, begleitet von Fräulein Nullinger, die Wonsheims mit Fee und Wilhelm mit Willi und den zwei nächsten Anwärtern. Den letzteren hatten ein paar tüchtige Ackergäule den Gefallen erwiesen, sie hierher zu tragen in einem Galopp, der ringsum den Boden lockerte.

Die Damen waren bereits aus dem Wagen gehüpft, Wilhelm und seine Söhne abgestiegen, nur Gustav und Clemens saßen noch zu Pferde und parlamentierten mit ihren Frauen, die es nötig gefunden, als Touristinnen zu erscheinen. Sie trugen leichte Hüte mit blauen Schleiern, fußfreie Kleider aus Sommerloden, Schnürstiefel aus Juchten, dicke Strümpfe aus Ziegenhaaren und über den Schultern Gummimäntel aus lichtgelbem Oriental-India-Cloth.

»Schaun S' her, Gräfin«, sagte Clemens zu Maria, nicht ohne geheimen Stolz, »wie die sich ang'legt haben. Und was ihnen nicht wieder einfällt. Jetzt wollen s' auf dem schlechten Fußsteig zur Burg hinaufkraxeln.«

»Weil man von dort so eine schöne Aussicht hat«, sagte Carla.

»Und weil's gefährlich ist«, fiel Betty ein.

»Und so poetisch, nicht wahr, Fräulein Nullinger? Das ist etwas für Sie«, sprach Fee mit gutmütigem Scherze. »Ich biet Ihnen meinen Arm, ich bring Sie hinauf, ich schwör's!«

Fräulein Nullinger machte einen Bückling, so tief, als ob sie sich niedersetzen wollte, und nahm, in nervöser Dankbarkeit zerfließend, den gütigen Vorschlag an.

Der Kutscher mit dem Wagen, die Reitknechte mit den Pferden wurden nach dem Versammlungsplatz geschickt. Wilhelm erteilte seine Befehle in ungewohnt mürrischer Art und brummte dazwischen vor sich hin: »Unsinn! was das für ein verfluchter Unsinn ist… sich einen solchen Weg auszusuchen, das ist keinem andern eingefallen als dem Willi…«

»Voraus, Einjähriger! Sie führen an«, sprachen die Damen, winkten den Zurückbleibenden einen Gruß zu und traten ihre Wanderung an.

Wilhelm zögerte einen Augenblick, dann folgte er ihnen, um seinen Willi zu überwachen. – »Der verdammte Bursch hüpft herum wie auf Springfedern; schneidet, scheint mir, schon die Cour… Und gleich dreien auf einmal. Wart, Kerl, dir geh ich nicht von der Seite.«

»Und was machen denn Sie, Gräfin?« fragte Gustav.

»Ich gehe auch zu Fuß, aber auf dem guten Wege«, antwortete Maria heiteren Tons und nahm den Arm ihres Mannes.

»Da werden wir halt langsam vorausreiten.« Und sie setzten sich in Bewegung auf ihren zwei berühmten Vollblutrappen.

»Alle auf und davon. Gibt's etwas Unhöflicheres als unsre Gäste?« scherzte Hermann.

»Wir sind's; wir lassen sie gar so ungehindert ziehen.«

»Und bleiben allein, was das Schönste ist auf der Welt«, begann er nach einer kleinen Weile wieder. »Wenn ich denke, daß es Leute gibt, die sagen: die Liebe vergeht – und glauben sie zu kennen, die Narren! Die meine ist heute, was sie in der Stunde war, in der ich dir zum ersten Male begegnete und von dir nichts wußte als deinen Namen.«

Er umschlang sie fest; Seite an Seite schritten sie dahin. Die Reiter waren ihren Blicken entschwunden; eine großartige Einsamkeit herrschte, eine zauberhaft belebte Stille. Über den Häuptern der Bäume webte glühender Sonnenschein, kühle Schatten wallten zu ihren Füßen. Unabsehbar schien der Wald sich zu breiten, ein heiliger, ein geweihter Raum, der, von Liebenden betreten, sie frei macht von dem störenden Gedanken an die Außenwelt, von dem Bewußtsein der verrinnenden Zeit.

Maria hatte sich sanft losgemacht; sie trat vor Hermann hin und blickte ihm ernsthaft in die Augen. »Ich aber«, begann sie plötzlich, »liebe dich alle Tage mehr. Und meine Liebe – *sieht*.«

»Im Gegensatz zu der meinen, die wohl blind ist?«

»Unleugbar«, versetzte sie und zog ihn wieder an sich.

Da rief er aus: »Es lebe meine blinde Liebe! Die Nacht, mit der sie mich umgibt, ist nicht wie eine andre; 's ist eine hellschimmernde Nacht. Sie zeigt mir den guten Geist meines Hauses, die Trösterin der Betrübten …«

»Und so weiter!« unterbrach sie ihn mit erzwungenem Lachen. »Lassen wir das, ich bitte dich, Hermann –«

»Nun denn, nein; kein Wort zu deinem Preise. Wie fang ich's aber an, zu verschweigen, wovon mein Herz voll ist? Du forderst von mir Verstellung, du immer und unverbrüchlich Wahrhaftige!« Er ergriff ihre beiden Hände, sie zitterten in den seinen: »Was bewegt dich so? – sag es deinem besten Freunde … Sieh, manchmal – ich will dir's gestehen, manchmal ist mir – wenn du, wie jetzt, meinen Blick vermeidest, bei meiner Berührung erbebst, als ob deine Seele ein Geheimnis berge, ein rätselhaftes Gefühl, eine schmerzliche Erinnerung – was weiß ich? … Ist das Täuschung, Maria, Torheit, Frevel an dir? – – Gib Antwort.«

Sie stand wie versteinert. Aufrecht die königliche Gestalt, den Kopf erhoben, als biete sie ihn dem niederzuckenden Blitzstrahle dar, kaum atmend, die Lider gesenkt, ein unausgesprochenes Wort auf den leise zuckenden Lippen.

Und sie war schön in dieser feierlichen Regungslosigkeit, mit diesem demütig stolzen Ausdruck einer gefolterten Heiligen.

Der Mann, der sie vergötterte, starrte sie beschämt und reuig an. War das nicht ein Zweifel an ihr, den er mit seiner lange unterdrückten und nun unbedacht hingeworfenen Frage ausgesprochen hatte?

»Und wenn du recht hättest?« sagte Maria in einem Tone, so herb und gewürgt, als ob er ihr die Kehle zerschnitte.

»Worin? – Du hast mich mißverstanden ...«

»Nimm an, daß ich schuldig wäre gegen dich«, fuhr sie fort, mühsam und unterdrückt wie früher. »Nimm es an.«

»*Was* soll ich annehmen – das Unmögliche? ... Erst doch verrückt werden ...« Er schlug sich mit der Faust vor die Stirn. »Ich begreife dich nicht ... Warum diese unnötige Grausamkeit? ... Auf welche entsetzliche Probe stellst du mich?«

»Probe?« wiederholte sie. »Würde deine Liebe sie bestehen, die schwerste, schrecklichste ... Und wenn geschehen wäre – wovon ich sprach – was tätest du?«

Sie blickte unverwandt zur Erde nieder; sie fühlte nur, daß er seine Hand mit festem Drucke auf ihren Arm legte. –

Und nun sprach er, und seine Stimme hatte wieder einen tiefen, sanften Klang, und seine Worte kamen aus dem unerschöpflichen Borne seiner Güte: »Wenn geschehen wäre, was du nicht einmal zu nennen vermagst, dann wäre mir genommen, was meinem Dasein den Wert gibt; aber lieben würde ich dich doch, und zu dieser unüberwindlichen Liebe käme noch ein grenzenloses Bedauern. Ich kenne dich und weiß, daß du zugrunde gehen müßtest am Bewußtsein einer Schuld.«

O dieser Glauben, so stark und treu wie das Herz, das ihn hegte und das sie brechen gewollt, um das ihre zu erleichtern! – »Du darfst nicht!« schrie es in ihr auf. »Du hast betrogen – lüge! Dein Recht auf Wahrheit ist verwirkt.«

»Komm«, sagte Hermann, indem er sich auf einen moosüberwachsenen, im weichen Waldboden halb versunkenen Stein niederließ. »Du mußt erst ausruhen und wieder heiter werden, ehe wir den andern folgen. Da ist eigens für uns ein wunderbares, samtnes Kissen ausgebreitet. Komm zu mir!«

»Da bin ich«, sagte sie, ließ sich vor ihn hingleiten, legte die gefalteten Hände auf seine Knie und warf sich an seine Brust. »Laß mich, es tut mir wohl, in Demut zu dir aufzublicken.«

»Wir haben einander recht gequält, und ich bin schuld an allem mit meinen törichten Grübeleien«, sagte er. »Verzeih!«

»Ich – dir? Mein Freund, mein Engel, daß du mir einmal einen Grund dazu geben könntest! Tu es doch. Lehre mich die Wonne kennen, dir etwas verzeihen zu dürfen.«

»Ich danke dir für die vortreffliche Absicht«, rief er mit komischer Bestürzung; »ich will ihr Gelegenheit geben, sich zu betätigen … will wenigstens einen Versuch machen.«

»Er wird mißlingen.« Sie umfing ihn mit ihren Armen und verschränkte ihre Finger um seinen Nacken. »Sieh mich an, deine Augen sind wie deine Seele. Sieh mich an mit diesem segnenden Blick. Wie fromm bin ich! Der Wald wird zum Tempel, und ich bin ein armes Menschenkind, und du bist der Priester, der es zum Heile führt an seiner starken Hand.«

18

Auf der Burg herrschte schon ein sehr reges Treiben, als Hermann und Maria herannahten. Fräulein Nullinger, die röter aussah denn je und vor Erhitzung förmlich geschwollen, war die erste, die sie erblickte.

»Da sind sie, da ist das reizende Paar«, rief sie. »Bitte, den Herrn Grafen zu betrachten. ›Es ist hold zu sehn, wie die Sonnen seines Herzens ihm im Auge untergehn.‹ Und wie er heute wieder dem Bilde ähnlich sieht, das wir uns von Held Siegfried machen!«

»Ja, ja, Sie haben nicht unrecht, seine Frau ist aber nicht die Kriemhild, sondern die Isolde«, sagte Fee und lief den Ankommenden entgegen, die sich bald darauf in Gesellschaft ihrer lustigen Gäste befanden und mit ihnen die Großtaten anstaunen konnten, zu denen Willi durch die Gegenwart dreier junger und schöner Damen begeistert wurde.

Er spazierte eben von einer Turmzinne zur anderen, auf einem zu deren Stütze angebrachten Sparren. Seine Brüder, angeeifert durch sein Beispiel, kletterten wie Katzen an den alten Mauern empor.

Wilhelm stand unten und ballte die Fäuste. »Alle meine Buben haben den Teufel im Leib, wenn es heißt, sich produzieren vor einem weiblichen Publikum«, sprach er zu Hermann. »Gar nicht gut so was. Aus solchem Holz schnitzt man Schürzenknechte.«

Hermann klopfte ihm auf die Schulter: »Das glaubst du ja selbst nicht, Alter«, und die Wonsheims lächelten und sahen den tollkühnen Unternehmungen der Burschen mit Beschützermienen zu. Betty jammerte, daß sie kein Mann geworden, was doch einzig und allein das richtige sei; Fräulein Nullinger schwelgte in Entzücken, machte sich nichts daraus, daß ihr buntes Musselinkleid bei der »Aszension« sehr gelitten hatte, und baute in Gedanken die ganze Burg wieder auf. Die zerstörten Zingel stiegen aus dem Boden und umfaßten, wie einst, die Tore, den Zwingolf, die Zugbrücke, den Buhurdierplatz, auf dem geharnischte Ritter Lanzen brachen. Sie stellte die Pforte wieder her und die zum herrlichen Palas hinaufführenden Greden.

Carla und Gustav, denen sie versicherte, die »dames châtelaines« hätten alle ausgesehen wie die blonde Gräfin Wonsheim, hörten ihr aufmerksam zu. Gustav staunte über soviel »Gelahrtheit« und wußte nicht, ob er sie lächerlich finden oder bewundern sollte. Obwohl von der Richtigkeit aller Aussagen Annettens überzeugt, mochte er das doch nicht merken lassen, und so sprach er zwischen jeder Pause, die sie machte:

»Gehen S' weg!«

»Ach, und diese Luft! dieses Ozon!« schwärmte das Fräulein. »Daß ich mich hier etablieren könnte!«

»Etablieren Sie sich, so viel Sie wollen«, erwiderte Fee, die hinzugetreten war. »Aber rechnen Sie nicht auf mich beim Aufstieg. Sie sind siebenzehnmal ausgerutscht – ich hab's gezählt. Mein rechter Arm, an den Sie sich angekrampelt haben wie eine Ertrinkende, ist kaputt. – Sie werden fett, mit Respekt zu sagen.«

Fräulein Nullinger zog den Atem ein und streckte sich, um schlanker auszusehen: »Wenn ich Fett ansetze, kann es nur vor Kummer sein. Das geschieht, jawohl – ich bin der lebende Beweis«, sagte sie nicht ohne Bitterkeit.

Fee entschuldigte sich: »Nun, nun, nehmen Sie mir's nicht übel.«

Die Gesellschaftsdame schwor, daß sie eher sterben, als der Frau Gräfin etwas übelnehmen würde, worauf Fee sie umarmte und sprach:

»Sie sind halt nicht verwöhnt, Sie gute Haut, Sie liebes, altes Nullerl.«

Clemens war inzwischen auf einen Felsvorsprung getreten und rief, auf die Wiese jenseits des Baches deutend: »Daher kommt's, da hat man eine schöne Aussicht, auf die Tante Dolph, auf deine Buben, Wilhelm, die dort herumwimmeln, und auf die Jausen.«

»Und auf einen wackeligen Steg«, fiel Hermann ein. »Wie oft habe ich den schon abreißen lassen, immer wieder wird er aufgerichtet, sogar jetzt bei Hochwasser.«

»Das änderst du nicht, solange der Holzschlag dauert oben im Gebirg«, sprach Wilhelm. »Den Umweg von zweihundert Schritten über die Brücke macht dir ein Holzknecht nie.«

»Ich würde ihn auch nicht machen«, rief Fee, »besonders wenn jemand, der mir lieb ist, am andern Ufer stehen möcht. Aber schauts nur, schauts, die Aussicht ist wirklich der Mühe wert. Lassen wir uns unterdessen die Aussicht schmecken.«

Alle umringten sie. Auf der Wiese trafen einige Diener unter der Leitung Helmis Vorbereitungen zu einem unge-

mein reichlichen *Five-o-clock-tea*. Die Gefräßigen unter den
jungen Herren verfolgten diese Tätigkeit sehr aufmerksam,
während die andern die Seltsamkeiten zu erspähen suchten,
welche der Vogelherd barg.

Gräfin Dolph war am schattigen Waldesrand im Wagen
sitzengeblieben. Sie freute sich, ihren Liebling Hermann die
Läuferkünste ausführen zu sehen, die er ihr bereits angekündigt hatte. Er rannte bis zu den Weiden am Ende der Wiese
und wieder zurück, die Kreuz und die Quer, recht wie ein
Füllen, das seine junge Kraft austoben will.

Auf einmal blieb er stehen, hob den Kopf, sah zur Burg
empor, und als er dort oben auf dem Berge seine Eltern erblickte, streckte er ihnen die Arme entgegen und warf ihnen
Küsse zu:

»Ich seh euch, Vater, Mutter, ihr seid kleinwinzig« – er
maß an seinem Finger, »so klein!«

Seine Stimme drang nicht bis hinauf; man sah nur die
herzigen Gebärden, unter denen er sich dem Ufer näherte,
rühmte den »Prachtbuben«, winkte ihm Grüße zu. Clemens
machte ein Sprachrohr aus seinen Händen und rief:

»Komm her, wenn's d'Courage hast.«

Plötzlich stieß Maria einen Ruf des Schreckens aus, und
Hermann, über den Abgrund gebeugt, schrie aus allen seinen Kräften:

»Fort vom Wasser … Geh zurück!«

Das Kind schien einen raschen Entschluß gefaßt zu
haben, es lief dem Stege zu. Die alte Wärterin, die sich in
seiner Nähe gehalten hatte, ihm nach, stolpernd, keuchend.

Die übrigen Kinder waren aufmerksam geworden. Ein
und derselbe Impuls durchzuckte alle. – Dem Hermann
nach zum Steg… Und fort stoben sie, Wilhelms siebenjäh-
riger Hansel an ihrer Spitze.

Es dauerte einige Zeit, bevor Helmi mit Hilfe der Bonne
und der Diener die Flüchtlinge wieder eingefangen. Eben
auch hatte die Wärterin sich Hermanns zu bemächtigen ge-

wußt; der Widerstand, den er ihr entgegensetzte, schien bereits überwunden, als es ihm gelang, sich mit einem heftigen Ruck loszureißen und zu entrinnen.

ertrinken

»Ich *hab* Courage! Vater, Mutter, ich komm zu euch!« Er lief und lief, und alle, die ihm von der Wiese her nachgeeilt kamen, blieben weit hinter ihm zurück.

Nun schimmerte sein weißes Kleidchen durch die Zweige der Weiden, und nun erschien er auf dem Steg.

Im selben Augenblick stürmte Hermann der Felsentreppe zu und die jähe Steile ihrer verwitterten Stufen hinab.

Lautlos folgte ihm Maria, und rasch wie ein Pfeil war Willi an ihrer Seite.

Aber auch von den übrigen besann sich keiner, den schwindelnden Pfad zu betreten. Keiner dachte an das, was er wagte. Ein Gefühl nur durchzitterte alle, dieselbe Angst, derselbe Wunsch … Sie glitten, sie wankten, fanden das Gleichgewicht wieder und rannten weiter. Eines Pulsschlags Dauer hielten sie inne in ihrem kühnen Beginnen.

Sorglos schreitend war das Kind bis zur Mitte des Steges gelangt, triumphierte laut und forderte seine Verfolger heraus: »Jetzt fangt mich, jetzt!« sah sich um, beschleunigte seinen Lauf, strauchelte, stürzte –

Alle anderen überholend, hatte Hermann das Ufer erreicht. – Den Blick unverwandt auf das Kind gerichtet, das, ohne unterzusinken, von der Strömung fortgerissen wurde, warf er den Rock ab, stürzte sich in die Flut und hatte im nächsten Augenblick den Kleinen erfaßt.

Hermann auf dem Fuße waren Wilhelm und Clemens gefolgt. Der erste voll Geistesgegenwart, wissend, was er wollte, der zweite halb wahnsinnig vor Bestürzung über die Folgen seines verhängnisvollen Scherzes.

Wilhelm lief mit Blitzesschnelle der Brücke zu. Neben dieser war ein Kahn ans Land gezogen, junge Baumstämme lagen da aufgeschichtet, zur Herstellung der Vogelhütte bestimmt. Nach einem von denen griff Wilhelm, ließ ihn aber fallen, als Clemens einen Floßhaken entdeckte und an sich nahm, der im Kahn geborgen oder vergessen worden. Rascher, als Worte schildern, eilten beide zurück und langten glücklich an der Stelle an, wo sich Hermann mit übermenschlicher Kraft gegen die andringenden Fluten behauptete.

»Näher! um Gottes willen, näher!« schrien Wilhelm und Clemens ihm zu, jeder die Stange festhaltend mit beiden Händen, reichten sie ihm hin, so weit sie konnten. Er wollte sie erfassen – er verfehlte sie …

Da sprang Clemens ins Wasser, kämpfte sich vor bis ans äußerste Ende der von Wilhelm allein nur mühsam im Gleichgewicht erhaltenen Stange und wagte einen verzweifelten, einen vergeblichen Rettungsversuch. Schon hatte die Riesenschraube des Wirbels Vater und Sohn umklammert und riß sie hinunter und warf sie mit wildem Toben wieder empor, keuchend, schaumbedeckt … Ein letztes, ein grausiges Ringen. – – Erschöpft, überwunden, erbarmungslos an die Riffe geschleudert, suchte Hermann noch sein Kind mit seinem Leibe zu decken.

An beiden Ufern drängten Leute zur Unglücksstätte heran; diesseits alle, die Hermann nachgeeilt waren, jenseits seine Diener, Kutscher, Lakaien, zufällig vorüberkommende Arbeiter. Nicht einer unter ihnen, der nicht helfen möchte, der es nicht versucht mit leidenschaftlichem Eifer.

Nur Maria, Hermanns Namen auf ihren Lippen, ihm nachstrebend mit rasender Sehnsucht in die Todesgefahr, blieb regungslos. Ihre ganze Seele war in ihren unnatürlich weit geöffneten Augen, in dem Blick, mit dem sie ihm nachstarrte … Auf einmal war ihr, als sei es Nacht geworden – ihre Pulse stockten, sie wankte und lag in zwei fest um sie geschlungenen Armen. – Carla Wonsheim hielt sie aufrecht, Betty lag schluchzend zu ihren Füßen und umklammerte ihre Knie. – Jemand betete laut – aus der Ferne drang verworrenes Geräusch von Stimmen herüber.

Dorthin – aus halber Bewußtlosigkeit erwachend – eilte Maria. Menschen, immer mehr Menschen liefen zusammen. Einige trugen eine schwere Last und legten sie hin – – o wie sanft und vorsichtig...

Nun ist's, als ginge eine freudige Bewegung durch die Menge: »Der Doktor!« schreit ein atemlos daherrennender Diener, »der Heger bringt ihn, er war bei dessen krankem Kinde.«

Beim Nahen Marias tritt lautlose Stille ein. Alle Leute treten stumm vor ihr zurück... Ein einziger, halb entkleidet, triefend, kommt an sie heran, windet sich winselnd und stöhnend. Er faßt den Saum ihres Kleides:

»Treten Sie auf mich! Ich hab's getan, ich hab ihn gerufen, ich Verdammter, dumm wie ein Tier... Zertreten Sie den hohlen Schädel, zertreten Sie mich!« heulte er und grub sein Gesicht in das Gras zu ihren Füßen.

Maria wich ihm aus. Sie hatte die Leblosen erblickt, die klaffende Wunde auf Hermanns Stirn, das fahle Angesicht ihres Knaben. Da bäumte sie sich zurück, hob die gerungenen Hände gen Himmel und sank nieder mit einem entsetzlichen Wehelaut: »Tot?... Beide tot?«

Niemand gab Antwort, und sie raffte sich zusammen, und über Hermann gebeugt, bedeckte sie seine Brust mit ihren Küssen und rief: »Er lebt, Doktor – sein Herz schlägt, ich hab es gefühlt...«

Der Arzt, der, wenn auch völlig hoffnungslos, noch nicht aufgehört hatte, Wiederbelebungsversuche an dem Kinde vorzunehmen, antwortete mit einer verneinenden Gebärde.

Sie aber drückte ihren Mund auf den des Entseelten und hauchte ihm ihren Atem ein, bis er versagte, ohne die leiseste Regung des seinen zu wecken. Und nun begriff sie, daß sie ihn verloren hatte. Wieder stürzte sie sich über ihn... aber plötzlich, gestemmt auf seine Schulter, hob sie den Kopf empor und schoß einen Blick voll bebender Scheu nach ihrem Sohne... »Der auch?« stöhnte sie mit einer Stimme, in der alles zusammengepreßt schien, was die Menschenseele an Schmerz zu fassen vermag: »Mein Kind auch!«

Dem Wahnsinn nahe, betete sie, bettelte um ein Wunder.

Als sie heimkehrten, die vor wenigen Stunden froh und glücklich das Haus verlassen hatten, funkelten ihnen Hunderttausende farbige Lämpchen entgegen. In einem Meer von Licht prangend, empfing Schloß Dornach seinen toten Herrn.

19

Maria hielt allein die erste Nachtwache bei ihren Toten. Man hatte die Hand des Kindes aus der seines Vaters nicht zu lösen vermocht, und so ruhten sie nebeneinander auf einem Lager und sollten auch in einem Sarge ruhen. Ihre bleichen Gesichter trugen keine Spur des letzten schweren Kampfes. Maria hielt die beiden umfangen. Sie lag an sie geschmiegt, bleich und stumm wie sie, aber ohne ihren Frieden. Einen Trost nur hatte sie in ihrer Vernichtung und empfand ihn, während sie ihr Haupt an das stille Herz drückte, an dessen lebensfreudigem Schlag all ihr Glück gehangen.

Wohl ihr, daß ihm das Bitterste erspart, daß sein Glaube an sie unerschüttert geblieben war bis ans Ende. Dank der geheimnisvollen Kraft, die das Wort, das ihn elend gemacht hätte, sooft sie es aussprechen wollte, zurückgedrängt in ihre Brust. Nun war er eingegangen zur ewigen Ruhe, mit heiterer Stirn und lächelndem Munde …

Im anstoßenden Zimmer befand sich Lisette und unterdrückte ihr Schluchzen, um von der Herrin nicht gehört und fortgewiesen zu werden. Einmal wagte sie sich leise bis zur Tür heran und spähte durch das Schlüsselloch.

Maria saß neben dem Bette, unbeweglich in den Anblick der Ihren versunken, mit einem Ausdruck von so herzzerreißender Trauer, daß Lisette zurückfuhr. – Nein, das ertrug sie nicht, das konnte sie nicht sehen …

Am Morgen endlich pochte sie und trat, als nach einer Weile keine Antwort kam, ungeheißen bei ihrer Gebieterin ein, rief sie an und sagte: »Es ist Tag!«

Maria schreckte auf: »Schon Tag?«

»Ja, mein armes Kind; und du mußt fort. Die Herren sind da … Du weißt – und der Graf Wilhelm.«

Der hatte mit Helmi an der Tür gestanden. Seine Augen waren rot und geschwollen, seine Lippen zuckten. Er konnte nicht sprechen und lehnte sich hilflos an seine Frau. Der Doktor und Willi kamen, und hinter ihnen trat schüchtern Erich ein, der mit beiden Händen einen großen Strauß weißer Rosen festhielt.

»Der Gärtner hat mir gesagt, ich soll das dem Hermann bringen«, sprach er zu seiner Mutter. »Hermann, da hast du.«

Er legte die Blumen auf das Bett, und auf dessen Rand gestützt, hob er sich, so hoch er konnte, und streckte den Hals und spitzte die Lippen, um seinen Bruder zu küssen. Doch erreichte er ihn nicht und fragte: »Warum hast du heute nicht bei mir geschlafen?« – Jetzt erblickte er den Vater, der sich auch nicht rührte, dessen Augen auch geschlossen waren …

Ganz bestürzt trat er zurück. »Warum schlafen sie so lange?« rief er plötzlich aus. »Sie sollen aufwachen, Mutter, sag ihnen, daß sie aufwachen sollen!«

Maria beugte sich zu ihm nieder und schloß ihn in ihre Arme. Die ersten Tränen, die sie seit gestern geweint hatte, fielen auf das Haupt ihres Söhnchens.

————————

Wilhelm nahm es auf sich, Gräfin Agathe die Kunde des furchtbaren Verlustes, den sie erlitten hatte, selbst mitzuteilen. Helmis Bitten brachten ihn dazu. Sie wollte ihn fort haben von der Unglücksstätte, ihn zwingen, in der Ausübung einer schweren Pflicht Herr seines Schmerzes zu werden.

Früher, als man gedacht hatte, kehrte er zurück. Er war Tag und Nacht gefahren, teils Lokalbahnen benützend, teils mit Bauernpferden, und meldete die Ankunft der Gräfin für den nächsten, den Morgen der Beisetzung, an.

»Wie hast du sie gefunden?« fragte Maria abgewandten Blickes.

»Rätselhaft – eine Heilige oder ein Stein«, erwiderte Wilhelm und erzählte, daß die Gräfin noch in der Kirche war, als er um neun Uhr früh in Dornachtal ankam. Der neue Beichtvater, ein junger, hochgewachsener, streng aussehender Herr, empfing ihn und nahm seine Unheilsbotschaft mit kaltem Erstaunen auf. Er hatte den Herrn Grafen nicht gekannt, nur von ihm gehört. In dem Moment haßte ihn Wilhelm; im nächsten hätte er ihm um den Hals fallen mögen, weil er sich anbot, die alte Dame auf die Nachricht des Unglücks, das sie getroffen hatte, vorzubereiten. Wilhelm wartete im Zimmer des Geistlichen, der ihn rufen lassen sollte, sobald es Zeit war … Das geschah nach einer halben Stunde … Großer, guter Gott! – Sie saß ruhig in einem hochlehnigen Fauteuil, der Geistliche auf einem Sessel neben ihr, die Augen gesenkt, ein triumphierendes Lächeln auf seinen kargen Lippen. Die Gräfin, weiß wie ein Linnen, hielt einen Rosenkranz zwischen ihren Fingern, die völlig leblos aussahen.

»Dank«, sprach sie, »daß du dich selbst hierher bemüht hast«, ließ Maria bitten, sie zu erwarten, und ersuchte ihn, sich nicht aufzuhalten, sie wisse, wie notwendig er in Dornach sei. Ihr Wagen, der ihn nach dem Frühstück zur Bahn bringen solle, sei bereit.

Kein Wort von ihrem Sohne, von ihrem Enkel. Erst als Wilhelm Abschied nahm, fragte sie nach Erich und flüsterte mit einem dankbaren Aufschlagen der Augen zum Himmel:

»Den hat mir Gott gelassen!«

Bei diesen Worten zuckte Maria zusammen und schlug die Hände vor das Gesicht.

Bald nach Wilhelm war Graf Wolfsberg eingetroffen, gebeugt, gealtert. Wenige Menschen durften sich rühmen, seine Liebe zu besitzen; die beiden, die morgen begraben werden sollten, hatte er geliebt. Aber auch die Veränderung, die mit seiner Tochter vorgegangen war, ergriff und erschütterte ihn. Er hörte nicht auf, sie angstvoll zu betrachten, erwies sich hilfreich, stand ihr bei in ihrem traurigen Totendienst. Einmal zog er sie plötzlich an sein Herz, so zärtlich wie am Tage vor ihrem Scheiden aus dem Vaterhaus:

»Lebe«, sprach er, »du hast auf Erden noch etwas zu tun.«

Sie erhob den Blick zu ihm und erwiderte entschlossen: »Ja, Vater, ja!«

———————

Gräfin Agathe wurde von Wolfsberg und Maria unter dem Portal erwartet. Sie stieg aus dem Wagen und nach stummer Begrüßung, jede Unterstützung abwehrend, die Treppe hinauf. Oben wandte sie sich geradenwegs dem Kapellenzimmer zu, in dem seit Jahrhunderten die Grafen von Dornach ihre letzte Rast hielten.

Der schwarz ausgeschlagene Raum war dicht gefüllt mit weinenden, schluchzenden Menschen. Als die alte Dame eintrat, war's, als ob ein Eishauch die Luft durchwehe; alle Tränen stockten, nicht eine Klage mehr wurde laut.

Aufrechten Ganges, hoheitsvolle Ergebung in den strengen Zügen, wohnte die Gräfin den Trauerfeierlichkeiten bei. Erstarrt in ihrem Gram, klagte sie nicht, verlangte nicht nach einer Schilderung des Ereignisses, das ihr den Sohn und den Enkel geraubt hatte. »Der Herr hat sie gegeben, der Herr hat sie genommen, der Name des Herrn sei gelobt«, war alles, was sie sich und ihrer Schwiegertochter zum Troste sagte. Aber sie setzte hinzu: »Der gleiche Schmerz verbindet.« Sie ließ Maria fühlen, daß die geliebte Gattin ihres Sohnes ihr auch nach dessen Tode wert geblieben war.

Tante Dolph hatte sich in den jüngst verflossenen Tagen unsichtbar gemacht. Doktor Weise mußte ihr absolute Ruhe und Luftveränderung verordnen.

In ihr ging etwas Ungewöhnliches vor – sie wurde bei der Erinnerung an den kleinen Hermann von Wehmut erfaßt, nicht heftig allerdings, aber doch beängstigend für die alte Egoistin, wie ein Unwohlsein für einen Menschen, der immer gesund war. Sie gestand es ihrem Bruder und verhehlte ihm auch nicht ihren leisen Groll gegen Maria, deren Unglück das Mitleid herausforderte – ein der Gräfin unbequemes Gefühl.

»Mich mitzufreuen, nicht mitzuleiden bin ich da. Warum soll die Traurigkeit sich ausbreiten?… Ich weiche ihr aus. Wenn das abscheulich gefunden wird, muß ich mich darein fügen. Kann ich für meine Natur? Die Rebe weint, die Distel nicht«, sagte sie und reiste ab.

In dem schwer heimgesuchten Hause, dem sie den Rükken gekehrt, gab es aber doch einen Glücklichen. Das war Erich; selig ging er umher wie ein aus der Verbannung in das ersehnte Heimatparadies Zurückgekehrter. Seine Mutter liebte ihn jetzt, wie sie den armen Hermann liebte, der noch immer schlafen mußte. Sie hob ihn auf ihren Schoß und überhäufte ihn mit Zärtlichkeiten.

Und das Kind, in wonniger Überraschung, ein wenig verlegen, ließ in stillem Entzücken all diesen Liebessegen über sich ergehen.

Einmal nahm sie ihn mit in die Gruft, und vor der mit Kränzen behangenen Nische, die den Sarg ihres Mannes und ihres Erstgeborenen barg, kniete sie nieder.

»Erich«, sprach sie, seine beiden Händchen in ihre Hände fassend, »Erich, du wirst groß werden und gut und gescheit. Dann sollst du an deine Mutter denken und an das, was sie dir heute sagt.«

Der Kleine lehnte seine Stirn an ihre Wange: »Was sagt sie?«

»Sieh dich um. Wo sind wir?«

»In der Gruft.«

»Und wer schläft in der Gruft?«

»Mein Vater und mein Bruder.«

»Und noch viele, viele ihnen verwandte, gute Menschen. Merke dir, Erich, vergiß es nicht, erinnere dich, wenn du groß sein wirst, wo und wann deine Mutter dir gesagt hat: Verzeih mir, mein Kind… verzeihe mir! – Wirst du dir das merken, Kind?«

Erich schlang seine Arme um ihren Hals und antwortete fest und zuversichtlich: »Er merkt sich's.«

Als sie ins Schloß zurückkehrten, kam Wolfsberg ihnen entgegen.

»Es ist Zeit«, sagte er zu Maria. »Deine Schwiegermutter und Wilhelm erwarten dich. Wenn du aber nicht stark genug bist …«

Sie unterbrach ihn: »Ich habe mir Stärke geholt«, übergab den Knaben der seiner harrenden Wärterin und ging mit ihrem Vater nach den Zimmern der Gräfin.

Das Testament des Verstorbenen war vor der Beerdigung in Gegenwart Wilhelms und Wolfsbergs mit den üblichen Förmlichkeiten eröffnet worden. Sein Hauptinhalt war eine Huldigung für Maria, und Wolfsberg hatte gezögert, ihr den ergreifenden Wortlaut dieser letzten Botschaft mitzuteilen. Heute, am dritten Tage, nachdem Hermann zur ewigen Ruhe bestattet worden, sollte es geschehen. Seine Mutter hatte den Wunsch ausgesprochen, Zeugin zu sein.

Die Gräfin empfing Maria und Wolfsberg im Salon ihrer Witwenwohnung im Schlosse. Ein hohes Gemach mit gelblichen Stuckwänden, großen Marmorkaminen, bis zur Decke reichenden Spiegeln in kannelierten Goldrahmen und steifer Empireeinrichtung. Die Fenster, die einen weiten Ausblick über den Park gewährten, standen offen, und herein drang das Licht der untergehenden Sonne und die würzige Luft, die vom Walde hergestrichen kam.

Einen düsteren Gegensatz zu diesem freundlichen Raume bildete die alte Dame mit ihren schwarzen, schleppenden Gewändern, mit dem aschfahlen Angesicht, dem die Leiden und Seelenkämpfe der letzten Tage tiefe Spuren eingeprägt hatten.

Sie erhob sich ein wenig aus ihrer Sofaecke, als Maria auf sie zukam, und streifte dabei einen kleinen Bauer mit einem ausgestopften Vögelchen auf den Boden hinab. Ehe jemand ihr zuvorkommen konnte, hatte sie sich danach gebückt und das Spielzeug wieder auf seinen früheren Platz gestellt.

»Erich hat es herübergebracht«, sprach sie, »und vergessen, als du ihn rufen ließest.«

Maria ergriff die Hand, die sie ihr reichte, beugte sich tief, küßte sie innig und heiß und zog sie immer wieder an ihre Lippen, als ob es ein schweres Scheiden gelte.

»Nun, mein Kind, nun«, ermahnte die Gräfin, »Fassung, ich bitte dich. Wir wollen die Worte des teuren Vorangegangenen hören, standhaft wie Glaubende und Hoffende.«

Wilhelm hatte die Zeit über stumm dagesessen, in das Schriftstück vertieft, das er vorlesen sollte.

»Beginne«, sagte die Gräfin.

Er rückte seinen Sessel näher zu ihr. Ihm gegenüber hatte sich Maria niedergelassen. Ihr Vater nahm Platz an ihrer Seite.

Wilhelm las mit bewegter, leiser Stimme, und der greisen Zuhörerin neben ihm bemächtigte sich allmählich ein lange nicht mehr gekanntes Gefühl, eine sanfte und wehmütige Rührung.

Vor vielen Jahren hatte ein Unvergessener in seinem letzten Willen so von ihr gesprochen, wie Hermann von dem Weibe seines Herzens sprach. Mit dem gleichen Vertrauen hatte er sie geehrt, indem er ihr so viele Rechte über den Sohn, so viel Freiheit in der Verwaltung des Vermögens gewahrt, als das Gesetz nur irgend zuließ. Fast mit den Worten seines Vaters schrieb Hermann:

»Weil ich das wahre Wohl meiner Kinder im Auge habe,

unterwerfe ich sie in allem und jedem den Bestimmungen ihrer Mutter. Sie sind damit einer Vorsehung anbefohlen, die weise ist, gerecht und treu.«

Ein qualvolles Wimmern rang sich aus Marias Brust. Wilhelm hielt inne.

»Weiter«, sagte die Gräfin nach einer kleinen Pause.

Mit erstickter Stimme fuhr er im Lesen fort und warf von Zeit zu Zeit einen verstohlenen Blick nach Maria. Sie rang die Hände auf ihren Knien, aus ihren marmorblassen Zügen sprach rettungslose Verzweiflung.

Wilhelm war zu Ende gekommen. Am Schlusse hieß es:

»Je besser und tüchtiger meine Kinder werden, mit je hellerem Blick sie die Welt und die Menschen beurteilen lernen, desto festere Wurzeln wird in ihnen die Überzeugung schlagen: Es gibt auf Erden eine höchste Einsicht und Güte – in unserer Mutter hat sie sich verkörpert.

Ich lebe gern und hoffe noch lange zu leben und zu meinen Söhnen noch manches Wort sprechen zu können. Dir aber, Maria, ob ich jung, ob alt sterbe, dir werde ich immer nur *eines* zu sagen haben: Ich danke dir!«

Die Augen Gräfin Agathens hatten sich leicht gerötet; teilnehmend wandte sie sich Maria zu.

Die Frau, die eine solche Liebe besessen und verloren hatte, stand ihr nahe und sollte ihr immer nahe stehen. »Meine Tochter«, sagte sie zu ihr, »ich teile den Glauben meines Hermann. Sein teuerstes Vermächtnis, sein liebes Kind, ist geborgen in deiner Hut. Gott stärke dich und segne unsern kleinen Majoratsherrn.« Sie streckte die Rechte aus, um sie auf den Scheitel Marias zu legen.

Diese sprang auf. »Was tust du? Ich verdien es nicht … Behandelt mich, wie ich es verdiene«, rief sie leidenschaftlich aus, stockte einen Augenblick und setzte dann herben Klanges hinzu: »Erich ist nicht erbfähig.«

»Maria!« – stießen die anderen hervor. Derselbe Gedanke war allen zugleich gekommen …

»Nein, nein, ich bin nicht wahnsinnig, ich weiß, was ich rede. Ich kann die Lüge nicht mehr ertragen. Der ist tot, dem zuliebe ich es getan habe.«

Außer sich faßte Wolfsberg ihre Schulter mit eisernem Griff: »Was getan?«

»Geheuchelt – mich halten lassen für das, was ich nicht war: für treu.«

Er stieß sie von sich und sprang auf; auch die Gräfin stand da, emporgerichtet in ihrer ganzen Höhe.

»Nicht treu? Eine Dornach nicht treu?… Nein, keine Dornach. Du bist nicht aus unserm Blut – Ehebrecherin!« schleuderte sie Maria zu und führte unwillkürlich das Taschentuch an ihre Lippen, die sie beschmutzt fühlte, nachdem sie das Wort ausgesprochen hatten… »Erich nicht der Sohn meines Sohnes… und ich – und ich!«… Mit einem grellen, kurzen Lachen sank sie in die Kissen zurück, halb ohnmächtig, stumm und starr.

»Du lügst, Maria!« rief Wilhelm. Bebend vor Wut trat Wolfsberg vor seine Tochter hin:

»Deine Entschuldigung?« fuhr er sie an.

Sie sah ihm ruhig in die zornig flammenden Augen, und aus den ihren sprach eher ein Vorwurf als eine Abbitte. »Ich hatte mich gerettet aus eigener Kraft«, hätte sie ihm antworten können. »Da riß mich die Hand deines Sohnes ins Verderben.«

»Deine Entschuldigung?« rief er von neuem, dieses Mal leiser, dringender, sehr betroffen über ihre wunderbare Gelassenheit. »Du hast eine Entschuldigung.«

»Keine«, erwiderte sie.

»Unmöglich«, fiel Wilhelm ein. »Wenn du gefehlt hast, hätte ein Engel gefehlt und…« plötzlich hielt er inne.

Die Tür neben dem Sofa war geöffnet worden. Aus dem Zimmer Gräfin Agathens kam Erich heraus – und auf sie zugelaufen. »Großmutter, wo ist der kleine Vogel?« fragte er und legte seine gekreuzten nackten Ärmchen auf ihren Schoß.

In ihrem Herzen erglomm ein letzter Funken der Liebe zu diesem holdseligen Kinde, sie sah ihn mitleidsvoll an; dann wies sie ihn hinweg.

Er aber forderte ungestüm: »Den kleinen Vogel! Großmutter, gib! gib!« und klammerte sich an sie.

Da schüttelte sie ihn ab, wie wenn etwas Unreines sie berührt hätte. »Geh!« befahl sie hart. Ihr Gesicht war verzerrt, ihre Hände ballten sich krampfhaft: »Geh!«

Erich, erstaunt, bestürzt, wurde über und über rot; seine Mundwinkel zogen sich herab; er sah noch von der Seite nach dem Vogelbauer und rang mit dem Weinen, in das man ihn ausbrechen hörte, sobald er das Zimmer verlassen hatte.

Maria blieb regungslos. Ihr Vetter Wilhelm beobachtete sie in unsäglicher Spannung und wartete sehnlich, daß sie sprechen und die Verleumdung zurücknehmen werde, die sie gegen sich selbst ausgestoßen hatte… Aus welchem Grunde? Was bezweckte sie damit?… Die Gedanken wirbelten durcheinander in seinem brennenden Kopf, es hämmerte in seinen heißen Schläfen. Nach Kühlung ringend, trat er ans Fenster.

Lau strömte die Luft ihm entgegen und weckte ein flüsterndes Geräusch in den Wipfeln der Bäume. Schwalben umkreisten das Haus. Weiße Tauben schwangen sich von einem Pilasterkapitäl schwirrenden Fluges auf und verschwammen im Blau wie Flöckchen.

»Wilhelm!«

Er sah sich um, die Gräfin hatte seinen Namen gerufen.

»Der alte Stamm Dornach ist erloschen«, sprach sie feierlich und erbleichte unter dem Eindruck, den ihre eigenen Worte in ihr hervorriefen. »Gott schütze den jüngeren Stamm und vor allem dich, dessen Haupt.«

Er taumelte zurück: »Ich! … Ich? …«

»Du hast den nächsten Anspruch. Ist dir das neu?« fragte Wolfsberg voll Bitterkeit.

»Ich werde ihn nicht geltend machen, nie!«

»Als ob du die Wahl hättest.«

»Du wirst tun, was deine Pflicht ist und was du tun mußt«, sagte die Gräfin.

»Muß?« erwiderte er heftig, »und was wir jetzt gesprochen haben, *muß* weltbekannt werden – und zu der Erklärung, die hier abgegeben worden ist, *muß* das Gesetz seinen Segen geben –«, er hielt inne, ein erlösender Gedanke war in seinem Geiste aufgestiegen: »Das Gesetz gibt ihn nicht! … Vor dem Gesetz ist das in der Ehe geborene Kind rechtmäßig und sein Erbe unantastbar.«

Gräfin Agathe fuhr auf: »*Sein* Erbe? … das Gesetz? … Es gibt ein Gesetz, welches das Kind der Sünde beschirmt, wenn es die Hand ausstreckt nach fremdem Gut?«

»Ohne Sorge!« fiel Wolfsberg ein. Er war fahl geworden, Schweißtropfen perlten auf seiner Stirn. »Das Kind wird Dornachsches Eigentum nie berühren, es wird erzogen werden, wie es ihm zukommt, und einst, mündig geworden, seine Verzichtleistung unterschreiben mit dem Bewußtsein, es vollziehe eine leere Förmlichkeit. Dafür steh ich.«

»Und ich«, sprach Maria, und Wilhelm rief ganz außer sich:

»Und du! … So gibst du deinen Namen der Lästerung preis. Hast du das auch bedacht?«

Sie hatte ein trostloses Lächeln: »Guter Wilhelm, du wirst doch mich nicht schonen wollen – eine Schuldige, die mehr als überwiesen, die geständig ist … Ich habe jahrelang Liebe und Ehrfurcht erduldet mit dem Bewußtsein meines Unwerts – – das war schwerer …«

»Worte, leere Worte«, versetzte starr, unerbittlich die Gräfin. »Wenn es dem Ewigen gefallen hätte, meinen Sohn zu erhalten, würdest du weitergelebt haben in Lug und Trug.«

»Nicht mehr lange«, sprach Maria mit sanftem, eindringlichem Beteuern, »glaube mir. Der kleinste dem – – dem unrechtmäßigen Kinde gewährte Anspruch hätte mir die Zunge gelöst, und dann wäre ich vor Hermann gestanden,

wie ich jetzt vor seiner Mutter stehe, und hätte gefragt –«
ihre Stimme wurde fast unhörbar: »Darf ich dir Lebewohl
sagen?«

Eine ablehnende Gebärde war die Antwort der Gräfin,
Wilhelm aber ging auf Maria zu und sagte vorwurfsvoll:

»Lebewohl? Du willst uns verlassen; was fällt dir ein? –
Wir lieben dich – meiner Helmi bist du wie eine Tochter –
bleibe bei uns, zieh zu uns in unser schlichtes Haus – bleibe
bei uns!« Er klopfte auf seine Brust. »Du hast einen Freund,
der dich verehrt und noch mit seinem letzten Hauche wiederholen wird: Wo die gesündigt hat, da wäre ein Engel gefallen.«

Maria drückte dankbar seine Hand. »Wir sehen uns wie-
der«, brachte sie mühsam hervor, »in Wolfsberg, wo mein
Vater mich und das Kind aufnehmen wird. Nicht wahr,
Vater?«

»Ich komme nicht mehr nach Wolfsberg«, erwiderte er
rauh. In dieser Stunde verleugnete sich seine Liebe zu ihr.

»Maria!« rief Wilhelm, »wir werden jeden Tag segnen,
den du uns schenkst. Bleibe bei uns!«

»Es kann nicht sein – du wirst das einsehen«, sagte sie.
Ihre Wangen hatten sich langsam gefärbt und glühten nun
fieberhaft.

Zum zweiten Male wandte sie sich an ihren Vater: »Nimm
uns dennoch auf!«

Er zuckte mit den Achseln und antwortete: »Was bleibt
mir anderes übrig?«

20

Das Stammschloß Wolfsberg war ein schwerfälliges steinernes Bauwerk mit düsteren Bogenhallen, feuchten Gängen,
klafterdicken Mauern. Der Graf hatte es einst mit großem
Aufwand bewohnbar machen und einen Teil davon in alter-

tümlichem Stile einrichten lassen, während der andre allen Anforderungen entsprechen sollte, die heutzutage an den Landaufenthalt reicher und gastfreier Leute gestellt werden. Später, nach dem Tode seiner Frau, bereute er die romantische Laune, die ihn verleitet hatte, seinen Wohnsitz in einer unwirtlichen Gegend zu nehmen, in der Nachbarschaft einer Dorfbevölkerung, der alle Laster der Armut anhafteten. Er ließ Dolph und Maria monatelang allein in Wolfsberg; seine Besuche dort wurden immer kürzer, und nach der Verheiratung seiner Tochter stellte er sie ganz ein.

Das Schloß erhob sich auf einem stumpfen Hügel, der noch zu Anfang des Jahrhunderts dicht bewaldet gewesen war. Ein geldbedürftiger Vorfahr hatte die Bäume fällen und den Grund nicht mehr aufforsten lassen. Wasserrisse bildeten sich, die fruchtbare Erde wurde von Regengüssen fortgeschwemmt und der tonige Sandstein, der nun zutage kam, allmählich von einer kümmerlichen Vegetation bedeckt. Hie und da ragte der schiefe und narbige Stamm einer Föhre mit graugrünen Nadelbüscheln an den dürren Zweigen aus dem Gestein hervor, und wo ein Quellchen rieselte, gab es üppig wuchernde Moose. Wurzeltriebe der uralten Steineichen, die oben vor dem Pförtnerhause standen, schmückten sich mit Blättern. Kampanulazeen und Eriken wuchsen aus dem Schutt.

Daß die Wasseräderchen nicht ganz versiegten, dankte man dem Baumreichtum des Schloßgartens. Hinter seiner weitläufigen, vieleckigen Einfassungsmauer, die sich stellenweise bis zur halben Höhe des Hügels zog, breiteten sich herrliche Wiesen, und sogar von Blumen und von Gewächshäusern, in denen sie überwinterten, erzählte man im Dorfe. Ein Verkehr zwischen diesem und dem Schlosse bestand nicht. Unfrieden herrschte zwischen beiden, seitdem die Gemeinde die ersten Wohltaten, die der Graf ihr erwiesen, mit Undank gelohnt hatte. Was sich an Nörgeleien erdenken läßt, das tat man einander an.

Dem Grafen, in dessen Sinne die Gutsverwaltung sich dem Volke gegenüber benahm, weihte es seinen vollsten Haß, während das Andenken der verstorbenen Herrin in Ehren gehalten wurde. Ein Gemisch von Wahrheit und von böswilliger Erfindung hatte sich als Tradition in der Gegend erhalten. Niemand bezweifelte, daß die Gräfin den Mißhandlungen erlegen war, die ihr Gatte sie hatte erdulden lassen, und jetzt wandelte sie als Gespenst durch die Gänge, schlich an seine Tür und lauschte. Eines Nachts hatte er ihr geisterhaftes Auge gesehen, wie es durchs Schlüsselloch spähte. Nun verfolgte ihn dieses Auge und starrte ihm entgegen aus jedem Winkel des Hauses. Kein Wunder, daß er es nicht aushielt in Wolfsberg; kein Wunder, daß seine frechen Diener sich nach und nach gebärdeten als Herren im fremden Eigentum.

Das Telegramm des Grafen, welches das Eintreffen Marias zu längerem Aufenthalt ankündigte, entthronte mit einem Schlage ein halbes Dutzend Usurpatoren und entfesselte einen Sturm von unwilligen Fragen: »Was hat sie hier zu suchen? Warum bleibt sie nicht dort, wohin sie gehört?«

Keinem willkommen, kehrte Maria mit Erich und ihrem kleinen Gefolge in die Heimat zurück.

Die windbrüchige Akazienallee, die zum Schlosse führte; das Muttergottes-Kapellchen daneben am Fuße der Anhöhe, von vier Winterlinden umgeben; den weiten Ausblick, den man im Steigen über die Felder und Hutweiden gewann, bis zu dem Steinbruche, und tief im Hintergrunde den dunklen Nadelwald – das alles hatte sie geliebt. – Und wie kahl, welch ein Ausbund von Traurigkeit erschien es ihr jetzt!

»Wo sind denn die Blumen, wo sind denn die Berge?« rief Erich, als er am Morgen nach der Ankunft aus dem Fenster blickte. Er ging mit Lisette in das Dorf und kehrte ganz entrüstet zurück.

»Sie sind hier sehr unartig«, erzählte er, »sie geben keine Antwort, wenn man sagt: Guten Morgen, und ein Bub hat mir«, er senkte die Stimme und flüsterte seiner Mutter ins Ohr: »die Zunge herausgestreckt.«

»Sie kennen dich noch nicht«, erwiderte sie ihm; »warte nur, bald werden sie so freundlich mit dir sein wie die Kinder in Dornach.«

Aber diese Prophezeiung erfüllte sich nicht. Im Gegenteil; als der Grund der Entfernung Marias aus Dornach bekannt wurde, ließen es auch die Erwachsenen, besonders die Weiber, an Gehässigkeiten gegen das Kind nicht fehlen. Ein Schimpfwort wurde ihm zugerufen, so oft er sich zeigte, nach dessen Bedeutung er zu Hause vergeblich fragte, und als er mit seiner Mutter davon sprach, traten Tränen in ihre Augen. Sie hatte gemeint, nach dem Scheiden von Dornach könne ihr nichts mehr weh tun, und nun gab es doch noch Stacheln, die vermochten, ihr ins Herz zu dringen.

Als sie nach Geringschätzung gedürstet, hatte sie nicht bedacht, daß ihr schuldloses Kind sich mit ihr darein werde teilen müssen.

Sie begann zu werben um die Gunst der Elenden und Mitleidlosen. Sie brachte Hilfe und ließ sich nicht abschrecken durch das Mißtrauen und durch den kaum verhehlten Hohn, mit dem ihre Gaben aufgenommen wurden. Wenn Erich über die Bauernkinder klagte, wies sie ihn ab: »Sie können nicht dafür, bedaure sie; niemand sagt ihnen: Seid gut.«

»Wär auch schad drum, mit denen müßt man eine andre Sprache reden!« fiel Lisette zornschnaubend ein. – Sie hätte so gern jede Beleidigung, die Maria oder das Kind erfuhren, mit Feuer und Schwert gerächt. – Ihres Respekts vor dem Grafen Wolfsberg entledigte sie sich nach und nach vollständig und äußerte ungescheut, wie es sie empöre, daß er nicht komme, sich seiner Tochter anzunehmen und »dem schlechten Beamten- und übrigen Volk den Standpunkt klarzumachen – mit der Hundspeitsche!« schrie sie und schlug auf den Tisch.

Es war ihr unfaßbar, daß die flehentlichen Bitten Wilhelms und seiner Frau, Maria besuchen zu dürfen, von ihr unerhört blieben, und sie wurde nicht müde, ihren Unwillen darüber kundzutun.

»Glaube mir«, erhielt sie endlich zur Antwort, »es würde mich verwöhnen, mich weich machen.« Maria preßte die flachen Hände an ihr Gesicht, dann hob sie den Kopf in ihrer alten stolzen Weise. »Ich aber muß standhaft bleiben.«

Sie bewahrte einen unerschütterlichen Gleichmut; sie schien blind und taub, wenn sie herausfordernden Mienen begegnete, wenn sich bei ihrem Anblick ein beleidigendes Zischeln erhob.

Eines Tages im Spätherbste führte ihr Weg sie zu einer einzeln stehenden Hütte, deren uralte Bewohnerin von aller Not befreit war seit der Anwesenheit der Gräfin in Wolfsberg. Gekrümmt wie ein Bogen saß sie auf der Bank an ihrer Tür und lud Maria ein, neben ihr Platz zu nehmen. Sie begann damit, sich zu beklagen, daß die Kleidungsstücke, die sie aus dem Schloß erhalten hatte, nicht ganz nach ihrem Geschmack ausgefallen waren, sagte aber zuletzt doch einige Worte des Dankes.

Auf ihren Stock gestützt, blickte sie zu Maria hinauf, die, von Abscheu ergriffen vor der affenartigen Häßlichkeit der Alten, unwillkürlich die Augen schloß.

»Ja, was Sie jetzt anders geworden sind, daß Sie sich um uns kümmern«, sprach die Greisin; »wie Sie noch zu Haus waren, ist Ihnen so was nicht eing'fallen«… Sie lächelte schadenfroh. »Na, wir werden Ihnen schon losbeten, meine Tochter und ich; den andern können Sie schenken, soviel Sie wollen, die beten doch nicht für Sie… die schimpfen nur… Was die aber selber tun, das sollen Sie von mir hören, hochgräfliche Gnaden, damit, wenn sich einer getraut, Ihnen etwas ins Gesicht zu sagen, Sie ihm's tüchtig zurückgeben können.«

Sie erzählte. Sie lieferte die Geheimnisse der Bewohner ihres Dorfes aus. Es war eine haarsträubende Sittengeschichte, und die alte Sibylle erfand nicht. Ihre Enthüllungen trugen das Gepräge der Wahrheit, einer Wahrheit freilich, die Schritt hielt mit den dunkelsten und ausschweifendsten Phantasiegebilden.

Maria unterbrach das Weib im schönsten Fluß ihrer Rede und erhob sich. – »Welche Greuel«, dachte sie; »nein, so hättet ihr nicht werden müssen, ihr Bejammernswerten! Ihr hättet nicht in diesen Sumpf zu geraten brauchen, in dem ihr jetzt versinkt. Nur wenige Einsichtige und Barmherzige unter denen, die durch Jahrhunderte unumschränkt über euch geherrscht, und sie würden euch zur Erkenntnis des Guten geführt haben. Sie besaßen die Macht, warum nicht auch die Gerechtigkeit, die Uneigennützigkeit, das liebreiche Herz?«

Als ein Kind ihres Stammes fühlte Maria sich mitschuldig an dem himmelschreienden Versäumnis und war doch die letzte, die Ersatz dafür zu leisten vermochte. Sie konnte schenken – raten, belehren, bessernd einwirken konnte sie, die Bemakelte, nicht. Um die Menschen zu ihrem wahren Heile zu führen, bedarf es einer reinen Hand.

Sie eilte hinweg wie gejagt und durchwachte die Nacht ruhelos und fiebernd. In dem großen, kapellenartig gewölbten Schlafgemach, das sie mit Erich bewohnte, hingen zwei Meisterwerke Benczurs, die Bilder Hermanns und seines Sohnes. Gräfin Agathe hatte sie für ihre Schwiegertochter malen lassen, und sie waren das erste gewesen, das Wilhelm seiner verehrten Base nachzuschicken befahl aus Dornach. Die geliebten Gestalten schienen lebendig aus ihren Rahmen zu treten, ihre treuen, freundlichen Augen die Augen Marias zu suchen und ihr zu folgen, wohin sie sich wandte. Sie sank an ihrem Bette zusammen, ihre ganze Seele flammte auf in der verzehrenden, ewig empfundenen, ewig vergeblichen Sehnsucht all der Unglücklichen, die ihr Liebstes überleben: »Einmal nur noch deine Stimme hören, einen Kuß auf deine Lippen drücken, nur einmal noch.«

Oh, dieses immer geforderte, nie erlangte, nie verschmerzte *eine* letzte Mal!

Alles still im Haus und auch draußen alles still. Ausnahmsweise hatte der Sturm seine Flügel gefaltet und sein wildes Lied verstummen lassen. An dem Geiste Marias zogen die stillen Tage ihres ersten, noch unbewußten Glückes vorbei. Sie versenkte sich in die Erinnerung an jede im Verkehr mit ihrem Gatten, ihrem Freunde, verlebte Stunde.

Er hatte sein bei der Verlobung gegebenes Wort treulich gehalten, was sie für ihn tat, immer als Gnade angesehen, was er für sie tun durfte, als sein bestes Glück. Und seine Art und Weise gegen sie war nur der höchste Grad dessen, was er allen Menschen zuteil werden ließ. Sie erhob ihre Augen und Hände zu seinem Bilde und tat einen stummen Schwur: – »Die Welt soll dich nicht ganz verloren haben, deine Güte, deine Langmut sollen fortleben; ich will dienen um das Recht, sie auszuüben in deinem Sinn; ich will mir das Vertrauen der Leidenden und Irrenden verdienen.«

In diesem Jahre kam der Winter besonders früh und streng mit seinen kurzen Tagen, seinem dämmerigen Lichte, mit Eis und Schnee. Wochenlang von dem Verkehr mit der Außenwelt abgeschnitten, suchte Maria, wenn ein Postpaket endlich ins Schloß befördert werden konnte, immer zuerst nach Briefen von ihrem Vater – und nicht selten umsonst. Fürstin Alma, Carla und Betty schrieben voll Zärtlichkeit; Wilhelms wiederholten immer inniger ihre stehende Bitte, sprachen immer wärmer ihre Sehnsucht nach einem Wiedersehen aus. Tante Dolph sandte unpassend schneidige Berichte über das Treiben in der Gesellschaft, während Wolfsbergs Briefe so unpersönlich als möglich nur Fernliegendes berührten.

Am Abend, wenn Sturm und Frost Maria im Hause gefangen hielten, setzte sie sich ans Klavier und spielte, und sehr oft kam Erich, rückte einen Sessel herbei, stieg hinauf und hörte unendlich aufmerksam zu. Das Kind schien eine Ahnung zu haben von der Schönheit der Phantasien, die unter den Fingern seiner Mutter hervorquollen. Sein dunk-

351

ler, leuchtender Blick ruhte mit ehrfurchtsvollem Staunen auf ihr und senkte sich fast scheu, wenn sie zu ihm hinsah.

Einmal plötzlich hielt sie inne, nahm ihn auf ihren Schoß und drückte ihn an sich. Er streichelte und küßte ihre Wangen, wollte sprechen, würgte aber die Frage, die ihm schon auf den Lippen schwebte, wieder hinunter.

»Was hast du? Was willst du?« sprach Maria.

»Ich möcht so gern… so gern möcht ich…« er stockte wieder und fuhr nach einer Weile zögernd fort: »Ich weiß, Mutter, wie man nach Dornach geht. Vom Schlafzimmer sieht man den Weg, Lisette hat mir ihn gezeigt… Sie hat gesagt, das arme Dornach ist ganz verlassen und wird noch lang verlassen bleiben. Ist es weit nach Dornach, liebe Mutter?«

Sie nickte schweigend: »Ja.«

»Ich möcht aber doch nach Dornach«, begann er wieder, entschlossener werdend. »Hermann wird mir von den Löwen erzählen. Dornach ist nicht so weit wie die Löwen.«

»Doch!« rief sie mit schneidendem Schmerzensklang. »Dornach ist weiter als alles, ist unerreichbar!«

Am folgenden Morgen, da Lisette beim Eintreten in das Zimmer der Gebieterin ausrief: »Wie blaß du bist, wie übel du aussiehst!« mußte Maria eingestehen, daß sie sich müde und unwohl fühlte.

Lisette bemerkte nur: »Es muß arg sein, wenn du's selber sagst«, aber sie setzte etwas ins Werk, was sie schon seit längerer Zeit geplant hatte, und vertraute im Laufe des Tages dem Stubenmädchen, daß sie heute »einen Coup« ausgeführt, einen ausgezeichneten »Coup«.

Die Kränkung Marias über das Wegbleiben des Grafen, die wenigstens sollte ein Ende nehmen. Lisette wußte recht gut, was sie zu tun hatte, um ihn ins Bockshorn zu jagen.

In der Stunde, in der Maria ihr schweres Geständnis abgelegt, hatte ihrem Vater ein schreckliches Bild von dessen möglichen Folgen vorgeschwebt. Der Name seiner Tochter der Schmach preisgegeben, nie wieder genannt, ohne die Erinnerung an einen Skandal zu wecken … Und er mit hineingerissen in die Schande, seine glänzende Stellung vernichtet.

Aber siehe! Als er sich anschickte, die große Welt als ein Ausgestoßener zu fliehen, kam sie ihm entgegen, huldvoller denn je. Seltsamerweise hatte Maria die öffentliche Meinung gewonnen durch die heroische Geringschätzung, die sie ihr bewiesen. Die große Welt verzieh, statt zu verdammen, sie tat ein übriges – sie bewunderte. Tonangebende Damen erklärten, Gräfin Dornach werde stets in ihrem Hause willkommen sein.

»Was der Teufel, willkommen!« rief Betty Wonsheim aus, »kniend würde ich sie auf meiner Schwelle empfangen.«

Und wie stimmte Carla ihr bei! Und welches unaussprechliche Mitleid erfüllte die Seele Fürstin Almas und wagte nicht, sich laut zu äußern, aus Furcht vor dem Schein einer begreiflichen Sympathie mit der Schuldigen und mit der Schuld. Fee, die sich einen famosen Reisewagen hatte bauen lassen (Gott weiß, wo, Gott weiß, wann man ihn brauchen wird!), konnte es nicht erwarten, ihn zu probieren. Eine Fahrt über Land, mit eigenen Pferden, mit vielmaligem Einkehren und wunderbarem Schlußeffekt: plötzlicher Sturz in die Arme ihrer überraschten, ihrer liebsten, ihrer angebetenen Freundin – das wäre etwas gewesen, recht nach dem Herzen der kleinen Fee.

Die strengsten Richter fand Maria in ihrer Familie.

»Bei mir hat sie abgewirtschaftet«, sagte Gräfin Dolph geradeheraus zu Fräulein Nullinger.

Die Gesellschafterin erwiderte nicht ohne geistlichen Hochmut: »Darüber wird sie sich trösten – im Himmel, der die große Büßerin erwartet.«

»Was Sie sagen – der Himmel? … Kann sein übrigens. Es gibt ja einen für die Einfältigen. Sie hat eine Dummheit gemacht, um einen Fehler zu reparieren; das mag dort Anerkennung finden.«

Das Fräulein spielte alle Farben von dunkelrot bis zu violett: »Mein ganzes Inneres ist empört …«

»Gegen mich?« fragte Gräfin Dolph mit souveränem Lächeln. »Oh, wie grausam! – nein, ich bitte Sie, kein Wort mehr, haben Sie Erbarmen, ich weiß ja, daß meine Empfindungen nur Hunde sind gegen die Ihrigen.«

So scharf ihr eigenes Urteil über Maria war, die Härte ihres Bruders suchte sie zu mildern, weil er darunter litt. »Was nimmst du ihr im Grunde übel?« sagte sie einmal – »daß dein Blut und das Blut ihrer Mutter in ihren Adern rinnt. Nun, Verehrtester, ich kann den Gebrauch, den sie davon gemacht, nicht unbescheiden finden. Sie hat geheiratet, überlege nur, mit der Neigung zu Tessin im Herzen, sie hat – ich kenne sie – jeden Gedanken an ihn von sich gewiesen. Aber die abgewiesenen Erinnerungen und Gefühle, das ist bei Leuten eures Schlages wie zurückgeschobener Sand oder Schnee; es häuft, es häuft sich, es wird ein Berg und stürzt euch bei der ersten Gelegenheit über dem Kopf zusammen.«

»Diese Frau«, murmelte Wolfsberg, »und – dieser Mann!«

Gräfin Dolph verzog den Mund mit unbeschreiblichem Spotte: »Soll ich alte Jungfer dir sagen, daß die Krone der Liebe nicht wie die von Mazedonien ›dem Würdigsten‹ bestimmt ist? – Das wäre eine langweilige Welt, in der nur Tugendhelden Eroberungen machen würden. Ich bitte dich, hör auf dich zu quälen. Ewig zürnen kannst du nicht, und einen Groll, den man endlich doch fahren lassen muß, soll man je eher je lieber aufgeben.«

Die Zeit verfloß, die ersten Frühlingstage kamen, der Verkehr zwischen Vater und Tochter beschränkte sich immer noch auf einen spärlichen Briefwechsel.

Da erschien eines Vormittags Gräfin Dolph im Arbeitszimmer ihres Bruders. Ihr linkes Auge war zusammengezogen und zwinkerte trüb und matt. Sie hatte ihre März-

Rheumatismen, die ganz besonders bösen, in der Stadt herumkutschiert und kam von einem Abschiedsbesuch bei Wonsheims. Es ging nicht gut in dem Hause. Auf den dringenden Rat ihrer Ärzte verreisten die zwei Ehepaare für längere Zeit. Clemens brauchte Zerstreuung um jeden Preis. Der Arme war seit dem entsetzlichen Unglück, das er verschuldet, als er sinn- und gedankenlos den Ehrgeiz eines Kindes zum unseligsten Wagnis aufgestachelt, in ernster Gefahr, gemütskrank zu werden.

»Er denkt natürlich nicht daran, Maria vor Augen zu treten, die beiden Frauen aber möchten unbeschreiblich gern Abschied von ihr nehmen. Geht das, was meinst du?« fragte die Gräfin.

»Ich weiß nicht«, gab er zur Antwort.

»Sie ist etwas unwohl.«

»Wer?«

»Nun, Maria.«

»Hat sie geschrieben?«

»Nicht sie. Lisette, der alte Angstwurm, hat hinter ihrem Rücken einen Brief an Doktor Hofer ergehen lassen, und der ist sofort nach Wolfsberg abgereist.«

Der Graf saß an seinem Schreibtisch, hielt eine Feder in der Hand und tippte heftig mit der Spitze auf ein bereits ausgefertigtes Schriftstück: »Was das für Übertreibungen sind!«

»Er hat sich nicht lange aufgehalten, war heute schon bei mir und voll Ingrimm über die schlechten Verkehrsmittel bei uns zulande.« Sie rückte näher an den Kamin, in dem ein Holzfeuer brannte. »Drei Patienten haben mit dem Sterben auf ihn gewartet; sobald sie expediert sind, kommt er zu dir.«

»Er hätte gleich kommen sollen«, versetzte Wolfsberg ungeduldig. »Warum bin ich der letzte, der von alledem etwas erfährt?«

»Damit du dir nicht unnötige Sorge machst … ganz unnötige! Es ist nichts von Bedeutung.« Die Hälfte von dem, was der Arzt ihr gesagt, hatte sie vergessen, vergessen wollen, und von der andern Hälfte verschwieg sie ihrem Bruder das meiste. Ihre Schmerzen waren fast unleidlich geworden. »Leb jetzt wohl«, sprach sie, »ich muß *anticipando* ausruhen, habe Gesellschaft heute abend, die ganze Menagerie, wie *Madame de – de*, wie hieß sie nur? sagte, nun, die im achtzehnten Jahrhundert, als Paris noch an der Spitze der Kultur stand und das Kaffeehaus Europas war – die … ich hab vergessen, wie sie hieß, mein Gedächtnis geht flöten. Auch eines der vielen Anzeichen des hereinbrechenden Greisentums. – Ja, mein Lieber, halte dich an die Nachkommen, die Zeitgenossen sterben einem weg. Du kannst über Nacht ein Bruder ohne Schwester sein.«

Sie fand für gut, das zu sagen, wäre jedoch sehr erstaunt gewesen, wenn man ihr geglaubt hätte.

Als sie fort war, fuhr Wolfsberg ins Ministerium, präsidierte einer Sitzung, empfing Besuche – alles wie immer. Und dabei hatte er unaufhörlich die Empfindung eines Zusammenpressens der Kehle. Gegen Abend kam er heim, begann rastlos auf und ab zu wandern in seinem Zimmer und horchte jedem Glockenzeichen. Eine schwere, alt machende Stunde verschlich. Da endlich wurde die Tür vor dem Herrn Professor aufgerissen.

Er war ein Mann in den Fünfzigern, kräftig und untersetzt, mit ansehnlicher Glatze, aber noch dunklen Haaren. Der treuherzige Ausdruck seines schönen, glattrasierten Gesichtes, sein gerades Wesen gewannen ihm auf den ersten Blick ein Vertrauen, das er durchs Leben hindurch zu rechtfertigen wußte.

Der Graf ging ihm entgegen und reichte ihm beide Hände: »Lieber Herr Professor, Sie Getreuer – Sie waren dort – ich danke Ihnen.«

»Nix z' danken«, erwiderte Hofer trocken – er bediente sich manchmal durchaus ernsthaft des Wiener Dialekts – und, seine kleinen braunen Augen fest auf Wolfsberg richtend, fuhr er fort: »War meine verdammte Schuldigkeit, mich nach ihr umzusehen, wäre – mit Verlaub – auch die Ihre, Herr Graf. Sie und ich, wir kennen sie gleich lang, und wir könnten es wissen, daß die Frau einige Aufmerksamkeit verdient.«

Wolfsberg wischte sich die Stirn. »Es hat sich viel verändert, Freund. – Zur Sache! Wie geht es ihr?« Er lehnte mit dem Rücken am Fenster, der Arzt stand vor ihm.

»Merkwürdige Frage«, sagte er. »Nein, daß auch für Sie die alte Regel paßt: Willst du Genaues erfahren über deine Allernächsten, so frage nur bei fremden Leuten an. Hm, Hm! – Hat zu viel ausgestanden, die Frau. Wissen Sie was, Herr Graf? Hören Sie jetzt auf zu schmollen, es könnte Sie sonst reuen«, und er klopfte ihm auf den Arm.

»Doktor, Herr Professor… mich reuen… Sie sehen zu schwarz… Ihr einziger Fehler.«

»Ich sehe, was Sie sehen werden. Reisen Sie morgen, machen S' a bisserl a Ordnung auf Ihrem Ritterschloß, bleiben Sie aber nicht lang und kommen Sie dann nicht zu bald wieder hin. Auch Ihre Besuche würden die Kranke…«

»Die Kranke?«

»… aufregen, und jede, selbst die geringste Gemütsbewegung kann von den schlimmsten Folgen für sie sein. Es ist ja ganz gut, sie so hinduseln zu lassen und zu beschränken auf den Umgang mit ihrem Kind. Wenn sie recht haushält mit ihren Kräften, wird es vielleicht möglich werden, sie im Herbst nach dem Süden zu bringen. Aber«, er erhob drohend den Zeigefinger, »das Bewußtsein muß sie haben, daß ihr niemand etwas nachträgt. Ihr gebührt Bewunderung. Wer die Frau kränkt, begeht eine Todsünde. Das sage ich Ihnen.«

Eine halbe Stunde später kündigte der Graf seiner Schwester an, daß er mit dem Nachtzuge nach Wolfsberg abreise, und ließ packen. Das Essen, das ihm in seinem Zimmer serviert wurde, blieb unberührt. Er schickte einige Zeilen an seine Behörde und warf die Antwort ungelesen auf den Tisch. In seinem Sessel zurückgelehnt, starrte er vor sich hin.

Da, auf dieser Stelle hatte sie gekniet, den Kopf an seinem Herzen … Plötzlich, unwillkürlich falteten sich seine Hände. Der Mann, dem der Glaube nur als ein Kappzaum galt für die Menge und als unentbehrlicher Trost für die Enterbten dieser Erde, betete zu dem Gott der Liebe und des Erbarmens, dessen er in Jahren nicht gedacht. »Erhalte sie mir«, schrie er zu ihm empor. Das war alles, was er zu sagen wußte in seiner Pein – Anfang und Ende seiner Beredsamkeit: »Allmächtiger, erhalte sie mir!«

Am nächsten Tage traf er in Wolfsberg vor dem Telegramm ein, das ihn ankündigen sollte. Die Überraschung der Dienerschaft, das Geschrei Lisettens, die eben in den Hof trat, als er hereinfuhr, belehrten ihn darüber.

»Der Herr Graf! Das ist aber etwas!« rief die Alte, tat aufs äußerste verwundert und beantwortete seine Frage nach Maria mit den hastig gesprochenen Worten: »Bei den Pinien … im Garten … ich muß nur bitten … ich will sie vorbereiten …«

Er hörte sie nicht an. Während im Schloß und im Beamtenhaus alles durcheinanderrannte und die feindlichsten Elemente sympathisch zusammentrafen in dem Verdruß über seine Ankunft, schritt er eilig der großen Baumgruppe am südlichen Ende des Gartens zu. – Wie war alles verwildert! Die Wege grasüberwuchert, die Wiesen von Unkraut zerfressen, die Gebüsche unbeschnitten; ihre kahlen, schwachen Stämmchen in die Höhe gewachsen, lauter Lichtungen statt der ehemaligen schattigen Gänge. Von weitem schon erblickte er seine Tochter. Sie saß auf einer Moosbank unter den mächtigen Stämmen – durchsichtig blaß, schmal in ihrem schwarzen, eng anliegenden Kleide – und sah dem Kinde zu, das sich eifrig mit dem Bau einer kleinen Grotte beschäftigte. Ihr Vater war schon nahe bei ihr, als sie seine Schritte knistern hörte auf dem mit dichten Schichten abgefallener Nadeln bedeckten Grunde und den Kopf erhob.

»Maria!« rief er aus, und Tränen traten ihm in die Augen.

Sie stand auf, wollte sprechen, auf ihn zueilen, sank aber stumm zurück mit einem unendlich dankbaren Lächeln.

Er neigte sich zu ihr herab und drückte einen langen Kuß auf ihre Stirn. Sie flüsterte etwas Unverständliches, ihre Nasenflügel bebten, ihre Lippen waren halb geöffnet, sie zogen die Luft hörbar atmend ein.

Wolfsberg setzte sich zu ihr. »Hätte ich doch gewußt …« sagte er, »warum nicht ein Wort schreiben … Wie unrecht.« Von Rührung übermannt, zog er ihre Hände an seinen Mund und küßte sie und sprach leise: »Niemand liebt dich, wie ich dich liebe, und niemand hat dir so weh getan.«

Alles war ihm Vorwurf, ihr abgehärmtes Aussehen, ihr verwahrloster Wohnort, das Fremdtun Erichs, der sein Spiel unterbrochen hatte und ihn ernst und fragend ansah, ohne ihn zu begrüßen.

Auf einmal blitzte es freudig auf in den Augen des Knäbleins. Es trat an seine Mutter heran. »Schau dorthin«, sagte es, legte sein Händchen flach an ihre Wange und zwang sie, den Kopf zu wenden. Die Sonne ging unter; ihre letzten waagrechten Strahlen schimmerten durch die Stämme der Bäume, das Angesicht des Kindes flammte in ihrem Widerschein; goldene Lichter spielten auf seinen dunklen, leicht gelockten Haaren.

Wolfsberg betrachtete ihn mit schmerzlicher Bewunderung. »Nun, was ist mit dir?« begann er. »Du siehst mich ja gar nicht an. Kennst du mich nicht mehr?«

»O ja – o ja!« gab Erich zur Antwort, senkte den Kopf und wandte seine ganze Aufmerksamkeit einem Käfer zu, der an einem Grashalm emporzuklimmen suchte.

Auch Maria wagte nicht aufzublicken. Die Erinnerung an den Abscheu, mit dem Gräfin Agathe das Kind von sich gestoßen hatte, durchzitterte sie, und sie murmelte: »Verzeih ihm, er ist so scheu geworden in der Einsamkeit.«

»Wir wollen ihn schon zutraulich machen«, sagte ihr Vater und streckte dem Knäblein die Rechte entgegen. »Schlag ein,

kleiner Wolfsberg, schlag ein, mein Enkel. Auf gute Freundschaft!«

Der Graf blieb einige Zeit daheim, und alle, die in seinem
Dienste standen, erfuhren, wie begründet ihr Schrecken über
seine Ankunft gewesen war. Er ging streng ins Gericht; seinen unverschämtesten Ausbeutern, seinen aufgeblasensten
Würdenträgern brach der Angstschweiß aus, als er, ohne
die Stimme zu erheben, mit geschlossenen Zähnen zu ihnen
sprach: »Weh euch, wenn ich bei meiner Wiederkehr nicht
jedes Versäumnis eingebracht finde, hundertfach.«

Seine Abreise verschob er von Tag zu Tag. Er hatte Erich
liebgewonnen; er beschäftigte sich mehr mit ihm, als er mit
Maria getan, da sie noch in so zartem Alter stand. Halbheit
war seine Sache nicht. Er wollte den Enkel, den er anerkannt,
von aller Welt anerkannt sehen und ihn für eine glänzende
Zukunft erziehen. Als er jedoch seine ehrgeizigen Pläne vor
Maria entwickelte, traf er auf Widerstand. Sie strebte für
Erich das Gegenteil von allem an, was ihrem Vater wün-
schenswert erschien; ja, sie forderte von ihm das feierliche
Versprechen, daß ihr die entscheidende Verfügung über das
Kind bewahrt bleibe im Leben und im Tode.

Zweifelnd und erschrocken sah er sie an, aber eine andre
Antwort als »ja« hatte er auf einen von ihr geäußerten
Wunsch nicht mehr.

Ihre unerschütterliche Gelassenheit bewegte ihn in allen
Seelentiefen. Es schien ihm die Gelassenheit einer halb Ab-
geschiedenen, die nicht mehr wünscht noch hofft. Ihre Mutter, in ihrem letzten Lebensjahre, hatte in ruhigen Stunden
denselben Ausdruck stiller Trostlosigkeit gehabt. Maria war
jetzt das vollkommene Ebenbild der unglücklichen Frau,
und Wolfsberg schauerte manchmal zusammen, wenn sie
ihm unerwartet entgegentrat.

Am Abend vor seiner Abreise waren sie aus dem Salon,
in dem der Tee genommen worden, in den anstoßenden
Erker getreten. Aus seinen hohen, schmalen Fenstern sah

man über die Bäume des Gartens, über das Dorf hinweg auf eine von Trümmern, die aus dem Steinbruch herabgerollt, teilweise bedeckte Hutweide. Die Dämmerung war eingebrochen, und in ihrem täuschenden Scheine meinte man einen ungeheuren Friedhof vor sich zu sehen. Wolfsberg blickte lange gedankenvoll hinaus. Ein letztes Mal suchte er Maria zu überreden, ihren düstern Aufenthalt mit dem auf einem seiner Güter in Tirol oder in Oberösterreich zu vertauschen: »Wo du mir leichter erreichbar wärest und auch Tante Dolph, der die Reise hierher zu beschwerlich ist, dich besuchen könnte. Und die andern, die vielen, die dich lieben. Was mir nur die kleine Fee alles aufgetragen hat! Sie droht, wenn du ihr durchaus nicht erlaubst zu kommen, es ohne deine Erlaubnis zu tun.«

»Gib es nicht zu!« rief Maria flehend aus. Eine tiefe Röte spielte auf ihren Wangen. »Ich kann niemanden sehen, lieber Vater. Laß mich hier vergraben, tot für alle sein; nur so ertrage ich das Leben.«

Zur Abfahrt Wolfsbergs versammelten sich seine Angestellten mit ihren nicht immer »besseren« Hälften im Schloßhofe. Auch der Vorsteher der Gemeinde war da. Der Graf hatte derselben einen Teil ihrer Schulden abgenommen, gegen seine Überzeugung, aber auf Marias Fürbitte. – Er kam mit ihr und mit Erich die Treppe herab, beantwortete die devoten Kratzfüße und Knickse der seiner Harrenden mit einer ablehnenden Gebärde, umarmte seine Tochter, küßte und segnete seinen Enkel und sprang in den Wagen.

Maria blieb regungslos stehen und sah ihm nach. Plötzlich bemerkte sie, daß auch die übrigen sich nicht vom Flecke gerührt, sondern in untertäniger Haltung erwarteten, von ihr entlassen zu werden. – Die freche Feindseligkeit hatte sich in eine kriechende verwandelt.

Ein Jahr nach dem Tode Hermanns schrieb Tessin an Maria. Seine Versetzung auf einen höheren, wieder überseeischen Posten sollte noch im Laufe des Jahres erfolgen; er kam, bevor er ihn antrat, für einige Zeit in die Heimat zurück. In bewegten, tiefe, unwandelbare Liebe atmenden Zeilen bat er um die Gunst eines Wiedersehens und knüpfte daran eine Hoffnung, die vielleicht zu kühn war, um in Erfüllung zu gehen. Doch lebe er von ihr, und auf sie verzichten müssen, wäre sein Untergang.

Maria las mit Schrecken und Grauen. So war die Vergangenheit nicht begraben? So streckte sich die Hand des Urhebers ihrer unsühnbaren Schuld noch immer nach ihr aus? Die Stunde der Erniedrigung stieg wieder auf vor ihrem geistigen Auge – unfaßbar, ein höllisches Rätsel … Ihr Herz stand still, ihre Zähne schlugen zusammen … Mit dem Aufgebot aller ihrer Kraft trat sie zum Schreibtisch und richtete hastig einige Zeilen an ihren Vater:

»Antworte für mich – du weißt alles … Hilf, rette mich vor diesem Menschen, schütze mich vor der Gefahr, jemals wieder von ihm zu hören.«

Sie schloß den Brief Tessins in den ihren und schickte damit einen Reitenden, dem sie selbst die größte Eile auftrug, nach der Post.

In Gedanken begleitete sie ihren Boten. Jetzt konnte er beim Steinbruch sein und jetzt an der Brücke, und wenn er tüchtig jagte, kam er noch zurecht zur Abfahrt des Postkarrens. – Und der brauchte dann vier Stunden, bis er zur Eisenbahnstation gelangte. Vier volle Stunden … Wenn nur die vorüber wären, sie würde leichter atmen.

Jetzt also, dachte sie, ist der Brief auf der Bahn, als die Schloßuhr zehn schlug.

Sie hatte die Leute zur Ruhe geschickt und ging nun rastlos in ihrem Schlafzimmer auf und ab, bis sie endlich todmüde auf ihr Lager sank, neben dem das kleine Bett Erichs stand. Er schlief fest und sah gescheit und lieblich aus. Seine

Mutter schöpfte Mut und Kraft aus seinem Anblick, ihre Besorgnisse schienen ihr mit einem Male töricht. Was lag daran, ob die Antwort auf den Brief, der ihr zugeflogen war wie ein Pfeil aus dem Busche, einen Tag früher oder später kam? – – Was lag daran? – Sie sprach sich Vernunft zu; sie schalt die Schwäche des Willens, der nichts vermochte über das Treiben aufgeregter Nerven, über das tolle Pochen des Herzens. Gegen Morgen fiel sie in leisen, durch wirre Träume gestörten Schlaf und erwachte, in kalten Schweiß gebadet. Sie stand mühsam auf und schickte Erich mit seiner Wärterin in den Garten. Gegen Mittag kam er wie gewöhnlich zur Unterrichtsstunde in das Erkerzimmer, wo Maria ihn erwartete.

»Mutter«, rief er, »es ist jemand angekommen, ein Herr, mit den Schimmeln vom Postmeister, und der eine hinkt.«

Sie war aufgefahren, hatte einen raschen Blick nach der Tür geworfen, als ob sie entfliehen wollte, und war dann auf ihren Platz zurückgesunken. »Jemand angekommen«, wiederholte sie. »Weißt du wer?«

Nein, er wußte es nicht.

Aber sie wußte es … Tessin hatte ihre Antwort nicht abgewartet – er war gekommen.

Die Tür, die vom Gang in das Nebenzimmer führte, wurde aufgerissen. Man vernahm Lisettens kreischenden Ausruf: »Jesus! Herr Jesus!« – »Ich darf niemanden vorlassen«, sprach ein Diener laut.

»Mutter«, rief Erich, »warum schreien sie so da draußen?« Er breitete seine Arme aus und stellte sich schützend vor sie hin: »Fürchte dich nicht!«

Und jetzt polterte sehr aufgeregt Lisette herein: »Nein, denk dir nur … Graf Tessin nennt er sich, und ich schwöre darauf, es ist derselbe … Aber was ist dir denn? …«

Maria war aufgestanden; ihr Gesicht hatte einen fremden Ausdruck angenommen. Finster und kalt sah sie den eintretenden Tessin an, der bei ihrem Anblick totenblaß wurde.

Erich stürzte ihm entgegen: »Fort, du, fort, wir wollen dich nicht…« und drohend erhob er die Faust.

Die Lippen Tessins verzogen sich; er lächelte das Kind an mit einem Gemisch von Verlegenheit und Spott; er wünschte sich weit weg von hier, er verfluchte seine Ungeduld.

In liebevoll gehegter Erinnerung hatte er Maria immer nur so vor sich gesehen, wie sie war in der süßesten und siegreichsten Stunde seines Lebens. Er hatte die schönste Frau in Gedanken tausend- und tausendmal in seinen Armen gehalten. Das wahnsinnige Verlangen nach ihr, das ihn oft in der Fremde ergriffen, wuchs von Minute zu Minute, seitdem er den Boden der Heimat betreten. Er zweifelte nicht – sie liebte ihn noch; sie hatte immer nur ihn geliebt; sie wartete seiner mit derselben Sehnsucht, mit der er ihr entgegengestrebt – –

Und nun war's erreicht; er stand am Ziel, und was es ihm bot, war eine grausame Enttäuschung, die zu verbergen ihm die Fassung fehlte. Langsam trat er näher und verbeugte sich stumm.

Maria winkte Lisetten, den Knaben fortzuführen. Er sträubte sich, mußte aber gehorchen. Am Ausgange noch wandte er sich um und warf einen Blick voll Trotz und Mißtrauen auf Tessin.

21

Maria sah dem Kinde nach. Funken flimmerten vor ihren Augen; ihr war, als ob die Wand, an der sie lehnte, schwankte, als ob die kleinen runden Scheiben der Erkerfenster wie Kreisel wirbelten, platzten wie Seifenblasen … Sie biß sich in die Lippen, sie wollte standhaft bleiben, sie wollte die Herrschaft behaupten über ihre schwindenden Sinne. – Einmal wieder rief ihr die Erinnerung das alte Zauberwort zurück: Nur ruhig!

»Wie dürfen Sie es wagen?« stieß sie plötzlich hervor. »Was wollen Sie? … Warum haben Sie meine Antwort nicht abgewartet?«

»Welche Frage …« erwiderte er, betroffen über diesen unerwarteten Empfang. »Aus Ungeduld, aus Sehnsucht.«

»Nach dem, was Sie hier erwartet? …!«

»Was mich hier erwartet? Sie meinen den Schmerz, Sie leidend zu finden« – »und furchtbar verändert«, setzte er in Gedanken hinzu.

Die widersprechendsten Gefühle kämpften in ihm, Mitleid, Groll, Trotz und Wehmut. Ihm schien jede Gunst erreichbar und jedes Glück – sollte er das seine nun suchen im Besitz einer verwelkten Frau? … Aber – es war doch *sie*! Sie, die ihm die heftigste Leidenschaft seines Lebens eingeflößt hatte … Er fühlte von neuem ihren bestrickenden Einfluß und überließ sich ihm. Das Bewußtsein eines begangenen Frevels an diesem armen Weibe erwachte und zugleich – nur Lügner behaupten, daß er großmütiger Regungen unfähig sei – der Vorsatz, seine Schuld wieder gut zu machen.

Noch immer hatte er dagestanden, den Hut in der Hand, und nahm jetzt unaufgefordert Platz, Maria gegenüber. Allmählich fand er die Züge, die ihm so teuer gewesen, in diesem bleichen Gesichte wieder. Es trug die Spuren von schweren Seelenqualen, die um ihn erduldet worden … Ein nicht geringes Genüge für seine Eitelkeit. –

Tessin sprach einige Worte der Rührung und des Bedauerns; sich selbst jedoch sagte er: Sie ist jung, sie wird genesen, sie wird wieder aufblühen in meinen Armen; ich will der Gott sein, unter dessen Hauch ihre Wangen sich von neuem färben, ihre Lippen lächeln werden, der sie auferweckt und zurückführt zu allen Daseinswonnen.

Er begann ihr seine unveränderte Liebe zu beteuern; er erzählte von der Kunst, die er angewendet hatte, um sich immer in Kenntnis von allem zu erhalten, was sie betraf. So wußte er denn auch von ihrer »hochherzigen Verzichtleistung« und schwur, daß er den Anspruch, der ihm daraus erwuchs, geltend machen werde.

Mit einer Art stumpfer Ergebung ertrug Maria seine Nähe, seinen unverwandt auf sie gerichteten Blick. Der ihre blieb so abwesend, so leer, daß sich Tessin eines Zweifels an der leichten Ausführbarkeit seiner göttlichen Sendung nicht erwehren konnte. In gereiztem, unwillkürlich herausforderndem Tone schloß er: »Sie haben Ihrem Sohne den Namen genommen, der ihm vor dem Gesetz zukam; das kann nur in der Absicht geschehen sein, ihm dafür den Namen zu geben, der ihm in Wahrheit gehört – den meinen.«

Jetzt machte sie eine heftig abwehrende Bewegung: »Ihm Ihren Namen geben und Ihnen dadurch ein Recht auf das Kind – Ihnen?« – Sie beugte sich vor. In ihren Augen hatte sich eine Flamme der Verachtung entzündet, die ihn traf wie ein glühender Pfeil.

Er zuckte zusammen, er rang nach Fassung und rief dennoch fassungslos aus: »Gräfin … Maria, Sie haben mich geliebt!«

Sie neigte den Kopf, eine brennende Röte flog über ihre Wangen: »Ich habe geglaubt, Sie zu lieben, und Sie – sind schlau gewesen, Sie haben es verstanden, einen Brand des Schuldbewußtseins gegen Sie in meine Seele zu werfen … Dann haben Sie sich einen Spießgesellen geworben, und mit seiner verräterischen Hilfe sind Sie gekommen und haben mich überrascht, gemeiner, ehrloser als ein Dieb, und ich habe mich an Sie weggeworfen … Und nachdem das Unwiderrufliche geschehen, nachdem die Schuld begangen war … eine Schuld, die von den Tränen der Reue so wenig weggespült werden kann wie der Fels von der Welle, die zu seinen Füßen brandet … dann ist mir der Mann, neben dem ich bisher hingegangen wie eine Blinde, teurer geworden von Tag zu Tag … Er hat mich die Liebe kennen gelehrt, die ewig ist; er, in dessen Seele die reinste Güte und Treue vereinigt waren … Und diese Empfindung in einem Herzen, das seiner unwürdig geworden … Das seltenste, köstlichste Glück vergeudet – um welchen Preis!« Ein Schauer des Ekels durchrieselte ihre Glieder.

Im Innersten entrüstet, äußerlich jedoch starr und unbeweglich, hatte Tessin ihr zugehört. Wie er sie jetzt haßte, die Törin, die sich – um ein geringes zu spät – in ihren Mann verliebt hatte; wie er sie lächerlich fand mit ihrer Sentimentalität und ihrer krankhaften Reue! Eine kleine Abkühlung tat not, und so murmelte er denn höhnisch: »Wie müssen Sie mir geflucht haben.«

»Nur mir … Sie sind ohne Rechtsgefühl; ich hatte es und täuschte dennoch das edelste Vertrauen, betrog – – um Sie!«

Ihr Blick glitt über ihn hin, und er spürte ihn wie etwas Körperliches, das von ihm herunterwischte: allen Wert, alles Selbstbewußtsein, alle eingebildete Herrlichkeit … Er knirschte, er meinte Notwehr üben zu müssen, und dazu war ihm jedes Mittel gut.

»Sie regen sich auf«, sprach er frostig. »Wollen Sie sich töten?«

»Nein, ich will leben, um mein Kind zu erziehen … Ich will es lehren, rechtschaffen sein und wahr und stark; ein Feind alles dessen, was glänzt und scheint und lügt … Er soll …« Ihr keuchender Atem stockte.

»Sagen Sie es doch kurz heraus«, rief Tessin mit bitterem Lächeln. »Er soll das Gegenteil von dem werden, wofür Sie mich halten … Glück auf, Gräfin – möge die Erziehung gelingen. Nur rate ich Ihnen: Seien Sie nicht zu rüde – manche Lektion schlägt deshalb nicht an, weil sie in gar zu schonungsloser Weise gegeben wurde.«

Maria hatte ihr Haupt gesenkt, sah vor sich hin und nickte nur zerstreut zu seinen Worten. – »Er soll auch –« begann sie, »nie erfahren, daß Sie sein, sein –« es war ihr unmöglich, es auszusprechen. »Sie bleiben immer für ihn ein Fremder! … Das fordere ich, darüber werde ich wachen, dabei muß es bleiben, wenn ich nicht mehr da bin, ihn zu beschützen vor Ihrem Einfluß, Ihrem Beispiel … Ein Fremder. Schwören Sie mir – – oder nein – versprechen Sie mir … Aber nicht, wie euresgleichen einer Frau etwas verspricht, einer Frau, der gegenüber Ehrlosigkeit nicht entehrt … Warum? warum? – Vielleicht weil sie euch nicht zur Rechenschaft ziehen kann.« Sie zitterte und bebte, und es schien, daß er eine gewisse Befriedigung empfand über ihre maßlose Aufregung. Er war die gelassene, kaltblütige Überlegenheit selbst, er war kräftig und gesund, seine Nerven waren von Stahl.

»Gräfin«, sagte er in ermahnendem Tone, »Sie wollen etwas von mir und hören nicht auf, mich zu beleidigen. Ist das klug?«

Maria griff mit beiden Händen an ihre Stirn. »Unklug!« jammerte sie, »ganz töricht und unklug … Verzeihen Sie mir …« Es klang schrill, wie ein der innersten Natur, dem widerstrebenden Willen mit übermächtiger Gewalt abgerungener Schrei: »Verzeihen Sie mir und erfüllen Sie meine Bitte.«

Er tat, als wenn er sich besänne, und sagte nach einer Weile:

»Es soll geschehen.«

Maria fiel rasch ein: »Bei allem, was Ihnen – – aber was ist Ihnen heilig?« setzte sie entmutigt hinzu.

Jetzt wurde seine Miene ernst und überzeugt: »Die Erinnerung an die Stunde, die Sie aus Ihrem Leben tilgen möchten und die ich nicht tauschen würde gegen alle Erdengüter. Bei dieser Erinnerung verspreche ich's.« Er stand langsam auf. Ein wilder Wunsch, sie an sich zu reißen, sie noch einmal an seine Brust zu pressen, ergriff ihn.

Da erhob sich auch Maria, und sie standen Aug in Auge.

Später, als er alles, was er je angestrebt, errungen, das Glück sich an seine Fersen heftete, Unternehmen und Gelingen für ihn eins geworden schien, gedachte er manchmal jenes seltsamen, stummen, kurzen Kampfes zwischen ihm und einer zarten, sterbenden Frau – in dem er unterlegen war.

Sie hatte nach der Tür gewiesen, und er hatte sich bezähmt und Gehorsam geleistet.

Maria blieb aufrecht… Sie mußte aufrecht bleiben. – Wenn sie sich jetzt verriete, sie sich selbst, welche Torheit wäre das!… Nein, sie tut es nicht, sie will nicht, sie ist stark.

Die Tür öffnet sich wieder, Erich kommt hereingelaufen. »Mutter!« ruft er, »der Herr ist schon fortgefahren.«

»Ja – jawohl – –«

Und jetzt spricht Lisette, die dem Kind gefolgt ist: »Merkwürdig, nein, wie merkwürdig!… Felix Tessin – den Namen kenn ich nicht, aber den Menschen… Was hat der nur gewollt? Ich möcht darauf schwören, daß es derselbe ist, der zuletzt beim armen Wolfi war.«

»Es wird so sein –« stammelte Maria unverständlich – »Bruder und Schwester durch ihn gemordet –« und sie stürzte leblos zusammen.

Lange Zeit verging, bevor ihr Bewußtsein wiederkehrte. Im jähen Schrecken hatte Lisette an den Professor, an Wolfsberg, an Wilhelm telegraphieren lassen: »Gräfin erkrankt, gleich kommen.« Halb sinnlos raufte sie sich die Haare und hörte nicht auf zu schreien: »Sie ist tot, mein Kind ist tot!« Bei dem ersten Zucken jedoch, das durch den Körper der Ohnmächtigen lief, bei dem ersten Aufschlagen ihrer Augen machte Lisettens Verzweiflung der unerschütterlichsten Zuversicht und Hoffnungsfreudigkeit Platz.

Mit Mühe sprach Maria einige Worte: »Laß Wilhelm und Helmi kommen, gleich, hörst du? – gleich!« Eine erdrükkende Angst schien auf ihr zu lasten: sie verlangte nach dem Kinde, und als man es ihr brachte, erkannte sie es nicht und hielt es für den kleinen Hermann. »Da bist du –« murmelte sie, »das war ein tiefer Schlaf… Oh, wie habe ich mich nach meinem Erstgeborenen gesehnt!«

Es wurde Nacht; die Kranke lag regungslos. Ein Eiskübel

war an ihr Bett gestellt worden; Lisette und Klara erneuerten abwechselnd die Umschläge auf ihrer Stirn.

»Sie sieht uns nicht, seien Sie sicher, Fräulein«, flüsterte das Kammermädchen. »O Gott, und ihre Augen! – wie blaue Flammen mit Schleiern davor.«

Auf dem Tische stand eine verdeckte Lampe; der schwache Lichtkreis, den sie an die Decke warf, fesselte den Blick Marias. In dem bleichen Schimmer bildeten sich flutende Wellen, und ein weißer Schwan zog über sie hin, und in den Lüften erklang eine liebliche Musik. Die verstummte plötzlich; ein Stern war vom Himmel gefallen, und der Stern war ein Weib, und entsetzliche Ungeheuer zerfleischten es … Hunderte von Fratzen, Köpfe ohne Leiber schwebten heran, Augen ohne Köpfe, die vielen Augen, die sich in die ihren bohrten. Sie fürchtete sich nicht, sie fand das alles natürlich. Natürlich auch, daß sie auf ihrem Bette lag und zugleich dort oben stand in dem webenden Schein an der Seite Hermanns. Er deutete auf sie und sagte: Ich seh dein Herz, es blutet, und es hat einen schwarzen Fleck, einen kleinen, kleinen Fleck, der verfinstert die Welt.

Draußen heulte der Sturm, umpfiff das Haus, schleuderte Regengüsse gegen die Scheiben der Fenster, rüttelte an den Angeln, warf sich gegen das Tor, das stöhnend Widerstand leistete.

Lisette sprach: »Das verwünschte Wetter! Es hält dich wach, mein armes Kind!«

»In Dornach ist es still«, versetzte Maria – und nach einer Pause: »Glaubst du? – glaubst du es, liebe Alte?«

»Was soll ich glauben? was wünschest du, daß ich glauben soll?«

»Daß sie mich dort dulden werden in der Gruft?«

»Wie du nur sprichst!«

»Staub bei Staub, aber – wie wunderbar …« Sie machte einen Versuch, sich zu wenden: »Der eine ist gekommen –«

»Wer denn? ich verstehe dich nicht.«

»Du hast ihn doch selbst gebracht«, erwiderte sie leise mit

einem Schatten von Ungeduld, »sein Vater schickt ihn, er soll mich nach Dornach führen... meinem lieben Dornach –« sie lächelte glückselig, als sie den Namen nannte –, »zu meinem Hermann... dahin, wo er jetzt ist... Wir werden liegen, Hand in Hand, hinter den Steinen. Nicht *ein* Laut wird zu uns dringen, nicht *eine* Stimme... nicht einmal die Stimme des Gewissens...«

»Sie phantasiert, und ich sage Ihnen, man muß um den Geistlichen schicken«, flüsterte Klara Lisetten zu. Von der wurde sie rauh angelassen.

»Ja, just phantasieren wird sie! das fällt ihr ein. – Sie spricht aus dem Schlaf, hat's von klein auf getan.«

Maria versank in einen dumpfen Halbschlummer, aus dem sie von Zeit zu Zeit auffuhr, um nach Wilhelm und Helmi zu rufen. Gegen Morgen wurde sie ruhiger, und so fand sie der herbeigeholte Bezirksarzt. Als er hörte, daß Professor Hofer stündlich erwartet werde, äußerte er den Wunsch, mit dem berühmten Arzt zusammenzutreffen, und nahm sich vor, später wiederzukommen. Seine Meinung über den Zustand der Kranken behielt er für sich; etwas zu verordnen, fand er überflüssig.

Lisette triumphierte. Gab dieses Benehmen des Doktors ihr recht oder nicht? Wäre er so fortgegangen, ohne sich auszusprechen, ohne nur ein Rezept aufzuschreiben, wenn er die geringste Besorgnis hätte?

Sehr gelegen kam ihr in dieser Stunde ein Antworttelegramm aus dem Hause des Professors; es meldete, er sei für drei Tage verreist. So hatte sie noch Zeit, ihre Aufforderung zu widerrufen, und brauchte sich nicht wieder von ihm »die alte Furchtputzen« schelten zu lassen.

Der Optimismus Lisettens besaß eine mitteilende Kraft. Im ganzen Schlosse herrschte Fröhlichkeit. Der Kastellan setzte die unterbrochenen Singlektionen seines Zeisigs wieder fort und werkelte ihm unermüdlich das Liedchen vor: »Wenn ich am Morgen früh aufsteh...« Die Männer traten wieder fest auf, die Frauen schlugen lärmend die Türen zu; alles kehrte ins alte Geleise zurück.

Maria hatte sich auf das Ruhebett tragen und dieses an das Fenster rücken lassen. Sie war erschöpft und halb betäubt und glaubte immer, den Wagen, der Wilhelm und Helmi brachte, hereinrollen zu hören.

»Nimm doch Vernunft an«, ermahnte Lisette, »sie können noch nicht da sein, trotz der Relais, die der Verwalter geschickt hat; außer es wäre ein Wunder geschehen, oder – sie hätten einen Extrazug genommen.«

Eine dieser Möglichkeiten mußte eingetreten sein, denn gegen Abend waren die Ersehnten da, begleitet von Doktor Weise. Mit heiteren Mienen liefen ihnen die Diener entgegen und verkündeten, es gehe besser, es gehe gut.

Lisette kam die Treppe herabgestürzt; sie warf sich beinahe auf die Knie vor dem Ehepaar und umarmte beinahe den Doktor. »Das vergelte der liebe Gott den Herrschaften, daß Sie sich so beeilt haben ... Jetzt wird sie glücklich sein.« Unablässig zum Vorwärtsschreiten anspornend, machte sie den Wegweiser über die Treppen und Gänge.

»Sie gehen zuerst«, sprach Wilhelm zum Doktor, »und bestimmen, ob die Gräfin uns sehen darf.«

Er ließ die Einwendungen Lisettens nicht gelten; sie mußte sich bequemen, Weise anzumelden, der auch sofort vorgelassen wurde, während Wilhelm und Helmi im Nebenzimmer warteten. Er völlig verstört, sie sorgenvoll, gebeugt, mit blassen Wangen. Die tröstlichen Versicherungen, mit denen sie empfangen worden, flößten ihnen wenig Vertrauen ein. Sie erbebten, als Lisette endlich erschien.

»Nur kommen, nur kommen! Sie fragt nach den beiden Herrschaften und nach niemandem sonst«, rief sie und entfernte sich diskret.

»Nun denn in Gottes Namen«, sagte Wilhelm, und Helmi legte sachte die Hand auf die Klinke. Da trat ihnen Weise aus der Tür entgegen.

»Nichts zu machen«, flüsterte er tief betrübt – »eine Herzruptur, worunter man sich freilich nicht vorstellen darf – nun, mit einem Wort: Es ist aus.«

Wilhelm taumelte, wie wenn ihn jemand vor die Brust gestoßen hätte.

»Aber – sie lebt noch …«

»Noch, ja, noch«, und Weise schob den Türflügel zurück.

Maria lag gerade ausgestreckt. Das letzte Tageslicht warf seinen bleichen Glanz über ihre von der erhabenen Majestät des Todes schon verklärten Züge. Umflossen von der goldigen Pracht ihrer Haare ruhte ihr Haupt in den Kissen, und sie machte eine vergebliche Anstrengung, es zu heben, als Wilhelm und Helmi eintraten. Diese strich mit zitternden Fingern über die Hand der Kranken.

– »Dank, daß ihr kamt … Dank und eine Bitte, –« sprach Maria. »Ihr seht, ich darf nicht leben für das Kind … ich darf auch nichts abtragen von meiner Schuld …«

»Du hast sie gesühnt, o Gott im Himmel, wie gesühnt!« rief Helmi.

– »Gebüßt, nicht gesühnt – das hätt ich nie gekonnt … Schwer ist mit solchem Bewußtsein das Leben … und schwer der Tod …«

Wilhelm begann leise, dann brach es wie ein Schrei aus seiner Brust: »Nein, nein, du wirst nicht sterben!«

»Doch – und ihr, gute Eltern, *ihr* habt um einen Sohn mehr – den meinen … Ja?«

Beide schluchzten: »Ja.«

Helmi bettete den Kopf der Kranken etwas höher, und Marias Blick ruhte auf ihr mit einem Ausdruck wie aus einer andern Welt.

– Und nun ließ sich durch die tiefe Stille das Herannahen eines Wagens vernehmen. Hufschlag und Peitschenknall erschallten vor dem Tor; es wurde zurückgeschoben in seinen eisernen Schienen, und dröhnend rollte ein wuchtiges Gefährt herein.

Maria hatte aufgehorcht. »Der Vater … mein armer Vater«, sagte sie. Angst und Sorge malten sich in ihrem sterbenden Gesichte, ein banges Flehen war in ihrer Stimme: »Wilhelm, Helmi – in meinem Schreibtisch – ein Brief an euch – enthält mein Testament … das Kind bewahren vor jedem anderen Einfluß – *vor jedem* … Schwört mir –«

»Sei ruhig«, sprach Wilhelm, und jetzt klang sein Ton sicher und fest, »wir übernehmen, wir allein, die Verantwortung für diese Seele.«

»Mein armer Vater!« wiederholte Maria. »Das Glück ist nicht, wo er es sucht. Gut sein ist Glück, einfach, selbstlos und gut, wie Hermann, wie ihr … Erich soll dereinst in Wolfsberg das Werk fortsetzen, das ich hier im Geiste meines Hermann begonnen habe … in dem ich unterbrochen ward … er soll … Wo ist Erich?« fragte sie laut.

Da erscholl ein helles Lachen. »Er kommt, und wer noch?« sprach jemand, die Schwelle überschreitend – und ins Zimmer flatterte Fee, Erich an der Hand: »Da ist sie, da ist deine kleine Fee; jetzt wirf sie hinaus, wenn du's übers Herz bringst.« Sie war an das Ruhebett herangetreten, prallte plötzlich zurück und stöhnte: »Oh! – Oh!«

Maria sah sie an, ein mattes Lächeln irrte um ihren Mund und begrüßte diese Abgesandte des Lebens, die da hereingedrungen war, so lieblich, so frisch und rosig mit ihrem Lachen wie Lerchenschlag.

Von einer feigen Regung ergriffen, wollte Fee entfliehen, aber sie bemeisterte sich, sie blieb, hob Erich zu seiner Mutter empor, nahm sanft und zärtlich ihren Arm, legte ihn um den Hals des Kindes und stammelte:

»Du hast ihn gerufen.«

»Kleine Fee«, sagte Maria, »leb wohl, liebe kleine Fee.«

Nun war es vorbei mit der Fassung der jungen Frau. Sie warf sich ungestüm an Marias Brust und brach in einen Sturm von Klagen und Tränen aus. Wilhelm machte die Sterbende frei von ihr, er wollte Fee hinwegführen; sie riß sich los, sank auf ein Kissen am Ende des Zimmers, wo sie sich wand in krampfhaften Bemühungen, ihr Schluchzen zu unterdrücken.

Lisette kam, Erich zu holen, und empfing den Dank ihrer Herrin »für lange Treu. – Auch du bist diesen edlen Menschen empfohlen … sie werden dich nicht trennen von dem Kinde … Hab es nicht zu lieb … wie du dein großes Kind gehabt hast, arme Alte.«

»Niemand mehr so lieb«, und sie küßte die teure Hand ihrer Einen und Einzigen mit heißen, bebenden Lippen. Jeder Nerv an ihr zuckte; sie hielt es nicht aus, nahm Erich, der, stumm und bestürzt, kaum zu atmen wagte, und trug ihn fort.

Helmi war niedergekniet: »Maria, Vielgeliebte«, flehte sie leise, »geh nicht unversöhnt aus dem Leben, erfülle deine Christenpflicht … Bereite dich vor, an das Herz des Allgütigen zu sinken.«

»Des – Allgütigen?«

»An den du glaubst – –«

»An den ich glaube? …« sehnsüchtig hauchte sie es nach. – »Alles verloren, Helmi – den Glauben an die Vorsehung … den Glauben selbst an meinen freien Willen … Und doch nur einen Wunsch …« Ihre letzte Kraft erschöpfte sich in den Worten: »Oh, hätte ich nie ein Unrecht getan!«

————————

Das an Wolfsberg abgesandte Telegramm wurde ihm nach dem Gute Gräfin Dolphs, wo er sich zu kurzem Besuche eingefunden hatte, nachgeschickt. Dort traf es ihn am späten Abend. Er reiste sofort ab. Ein Schnellzug brachte ihn auf die erste Station der Lokalbahn, die ihn weiterbefördern sollte. Da begann die Qual des Wartens von einem Bettelzug zum andern, des Einherhumpelns hinter einer kriechenden Lokomotive. – Wolfsberg kam in Versuchung, hinauszuspringen und nebenherzulaufen, um wenigstens das Gefühl zu haben: Es geht vorwärts!... Dann wieder griff es ihm wie mit eisernen Klammern in die Brust: »Warum so eilig? Wonach hastest du?« – Er hatte die Gewißheit, daß ihn ein Leid erwartete, dem er nicht gewachsen war. Gefoltert von Angst und Ungeduld, kam er mittelst einer elenden Fahrgelegenheit auf der letzten Post vor Wolfsberg an. Dort konnte ihm nur noch ein abgejagter Reitgaul zur Verfügung gestellt werden. Auf den schwang er sich, trieb ihn wütend an und ließ an dem unglücklichen Tier seine zornige Verzweiflung aus.

Es dunkelte, als er im Dorf ankam. Das einförmige Gebimmel des Totenglöckleins schallte ihm entgegen. Leute standen in Gruppen beisammen, ein ganzer Zug wandelte über den Feldweg dem Schlosse zu... Noch ein Stockhieb auf die Flanke des erschöpften, keuchenden Pferdes; es griff aus, fiel, sprang auf und brach im nächsten Augenblick völlig nieder. Der Reiter machte sich los aus den Bügeln. Ein stechender Schmerz am Fuße hemmte seine Schritte, er schleppte sich dem Zuge nach. Vier Lichter schwankten an dessen Spitze, und weißliche Rauchwölkchen umqualmten sie. Wolfsberg verbiß seinen Schmerz, strebte weiter mit grimmigem Bemühen und rief: »Halt! halt! Komm einer und helfe mir!«

Seine Stimme blieb ungehört von den ihre Kirchengebete murmelnden Wallern. Am Gartentor waren die Lampen entzündet worden. Der Geistliche im Ornat, Kirchendiener und Chorknaben mit Laternen und Weihrauchfässern schritten vorüber in den Hof.

»Wartet! Helft mir!« röchelte Wolfsberg todesbang.

Dieses Mal wurde er gehört. Der Zug hielt, die Leute sahen sich um; sie konnten lange nichts unterscheiden in der Dunkelheit, bis plötzlich ein Bursche sprach:

»Es is der Graf, dort beim Feldstein steht er, dem is was g'schehn.«

Einer flüsterte es dem andern zu – doch mehr tat keiner.

Endlich erbarmte sich ein alter, krüppelhafter Mensch, ging hin und stützte und führte ihn.

Beinahe zugleich mit dem Priester trat Wolfsberg in das Sterbezimmer. Die Zimmer waren weit geöffnet. Am Himmel schwebte eine finstere Wolke; sie glich einem riesigen Vogel mit weit ausgespreizten Flügeln. Der von ihr verhüllte Mond warf eine Fülle silbernen Lichtes über eine Stelle am Horizont. Auf dieser ruhten Marias schon gebrochene Augen. Dort, wo es hell war, wo der verklärende Schimmer sich breitete – lag Dornach.

Kommentar zu »Unsühnbar«

S. 169   **Equipagen:** Kutschen

S. 169   **Komfortable:** vornehme Kutsche

S. 169   **Zeugels:** Zeugel: österr. für Kutsche, Gespann

S. 169   **Majoratsherrchen:** Majorat bezeichnet ein nach dem Ältestenrecht zu vererbendes Gut, um die Zersplitterung von Landbesitz zu verhindern. Majoratsgüter konnten nur mit Zustimmung sämtlicher männlicher Nachkommen verkauft werden, weshalb dafür kaum Kredite vergeben wurden.

S. 170   **Fähnlein:** kleinere Anzahl von Personen, die sich um eine Fahne scharen; Unterformation eines Landsknechtregiments aus 400 Landsknechten.

S. 170   **Turf:** engl., Rasen; Pferderennsport

S. 170   **Brougham:** einspännige, geschlossene Kutsche für zwei Personen, benannt nach Lord Henry Brougham (1778–1868), der um 1838 erstmals eine solche Kutsche anfertigen ließ. Broughams waren zwischen 1840 und 1900 sehr verbreitet.

S. 170   **Capuchon:** Damenmantel mit Kapuze

S. 172   **Bertrand de Born:** 1140–1215, französischer Troubadour

S. 173   **Blüthner:** Klavier aus dem traditionsreichen Familienunternehmen Blüthner in Großpösna bei Leipzig

S. 174   **Arietten:** kleine Arien

S. 179   **Manfred-Schönheit:** Nach Lord Byrons dramatischem Gedicht in drei Akten »Manfred« (1817) mit dem berühmten Ausspruch im 2. Akt, 2. Szene: »I loved her, and destroy'd her!!«

S. 182   **Kotillon:** aus Frankreich stammender Gesellschaftstanz, bei dem die Unterröcke der Damen (frz. »cotillon«, Unterrock) sichtbar wurden; im 19. Jahrhundert mit verschiedenen Tänzen und Gesellschaftsspielen zu einer eigenen Tanzform entwickelt.

Indien, der zunächst als Söldner der Engländer gekommen war und auf die Seite des indischen Freiheitskampfes gewechselt hatte; nach seinem Tod 1778 machte sie Sardhana zu einem weltoffenen Zentrum. Sie adoptierte David Octerlony Dyce Sombre (1808–1851), einen Urenkel ihres Mannes, dem sie ihren enormen Reichtum vermachte. Friedrich Halms Drama »Begum Somru« nach einem 1849 erschienenen gleichnamigen Stück von Faust Pachler wurde 1863 uraufgeführt.

S. 243 **Stuwers Nachfolger:** Der Pyrotechniker Johann Georg Stuwer (1732–1802) erhielt 1773 unter Maria Theresia das Privileg zur Abhaltung von Feuerwerken in Wien. Nach seinem Tod führten seine Söhne das Feuerwerksgeschäft bis 1906 weiter.

S. 245 **Kamarilla:** span. »camarilla«, Kämmerchen, Privatkabinett; Kreis von Personen, der ohne offizielle Zuständigkeit im Hintergrund die Entscheidungen eines Herrschers beeinflusst.

S. 254 **Pater familias:** lat., Vater der Familie, im römischen Recht das Familienoberhaupt, meist der älteste oder ranghöchste Mann. Nur römische Bürger konnten den Status besitzen.

S. 261 **cordis basis – cordis conus:** lat., Herzbasis – Herzspitze

S. 264 **Pascher:** Betrüger, Schwarzhändler, Schmuggler

S. 271 **Affektation:** affektiertes, gekünsteltes Benehmen

S. 272 **Bébéschleife:** von frz. »bébé«, Säugling

S. 277 **Girondistenlose:** Die Girondisten waren antimonarchistische Abgeordnete vor allem aus dem Departement Gironde, die 1791 in der Gesetzgebenden Nationalversammlung auftraten. Sie gehörten zum gehobenen Bürgertum, der Aufstand der Sansculotten 1793 führte zur Verhaftung und Hinrichtung führender Girondisten.

S. 279 **Apprehensionen:** Apprehension: gedankliches Begreifen einer Wahrnehmung

S. 280 **Allons, Allons:** frz., gehen wir.

S. 280 **Antipatheia:** griech., Antipathie, spontane Abneigung

S. 281 **perniziöses Leiden:** bösartiges Leiden

S. 285 **Schwindsche Melusine:** Der »Melusinen-Zyklus« von Moritz von Schwind (1804–1871) war als Schmuck eines Rundtempels gedacht und wurde ein halbes Jahr vor seinem Tod vollendet.

S. 287 **sich mopsen:** ugs., sich langweilen, ärgern; vermutlich abgeleitet vom mürrischen Gesichtsausdruck der *Möpse.*

S. 288 **Groom:** Pferdeknecht, Stallbursche, auch Stallmeister

S. 292 **Jagdschloß Blankenburg:** erbaut um 1123 auf dem Blankenstein im Landkreis Harz (Sachsen-Anhalt)

S. 293 **Draperien:** von frz. »drap«, Tuch; dekorativ angeordnete Textilien

S. 293 **Menuets à la reine:** eine besonders elegante Menuett-Form, benannt nach dem »Menuet à la reine« zur Hochzeit Ludwigs XVI. mit Marie Antoinette 1770 von Maximilien Gardel (1741–1787).

S. 293 **Jamnitzers, Eisenhoidts, Dinglingers:** Wenzel Jamnitzer (1507?–1585), deutscher Goldschmied, Kupferstecher und Stempelschneider; Anton Eisenhoidt (1554–1603), Goldschmied und Kupferstecher aus Warburg in Westfalen; von seinen Werken sind eine Anzahl von Silbergeräten für den Fürstbischof von Fürstenberg in Paderborn erhalten; Johann Melchior Dinglinger (1664–1731), Hofgoldschmied in Dresden bei Kurfürst August dem Starken von Sachsen.

S. 293   **mit Silber verschamerierter Kleidung:** verschamerieren von frz. »chamarrer«, verbrämen, mit Pelz besetzen; mit Silber besetzte Kleidung

S. 294   **Paletots:** frz. »paletot«, Obergewand; leicht taillierter Mantel, auch lange (Pelz)Jacke

S. 294   **frei nach Döbel:** Heinrich Wilhelm Döbel (1699–1759), Forstmann und Jäger; gehört mit seinen Schriften zu den Erneuerern des Forstwesens in der zweiten Hälfte des 18. Jahrhunderts.

S. 294   **Parforcehorn:** Blechblasinstrument für die Parforcejagd, frz. »par force«, mit Gewalt; Hetzjagd mit Hunden.

S. 295   **Meister Lampe:** Im niederdeutschen Tierepos »Reynke de vos«, entstanden im 13. Jahrhundert, heißt der Hase Lamprecht. Die Verkürzung zu »Lampe« erinnert an den weißen Fleck an der Unterseite des Hasenschwanzes, der beim Hoppeln gut sichtbar ist, deshalb in der Jägersprache als Lampe bezeichnet wird.

S. 297   **Form eines Schilderhauses:** Schilderhaus: Unterstand für (militärische) Wachposten vor Kasernen, Gefängnissen, Regierungssitzen oder Schlössern; meist aus Holz und oft auffällig bemalt mit Schrägstreifen in den Landesfarben oder mit einem Wappen.

S. 297   **adolescentulus:** lat., Jüngling

S. 297   **sura:** lat., Wade

S. 297   **Maulschelle:** Ohrfeige

S. 297   **Hifthörner:** kleine, seit dem Mittelalter bekannte Signalhörner, ursprünglich aus Rinderhorn. Der Name kommt von althochdeutsch »hiofan«, wehklagen.

S. 298   **Federbarett:** flache, federgeschmückte Kopfbedeckung aus Stoff oder Samt ohne Schirm und Krempe.

S. 298 **va bene:** ital., ist gut, von mir aus.

S. 298 **un-comme-il-faut:** Gegenteil von frz. »comme-il-faut«, wie es sein soll, passend; also unpassend, ungehörig.

S. 299 **Gemahlin des Herzogs Rudolf von Braunschweig-Lüneburg:** Karl I., Herzog zu Braunschweig und Lüneburg, heiratete 1733 die Schwester Friedrichs des Großen, Philippine Charlotte. Die gemeinsame Tochter Anna Amalie machte aus Weimar ein literarisches Zentrum.

S. 300 **abdisputieren:** von. lat. »disputare«, streiten; abstreiten

S. 301 **Kaiser Nikolaus-Husaren:** Kavallerieregiment »Kaiser Nikolaus II. von Russland« der Preußischen Armee

S. 303 **Haynes:** Der Eiskunstläufer Jackson Haynes machte 1868 in Wien Sensation, wo in einer eigenen Schule sein neuer Stil gepflegt wurde.

S. 303 **Elisabeth von Thüringen:** 1207–1231; Sinnbild tätiger Nächstenliebe, beschränkte sich als Landgräfin nicht auf das Geben von Almosen, sondern arbeitete im Dienst der Kranken und Armen.

S. 303 **Schneid:** österr. für Mut, Wagemut

S. 303 **four-in-hand-Kutscher:** fährt nach engl. Art vierspännig: die vier Zügel der vier Pferde in einer, der linken Hand.

S. 306 **Pinzgauer:** auch Noriker, mittelschwere, kräftige, ausdauernde Kaltblut-Pferderasse

S. 306 **Püffe:** Stöße mit der Faust oder dem Ellenbogen

S. 308 **Cherub:** hebr., im Alten Orient ein geflügeltes Mischwesen, zumeist mit Tierleib und Menschengesicht. In der Bibel Engel für besondere Aufgaben; in der Genesis werden sie nach der Vertreibung von Adam und Eva aus dem Garten Eden als Wächter vor dessen Tor aufgestellt.

S. 309 **Iffländern:** Anspielung auf August Wilhelm Ifflands Stück »Die Jäger. Ein ländliches Sittengemälde in fünf Aufzügen« (1785)

S. 314 **Kummete:** Geschirre zum Einspannen von Zugtieren, ein steifer, gepolsterter Ring, der dem Zugtier um den Hals gelegt wird und die Last verteilt.

S. 316 **Lawn-Tennis:** engl., Rasentennis

S. 316 **Umpire:** von mittelengl. »oumpere«, ungleich im Sinne von unparteiisch; Schiedsrichter

S. 317 **Stage-coach:** engl., Postkutsche

S. 317 **Schmiede von Demavend:** auch Damavand, der höchste Berg des Elbursgebirges in der Provinz Māzandarān im Iran; in der Mythologie war hier bis zum Ende aller Zeiten der dreiköpfige Drache Azhi Dahaka angekettet.

S. 317 **Treck-Schuite:** auch Treckschute, Holzboot, das zuerst in den Niederlanden erzeugt und vom Ufer aus von Pferden, mitunter auch von Menschen gezogen wurde.

S. 317 **Jufvrouw [juffrouw]:** niederländisch, Jungfrau

S. 318 **Marienfeiertag:** Mariä Himmelfahrt am 15. August

S. 318 **Pläsierchen:** frz. »plaisir«, Freude, Spaß

S. 318 **Retourchaise:** frz. »carrosse de retour«, Mietkutsche, die der Reisende auf eigene Kosten leer zurückfahren lassen musste, sofern er nicht am Zielort einen Reisenden fand, der zu einem günstigen Preis die Rückfahrt übernahm; metaphorisch: Retourkutsche.

S. 319 **Lerchenspiegels:** Vogelfanggerät; zwei mit Spiegelstücken besetzte Holzflügel an einer Rolle, die mit einem Bindfaden in Bewegung gesetzt wird. Dadurch drehen sich die Flügel um sich selbst und die Spiegelstücke werfen das reflektierte Licht zurück. Dieses Flimmern lockt die scheuen Lerchen an.

S. 319   **Sacher und Demel:** zwei traditionsreiche Gastrono-
miebetriebe im ersten Wiener Gemeindebezirk: das
Hotel und Café Sacher, seit 1832 berühmt für die
Sachertorte, und der seit 1786 aktive k.u.k. Hofzuk-
kerbäcker Demel.

S. 323   **Sommerloden:** Loden bezeichnet ein dichtes
Streichgarngewebe, der leichtere Sommerloden ist
ein Kammgarngewebe; Streichgarne sind durch ihre
geringere Faserordnung rauer und ungleichmäßiger
als Kammgarne.

S. 323   **Juchten:** Leder aus der Haut von Kälbern oder
Rindern, es ist sehr fest, dicht und geschmeidig und
wird mit stark riechendem Birkenteeröl eingerie-
ben; ursprünglich in Russland angefertigt, ab dem
18. Jahrhundert auch in Deutschland.

S. 323   **parlamentierten:** unterhandeln; eifrig besprechen,
verhandeln

S. 324   **schneidet [...] die Cour:** die Cour schneiden: den
Hof machen

S. 326   **Borne:** Born: Brunnen, Quelle

S. 328   **Aszension:** lat. »ascensio«, das Hinaufsteigen, Aufstieg, Himmelfahrt Christi

S. 328   **Zingel:** Teil einer mittelalterlichen Befestigungs-
anlage

S. 328   **Zwingolf:** mhd., Zwinger, Areal zwischen zwei
Wehrmauern für Verteidigungszwecke

S. 328   **Buhurdierplatz:** von mhd. »buhurt«, Kampf

S. 328   **Greden:** Grede: Freitreppe an Burgen und Häusern

S. 328   **dames châtelaines:** frz., Burgfrauen

S. 328   **»Gelahrtheit«:** mhd., Gelehrtheit

S. 329   **angekrampelt:** ugs., ankrampeln: anklammern,
ankrampfen

S. 330   **Vogelherd:** Fangplatz für Vögel. Der Vogelfang war
bis ins 19. Jahrhundert beliebte Freizeitbeschäfti-
gung des Landadels.

S. 330 **Bonne:** frz., Kindermädchen

S. 339 **Empireeinrichtung:** frz. »Empire«, Kaiserreich; Stilrichtung in Frankreich vom letzten Jahrzehnt des 18. Jahrhunderts bis zum Ende des ersten Kaiserreiches 1814, die sich durch die Napoleonischen Kriege in Europa rasch verbreitete.

S. 343 **Pilasterkapitäl:** oberer, deutlich ausgeformter Abschluss (Kapitell, früher auch Kapitäl) eines Pilasters, eines in den Mauerverbund eingearbeiteten Teil- oder Wandpfeilers.

S. 346 **Kampanulazeen:** Glockenblütler, über tausend Arten umfassende, in der gemäßigten und warmen Zone verbreitete Pflanzenfamilie mit meist fünfzähligen Blüten

S. 346 **Eriken:** Heidekräuter (Erica), eigentlich immergrüne Sträucher, die vor allem in Südafrika beheimatet sind. Umgangssprachlich werden viele Zwergsträucher »Heidekraut« genannt, die in Europa die bestandsprägende Pflanzenart von Heidelandschaften sind.

S. 347 **Akazienallee:** Akazien, eigentlich Mimosengewächse, die vor allem in Australien vorkommen; im Volksmund vor allem für die in Mitteleuropa eingewanderte Robinie verwendet.

S. 350 **Meisterwerke Benczurs:** Gyula Benczúr (1844–1920), ungarischer Maler, schuf Fresken für das Maximilianeum und das Rathaus in München, illustrierte Werke von Friedrich Schiller und malte Porträts von Königen und Aristokraten sowie monumentale historische Gemälde.

S. 352 **ins Bockshorn ... jagen:** in die Enge treiben, einschüchtern, verunsichern, auf eine falsche Fährte locken.

S. 356 **anticipando:** vorwegnehmend

S. 358 **Kappzaum:** Halfter ohne »Gebiss«, das beim Longieren und beim Training mit jungen Pferden benutzt wird.

S. 371 **Furchtputzen:** ugs., jemand, der bei geringen Anlässen Panik erzeugt.

S. 371 **Kastellan:** Aufseher eines größeren Anwesens

S. 371 **Wenn ich am Morgen früh aufsteh':** Volkslied, Melodie und Text von Ludwig Senfl (1486–1543): »Wenn ich des Morgens früh aufsteh'/und in mein's Vaters Stüblein geh'/so kummt mein Lieb und beut mir ein guten Morgen.«

S. 373 **Herzruptur:** Ruptur von lat. »ruptura«, Zerreißung, Durchbruch; bezeichnet in der Medizin den Riss eines inneren Organs, eines Muskels, eines Gefäßes, eines Bandes oder einer Sehne.

S. 376 **Wallern:** veraltet für Pilger, Wanderer, erhalten im Wort »Wallfahrt«.

Editorische Notiz

Als Druckvorlagen dienten:
Marie von Ebner-Eschenbach: Lotti, die Uhrmacherin. Agave. Margarete. Leipzig: H. Fikenscher Verlag / H. Schmidt & C. Günther [1928] (= Hafis-Ausgabe, Bd. 8), S. 7–131.

Marie von Ebner-Eschenbach: Glaubenslos? Unsühnbar. Leipzig: H. Fikenscher Verlag / H. Schmidt & C. Günther [1928] (= Hafis-Ausgabe, Bd. 2), S. 153–367.

Der Text dieser Ausgabe wurde mit den Erstdrucken und früheren Ausgaben abgeglichen und in Rechtschreibung und Zeichensetzung behutsam modernisiert. Eigenheiten in Ausdruck, Zeichensetzung und Orthographie, wie die Kleinschreibung nach Ruf- und Fragezeichen, wurden weitgehend beibehalten.

Aus Franzensbad
Das Gemeindekind

EBNER-ESCHENBACH

Residenz Verlag

Marie von Ebner-Eschenbach
Aus Franzensbad.
Das Gemeindekind

Herausgegeben von Ulrike Tanzer und
Evelyne Polt-Heinzl
Mit einem Vorwort von Ulrike Tanzer

Band 1 der vierbändigen Leseausgabe
Herausgegeben von Evelyne Polt-Heinzl,
Daniela Strigl, Ulrike Tanzer

Das vielfältige Werk der Marie von Ebner-Eschenbach mit seiner feinen Psychologie und seiner klar formulierten Gesellschafts-kritik verdient eine aktuelle Lesart. Gerade die Geschichte von Pavel, dem »Gemeindekind«, der von der Gemeinschaft aus-gestoßen wird, dem aber gegen alle Widerstände ein sozialer Aufstieg gelingt, ist von bestürzender Modernität. Auch das unkonventionelle Debüt der Autorin – die 1858 anonym erschie-nene Briefnovelle »Aus Franzensbad« – demontiert erfrischend scharf und voller Sprachwitz den damaligen Zeitgeist.

Beide Werke zeigen ihren wachen Blick für die brennenden Fragen der Zeit und ihre kritische Haltung zu den Konventionen ihres eigenen Standes.

Eine wichtige Publikation dieses Jahres stellt auch die Leseaus-gabe der Werke von Marie von Ebner-Eschenbach dar, die das Bild der literaturgeschichtlich kanonisierten Autorin zurecht-rückt. (…) In ihrem Roman »Das Gemeindekind« etwa blickt Ebner-Eschenbach hinter die Fassaden einer Dorfgesellschaft. (…) Exzellent zeichnet sie die sozialen und psychologischen Strukturen. Sie etabliert atmosphärisch dichte Bilder.
    Julia Danielczyk, *Die Presse*